Nikolas Stoltz

Die Patienten

Weitere Titel des Autors:

Todeskalt (E-Book)
Dein letztes Date (E-Book)

Über den Autor

Nikolas Stoltz schreibt und liest am liebsten spannende Krimis und Thriller. Ihn fasziniert die menschliche Psyche in all ihren Facetten – vor allem die Abgründe. In »Die Patienten« lebt er außerdem seine Vorliebe für ungewöhnliche Orte und sogenannte »Lost Places« aus. Nikolas Stoltz wurde 1973 in Lübeck geboren und lebt heute mit seiner Familie in der Nähe von Bonn.

Nikolas Stoltz

Die Patienten

Thriller

lübbe

Die Bastei Lübbe AG verfolgt eine nachhaltige Buchproduktion. Wir verwenden Papiere aus nachhaltiger Forstwirtschaft und verzichten darauf, Bücher einzeln in Folie zu verpacken. Wir stellen unsere Bücher in Deutschland und Europa (EU) her und arbeiten mit den Druckereien kontinuierlich an einer positiven Ökobilanz.

Vollständige Taschenbuchausgabe
der bei Bastei Lübbe erschienenen E-Book-Ausgabe

Copyright © 2023 by
Bastei Lübbe AG, Schanzenstraße 6 – 20, 51063 Köln

Lektorat/Projektmanagement: Lukas Weidenbach
Covergestaltung: Massimo Peter-Bille unter Verwendung von
Motiven © shutterstock/haraldmuc, © andreiuc88/shutterstock,
© Jeff Wilber/shutterstock, © Yeti studio/shutterstock
Satz: 3w+p GmbH, Rimpar (www.3wplusp.de)
Druck und Verarbeitung: GGP Media GmbH, Pößneck

Printed in Germany

ISBN 978-3-404-18973-1

5 4 3 2 1

Sie finden uns im Internet unter luebbe.de
Bitte beachten Sie auch: lesejury.de

1

Nicole hastete die maroden Treppenstufen hinab. Sie rannte an den Mauern des Backsteingebäudes entlang, bis die Dunkelheit des Waldes sie verschluckte. Die knorrigen Baumwurzeln, die den Pfad überrankten, schienen nach ihr zu greifen, als wollten sie ihre Flucht vereiteln. Sie stolperte und wäre um ein Haar gestürzt. Ihr Herz pochte. Nie zuvor hatte sie eine derartige Angst verspürt. Als sie über die Schulter blickte, erstarrte sie. Eine dunkle Gestalt stand vor dem Gemäuer, von Mondlicht beschienen.

Renn um dein Leben!

Sie hörte seine Schritte. Ohne nachzudenken, rannte sie weiter, tiefer in den Wald hinein. Am Wegesrand standen die geschnitzten Baumstammfiguren, die ihre Flucht durch leere Augen verfolgten. Schon immer hatte sie sich vor den gruseligen Fratzen gefürchtet, aber noch nie so sehr wie in diesem Augenblick.

Lauf schneller! Er ist dicht hinter dir!

Sie rannte weiter. Vor ihr tauchten die Umrisse der Waldkapelle auf, ein Felssteingebäude mit Spitzdach und Minitürmchen, in dieser Nacht jedoch nicht viel mehr als ein unheimlicher Schatten. Niemand würde dort sein, um ihr zu helfen. Niemand würde sie beschützen – genau wie damals. Aber vielleicht konnte sie sich im Inneren des Gotteshauses verstecken oder den Eingang verbarrikadieren.

Wieder blickte Nicole zurück. Der Pfad war plötzlich

leer, die Schritte verstummt. Gerade noch hatte der Verfolger an ihren Fersen gehangen.

Sie öffnete das Eingangsportal – langsam, um möglichst wenig Lärm zu verursachen. Trotzdem knarrte die Tür. Nicoles Puls raste.

Das Innere der Kapelle wurde durch eine einzelne Kerze auf dem Altar in ein gespenstisches Zwielicht getaucht. Es roch nach Weihrauch und altem Holz. Während Nicole die Tür hinter sich schloss, hetzte ihr Blick durch den Raum, auf der Suche nach einem Versteck. Oder nach einer Möglichkeit, den Eingang zu versperren. Verzweifelt sah sie sich um. Die Bänke waren zu schwer, schieden also aus.

Du musst eine Lösung finden! Schneller!

Ihr Blick fiel auf den hölzernen Buchständer neben dem Altar. Sie lief los, zog das verzierte Holzgestell klappernd hinter sich her und klemmte es unter die Klinke des Eingangsportals. Es funktionierte. Der Türgriff saß bombenfest. Erleichtert atmete Nicole auf. Die Gefahr war zwar nicht vorüber, aber zumindest kam ihr Verfolger so schnell nicht an sie heran.

Erschöpft sank sie auf den Natursteinboden der Kapelle und versuchte, ihre wirren Gedanken zu sortieren.

Ein hartes Krachen durchschnitt die Stille. Jemand rüttelte an der Tür. Nicole wich zurück. Ihr Puls beschleunigte sich wieder, ihr Atem wurde hastiger. Sie hoffte inständig, dass die Konstruktion halten würde. Der Buchständer sah stabil aus. Aber würde er einem Mann widerstehen, der sich mit vollem Gewicht gegen die Tür warf?

Er ist hier, um dich zu holen!

Sie begann zu zittern. Warum hatte sie bloß ihre Nase in diese Sache gesteckt? Was hatte sie sich dabei gedacht? Weshalb war sie nicht längst abgehauen? Schon vor Tagen. Doch all diese Gedanken kamen zu spät. Jetzt saß sie in der Kapelle fest, mitten im Wald. Niemand würde ihre Schreie hören. Niemand würde ihr helfen. Eine einzige Holztür trennte sie von einem Mann, der zu allem fähig war. Der wie ein verwundetes Tier sämtliche Kräfte mobilisieren würde, um selbst zu überleben. Sie wusste zu viel, er konnte sie nicht gehen lassen.

Nicole horchte in die Stille. Das laute Rütteln an der Tür war verstummt.

Plötzlich hallte ein scharrendes Geräusch vom Altar herüber. Siedend heiß fiel Nicole die Bodenluke ein. Warum hatte sie nicht vorher daran gedacht? Die Klappe führte in einen Kellerraum, den man auch von außen erreichen konnte. Und umgekehrt.

Er wird dich umbringen!

Entsetzt sprang sie auf, aber es war zu spät. Ein Schatten erhob sich hinter dem Altar. Nicole schrie vor Schreck auf, rannte zum Eingangsportal und zerrte an dem Buchständer, der sich gerade vom Rettungsanker zum Sargnagel entwickelte. Sie hörte Schritte, bemerkte den Schatten hinter sich, dann spürte sie einen Schlag auf dem Hinterkopf, unendliche Schmerzen, ein Lichtblitz.

Schließlich Dunkelheit.

Wie ein Schmetterling flog Nicole durch den Wald. Flatterte vorbei an hohen Eichen, den Bach entlang, über die Wassermühle, über einen feuchten Waldweg, bis sie schließlich über der Kapelle kreiste. Plötzlich verlor sie an Höhe. So sehr sie sich auch anstrengte, sie kam nicht mehr aufwärts. Es schien, als würde sie eingesaugt werden. Dazu überrollte ein stechender Schmerz ihre Fühler. Ein lautes Klatschen erschütterte die Umgebung. Eine dunkle Stimme rief von oben. »Nicole!« Wieder versuchte sie zu entkommen, aber der Sog war einfach zu stark. »Nicole!«

Sie öffnete die Augen. Und flog noch immer.

»Nicole, wach auf!«

Vor ihr erschienen die Umrisse der Kapelle. Das Eingangsportal, das von dem Buchständer verbarrikadiert wurde. Eine der Bankreihen.

Sie schwebte.

Und endlich begriff sie. Seile hielten sie in der Luft. Hektisch blickte sie sich um. Sie hing an einem Deckenbalken, splitternackt.

»Ich dachte schon, du wachst nie mehr auf!«

Nicole zuckte zusammen und versuchte, den Kopf in Richtung der Stimme zu drehen. »Bitte, mach mich los«, presste sie hervor.

Sie hörte ein Zungenschnalzen.

»Hmm, ich überlege es mir.«

»Ich behalte auch alles für mich.« Nicole schöpfte Hoffnung.

»Vielleicht lasse ich dich laufen, vielleicht nicht.« Er stand noch immer hinter ihr und schnalzte erneut mit der Zunge. Was für ein entsetzliches Geräusch.

Unvermittelt spürte Nicole eine kalte Klinge auf ihrem Rücken. Sie riss panisch die Augen auf. Das scharfe Metall ritzte ihre Haut.

»Bitte, nicht!« Tränen rollten ihre Wangen hinab. Sie fühlte sich ausgeliefert. Vollkommen hilflos. Verzweifelt.

»Bitte, nicht!«, äffte er sie nach. »Dein Gewinsel wird dich nicht retten.«

Die Klinge glitt ihre Haut entlang und erreichte die Vorderseite. Wieder das Zungenschnalzen.

»Ich halte das nicht aus! Bitte!«

Ein spitzer Schmerz jagte durch ihre linke Brust. Sie

spürte, wie das Blut über ihre Haut rann. Vergeblich riss sie an den Seilen und schrie um Hilfe.

»Wer soll dich denn hören? Du bist mitten im Wald.«

»Hör auf! Bitte!«

Die Messerspitze strich über ihren Bauch, ihre alte Narbe entlang. Sofort kamen die Erinnerungen von damals in ihr hoch. Die grausamen Schmerzen. Ihre eigenen Schreie.

»Es ist schon faszinierend, wie sich die Geschichte wiederholt, findest du nicht?«

Nicole schüttelte heftig den Kopf. »Lass mich gehen! Bitte!«

Wieder schnalzte er mit der Zunge. Plötzlich überfiel sie ein gewaltiger Schmerz. Ihr Bauch schien zu explodieren. Sie sah Blut spritzen. Furchtbar viel Blut. Sie spürte, wie es ihre Beine hinablief und auf den Steinboden platschte. Sie begriff nicht, was geschehen war. Begriff gar nichts mehr. Als sie wie in Trance an sich hinabblickte, wurde sie Zeugin eines bizarren Schauspiels. Sie sah ihren Bauch, der sich wie ein Mund weit geöffnet hatte und aus dem ein blutroter Springbrunnen heraussprudelte.

Es wurde kälter. Immer kälter. Nicole wurde müde. Ein trüber Nebel umgab sie. Er wurde immer dichter und dunkler, bis er sie vollkommen verschlang.

2

Sonntag, 21. Oktober

Carolin Löwenstein biss in ihr Mohnbrötchen. Vor ihr stand ein reich gedeckter Frühstückstisch, der kaum einen Wunsch offenließ. Es gab Rührei mit Schnittlauch, eine Käseplatte, Obst, frische Croissants und Orangensaft. Aber Caro war nicht nach Essen zumute. Vielmehr hatte sie das Gefühl, dass ihr der Bissen im Hals stecken blieb. Sie hatte soeben eine Textnachricht von ihrem Ex-Mann Georg erhalten. Er hatte mal wieder einen wichtigen Schultermin ihrer gemeinsamen Tochter abgesagt und noch nicht einmal einen Grund genannt.

»So ein Idiot!«, platzte es aus Caro heraus. Sie kniff die Augen zusammen und strich das lange rote Haar hinter die Ohren.

Jennifer blickte ihre Mutter stirnrunzelnd an. »Was ist denn los?«

»Dein Vater hat den Termin bei der Direktorin abgesagt.« Caro schüttelte den Kopf.

Sie hatte sich vor knapp einem Jahr von Georg getrennt, nachdem sie herausgefunden hatte, dass er seit längerer Zeit eine Affäre mit einer Arbeitskollegin gehabt hatte. Ihre Illusion eines friedvollen Familienlebens war damals abrupt geplatzt.

»Hat die Direktorin nicht gesagt, dass ihr beide an dem Gespräch teilnehmen sollt?«, fragte das blonde Mädchen mit leicht gelangweiltem Unterton.

»Allerdings!« Caro brodelte innerlich, doch vor ihrer

Tochter wollte sie sich nicht gehenlassen. »Ich regle das schon. Wir finden sicher einen neuen Termin.«

Sie stellte sich vor, wie Georg anstelle des Schultermins mit seiner neuen Freundin entspannt Essen ging, während sie selbst alles geradebiegen musste. Wie immer. Die ganzen Jahre hatte sie ihre eigene Karriere als Psychologin beim Landeskriminalamt Hessen zugunsten der Familie zurückgestellt, obwohl sie eigentlich höhere Ambitionen gehabt hatte.

»Lass dir ruhig Zeit«, sagte Jennifer. »Die alte Schachtel nervt eh nur rum.«

Caro sah ihre Tochter tadelnd an. »Wenn du nicht ständig schwänzen würdest, dann bräuchten wir dieses Gespräch nicht.«

Jennifer verdrehte die Augen. »Schule ist totale Zeitverschwendung.«

Verfluchte Pubertät, dachte Caro. Es fiel ihr zunehmend schwer, ihre sechzehnjährige Tochter auf der Spur zu halten, vor allem, seit Georg aus ihrer Wiesbadener Wohnung ausgezogen war. Die Doppelbelastung aus Polizeiarbeit und endlosen Diskussionen mit einem hormondurchtränkten Teenager nagte an ihren Kraftreserven. Es war eine ewige Gratwanderung.

»Du weißt genau, dass ich nicht mit dir über den Sinn der Schule diskutiere«, erwiderte Caro ruhig. »Das ist eine Pflichtveranstaltung!« Es war wichtig, Jennifer Grenzen aufzuzeigen. Rote Linien durften nicht infrage gestellt werden. Zu keiner Zeit.

Caros Handy vibrierte. Auf dem Display erschien der Name von Kriminalkommissar Simon Berger. Er arbeitete in der Abteilung für schwere Kriminalität im Landeskriminalamt Hessen und griff gerne auf Caros psychologische Expertise zurück.

Nach der Scheidung von Georg hatte Caro eine Zusatzausbildung zur operativen Fallanalytikerin gemacht, mit dem Ziel, als Profilerin die Aufklärung von Mordfällen zu unterstützen. Allerdings waren ihre Kenntnisse bisher nur wenig nachgefragt worden. Umso mehr freute sie sich über den Anruf des Kommissars.

»Ich muss rangehen«, sagte Caro knapp.

»Wer ist das?«, fragte Jennifer.

»Meine Dienststelle.« Caro nahm den Anruf entgegen. »Guten Morgen, Berger.«

Obwohl man sich im LKA üblicherweise mit dem Vornamen ansprach, wurde der Kommissar von allen nur Berger genannt.

»Ich störe ja nur ungern deinen Sonntagsbrunch«, sagte er. »Aber ich brauche dich bei einem neuen Fall.«

Caro schielte zu ihrer Tochter hinüber. »Was ist denn passiert?«

»Ein Mord in einem Waldstück im Taunus.«

»Was haben wir damit zu tun? Ist das nicht Sache der lokalen Polizei?«

Jennifer beobachtete ihre Mutter interessiert.

»Eine Frau wurde äußerst brutal ermordet. Außerdem ist der Tatort ... speziell.«

»Wie meinst du das?«

»Es handelt sich um eine Art Therapiezentrum für Aussteiger, die mit dem normalen Leben nicht zurechtkommen. Das ist auch der Grund, warum ich deine Hilfe benötige.«

»Klingt interessant. Was heißt, der Mord war ›besonders brutal‹?«

»Dem Opfer wurde bei lebendigem Leib der Bauch aufgeschnitten. Aber mehr weiß ich auch nicht. Wir werden am Tatort erwartet. Ich hole dich gleich von zu Hause ab.«

»Ich, äh, ja, in Ordnung.« Caro dachte an ihre Tochter. Das Mädchen war zwar alt genug, um alleine zu Hause zu bleiben. Trotzdem verspürte Caro ein unangenehmes Magengrummeln, vor allem, wenn sie an Jennifers Clique dachte.

»Ich bin in fünf Minuten da.« Berger legte auf.

»Ich muss zur Arbeit«, sagte Caro.

Jennifer zuckte mit den Achseln. »Kein Problem. Ich hatte eh nicht vor, den ganzen Tag hier abzuhängen.«

Der Klumpen in Caros Magen vergrößerte sich. »Du bist wieder zu Hause, sobald es dunkel wird. Verstanden?«

Jennifer nickte mit einem unverkennbar genervten Gesichtsausdruck.

Wohl oder übel zog Caro ihre Sneakers an und warf sich eine Jacke über. Auf dem Weg zur Wohnungstür sah sie kurz in den Spiegel und strich sich die Haare hinter die Ohren. Sie hatte sich am Morgen dezent geschminkt und die blauen Augen stärker zur Geltung gebracht. Das schmale Gesicht mit den Sommersprossen, der feinen Nase und den hohen Wangenknochen wirkte deutlich jünger, als es tatsächlich war. Es war fast schon zu einem Ritual geworden, dass sie sich bestätigend zunickte, wenn sie aus dem Haus ging.

Nachdem sie sich von Jennifer verabschiedet hatte, verließ sie die Wohnung.

3

Die Reifen wirbelten Staub auf, als Kriminalkommissar Simon Berger auf den Schotterweg abbog. Die Fahrt von Wiesbaden ins Silberbachtal im Taunus hatte knapp eine halbe Stunde gedauert.

Durch die dichten Baumkronen fiel kaum Licht. Der Weg war zunehmend von der Natur zurückerobert worden, und der Wagen streifte immer wieder Büsche, die über die Fahrbahn wucherten. Ein verrostetes Zauntor, das mit Stacheldraht gesichert war, stand offen, wirkte aber alles andere als einladend.

Ein paar Hundert Meter voraus erreichten die Ermittler ein in die Jahre gekommenes Gutshaus aus rotem Backstein, das mit Efeu zugewachsen war. Das breite Eingangsportal mit zwei römischen Säulen passte überhaupt nicht zum Rest des Gebäudes, sollte aber vermutlich einen feudalen Eindruck vermitteln. Links neben dem Haupthaus stand eine Scheune, die – den neuen Fenstern zufolge – erst vor kurzer Zeit in ein Wohnhaus umgebaut worden war. Um das Hofgelände herum verteilten sich einige Blockhütten, aus deren Schornsteinen Rauch aufstieg. Ein mächtiger Ahornbaum zwischen den Häusern bildete mit seinen rötlich gefärbten Blättern einen einsamen Farbtupfer unter dem grauen Oktoberhimmel. Auf dem Schotterplatz vor dem Gutshaus parkten mehrere Polizeifahrzeuge und der Einsatzwagen der Spurensicherung.

Berger stellte den Wagen ab und stieg aus. Er hatte eine athletische Figur, kurze dunkle Haare und einen

Dreitagebart. Seine braunen Augen wirkten wach, aber auch stets leicht melancholisch. Kantige Gesichtszüge und tiefe Falten spiegelten die Härte seines Jobs wider, was von einer länglichen Narbe über seiner rechten Augenbraue noch unterstrichen wurde.

»Der Hof sieht irgendwie unheimlich aus«, sagte Caro. »Und das soll ein ... wie hast du es genannt? ... Therapiezentrum sein?«

»Soweit ich weiß, hat ein Psychologe den Hof gekauft und in eine Klinik umgewandelt. Vermutlich haben sich die Patienten in ihre Häuser zurückgezogen. So ein schrecklicher Mord spricht sich schnell herum.«

»Ja, vermutlich.« Caro spürte, wie eine Gänsehaut ihre Arme überzog, als sie das Gutshaus betrachtete.

Eine Autotür klappte. Ein uniformierter, blonder Polizist kam auf sie zu. »Kommissar Berger, Frau Löwenstein? Ich bringe Sie zum Tatort. Wir müssen allerdings ein Stück durch den Wald laufen.«

Er steuerte einen schmalen Weg an, der vom Hof wegführte. »Folgen Sie mir bitte.«

»Wer hat das Opfer entdeckt?«, fragte Berger, der von seiner Dienststelle offensichtlich nur wenige Informationen über den Mord erhalten hatte.

»Wiebke Böhm. Eine Patientin aus der Kolonie. Sie wollte heute Morgen in der Kapelle beten gehen.«

»Kolonie?«, hakte Caro nach.

»Ja, die Bewohner nennen die Klinik so«, erwiderte der Polizist. »Silberbachkolonie.«

»Und das Opfer?«, erkundigte sich Berger.

»Sie war ebenfalls eine Patientin hier.« Der uniformierte Kollege zeigte auf den Hof. »Sie hieß Nicole Bachmann.«

»Hmm. Sind Sie selbst auch aus der Gegend?«

»Ja, zwei Orte weiter«, antwortete der Polizist.

Rechter Hand lichtete sich der Wald, und ein abgeerntetes Feld kam zum Vorschein. Kurz darauf erreichten sie einen Wegpunkt, an dem ein vergilbtes Kreuz stand.

»Kennen Sie die Leute, die in der Kolonie wohnen?«, fragte Caro.

»Nein. Ich habe aber gehört, dass es vor ein paar Jahren Ärger gab, als die Einrichtung eröffnet wurde. Die Bewohner der anliegenden Dörfer hatten wohl Angst vor den Patienten, aber das hat sich schnell wieder gelegt. Vermutlich deshalb, weil die Leute hier in einer anderen Welt leben.«

Caro starrte ihn an. »Wie meinen Sie das?«

»Die Kolonie ist abgelegen, und keiner von den Bewohnern verlässt das Gelände.«

»Aber sie müssen sich doch versorgen«, gab Berger stirnrunzelnd zu bedenken.

»Soweit ich weiß, erzeugen die Menschen hier sämtliche Lebensmittel selbst.«

»Damit leben sie gesünder als wir alle zusammen«, erwiderte Caro.

Berger nickte.

Die Gruppe überquerte eine Holzbrücke, die über einen Bach führte. Auf der linken Seite erhob sich ein Backsteingebäude, durch das der Wasserlauf mitten hindurchführte. Eine Wassermühle. Im Schatten der Bäume wirkte das alte Gemäuer schwermütig, genau wie das Gutshaus. Mehrere Fenster waren zerbrochen oder mit Brettern zugenagelt, das Fundament bröckelte vor sich hin. Moos bedeckte die Wände. Wieder richteten sich Caros Nackenhaare auf.

»Sieht echt trostlos aus«, bemerkte sie.

Berger kräuselte die Stirn, sodass sich seine Falten tiefer gruben. »Wohnen möchte ich hier auch nicht.«

Der Streifenpolizist bog an einer Gabelung rechts ab. »Wir sind gleich da.«

Auf beiden Seiten des Weges standen bunte Holzfiguren, die aus Baumstümpfen geschnitzt worden waren. Düster dreinblickende Fratzen mit verzerrten Gesichtern und unförmigen Kopfbedeckungen. Die merkwürdigen Pfähle verstärkten Caros beunruhigendes Gefühl noch.

Etwa hundert Meter voraus tauchte die Kapelle auf: ein viereckiger Felssteinbau mit einem Satteldach, auf dem ein spitzes Türmchen thronte. Auf der Vorderseite gab es eine Rundbogentür, darüber ein Steinkreuz. Vor dem Gotteshaus warteten mehrere Polizisten und Kollegen der Spurensicherung.

Simone Schweitzer, die Rechtsmedizinerin des Landeskriminalamtes, stand etwas abseits der Gruppe und telefonierte. Caro mochte die etwa fünfzigjährige Frau mit der dickrandigen Brille – trotz ihrer ruppigen Art.

»Simone!« Berger lief bereits auf die Kollegin zu.

Sie legte auf und funkelte Berger an. »Schau an, der Kommissar kommt auch endlich.« Anschließend begrüßte sie Caro freundlich.

»Die Leiche läuft schon nicht weg«, erwiderte Berger zwinkernd.

Die Pathologin rollte mit den Augen. »Sieh dich erst mal um, dann vergehen dir die Scherze. Die Spurensicherung ist bereits durch, ihr könnt den Tatort also direkt begutachten.«

Zu dritt betraten sie die Kapelle. Caros Magen verkrampfte sich, als sie das Szenario erfasste. Für einen kurzen Moment schloss sie die Augen, dann zwang sie sich, das Opfer erneut anzusehen.

Eine nackte Frau hing in der Mitte des Raumes an einem Deckenbalken. Stricke fraßen sich in ihre Handgelenke. Der Kopf war zur Seite gefallen, und das dunkle

Haar klebte auf den Schultern. Das Gesicht wirkte noch im Tod schmerzverzerrt. Quer über den Bauch klaffte eine tiefe Wunde, aus der Gedärme herausquollen. Blut war in alle Richtungen gespritzt, die Beine hinabgeronnen und hatte unter ihrem Körper eine dickflüssige Lache gebildet.

»Oh mein Gott!«, entfuhr es Caro. Während ihrer Weiterbildung zur Tatortanalystin hatte sie viele schreckliche Bilder gesehen – in Büchern und auf Leinwänden. Eine grausam zugerichtete Leiche direkt vor sich zu erleben, war jedoch eine andere Dimension. Sie schloss erneut die Augen.

Berger wandte sich an Simone Schweitzer. »Ich nehme an, die Todesursache war Verbluten?«

»Nach meinen ersten Untersuchungen, ja. Der Blutverlust war massiv, sodass der Tod innerhalb weniger Minuten eingetreten ist. Sie muss furchtbar gelitten haben, ein so tiefer Schnitt durch die Eingeweide ist extrem schmerzvoll.«

»Kannst du schon sagen, wann sie gestorben ist?«

»Der Körpertemperatur zufolge heute Nacht zwischen ein und drei Uhr morgens.«

»Und die Tatwaffe?«

»Ein Messer oder ein Schwert. Für eine detaillierte Beurteilung muss ich aber erst noch die Schnittränder untersuchen.«

Caro zwang sich, die hängende Frauenleiche erneut anzuschauen. Es kam ihr vor, als würde sie die Schreie der Frau hören. Als hätte der Mörder sein vor Blut triefendes Messer gerade aus ihr herausgezogen.

»Es sieht nach einem Ritualmord aus«, sagte sie leise. »Vielleicht mit einem religiösen Hintergrund.«

Die Rechtsmedizinerin nickte. »Verdammt makaber, in einer Kapelle.«

Berger ging um die Leiche herum. »Ist sie vergewaltigt worden?«

»Ich denke nicht. Mir sind auf den ersten Blick keine Verletzungen im Genitalbereich aufgefallen. Aber auch das kann ich noch nicht mit Sicherheit sagen.«

Das Mordopfer musste etwa in Caros Alter gewesen sein, Mitte bis Ende dreißig, schlank und vermutlich attraktiv, wenn man sich die leichenblasse Haut und die verzerrten Gesichtszüge wegdachte. Warum war sie auf solch barbarische Art hingerichtet worden?

Berger untersuchte das Seil. Der Täter hatte es über einen Balken der Dachkonstruktion geworfen, dann das Opfer damit gefesselt, in die Höhe gezogen und anschließend das andere Ende an einem Fenstergitter befestigt. »Eine Frau können wir wohl ausschließen. Der Mörder muss ziemlich kräftig sein.«

»Das sehe ich genauso«, gab ihm Caro recht. »Auch die Brutalität der Tat spricht für einen Mann.«

»Mir sind noch weitere Schnittwunden aufgefallen«, meldete sich Simone Schweitzer zu Wort. »Am Rücken und auf der Unterseite der linken Brust. Es sieht so aus, als hätte der Täter die Frau vor dem tödlichen Schnitt gequält.

Alle traten näher, um die Stiche genauer betrachten zu können.

»Das stimmt«, sagte Berger. »Mehrere Schnitte, einige davon sogar recht tief.«

»Ich nehme an, der Killer hat mit ihr gespielt«, schlussfolgerte Caro. »Er hat die Tat genossen.«

»Also haben wir es mit einem sadistischen Mörder zu tun, der vermutlich wieder zuschlagen wird«, ergänzte Berger. »Wir müssen die Kolonie auseinandernehmen.«

4

Als Caro und Berger auf den Hof zurückkehrten, trat ein grauhaariger Mann in einem dunklen Anzug und einer roten Krawatte aus dem Gutshaus. Er hatte eine breite Nase, schmale Lippen und einen stechenden Blick. Die Hände in die Hüften gestemmt, wartete er auf die Polizisten.

»Ich bin Doktor Klinger«, rief er ihnen mit einer Reibeisenstimme entgegen. »Ich leite diese Einrichtung.«

Berger ging ruhig auf ihn zu. »Dann können Sie uns sicher mehr über das Opfer sagen.« Er zog seinen Polizeiausweis heraus und stellte Caro und sich vor.

»Nicole Bachmann war meine Patientin und hat in der Kolonie gelebt«, entgegnete der Doktor.

»Welche Krankheiten therapieren Sie denn hier eigentlich?«, fragte Caro.

»Zivilisationskrankheiten. Burn-out, Psychosen, Phobien. Das, was passiert, wenn Menschen von der Gesellschaft zu sehr unter Druck gesetzt werden.«

»Und woran litt Nicole Bachmann?«, erkundigte sich Berger.

Klinger kniff die Augen zusammen. »Sie hatte Depressionen.«

Berger nickte. »Wo finden wir Wiebke Böhm, die Frau, die das Opfer entdeckt hat?«

»Es tut mir leid. Sie steht noch unter Schock. Ich möchte nicht, dass Sie die Frau heute weiter verschrecken.«

»Ich verstehe, dass Sie Frau Böhm schützen möchten, aber sie ist eine wichtige Zeugin«, sagte der Kommissar.

»Herr Berger, wir sind eine Therapieeinrichtung. Frau Böhm befindet sich in einem labilen Zustand. Ich werde alles tun, um ihre Ermittlungen zu unterstützen, aber ich muss auch auf das Wohl meiner Patienten achten.«

Caro konnte nachvollziehen, dass der Doktor die Koloniebewohner schützen wollte. »Herr Klinger, was halten Sie davon, wenn wir Frau Böhm unter Ihrer Aufsicht, wirklich nur kurz, befragen?«

Der Psychologe starrte Caro einen Moment lang an, dann nickte er knapp. »Wenn Sie meine Patientin mit Ihren Fragen zu sehr aufwühlen, breche ich die Unterredung sofort ab.«

Berger hatte seine Stirn in Falten gelegt und setzte zu einer wenig diplomatischen Antwort an, aber Caro kam ihm zuvor. »In Ordnung.«

Klinger stieg die Treppenstufen des Hauseingangs herunter. »Kommen Sie mit.« Er führte die Kollegen zu der umgebauten Scheune hinüber. Caro bemerkte, dass er leicht humpelte.

»Wie viele Menschen leben hier?«, fragte sie.

»Achtundzwanzig.«

»Und das sind alles Patienten? Oder haben Sie auch Angestellte?«

»Von meiner Familie abgesehen, leben ausschließlich Patienten auf dem Hof. Wir sind keine Klinik im engeren Sinne, sondern eine Langzeittherapieeinrichtung. Ein Refugium für ein paar Menschen, fernab von gesellschaftlichem Druck. Jeder Bewohner der Kolonie hat eine sinnvolle Aufgabe, die ihn ausfüllt, aber nicht belastet. Wiebke Böhm zum Beispiel arbeitet hier als Frisörin. Andere Patienten helfen in der Wäscherei aus, schaffen auf den Feldern oder in der Mühle.«

»Sie erzeugen alle Lebensmittel selbst?«, fragte Caro.

»Ja, somit ist niemand gezwungen, den Hof zu verlassen.«

Caro dachte einen kurzen Moment über seine Worte nach. War es für die Patienten wirklich vorteilhaft, vom Rest der Welt abgeschottet zu werden? Wurden damit ihre Ängste nicht eher verstärkt?

Als sie die Scheune erreichten, fuhr der Doktor fort: »Ich habe hier vierzehn Wohneinheiten untergebracht. Einfache und zweckmäßige Zimmer. Wiebke Böhm wohnt im Erdgeschoss.«

Klinger steuerte eine Wohnungstür an und klopfte. Kurz darauf öffnete eine blond gelockte Frau die Tür, zunächst nur einen kleinen Spalt, dann weiter. Sie zuckte zusammen, als sie Caro und Berger erblickte. Gleichzeitig entwich die Farbe aus ihrem rundlichen Gesicht.

»W... wer ist d... das?«, stotterte sie.

»Es ist alles in Ordnung, Wiebke!«, sagte Klinger in einem ruhigen Tonfall. »Die Herrschaften sind von der Polizei und möchten kurz mit Ihnen sprechen. Ich bleibe die ganze Zeit hier. Sie brauchen also keine Angst zu haben.«

Caro schätzte die Frau auf Mitte fünfzig. Sie war untersetzt und mit einem grauen Wollpullover sowie einer ebenfalls grauen Jogginghose unvorteilhaft gekleidet. Alles in allem erinnerte sie Caro an eine schreckhafte graue Maus.

Die Wohnung bestand aus einem getäfelten Raum, der mit einem schlichten Bett und einem Esstisch mit zwei Holzstühlen eingerichtet war. Auf einem Bücherregal standen zerfledderte Taschenbücher. Auf der linken Seite gab es eine Mini-Küchenzeile mit Herd und Waschbecken, daneben eine Tür, die vermutlich in ein Badezimmer führte. Klinger hatte nicht gelogen, als er die Räumlichkeiten als ›einfach‹ bezeichnet hatte.

»Ich möchte nicht mit Ihnen reden.« Wiebke Böhm zitterte.

Klinger ergriff ihre Hand. »Keine Sorge, Wiebke. Setzen Sie sich bitte erst einmal!«

Caro fand es ungewöhnlich, dass er die Frau mit ›Sie‹ ansprach. Bei so wenigen Bewohnern auf dem Hof hätte sie etwas mehr Nähe erwartet. Aber vermutlich wollte der Doktor die Distanz zu seinen Patienten wahren.

Nachdem sich Wiebke Böhm am Esstisch niedergelassen hatte, ergriff Caro das Wort. »Sie brauchen sich nicht zu fürchten. Wir möchten nur von Ihnen erfahren, was Sie heute Morgen gesehen haben.«

Die Frau zitterte jetzt noch heftiger.

»Es war ... so ... furchtbar. Die arme Nicole.«

Caro hatte das Bild des nackten, ausgeweideten Opfers vor Augen. »Haben Sie sonst jemanden beobachtet?«

»N ... nein. Niemanden.«

»Hatte Nicole Bachmann Feinde in der Kolonie?«, fragte Berger.

Wiebke Böhm blickte Klinger an, der den Kopf schüttelte. Dann antwortete sie schnell. »Nein. Nein.«

Caro kräuselte die Stirn. Offensichtlich war das nicht die ganze Antwort gewesen. »Denken Sie bitte noch mal nach.«

»Ich weiß das nicht.« Sie schüttelte übertrieben stark den Kopf.

»Sie kann Ihnen nicht helfen«, sagte Klinger. »Sehen Sie doch, wie sehr sie die Situation belastet. Ich möchte Sie bitten, jetzt zu gehen.« Er baute sich schützend vor Wiebke Böhm auf.

»Wir sind aber noch nicht fertig«, erwiderte Berger.

»Es tut mir leid! Ich muss die Notbremse ziehen«, sagte der Doktor mit fester Stimme.

Caro nickte ihrem Kollegen zu. In diesem Zustand würden sie ohnehin nicht mehr aus der Frau herausbekommen. Wohl oder übel verabschiedeten sich die Polizisten und traten ins Freie.

Klinger steuerte sein Haus an und rief den Ermittlern im Gehen zu: »Ich muss mich jetzt um meine Patienten kümmern. Wenn Sie meine Hilfe benötigen, bin ich gerne für sie da.«

»Er ist nicht wirklich kooperativ«, bemerkte Berger, als der Kolonievorsteher außer Hörweite war. »Wenn jemand aus der Kolonie den Mord begangen hat, dann sind hier alle in Gefahr.«

»Ich kann nachvollziehen, dass er seine Patienten schützen will. Frau Böhm hatte eine Heidenangst. Das war nicht zu übersehen.«

Berger schoss einen Stein zur Seite. »Sie weiß mehr, als sie uns gesagt hat.«

»Ja, das denke ich auch.«

Auf der anderen Seite des Schotterplatzes packten die Mitarbeiter der Spurensicherung gerade ihre Ausrüstung in die Fahrzeuge. Zwei Polizisten mühten sich mit einer Trage ab, auf der ein schwarzer Leichensack ruhte. Das Opfer wurde in die Gerichtsmedizin abtransportiert. Simone Schweitzer winkte ihnen zu, bevor sie in ihren Wagen stieg.

»Wir sollten noch mal mit Klinger sprechen«, sagte Caro. »Vielleicht können wir ihm noch ein paar Zugeständnisse abtrotzen. Weitere Befragungen in seiner Anwesenheit.«

»Das müssen wir auf jeden Fall. Aber jetzt fahren wir erst mal zurück nach Wiesbaden.«

5

Auf der Fahrt ins Präsidium vibrierte Bergers Mobiltelefon. Er sah mit einem Auge aufs Display. Sofort bremste er den Wagen ab und hielt am Straßenrand. »Es ist Jens.« Er nahm den Anruf entgegen.

Jens Schröder war der Chef der Abteilung für schwere Kriminalität. Caro kannte ihn nicht persönlich, hatte aber ein Bild vor Augen. Hagere Statur, dunkelbraune, nach hinten gegelte Haare und eine randlose Brille. Sie konnte nicht verstehen, was Bergers Vorgesetzter am anderen Ende der Leitung sprach.

Plötzlich riss der Kommissar die Augen auf. »Das ist nicht dein Ernst!«

Er reichte Caro das Handy wortlos herüber. Sein Blick sprach Bände. Die Psychologin meldete sich, woraufhin Schröder ohne Begrüßung in das Gespräch einstieg.

»Ich habe Berger bereits ausführlich unterrichtet. Normalerweise würde ich eine SoKo einrichten und die Silberbachkolonie auseinandernehmen lassen, bis wir den Täter gefasst haben. Dieser Fall gestaltet sich allerdings komplizierter. Doktor Klinger ist ein angesehener Psychologe und seine Patienten äußerst labil. Ich möchte unter keinen Umständen einen Artikel über Polizeigewalt in der Zeitung lesen. Wir müssen also sensibel vorgehen.«

»Natürlich sind wir vorsichtig«, erwiderte Caro. »Trotzdem müssen wir die Leute befragen.«

»Das ist mir auch klar. Aber in einem deutlich reduzierten Umfang. Ich habe soeben ein langes Telefongespräch mit Doktor Klinger geführt. Nachdem er mir seine Situation deutlich gemacht hat, haben wir einen Kompromiss ausgehandelt.«

»Und der wäre?« Caro sah zu Berger hinüber, der heftig den Kopf schüttelte.

»Die Ermittlungen vor Ort werden auf ein Minimum beschränkt, damit die Patienten vorerst möglichst wenig belastet werden. Doktor Klinger hat vorgeschlagen, dass Sie, Frau Löwenstein, als ausgebildete Psychologin, in der Kolonie ermitteln und sogar ein paar Tage auf dem Hof wohnen. Offenbar haben Sie einen guten Eindruck hinterlassen. Ich persönlich halte das für eine hervorragende Idee. So können Sie die Patienten in Ruhe befragen.«

In Caros Hirn ratterte es. Ein paar Tage auf dem Hof bleiben?

»Habe ich das richtig verstanden, dass ich alleine dortbleiben soll?«, hakte Caro nach.

»Ganz genau. Herr Klinger hat angeboten, Sie bestmöglich zu unterstützen, damit die Befragungen zügig abgeschlossen werden können.«

Caro dachte an Jennifer. Sie konnte ihre Tochter unmöglich so lange alleine lassen. Oder doch?

»Ich, äh, ... gibt es nicht eine andere Möglichkeit?«

»Soweit ich erfahren habe, möchten Sie gerne in den operativen Dienst wechseln. Eventuell wird bald eine feste Stelle in meiner Abteilung frei. Aber dafür müssen Sie sich beweisen, Frau Löwenstein.«

Caros Schläfen pochten. Was für eine Entscheidung! Sie würde sich in Gefahr begeben und außerdem ihre Tochter – zumindest zeitweise – aus den Augen lassen müssen. Auf der anderen Seite war es eine große Chance. Sie brauchte mehr Zeit, um sich darüber klar zu werden, was sie eigentlich wollte. Abwägen, was die Konsequenzen sein würden. Aber sie hatte keine Zeit. Sie musste eine Entscheidung treffen. Jetzt!

»Ich mache es.«

Berger verdrehte die Augen. »Das ist zu gefährlich, Caro!«

»Dann sind wir uns ja einig«, sagte Schröder. »Melden Sie sich bitte bei Herrn Klinger. Viel Erfolg.«

Schröder legte auf.

»Das ist verrückt!«, schimpfte Berger. »Du bist nicht für eine solche Aufgabe ausgebildet. Was passiert, wenn du plötzlich dem Mörder gegenüberstehst? Was, wenn du ihn aus der Reserve lockst? Du trägst ja nicht einmal eine Waffe.«

»Das wäre wohl auch das Letzte, was Klinger in der Kolonie akzeptieren würde. Ich weiß, dass es schwierig und möglicherweise auch gefährlich wird. Aber ich möchte die Chance nutzen. Außerdem kann ich immer noch die Reißleine ziehen, wenn es brenzlig wird.«

»Vielleicht ist es dann zu spät. Die Kolonie liegt zu abgelegen, um schnell hier zu sein.«

»Ich kenne die Gefahren.«

Berger schüttelte erneut den Kopf. »Das gefällt mir alles nicht. Und schon gar nicht, dass du auf dem Hof übernachtest.«

»Mach dir keine Sorgen! Ich halte dich immer auf dem Laufenden.«

»Aber sicher. Ich möchte, dass du mich regelmäßig anrufst.«

Caro nickte zögernd. Die ganze Sache war ihr ebenfalls nicht geheuer.

»Dann fahr mich jetzt bitte nach Hause, damit ich meine Sachen packen kann.«

Der Kommissar formte einen Fluch auf den Lippen,

und Caro spürte regelrecht die Sorgenfalten, die sich in seine Stirn gruben.

Zwei Stunden später rollte Bergers Wagen wieder auf den Gutshof. Er hatte sich angeboten, Caro zurück in die Kolonie zu fahren.

Caro machte sich Gedanken wegen Jennifer. Sie hatte ihre Tochter nicht in der Wohnung angetroffen, als sie ihre Sachen gepackt hatte. Sie litt unter der emotionalen Distanz, die das Mädchen in der letzten Zeit zu ihr aufbaute, obwohl sie wusste, dass es sich um einen normalen Prozess während der Pubertät handelte. In gewisser Weise gab sie sich selbst die Schuld an Jennifers Verhalten, das seit der Scheidung von Tag zu Tag schlimmer zu werden schien. Sie schwänzte die Schule, hatte angefangen, Alkohol zu trinken, und erweckte den Eindruck, als sei ihr alles egal. War es richtig, das Mädchen alleine zu lassen?

Sie könnte Georg anrufen und ihn um Hilfe bitten. Sofort verwarf sie den Gedanken wieder. Ihr Ex-Mann war in dieser Situation so nützlich wie eine Sahnetorte bei einer Diät. Aber vielleicht würde ihre Freundin Katharina einspringen.

Die Fahrzeuge der Spurensicherung und der Bereitschaftspolizei hatten das Gelände inzwischen verlassen. Dadurch wirkte der Hof noch trister als zuvor. Caro schluckte schwer.

Berger parkte vor dem Eingang des Gutshauses und blickte seiner Kollegin in die Augen. »Vergiss nicht, dich zu melden!«

»Ja, ich rufe dich an«, erwiderte Caro.

Sie hätte sich Berger am liebsten in die Arme geworfen und ihn angefleht, nicht zu fahren, aber sie riss sich zusammen. Stattdessen nickte sie ihm kurz zu und stieg aus dem Auto.

Als er vom Parkplatz fuhr, blickte sie ihm sehnsüchtig hinterher, bis der Wagen zwischen den Bäumen verschwunden war. Jetzt war sie auf sich allein gestellt.

Caro schulterte ihren Rucksack, in dem sie ihre Wechselkleidung, Kulturtasche, Wasser und etwas Proviant mitführte. Dann stieg sie die Treppen zum Eingang des Gutshauses hinauf. Bevor sie klopfte, blickte sie sich noch einmal um. Der Hof wirkte noch immer ausgestorben. Dennoch kam es ihr vor, als würden die Patienten sie von allen Seiten beobachten, unter ihnen ein psychopathischer Mörder.

Doktor Klinger öffnete die Tür. »Wie ich sehe, hat Ihr Vorgesetzter Sie bereits instruiert. Das ist gut! Kommen Sie mit, ich zeige Ihnen Ihre Hütte.«

»Meine Hütte?«, fragte Caro skeptisch.

»Sie bleiben doch in der Kolonie, oder nicht?«, fragte der Doktor.

»Ja.«

»Na also. Wenn Sie nicht im Wald schlafen wollen, dann kann ich Ihnen eine leer stehende Blockhütte anbieten.«

Caro nickte unsicher.

»Folgen Sie mir!« Klinger humpelte am Gutshaus entlang.

Etwas abgelegen hinter dem Hof standen Holzhütten, die Caro eher an Gartenhäuser erinnerten. Direkt dahinter begann der Wald. Der Doktor steuerte eine Hütte an, die in Sichtweite des Haupthauses lag, und öffnete die Tür.

Das Innere des Häuschens wirkte ähnlich spartanisch wie Wiebke Böhms Zimmer in der umgebauten Scheune. Ein Bett, ein Tisch mit zwei Stühlen, Herd und

Waschbecken. Dazu ein Ofen, der allerdings nicht lief. Entsprechend kühl war es in der Hütte. Es roch intensiv nach Holz.

»Willkommen in Ihrer Unterkunft«, sagte Klinger knapp. »Und nun zu den Regeln, Frau Löwenstein. Wenn Sie einen meiner Patienten befragen möchten, dann sagen Sie mir bitte vorher Bescheid. Ich muss die Leute behutsam auf ein solches Gespräch vorbereiten.«

Caro nickte. »In Ordnung.«

»Ach. Bevor ich es vergesse«, fuhr Klinger fort. »Betreten Sie auf gar keinen Fall die Wassermühle! Das Gebäude ist baufällig.«

Caro blickte auf die Tür. »Bekomme ich einen Schlüssel?«

»Wir benutzen keine Schlüssel.«

»Soll das ein Witz sein?«, fragte sie entgeistert.

»Es ist Teil des Therapiekonzeptes, dass sämtliche Türen in der Kolonie offen stehen.«

»Ihnen ist schon klar, dass hier vielleicht ein Mörder herumläuft, oder?«

»Trotzdem werden wir uns nicht verbarrikadieren.« Klinger drehte sich um. »Richten Sie sich erst mal in Ruhe ein.«

Das durfte nicht wahr sein. Eine unverschlossene Hütte! Hinzu kam, dass es weder Vorhänge noch Fensterläden gab. Sie würde wie auf einem Präsentierteller sitzen. Eine Nacht in Angst. Inzwischen bereute sie ihre Entscheidung. Berger hatte recht gehabt. Für einen kurzen Moment dachte sie daran, ihren Kollegen anzurufen, um sich abholen zu lassen. Doch dann würde sich ihre Karriere im LKA in Luft auflösen. Sie verwarf den Gedanken.

Wieder blickte sich Caro in der Hütte um. Auf dem Bett lag eine einfache Wolldecke, die kratzig aussah.

Dazu ein kleines Kissen. Sie öffnete die Tür zu einem winzigen Badezimmer, in dem es nur eine Toilette und ein Waschbecken gab. Keine Dusche. Neben dem Wasserhahn lag ein Stück Seife. *Home, sweet home.*

Es wurde Zeit, Jennifer anzurufen. Sie musste ihrer Tochter wohl oder übel mitteilen, dass sie die nächsten Tage nicht nach Hause kommen würde. Inzwischen müsste Jennifer zurück sein. Hoffentlich!

Sie griff zum Handy, stellte jedoch fest, dass sie keinen Empfang hatte. Da Berger auf dem Parkplatz hatte telefonieren können, musste es dort eine ausreichende Netzabdeckung geben. Also machte sie sich auf den Weg.

Als Caro aus der Hütte trat, kam ihr eine junge Frau mit schulterlangen schwarzen Haaren und einem auffälligen Nasenring entgegen, offenbar ihre Nachbarin.

Caro winkte ihr zu. »Hallo, mein Name ist Carolin Löwenstein. Ich bin Psychologin und arbeite bei der Polizei.«

Das Mädchen sah sie misstrauisch an. »Polizei? Was wollen Sie hier?«

»Ich möchte helfen, den Mord an Nicole Bachmann aufzuklären. Wie heißen Sie?«

»Zoé«, erwiderte die Frau einsilbig. Dann verschwand sie in ihrer Hütte und schlug die Tür zu.

Herzlich willkommen, dachte Caro. Es würde ein verdammt harter Job werden, die Mauern des Schweigens in der Kolonie zu durchbrechen.

Als Caro ihr Mobiltelefon aus der Tasche holte, stellte sie fest, dass sie noch immer keine Netzabdeckung hatte. Sie lief auf den roten Ahornbaum zu, der mitten auf dem Hof vor dem Gutshaus stand. Endlich erschien ein Balken auf dem Display.

Als Caro gerade ihre Tochter anwählen wollte, ging ein Anruf der Rechtsmedizinerin Simone Schweitzer ein.

6

»Ich halte es für keine gute Idee, dass du alleine dort oben im Taunus bleibst«, begann die Rechtsmedizinerin das Telefongespräch.

»Ich habe keine andere Wahl«, erwiderte Caro.

»Es ist zu gefährlich! Der Killer ist ein ausgeprägter Sadist.«

»Das ist mir bewusst.«

»Nein, du verstehst nicht. Er ist ein Monster! Ich habe die Leiche von Nicole Bachmann inzwischen weiter untersucht. Dabei ist mir aufgefallen, dass ihre Bauchwunde nicht aus einem geraden Schnitt besteht, sondern innen ausgefranst ist.«

»Was heißt das?«

»Dass der Mörder der Frau größtmögliche Schmerzen zufügen wollte. Er hat das Messer nach dem ersten Schnitt nochmals durch die offene Wunde gezogen und dann in ihren Eingeweiden hin- und hergedreht.«

Ein eiskalter Schauer lief Caros Rücken hinunter. »War das Opfer da schon tot?«

»Nein, die Frau muss entsetzliche Schmerzen gehabt haben. Und das sagt mir, dass der Killer eine Bestie ist. Der Gedanke daran, dass du alleine in dieser merkwürdigen Kolonie ermittelst, treibt mir den Schweiß auf die Stirn.«

»Es gibt leider keine andere Möglichkeit. Die Patienten sind labil und müssen unter großer Vorsicht befragt werden. Dafür wurde ich ausgewählt.«

»Das ist doch Irrsinn! Wer zum Teufel hat das entschieden?«

»Jens Schröder.«

»Hmm. Ich glaube kaum, dass die Entscheidung allein von Jens kommt. Bitte geh keine Risiken ein, Caro! Am besten wäre, wenn du dich verbarrikadierst und wartest, bis Berger zurückkommt.«

Mit einigem Unbehagen dachte Caro an die nicht abschließbare Hütte, behielt den Gedanken aber für sich. »Ich passe schon auf mich auf, Simone. Danke für deine Hilfe.«

»Ich halte dich über die Fortschritte der Obduktion auf dem Laufenden.«

Caro bedankte sich und legte auf. Anschließend rief sie Jennifer an und teilte ihr mit, dass sie die nächsten Tage nicht nach Hause kommen würde. Erwartungsgemäß hatte das Mädchen keine Probleme damit. Sie schien sogar ganz zufrieden mit der Situation zu sein, was Caros ungutes Gefühl deutlich verstärkte.

Sofort, nachdem sie das Gespräch beendet hatte, rief sie Katharina an, eine gute Freundin, die sie seit ihrer Schulzeit kannte und die nur fünf Minuten entfernt wohnte. Katharina versprach, regelmäßig bei Jennifer vorbeizuschauen, was Caros Sorgen etwas linderte.

Als sie das Telefon in die Tasche gesteckt hatte und sich umdrehte, erschrak sie. Auf der Treppe des Gutshauses stand eine blonde Frau, die sie durchdringend anstarrte. Caro hatte das Gefühl, dass der Blick sie regelrecht durchbohrte. Die Frau war Anfang dreißig, auffällig schlank und trug eine enge Hose aus Lederimitat, dazu einen roten, ebenfalls körperbetonten Rollkragenpullover. War sie eine von Klingers Patientinnen?

Caro trat die Flucht nach vorne an und ging auf die

Frau zu. Als sie bis auf fünf Meter herangekommen war, rief sie möglichst unaufgeregt: »Hallo!«

»Was machen Sie hier?«, fragte die Frau, ohne Caro zu begrüßen.

»Ich heiße Carolin Löwenstein und suche – zusammen mit Kommissar Berger – nach dem Mörder von Nicole Bachmann. Und wer sind Sie?«

»Evelyn Klinger.«

War das die Tochter des Doktors? Doch bevor sie etwas sagen konnte, ergänzte die Koloniebewohnerin: »Ich bin Jonas Klingers Ehefrau.«

Caro war überrascht. Der Altersunterschied zwischen den Eheleuten war beträchtlich.

»Es gibt hier keinen Mörder«, fuhr Evelyn fort. »Jeder kennt jeden. Wir wüssten sofort, wenn jemand aus der Kolonie für die Tat verantwortlich wäre.«

»Man sieht Straftätern ihre Absichten nicht unbedingt an«, gab Caro zu bedenken.

Evelin trat zwei Treppenstufen hinunter. »Es gibt hier auch keine Straftäter!«

»Das glaube ich Ihnen ja. Machen Sie sich keine Sorgen. Ich bin hier, um zu helfen.«

»Natürlich.« Evelyn lächelte aufgesetzt.

Caro strich sich die Haare hinter die Ohren. »Ich möchte noch einmal mit Wiebke Böhm sprechen.«

Evelyn hob ihren Blick. »Das kann ich leider nicht entscheiden. Sie müssen meinen Mann um Erlaubnis fragen. Und der ist gerade beschäftigt.«

Caro begann, innerlich zu brodeln. »Dann melden Sie mich bitte bei ihm an.«

Sie verabschiedete sich mit einem knappen Kopfnicken und beeilte sich, aus dem Sichtfeld der Frau zu kommen, denn sie hatte nicht vor, auf Klingers Legitimation zu warten.

7

Als Caro an der Scheune vorbeiging, fragte sie sich, was Wiebke Böhm verborgen hatte. Sie war der Frage, ob das Mordopfer Feinde in der Kolonie gehabt hatte, eindeutig ausgewichen. Hatte der Doktor auf subtile Weise dafür gesorgt, dass sie den Mund gehalten hatte? War das womöglich der Grund, warum er bei allen Befragungen dabei sein wollte? Oder war er tatsächlich nur um das Wohl seiner Patienten besorgt?

Caro blickte sich um. Niemand war auf dem Hof. Niemand beobachtete sie. Oder doch? Sollte sie es wagen, die Frau ohne Erlaubnis aufzusuchen? Ohne Klingers Maulkorb?

Wieder sah Caro über die Schulter, dann betrat sie die Scheune und klopfte an Wiebke Böhms Zimmertür.

Die Frau mit den lockigen Haaren öffnete. Ihr Gesichtsausdruck wechselte von Überraschung zu Angst. Dann zu Panik.

»Bitte machen Sie sich keine Sorgen, Frau Böhm. Ich möchte mich nur mit Ihnen unterhalten.«

»Ich ... kann ... nicht«, brachte sie mühsam hervor.

Caro änderte ihre Strategie. »Ich muss meine sechzehnjährige Tochter, Jennifer, für ein paar Tage alleine lassen, um hier in der Kolonie bleiben zu können.«

»S... Sie bleiben auf dem Hof?«, fragte Wiebke Böhm verwundert. Die Panik verschwand aus ihrem Gesicht.

»Ja, und ich habe es momentan echt nicht leicht mit meiner Tochter. Sie hängt ständig mit ihren Freunden ab und schwänzt die Schule. Daher fällt es mir wirklich schwer, sie alleine zu lassen. Warum sind Sie eigentlich hier?« Caro setzte den schnellen Themenwechsel bewusst ein.

Wiebke wirkte verwirrt, dennoch antwortete sie. »Ich konnte nicht mehr.«

»Wie meinen Sie das?«, hakte Caro nach.

»Ich war Investmentbankerin.«

Jetzt war Caro überrascht. »Investmentbankerin?« Sie stellte sich die zusammengefallene Frau im kurzen Businesskostüm vor, während sie in der oberen Etage eines Frankfurter Banktowers hektische Anweisungen ins Telefon brüllte.

»Ich hatte einen schlimmen Burn-out und wollte mir sogar das Leben nehmen. Doktor Klinger hat mich gerettet. Hier in der Kolonie geht es mir gut. Ich könnte mir nicht mehr vorstellen, woanders zu leben.«

»Wie ist Herr Klinger denn so?«

»Er ist wie ein Hirte, der mich durchs Leben leitet. Und er ist ein wundervoller Arzt.«

Caro nickte. Offenbar hatte der Doktor seine Patienten gut im Griff. »Aber er scheint auch ziemlich streng zu sein, oder?«

»Es gibt Regeln.«

»Zum Beispiel?«

»Abends um zehn Uhr ist Bettruhe. Außerdem müssen alle Patienten der Gemeinschaft dienen.«

»Mit Arbeit?«

»Ja. Ich habe gelernt, Haare zu schneiden. Und es erfreut mich, meinen Beitrag für die Gemeinschaft leisten zu können.«

»Und wenn jemand gegen die Regeln verstößt? Oder nicht der Gemeinschaft dient?«

Wiebkes Hand zitterte. »Ich halte mich an die Regeln.«

»Gibt es denn Strafen?«, fragte Caro.

Die Frau starrte in die Luft, unsicher, ob sie antworten sollte. »Ich finde die Regeln gut. Sie beruhigen mich.«

Ihre Antwort klang einstudiert. Außerdem war Caro davon überzeugt, dass Angst in ihrer Stimme mitschwang. Sie verheimlichte etwas.

Caro beschloss, das Gespräch auf das Mordopfer zu lenken. »Wer hatte einen Grund, Nicole Bachmann zu töten?«

Die Augen der Frau weiteten sich. Das Zittern nahm zu. »Ich ... ich weiß es nicht.«

»Doch, Sie wissen es.«

Sie schüttelte den Kopf, sprach aber trotzdem weiter. »Jemand hat sie beobachtet.«

»Beobachtet? Wer?«

Wiebke Böhm rollten Tränen aus den Augen. Sie zitterte noch stärker. »Nicole hatte große Angst. Sie hat sich in den letzten Tagen ständig umgeschaut, als sei sie auf der Flucht.«

»Auf der Flucht vor wem?«

Die Frau schüttelte den Kopf. »Ich weiß nicht. Ich ...«

Die Tür wurde ruckartig aufgerissen, und Jonas Klinger platzte herein.

»Warum befragen Sie meine Patientin ohne meine Erlaubnis?«

Caro drehte sich um. »Ich habe Ihrer Frau Bescheid gesagt. Ich kann auch nichts dafür, wenn sie die Information nicht weitergibt.«

Der Doktor lief rot an. »Kommen Sie bitte mit mir hinaus, Frau Löwenstein. Ich möchte nicht, dass Wiebke unsere Diskussion mit anhören muss. Sie hat heute schon genug durchgemacht.«

Als beide vor der Wohnung standen und die Tür ins

Schloss gefallen war, wandte sich Klinger mit zitternden Nasenflügeln an Caro. »Wir hatten eine klare Abmachung. Keine Befragungen ohne meine Zustimmung. Was haben Sie sich nur dabei gedacht?«

Caro sah ihm fest in die Augen. »Ich erwarte von Ihnen mehr Unterstützung, Herr Klinger. Wir haben eine Menge Befragungen vor der Brust. Wenn Sie die Gespräche begleiten möchten, dann helfen Sie mir.«

»Natürlich unterstütze ich Sie. Das habe ich schon mehrfach deutlich gemacht. Allerdings erwarte ich mehr Geduld von Ihnen. Ich werde jetzt noch einmal mit Ihrem Vorgesetzten telefonieren, damit wir ein gemeinsames Verständnis von ihren Ermittlungsmethoden bekommen.«

»Von mir aus.« Nach außen wahrte Caro die Fassung, doch innerlich geriet sie in Panik. Wie würde Jens Schröder reagieren? Würde er auf ihrer Seite stehen oder sie stattdessen zusammenfalten?

Klinger stapfte davon, vermutlich zum nächsten Telefon. Bevor er aus dem Blickfeld verschwand, drehte er sich noch einmal um. »Ich halte sehr viel von Ihnen, Frau Löwenstein. Machen Sie diesen Eindruck nicht kaputt!«

Caro nickte. Dann ging sie langsam zu dem Ahornbaum hinüber, von wo aus sie Empfang hatte. Sie erwartete einen Anruf.

Etwa zehn Minuten später vibrierte ihr Handy.

8

Eine Kuhglocke läutete, als Zoé Weber die Tür des Krämerladens öffnete, der auf der Rückseite der umgebauten Scheune untergebracht war. Hier deckten sich die Bewohner der Kolonie mit Lebensmitteln ein, die der Hof erwirtschaftete.

Hinter der Theke stand Konrad, ein großer, dicklicher Mann Ende zwanzig, mit rotblonden Haaren, buschigen Augenbrauen und viel zu dicken Lippen. Zoé wusste, dass er heimlich in sie verliebt war. Er ließ keine Gelegenheit aus, ihr Komplimente zu machen, und suchte ständig ihre Nähe. Sie fand ihn nett, aber auch nicht mehr.

»Hallo Sonnenschein!«, flötete er ihr entgegen.

Sie verdrehte die Augen. »Hi, Konrad.«

»Ich habe dir wie immer die schönsten Kartoffeln zurückgelegt.«

Zoé bemerkte, dass er auf ihr Dekolleté starrte, und verschränkte die Arme. »Ich möchte keine Kartoffeln.«

»Das mit Nicole ist schlimm, oder?«, fragte er zögernd, als wolle er zunächst ihre Meinung herausfinden.

»Natürlich ist es das.«

»Hast du, äh, hast du Angst?«, stotterte Konrad.

»Nein.«

»Ich möchte dich beschützen.«

»Hast du mir nicht zugehört? Ich habe keine Angst.«

»Vielleicht bist du die Nächste«, sagte er trotzig.

»Na und? Dann muss ich mir wenigstens nicht selbst die Pulsadern aufschneiden.« Sie zog ihren Ärmel hoch und zeigte ihm den vernarbten Arm, obwohl er ihn bereits kannte.

Seit dem Teenageralter ritzte sich Zoé die Haut auf: an den Armen, zwischen den Beinen, auf dem Bauch. Dreimal hatte sie versucht, sich das Leben zu nehmen, was auch der Grund dafür war, dass sie sich in der Obhut von Doktor Klinger befand.

»Hör auf damit!«, rief er. »Niemand sollte sich umbringen.«

»Warum nicht?«

»Dafür gibt es höhere Mächte.«

»Ich nehme mein Schicksal lieber selbst in die Hand.« Sie strich über ihren Nasenring.

Konrad kniff die Augen zusammen. »Er beobachtet euch Frauen.«

»Ich weiß.«

»Und das, was mit Nicole geschehen ist, wird wieder passieren.«

»Vielleicht.«

»Ich kann dich beschützen.«

»Ganz bestimmt nicht!«

Zoé war in einer Pflegefamilie aufgewachsen und von ihrem Vormund missbraucht worden. Sie konnte sich beim besten Willen nicht vorstellen, von einem Mann beschützt zu werden, geschweige denn, eine Beziehung zu einem Mann aufzubauen.

Konrad sah gekränkt aus. Oder war er sogar wütend? Er versuchte immer wieder, bei ihr zu landen. Und sie hielt ihn stets auf Distanz. Trotzdem mochte sie ihn. Irgendwie.

»Möchtest du vielleicht Möhren? Ich habe besonders schöne für dich zurückgelegt.« Auch das war typisch für ihn. Er wechselte einfach das Thema und tat, als ob nichts geschehen wäre. Als hätte das Gespräch gar nicht stattgefunden.

»Ich möchte nur etwas Milch und Käse.«

Er brachte ihr die Lebensmittel. »Was glaubst du, wird Klinger unternehmen?«

»Er stellt noch mehr Regeln auf und lässt uns stärker überwachen. Außerdem wird Fucking Evelyn zur Hochform auflaufen.«

»Ich finde es gut, dass Klinger so streng ist«, sagte Konrad. »Er will uns beschützen. Und das ist vor allem bei euch Frauen wichtig.«

»Warum das denn?«

»Schau dir doch Nicole an. Sie hat nicht gehorcht, und jetzt ist sie tot.«

»Ich halte mich auch nicht an die Regeln«, sagte Zoé provozierend.

»Das ist nicht gut für dich. Es ist bestimmt sehr schmerzvoll, wenn dir der Bauch aufgeschlitzt wird.«

»Was willst du damit sagen?«

Er schüttelte den Kopf. »Vergiss es einfach.«

Zoé verabschiedete sich und verließ den Laden. Konrad war schon ein komischer Kauz. Er konnte ja auch nichts dafür. Zoé wusste, dass auch er aus einem kaputten Elternhaus stammte, mit einem Vater, der ihn ständig geschlagen hatte. Er kam in der Welt ›da draußen‹ ebenso wenig zurecht wie sie selbst. Konrad brach schon beim geringsten Druck zusammen. Vor ein paar Wochen hatte er hinter der Theke des Kolonieladens einen Heulkrampf bekommen, weil ihm die Kartoffeln ausgegangen waren. Aber zum Glück waren solche Momente in der Kolonie selten, denn Doktor Klinger sorgte dafür, dass alle Patienten in Ruhe und ohne Druck leben konnten.

Als Zoé über den Hof blickte, erkannte sie die rothaarige Polizistin. Warum war sie ganz alleine hier? Zuvor hatte sie den lautstarken Streit zwischen ihr und dem Doktor mit angehört. Er würde sie mit seinen Stasi-Methoden unter Kontrolle bekommen, so wie alle Bewohner der Kolonie. Klinger war ein Leitwolf, der seine Herde niemals aus den Augen ließ, aber auch gut für sie sorgte. Zoé akzeptierte seine Führung, doch ihr war bewusst, dass er äußerst unangenehm werden konnte.

Sie dachte an Nicole. Schade, dass sie hatte sterben müssen. Sie war echt nett gewesen. Doch so war das nun mal: Leute kreuzten ihr Leben und verließen es wieder. Niemand blieb.

Von Wiebke hatte sie erfahren, dass jemand Nicoles Bauch aufgeschlitzt hatte. Die bildhaften Schilderungen hatten sich in Zoés Kopf festgefressen. Und sie wusste, dass Nicole in den Tagen vor ihrem Tod Angst gehabt hatte. Große Angst sogar. Zoé musste dringend mit Doktor Klinger über ihre Empfindungen sprechen. Er würde ihr helfen.

9

Caro blickte auf das vibrierende Mobiltelefon. Es war der Anruf, den sie erwartet, oder besser gesagt, befürchtet hatte.

Jens Schröder räusperte sich, bevor er zu sprechen begann. »Frau Löwenstein, es ist keine zwei Stunden her, dass ich darum gebeten habe, die Befragungen behutsam und ausschließlich in Absprache mit Doktor Klinger durchzuführen. Und was machen Sie? Das genaue Gegenteil!«

»Ja. Das stimmt«, sagte Caro in möglichst ruhigem Ton, obwohl ihr Puls raste. »Aber ich habe den Verdacht, dass mir die Leute unter Klingers Aufsicht nicht die ganze Wahrheit sagen. Er scheint seine Patienten gewissermaßen zu kontrollieren. Vielleicht haben sie sogar Angst vor ihm.«

»Doktor Klinger ist ein angesehener Psychologe«, entgegnete Schröder. »Er will seine Patienten schützen. Das sollten Sie eigentlich am besten verstehen.«

»Das ist nur die halbe Wahrheit. Er verbirgt etwas.«

»Und was soll das sein? Glauben Sie, dass er etwas vertuschen will? Oder dass er sogar selbst hinter den Morden steckt?«

Caro schüttelte den Kopf. »Das weiß ich noch nicht.«

»Dann finden Sie es heraus! Aber nicht mit der Brechstange. Wir haben eine Absprache mit dem Doktor, und daran sollten Sie sich auch halten. Ich schlage vor, dass Sie noch mal mit ihm reden und auf seine Befindlichkeiten eingehen.«

»Ich verstehe nicht, warum wir Klinger dermaßen mit Samthandschuhen anfassen müssen. Ja, seine Patienten sind labil, und wir müssen behutsam vorgehen. Auf der anderen Seite müssen wir den Mord aufklären.«

»Mir wäre es auch lieber, die komplette Abteilung in die seltsame Kolonie zu schicken.« Seine Stimme wurde lauter. »Doch mir sind die Hände gebunden, und ich erwarte Ihre Unterstützung.«

Aha! Die Anweisung kam also gar nicht von Schröder. Aber von wem dann?

»Also noch mal«, fuhr der Abteilungsleiter fort. »Sprechen Sie bitte mit Herrn Klinger, und machen Sie Ihren Fauxpas wieder gut!«

»Von mir aus«, presste sie durch die Zähne und legte auf.

Caro holte tief Luft, dann rief sie Berger an und berichtete ihm von ihren Begegnungen mit Klinger, der erneuten Befragung von Wiebke Böhm und natürlich von ihrem Gespräch mit Schröder.

»So ein Scheiß!«, echauffierte sich der Kommissar. »Ständig werfen uns die Schlipsträger Stöcke zwischen die Beine. Vermutlich hast du recht, und Jens bekommt seine Anweisungen von oben. Offenbar hat der Doktor gute Beziehungen.«

»Unter den Umständen habe ich keine Chance, etwas herauszufinden. Ich glaube, Klinger weiß mehr, als er zugibt.«

»Ja, den Eindruck hatte ich auch«, gab Berger ihr recht.

»Was soll ich denn jetzt machen?«

»Am liebsten würde ich dich da sofort rausholen.«

»Vergiss es! So schnell gebe ich nicht auf.«

»Das dachte ich mir schon. Dann bleibt dir nichts anderes übrig, als mit Klinger zu reden. Und danach sehen wir weiter. Wir müssen einen Weg finden, seine Regeln zu unterwandern, ohne dass er es merkt.«

»Wie stellst du dir das vor? Hier geschieht nichts ohne seine Kenntnis.«

»In jedem System gibt es Schwachstellen.«

»Hmm.«

»Ich weiß, es ist viel verlangt. Aber bitte geh jetzt zu Klinger. Und halte mich unbedingt auf dem Laufenden. Ich hole dich da raus, wenn es brenzlig wird.«

»Danke.« Caro legte auf.

Der Gedanke daran, quasi bei Klinger um Entschuldigung zu betteln, verklumpte ihren Magen. Auf der anderen Seite hatte sie auf gar keinen Fall vor, aufzugeben.

Sie erinnerte sich an eine Situation an der Uni, in der sie vor einer ähnlichen Herausforderung gestanden hatte. Caro hatte während der Vorlesung einer Psychologiekoryphäe eine seiner Thesen infrage gestellt. Sie hatte sich in die Diskussion vor dem voll besetzten Auditorium hineingesteigert und den Professor regelrecht blamiert. Bis heute war sie der Auffassung, dass sie die besseren Argumente gehabt hatte. Allerdings hatte das der Dekan damals anders gesehen. Er war stocksauer gewesen und hatte Caro aufgefordert, sich bei dem Vortragenden zu entschuldigen. Da sie kurz vor dem Examen gestanden hatte und sich keine schlechten Noten hatte leisten können, war sie wohl oder übel eingeknickt. Sie konnte sich noch bestens an das unangenehme Gefühl während dieser Erniedrigung erinnern. Und an das süffisante Lächeln des Professors.

Mit wackeligen Knien ging Caro auf das Gutshaus zu. Ein riesiger Kloß steckte ihr im Hals. Sie klopfte.

Evelyn öffnete die Tür. »Kann ich etwas für Sie tun?« Ihre Stimme klang übertrieben freundlich.

Caro fasste sämtlichen Mut zusammen. »Ich möchte Ihren Mann sprechen.«

»Ja, das sollten Sie, Frau Löwenstein. Mit der Psyche unserer Patienten ist nämlich nicht zu spaßen.« Sie drehte sich um und rief nach dem Doktor, der kurz darauf hinter ihr erschien.

»Ihr Vorgesetzter hat Ihnen also die Leviten gelesen? Ich hoffe, das wird Ihrer Karriere nicht schaden.« Er nickte Caro aufmunternd zu. »Wir bekommen die Befragungen schon gemeinsam hin.«

Caro suchte die Flucht nach vorne. »Ich möchte gerne mit weiteren Patienten sprechen.«

Er zögerte kurz, dann nickte er. »Natürlich. Aber nicht mehr heute. Ich bin den Rest des Tages damit beschäftigt, die Menschen zu beruhigen. Ich hoffe, Sie verstehen das. Morgen Vormittag können wir dann mit den Befragungen beginnen. Nutzen Sie doch die Zeit, um die schöne Natur zu genießen.«

Evelyn lächelte.

Caro wollte widersprechen. Doch damit würde sie noch mehr Öl ins Feuer gießen. Stattdessen atmete sie tief ein und sagte: »In Ordnung.«

»Sehr schön.« Der Doktor rieb sich die Hände. »Dann sind wir uns ja einig.«

Caro verabschiedete sich. Sie war froh, als sie endlich außer Sichtweite der Klingers war.

Auf dem Weg zu ihrer Hütte kamen ihr zwei Frauen im mittleren Alter entgegen. Eine der beiden starrte Caro an, als würde sie an Lepra leiden. Die andere wandte ihren Blick schnell ab. Es wurde immer deutlicher, dass Caro in der Kolonie nicht willkommen war. Und dass die Patienten Angst hatten.

10

Als Simon Berger die Tür seiner Wiesbadener Dreizimmerwohnung öffnete, kratzte Captain Jack, sein vierjähriger Golden Retriever, bereits von innen am Holz, bevor er endgültig über den Kommissar herfiel, als der den Flur betrat.

Berger liebte den beigefarbenen Hund über alles. Er war seine Familie. Es gab nichts Schöneres, als von ihm schwanzwedelnd begrüßt und dabei abgeschleckt zu werden. Berger hätte Captain Jack gerne ein größeres Zuhause geboten, ein Haus im Grünen vielleicht, aber das gab sein Polizeigehalt nicht her. Immerhin wurde der Hund tagsüber bestens betreut. Johanna, die zwölfjährige Nachbarstochter, war ebenfalls in Captain Jack vernarrt. Sie riss sich förmlich darum, den Hund im nahe gelegenen Park Gassi zu führen, was für Berger mit seinen unsteten Arbeitszeiten ein echter Segen war. Er musste sich nicht sorgen, dass es dem Tier schlecht ging.

Er kraulte Captain Jack hinter den Ohren, dann trotteten beide zusammen in die Küche, wo der Futternapf stand. Berger würde niemals auch nur einen Handschlag tun, bevor der Hund nicht sein Fressen bekam. Es war ein tägliches Ritual, auf das sich Berger schon auf dem Nachhauseweg freute.

Nachdem er das Tier versorgt hatte, ging er in sein Wohnzimmer und setzte sich aufs Sofa.

Er machte sich Sorgen um Caro. Die Situation in der Kolonie könnte außer Kontrolle geraten. Ein offensichtlich psychopathischer Mörder lief frei herum. Und Caro war ganz alleine. Warum hatte Jens Schröder dem Einsatz zugestimmt? Was steckte dahinter? Hatte ihn jemand von oben dazu gezwungen?

Es war schon dunkel, trotzdem hatte Berger im Wohnzimmer kein Licht angeschaltet. Er saß einfach nur da und starrte vor sich hin. Irgendwann gesellte sich Captain Jack zu ihm und ließ sich das Fell streicheln. Berger wusste, dass es Zeit für seine Tabletten war. Die Dämonen der Nacht kreisten bereits über ihm. Wenn er sie nicht bekämpfte, würden sie ihn in ihren tiefen Schlund hinunterziehen.

Niemand im Landeskriminalamt wusste von seiner Krankheit, nicht mal die Polizeipsychologen. Er hatte es all die Jahre geschafft, die Symptome zu verbergen. Er litt unter schweren Depressionen, die er mit Psychopharmaka einigermaßen im Griff hielt. Würde das bekannt werden, müsste er seinen Job an den Nagel hängen, und seine Arbeit bedeutete ihm alles. Daher besorgte er sich die Pillen in Frankfurt auf dem Schwarzmarkt, was ihn oftmals in gefährliche Situationen brachte.

Er war schon immer anfällig für die dunkle Seite gewesen, aber so richtig ausgebrochen war die Krankheit nach der furchtbaren Tragödie um Sarah. Er würde den Moment nie vergessen, als sie aufgehört hatte zu atmen.

Die Dämonen kamen näher und zerrten an ihm, als er an seine große Liebe dachte.

Wie in einem Schwarz-Weiß-Film sah er das italienische Restaurant vor sich, in dem sie gemeinsam Pasta aßen. Sie liebte die Ravioli in Rosmarin-Butter-Soße, er die Penne all'arrabiata mit Garnelen. Ihre Hochzeit stand kurz bevor, und sie sprachen gerade über die Organisation der Feier, als die Tür krachend aufgerissen wurde. Ein grobschlächtiger, rothaariger Mann stürmte herein, ein doppelläufiges Gewehr im Anschlag. Berger erkannte ihn sofort. René Kollnitz, ein Intensivstraftäter, den er erst vor Kurzem eingebuchtet hatte.

Warum zum Teufel war er wieder frei?

Aber diese Frage trat in den Hintergrund, als der Kerl Sarah und ihn ins Visier nahm. Seine Augen verengten sich zu Schlitzen, aus denen purer Hass zu sprühen schien. Berger griff instinktiv nach seiner Dienstwaffe, doch die hatte er zu Hause gelassen. Kollnitz drückte ab, und Berger nahm einen erstickten Schrei wahr. Sarah! In ihrer Brust klaffte eine tiefe Wunde, aus der das Blut nur so sprudelte.

»Nein!«, hörte er sich schreien. Dann sprang er auf und stürmte auf den Täter zu. Bevor der erneut zielen konnte, hatte Berger ihn bereits umgerissen. Das Gewehr fiel polternd zu Boden. Aber Kollnitz schüttelte Berger ab und trat ihn von sich weg. Er rappelte sich auf und flüchtete aus dem Lokal. Berger folgte ihm nicht. Stattdessen kehrte er zu Sarah zurück. Entsetzt sah er, wie sie die Augen verdrehte, verzweifelt nach Luft röchelte und dabei Blut spuckte. Berger presste die Hand auf ihre Wunde, während er panisch um Hilfe rief. Er betete um Sarahs Leben. Flehte sie an, durchzuhalten, wachzubleiben, ihn nicht zu verlassen. Doch sie hörte seine Worte nicht und gab den Kampf viel zu schnell auf. Die Kraft verließ ihren Körper, und ihre Augen wurden starr. Berger brüllte vor Schmerz.

Die Monate danach waren grausam gewesen. Berger machte sich schwere Vorwürfe, dass er nicht schneller reagiert hatte. Es stellte sich heraus, dass Kollnitz aus dem Gefängnis ausgebrochen war, weil irgendein dämlicher Wärter nicht aufgepasst hatte. Und offensichtlich hatte sein Hass auf Berger in der kurzen Zeit hinter Gittern überhandgenommen. Er hatte seine ersten Stunden in Freiheit dazu genutzt, sich eine Waffe zu besorgen, um damit den Kommissar, der ihn eingebuchtet hatte, zu erledigen. Aber er hatte nicht Berger erledigt, sondern eine Unbeteiligte. Sarah! Berger fand nie heraus, ob es Absicht gewesen war oder ob er einfach nur schlecht gezielt hatte.

In der Folge hatte Berger Kollnitz überall gesucht. Tag und Nacht. Er hatte kaum geschlafen, war jeder noch so unscheinbaren Spur gefolgt und hatte jeden Stein umgedreht. Sogar direkt nach Sarahs Beerdigung war er durch die dunklen Straßen von Frankfurt gezogen, um nach dem Mörder seiner Verlobten Ausschau zu halten. Er hatte ihn nicht gefunden. Als hätte er sich in Luft aufgelöst.

Mit der Zeit hatte sich seine Wut in Schwermut verwandelt. Die abendlichen Depressionen hatten ihn immer häufiger überfallen, und er hatte sich Hilfe gesucht. Aber nicht bei einem Psychologen, sondern auf der Straße, in Form von weißen Pillen, die seine Dämonen auf Abstand hielten. Zumindest kurzfristig.

Er tätschelte Captain Jack liebevoll den Rücken. »Was meinst du, alter Junge? Lässt du mich mal aufstehen? Ich brauche meine Ghostbusters.« So nannte er die Tabletten.

Berger erhob sich und griff in das Buchregal hinter die erste Reihe einer uralten Enzyklopädie, die im Zeitalter von Google und Wikipedia kein Mensch mehr nutzen würde. Aber zum Füllen der Regale und zum Verstecken seiner Pillen eigneten sie sich ganz gut. Er zog eine schwarze Plastikdose hervor und öffnete den Deckel. Dann warf er sich eine der Tabletten ein, in der Hoffnung, sie würden auch heute die Geister vertreiben. Er stellte fest, dass der Behälter fast leer war. Schon bald würde er wieder auf die riskante Beschaffungstour gehen müssen.

»Jetzt geht es uns gleich besser, oder?«, sagte er zu Captain Jack, während er sich neben ihn setzte. »Es war ein echter Scheißtag, weißt du? Schreib dir eines hinter die Ohren: Werde niemals ein Polizist, sorry, ich meinte Polizeihund. Dieser Job macht dich kaputt. Er ist wie Heroin. Manchmal macht er dich high, aber letztlich vernichtet er dich.«

Captain Jack antwortete nicht, und Berger starrte weiter in die Dunkelheit.

11

Er schlich am Waldrand entlang. In einer wolkenverhangenen Nacht wie heute war er in seiner schwarzen Kleidung nahezu unsichtbar. Niemand würde ihn bemerken oder gar aufhalten.

Die Euphorie der vergangenen Nacht war inzwischen verflogen. Er hatte sich großartig gefühlt, als er die Frau aufgeschlitzt hatte. Die Schmerzen in ihrem Blick waren unglaublich erregend gewesen. Vor allem die sterbende Hoffnung in den Augen. Der Moment, als sie begriffen hatte, dass es vorbei war. All das hatte ihn elektrisiert.

Er hatte nicht geplant, sie zu töten. Es war vielmehr Zufall gewesen. Sie war zur falschen Zeit am falschen Ort gewesen und hatte etwas gesehen, das sie nicht hätte sehen dürfen. Sie hatte ihm also keine andere Wahl gelassen. Aber genau das war ein Geschenk gewesen. Endlich war er den entscheidenden Schritt weitergegangen. Dank ihrer Hilfe.

Der Morgen danach hatte sich jedoch wie ein Kater nach einer grandiosen Party angefühlt. Eine merkwürdige Leere hatte ihn durchdrungen. Der Rausch war vorüber.

Jetzt, als er durch das Unterholz hinter den Hütten streifte, schwoll seine Erregung wieder an. Er liebte es, die Patienten zu beobachten, vor allem die weiblichen. Er spürte die Macht, die in seinen Händen lag. Problemlos konnte er jedes Blockhaus durch die unverschlossenen Türen betreten. Häufig genug tat er es auch. Er stellte sich dann an die Betten der Frauen und beobachtete sie, während sie schliefen. Und er malte sich aus, was er mit ihnen anstellen würde.

Heute war etwas Besonderes passiert. Eine neue Frau war in die Kolonie gekommen. Lange, rötliche Haare, blaue Augen, Sommersprossen, hohe Wangenknochen. Genau sein Typ. Er hatte sie den ganzen Tag über beobachtet. Ein wohliges Kribbeln breitete sich über seinen gesamten Körper aus.

Er erreichte die erste Hütte seiner täglichen Tour, das Blockhaus von Zoé Weber. Sie war jung und knackig, mit einem hübschen Gesicht und großen Brüsten. Lediglich die Piercings störten ihn. Aber diesen Makel würde er schnell beseitigen können.

Vorsichtig spähte er durch das Fenster. Zoé schlief wahrscheinlich. Sie hatte wie immer die Lampe im Bad brennen lassen und die Tür angelehnt, sodass ein dünner Lichtschein den Wohnraum beleuchtete. Er beobachtete sie einen Moment lang, doch leider kam nur ihr Haarschopf unter der Decke zum Vorschein. Manchmal konnte er mehr von ihr sehen. Das bezeichnete er dann als Hauptgewinn. Er schnalzte mit der Zunge.

Sollte er Zoé besuchen? Nein, heute zog es ihn eine Hütte weiter. Zu der Polizistin. Bei dem Gedanken daran, ihr näherzukommen, wurde ihm heiß.

Er schlich näher, bis er vor ihrem Fenster stand. Im Inneren war es stockdunkel. Keine Lichtquelle. Schade. Er hatte gehofft, die rothaarige Frau zunächst beobachten zu können.

Er tappte seitlich an der Hütte vorbei und verharrte in der Dunkelheit. Die Vorderseite des Hauses stellte ein Risiko dar. Jemand könnte ihn vom Weg aus sehen. Aber sein Drang war stärker als die Furcht vor Entdeckung. Er wurde magisch angezogen.

Mit leisen Schritten glitt er bis zur Eingangstür vor

und öffnete sie einen Spalt weit. Aus dem Inneren vernahm er ein gleichmäßiges Atmen. Die Polizistin schlief mit Sicherheit tief und fest, denn er hatte ihr am Abend ein Schlafmittel in ihre Wasserflasche geträufelt. Warum war sie auch so leichtsinnig, im Abendgrauen ihre Hütte zu verlassen, um sich die Beine zu vertreten?

Er schob die Tür weiter auf. Plötzlich knallte es. Er zuckte zusammen. *Was zum Teufel?* Offenbar hatte sie etwas hinter die Tür gestellt. Etwas, das sie warnen sollte. Er horchte. Noch immer hörte er ihre monotonen Atemzüge. Das Schlafmittel wirkte offenbar bestens.

Vorsichtig betrat er die Hütte und griff nach seiner Taschenlampe. Um nicht zu viel Licht zu verbreiten, hielt er seine Hand vor den Strahl und schaltete das Gerät ein. Die Polizistin hatte einen Besen gegen die Tür gelehnt. Nicht sehr freundlich von ihr. Er nahm sich vor, sie zu gegebener Zeit dafür zu bestrafen.

Er ging auf das Bett zu und beobachtete, wie sich die Bettdecke regelmäßig hob und wieder senkte. Sie hatte ihm das Gesicht zugewandt, die roten Haare fielen wie ein Vorhang zur Seite. Seine Hand fuhr fast automatisch in seine rechte Jackentasche und umfasste den Griff des Jagdmessers. In seiner Fantasie riss er der schönen Frau die Decke herunter, beugte sich über sie und stieß ihr die Klinge tief in den Bauch. Seine Erregung schwoll an. Langsam näherte er sich, bis er direkt vor ihrem Gesicht stand. Er strich ihr über die Haare. Sie zuckte nicht einmal. Es war ja so leicht!

Angespornt zog er die Decke ein Stück herunter, bis er die Form ihrer Brüste durch das Top erkennen konnte. Er zog sein Messer hervor und ließ es sanft über die Haut an ihrem Hals gleiten. Leise schnalzte er mit der Zunge. Ein prickelndes Gefühl breitete sich in seinem Unterleib aus und machte ihn hart. Er blickte in ihr schlafendes Gesicht. Die Sommersprossen hoben sich im Licht der Taschenlampe von ihrer blassen Gesichtshaut ab. Ein Makel, aber kein besonders schlimmer. Sie passte in sein Profil. In sein Beuteschema.

Jetzt drückte er die Klinge in ihren Hals. Die Frau zuckte, wachte jedoch nicht auf. Auf ihrer Haut bildete sich ein winziger roter Kratzer. Eine Markierung.

Er griff sich in den Schritt. Oh ja, er begehrte sie! Mit Sicherheit war es nicht das letzte Mal, dass er sie besuchte. Sie gehörte jetzt ihm.

Langsam zog er sein Messer zurück und steckte es wieder ein. Ein letzter Blick auf die schlafende Frau, dann knipste er die Taschenlampe aus und trat den Rückzug an. Bevor er die Hütte verließ, lehnte er den Besen wieder von innen gegen die Tür. Der Stiel würde anders stehen als vorher, aber das war nicht zu ändern.

Was für eine Nacht! Sein Körper fühlte sich an, als würde er lichterloh brennen. Er wusste, dass er der Versuchung nicht mehr lange widerstehen konnte. Es würde bald ein neues Opfer geben müssen.

12

Montag, 22. Oktober

Als Caro erwachte, wurde es draußen bereits hell. Sie fühlte sich zerschlagen, als hätte sie kaum geschlafen. Vermutlich setzte ihr die Belastung der schwierigen Ermittlung zu.

Sie blickte sich in der Hütte um. Alles sah genauso aus wie am Vorabend. Trotzdem überkam sie das merkwürdige Gefühl, als wäre jemand hier gewesen. Hatte sie den Besen nicht ein Stück weiter rechts platziert?

Als sie sich die Zähne putzte, bemerkte sie im Spiegel einen kleinen Kratzer am Hals. Hatte sie sich geschnitten? Oder selbst gekratzt? Leicht verwirrt schüttelte sie den Kopf.

Sie dachte an Jennifer. Wieder kamen Zweifel in ihr hoch, ob sie ihre gestiegenen beruflichen Ansprüche mit der Erziehung ihrer Tochter in Einklang bringen konnte. Solange sie ihren Nine-to-Five-Job im psychologischen Dienst der Polizei ausgeübt hatte, war alles kein Problem gewesen. Ihre Arbeit hatte darin bestanden, psychologische Gutachten über Straftäter zu erstellen oder bei externen Psychologen zu beauftragen. Insgesamt erschien ihr der Job jedoch zu unbedeutend. Sie hatte höhere Ambitionen. Deshalb hatte sie die Zusatzausbildung für operative Fallanalyse – auch Profiling genannt – absolviert, die sie mit Bestnote abgeschlossen hatte.

Danach hatte sich jedoch niemand im Landeskriminalamt für ihren Abschluss interessiert, und sie hatte die gleichen Aufgaben wie zuvor erledigen müssen, was sie zunehmend frustriert hatte. Bis sie vor etwa drei Monaten Kommissar Simon Berger getroffen hatte.

Caro erinnerte sich noch lebhaft an diese Begegnung ...

Sie wartete in einem Besprechungsraum des Landeskriminalamtes auf den Kommissar. Hinter einer Glasscheibe saß ein Straftäter in einem Verhörraum und wippte nervös auf und ab. Der Mann hatte am Vortag seine komplette Familie erschossen und war anschließend geflüchtet. Berger hatte ihn, soweit Caro gehört hatte, nach einer filmreifen Verfolgungsjagd gefasst und ins Landeskriminalamt gebracht.

Endlich betrat Berger den Besprechungsraum. Seine Haare waren zerzaust, und er hatte sich offensichtlich seit Tagen nicht rasiert. Doch genau diese verwegene Ausstrahlung ließ ihn besonders attraktiv erscheinen.

Sie sahen sich an, und für einen kurzen Moment schien die Zeit still zu stehen.

Dann riss Berger sie aus der Starre. »Guten Morgen, Frau Löwenstein. Ich möchte Ihre Zeit nicht allzu lange in Anspruch nehmen. Wir brauchen eine Ersteinschätzung hinsichtlich der psychologischen Verfassung des Täters. Mich interessiert vor allem die Frage, ob er vernehmungs- und zurechnungsfähig ist.«

»Soll ich mit ihm sprechen?«, fragte Caro.

Berger schüttelte energisch mit dem Kopf. »Nein, nein. Ich befrage ihn selbst. Sie beobachten nur und dokumentieren Ihre Erkenntnisse. Es geht mir lediglich um eine erste, oberflächliche Einschätzung.«

Seine harsche Reaktion verunsicherte Caro. Wollte er sie schützen? Oder traute er ihr das Gespräch mit dem Täter nicht zu?

»Ich habe vor Kurzem eine Zusatzausbildung zur operativen Fallanalyse gemacht«, sagte Caro. »Ich kann dabei helfen, die Hintergründe der Tat zu ermitteln.«

Berger blickte sie überrascht an. »Entschuldigung, ich wollte Sie nicht kränken. Ich brauche wirklich nur eine erste Einschätzung.« Er zögerte einen Moment, dann fuhr er lächelnd fort. »Aber keine Sorge. Jetzt, da ich weiß, dass Sie eine Profilerin sind, werde ich Sie bestimmt häufiger konsultieren.«

In den folgenden Wochen erfüllte er sein Versprechen. Caro durfte die Abteilung für schwere Kriminalität gelegentlich bei Tatortanalysen unterstützen. Ihr großer Traum war es jedoch, dauerhaft in die operative Arbeit der Abteilung einzusteigen, was mit dem Mordfall in der Silberbachkolonie in greifbare Nähe rückte. Vielleicht würde es die einzige Chance bleiben, sich ihren beruflichen Traum zu erfüllen.

Auf der anderen Seite durfte sie Jennifer nicht vernachlässigen. Sie würde es sich nie verzeihen, wenn das Mädchen abdriftete, nur weil sie zu wenig Zeit für sie aufbrachte. Das Schwänzen der Schule und ihre distanzierte Haltung waren eindeutig Symptome für ein tiefer liegendes Problem. Vielleicht war die Scheidung der Grund. Oder Mobbing durch ihre Klassenkameraden. Caro hatte mehrfach versucht, mehr herauszubekommen, aber Jennifer hatte sich ihr nicht geöffnet.

Sie nahm sich vor, ihrer Tochter mehr Unterstützung zu bieten, sobald sie wieder zu Hause sein würde. Die Karriere war nicht alles!

Caro spürte ihren leeren Magen. Sie musste sich etwas zu essen und zu trinken besorgen, denn ihre mitgebrachten Lebensmittel hatte sie am Vorabend aufgebraucht. Als sie aus der Hütte unter den wolkenverhangenen Himmel trat und über den Hof lief, kam ihr Zoé, die dunkelhaarige Frau mit dem Nasenring entgegen. Offensichtlich war sie in Gedanken, denn sie reagierte nicht.

»Entschuldigung«, rief Caro.

Die junge Frau zuckte zusammen. »Was?«

»Ich wollte Sie nicht erschrecken. Ich habe nur eine kurze Frage. Wo bekomme ich hier etwas zu essen?«

Sie zeigte auf die Scheune. »Auf der Rückseite gibt es einen Laden.« Dann ging sie weiter, den Blick starr auf den Boden gerichtet.

Caro folgte ihrem Rat und entdeckte den Verkaufsstand, hinter dessen Theke ein rothaariger Mann gerade Regale einräumte.

»Guten Morgen«, sagte Caro freundlich.

Er drehte sich um und runzelte die Stirn. »Ja bitte?«

»Ich wollte nur fragen, ob ich hier etwas Essen kaufen kann.«

»Die Lebensmittel sind nur für die Bewohner gedacht.«

»Ich wohne in der Kolonie.«

Er wurde sichtlich blass. »Ich ... äh ... weiß nicht, ob ich Ihnen, äh, etwas geben darf.«

»Wer verbietet Ihnen das denn?«

»Niemand. Ich meine, ich habe keine Ahnung.« Offensichtlich traute er sich nicht, eine eigene Entscheidung zu treffen.

»Brauchen Sie erst eine Erlaubnis von Doktor Klinger?«

Er zuckte zusammen, als sie den Namen des Kolonievorsitzenden aussprach.

»Haben Sie Angst vor ihm?«, setzte Caro nach.

Er schüttelte heftig den Kopf und zitterte am ganzen Körper. »Nein, nein.«

»Dann geben Sie mir doch einfach ein Brötchen und etwas Käse. Ich bezahle auch dafür.«

»W... wir, äh, nutzen hier kein G... Geld.« Die Situation schien ihn schwer zu belasten. Schließlich gab er den inneren Widerstand auf und überreichte ihr eine Papiertüte mit zwei Brötchen, Butter, Käse und einer Flasche Wasser. Caro bedankte sich und kehrte gedankenverloren in die Hütte zurück.

Warum hatte er solche Angst? Hatte Klinger allen Bewohnern einen Maulkorb verpasst und ihnen verboten, mit ihr zu sprechen? Oder waren die Leute generell ängstlich? Sie musste es dringend herausfinden.

Das Frühstück war mehr eine Qual als ein Genuss. Obwohl Brötchen und Käse wunderbar frisch waren, hatte Caro das Gefühl, dass ihr jeder Bissen im Hals stecken blieb. Sie trank einen kräftigen Schluck Wasser.

Um den Kopf frei zu bekommen, beschloss sie, nach dem Frühstück einen Spaziergang durch den Wald zu unternehmen.

Sie verließ die Hütte und lief den Pfad hinter dem Gutshaus entlang, bis die ersten hohen Bäume sie verschluckten. Der Weg war uneben und von knorrigen Wurzeln überzogen. Bunte Blätter und Bucheckern bedeckten den Boden. Es roch nach feuchter Erde und nassem Laub. Caro lauschte den Vögeln. Irgendwo weiter weg klopfte ein Specht gegen einen Baumstamm.

Alles erschien friedlich, keine Spur von einem psychopathischen Mörder. Doch Caro wusste, dass es ihn gab. Würde er wieder zuschlagen? Die besonders qualvolle Tötung und die Präsentation der Leiche in der Kapelle legten nahe, dass es kein Zweckmord war. Der Täter hatte Spaß gehabt, vermutlich sogar Erregung empfunden. Diese Gefühle wirkten wie Drogen. Sie schrien nach Wiederholung und sorgten für Entzugserscheinungen.

Bei dem Gedanken hätte Caro eigentlich Angst empfinden müssen, hier draußen im Wald. Doch das Gegenteil war der Fall. Sie fühlte sich stark. Überlegen. Mächtig. Sie ertappte sich sogar bei der Vorstellung, dem Mörder gegenüberzutreten, um ihm Handschellen anzulegen. Sie wurde zu übermütig, das war ihr klar.

Caro erreichte einen breiten Weg, der zu der alten Wassermühle führte. Nach ein paar Hundert Metern tauchte das Backsteingebäude vor ihr auf. Sie hörte Wasser rauschen und fragte sich, ob die Mühle noch genutzt wurde. Das wuchtige Bauwerk mit den zugenagelten Fenstern und seinen verrotteten, vermoosten Mauern wirkte morbide wie ein uralter Friedhof. Für einen kurzen Moment schien es Caro sogar am Atmen zu hindern, aber das war natürlich Einbildung. Warum hatte Klinger darauf gepocht, dass sie die Mühle nicht betreten durfte? Lag es an der Baufälligkeit des Gebäudes, oder steckte mehr dahinter?

Als sie wieder nach vorne blickte, erstarrte sie.

Auf der anderen Seite der Brücke stand ein stämmiger, blonder Mann mit einem auffallend roten Gesicht. Seine Haut stach deutlich aus den gelben Blättern des herbstlichen Waldes hervor. Er wirkte wie ein Geist.

Unzählige Gedanken schossen Caro durch den Kopf. Wer war dieser Kerl? Der Mörder? Was machte er hier? Würde er sie angreifen? Kam er aus der Kolonie? Sollte sie ihn ansprechen?

Caro entschied sich dafür. Vielleicht wusste der mysteriöse Mann etwas. Sie winkte ihm zu und lief ein paar Schritte voraus.

Der Hüne drehte sich um und trat hinter einen Baum, womit er aus Caros Sichtfeld verschwand.

»Hallo?«, rief sie. »Warten Sie bitte. Ich möchte mit Ihnen reden.«

Sie erhielt keine Antwort.

Als sie die Stelle erreichte, wo er soeben noch gestanden hatte, stellte sie fest, dass er verschwunden war. Sie sah sich um, entdeckte ihn aber nirgendwo. Als hätte er sich in Luft aufgelöst.

Nachdenklich ging sie weiter. Wer war dieser Mann? Ein paar Meter voraus kam sie an den Weg, der zur Waldkapelle führte, wo gestern noch Heerscharen von Tatortermittlern herumgelaufen waren.

Caro marschierte heute in die entgegengesetzte Richtung und gelangte an einen kleinen See. Ein Ruderboot lag an einem Holzsteg, der in das grüne Gewässer hineinragte. Sie trat auf die morschen Planken und blickte über das Wasser. Dann sah sie ihn wieder. Der blonde Mann stand auf der anderen Seite des Sees und beobachtete sie.

Warum rannte der Typ alleine durch den Wald und belauerte sie?

Dieses Mal winkte sie ihm nicht zu. Stattdessen stellte sie sich an den Rand des Stegs und starrte ebenfalls zu ihm hinüber. Einen Moment lang kreuzten sich ihre Blicke, als wäre es ein Kampf.

Der blonde Mann unterlag dem Duell. Er wandte sich ab und verschwand im Dickicht. Caro hatte zwar nichts über ihn herausgefunden, dennoch war sie stolz auf ihre mentale Stärke, die sie dem merkwürdigen Mann entgegengehalten hatte. Aber sie wusste auch: Wenn es sich um den Mörder handelte, dann hatte sie ihn herausgefordert. Mit unabsehbaren Konsequenzen.

13

Um Punkt neun Uhr traf Zoé im Gemeinschaftsraum der Kolonie ein, der sich neben dem Laden im Erdgeschoss der umgebauten Scheune befand. Doktor Klinger hatte eine kurzfristige Versammlung aller Bewohner einberufen. Der Grund lag auf der Hand, denn nach dem Tod von Nicole herrschte in der Kolonie Aufruhr. Die Patienten hatten Angst, Polizisten waren herumgelaufen, und dann war da noch die rothaarige Frau, die merkwürdige Fragen stellte. Die Welt geriet aus den Fugen, und Zoé wusste, dass auch ihr Leben von dem Beben erschüttert wurde.

Auf dem Weg zur Scheune fuhr sie sich gedankenverloren über die schmerzenden Unterarme. Gestern Nacht hatte sie es wieder getan. Das erste Mal seit langer Zeit. Eigentlich hatte sie die Rasierklinge als Symbol einer Krankheit aufbewahrt, die sie im Griff zu haben glaubte. Doch sie hatte sich geirrt. Der Zwang war zurückgekehrt, stärker als je zuvor. Zoé hatte keine Gegenwehr geleistet, sondern sich dem inneren Druck ergeben, ihre Haut aufzuritzen. Der spitze Schmerz hatte gutgetan und ihr das Gefühl gegeben, Kontrolle über sich selbst auszuüben. Er hatte sie von den dunklen Wolken abgelenkt, die sich über ihrem Leben zusammenbrauten.

Sie hatte Nicole gemocht. Sehr sogar. Obwohl die Frau deutlich älter und reifer gewesen war, hatte sich Zoé mit ihr auf gleicher Augenhöhe gesehen. In der letzten Zeit hatten sie oft gemeinsam auf den Feldern gearbeitet und dabei geholfen, die Ernte einzufahren.

Auch Nicole hatte unter Depressionen gelitten, genau wie sie. Ihre Gespräche hatten sich häufig um Trostlosigkeit und Leere gedreht. Um die Wesen, die sie nachts umkreisten und sämtlichen Mut, sämtliche Energie aus ihnen heraussaugten. Wie hatte es sich wohl für Nicole angefühlt, ihrem Mörder gegenüberzustehen? Aufregend? Hoffnungsvoll? Oder eher furchterregend? Zoé versuchte sich vorzustellen, was sie selbst in der Situation empfinden würde. Ihr Puls beschleunigte sich.

»Hallo Zoé!« Die Stimme riss sie aus ihren Gedanken. Sie gehörte Konrad, dem rothaarigen Verkäufer.

»Oh, hallo Konrad.«

»Du siehst toll aus.«

Netter Versuch eines Kompliments, aber sie wusste, dass sie ganz bestimmt nicht gut aussah. Es sei denn, man stand auf bleiche, gespensterartige Gesichter.

»Danke.« Zoé öffnete die Tür des Gemeinschaftsraumes. Er war mit Holz getäfelt und mit langen Bänken, ähnlich denen einer Kirche, ausgestattet. Auf einer flachen Bühne gab es ein Rednerpult, hinter dem ein schwarzes Kreuz hing.

Zoé und Konrad setzten sich wie immer in die letzte Reihe. Ganz vorne saß Evelyn, daneben Klingers Sohn Marcus und seine Frau Patrizia. Zoé konnte alle drei nicht besonders leiden, vor allem Evelyn nicht. Die viel zu junge Ehefrau des Kolonievorstehers bespitzelte die Bewohner, verhängte Strafen und spielte sich als Chefin auf. Im Gegensatz zu Doktor Klinger hatte sie jedoch nicht das Zeug dazu.

Marcus arbeitete als Müller in der Kolonie. Er war von ruhiger Natur, aber auch er hatte eine besserwisserische Art an sich. Jedes Mal, wenn er Zoé durch seine dicke Brille hindurch ansah, huschte so ein arrogant gekünsteltes Lächeln über seine dünnen Lippen.

Patrizia ordnete sich der Familie Klinger in stummer Weise unter. Sie kämpfte mit ihrem Gewicht und trug ständig diese unförmigen, sackartigen Kleider, vermutlich um ihre Körperfülle zu kaschieren. Obwohl sie eigentlich ein recht hübsches Gesicht hatte, schaffte sie es, stets unattraktiv zu wirken, als hätte sie sich selbst aufgegeben. Zoé wusste, dass die biestige Evelyn keine Gelegenheit ausließ, Patrizia niederzumachen. Ihren Ehemann Marcus schien das nicht zu stören, er kümmerte sich ohnehin kaum um sie.

Hinter den drei Klingers hatte sich Friedrich Mohr niedergelassen, aber mit seiner Demenz würde er ohnehin nicht viel mitbekommen, es sei denn, er hatte eine seiner geistig wachen Phasen.

Neben ihm hatte Wiebke Böhm Platz genommen. Sie wirkte blass und ängstlich, als wäre sie mit der ganzen Situation völlig überfordert. Zoé hatte Mitleid mit ihr, weil sie die Leiche von Nicole entdeckt hatte. Scheiße! War bestimmt kein schöner Anblick gewesen.

»Was glaubst du, will Klinger von uns?«, fragte Konrad.

»Ist doch klar. Uns beruhigen. Neue Regeln aufstellen. Was er halt immer macht.«

Konrad starrte auf Zoés Nasenring und runzelte missbilligend die Stirn. »Wiebke hat erzählt, dass das Blut aus Nicole herausgespritzt ist wie aus einem Springbrunnen.«

Zoés Puls raste noch schneller. Sie stellte sich die Schmerzen vor, die sie selbst erleiden würde, wenn ihr jemand den Bauch aufschneiden würde. »So ein Quatsch! Wiebke wird wohl kaum einen Springbrunnen gesehen haben, es sei denn, sie ist die Mörderin.«

»Wie meinst du das?«

»Was glaubst du, wie schnell das Blut aus dir herausquillt, wenn dein Bauch aufgeschnitten wird? Sehr schnell! Danach ist nichts mehr mit Springbrunnen.«

»Vielleicht ist ja die Fantasie mit ihr durchgegangen. Hast du die rothaarige Polizistin bemerkt? Sie hat hier übernachtet.«

»Ja, ich weiß. Ich habe sie heute Morgen getroffen.«

»Glaubst du, sie findet den Mörder?«

Zoé zuckte mit den Achseln. »Vielleicht. Vielleicht auch nicht.«

Konrad atmete tief ein. »Bei mir war sie auch.«

»Hat sie dich befragt?«

»Nein. Sie wollte nur Brötchen kaufen.« Seine Hände zitterten.

»Und was regst du dich dann so auf?«

»Ich weiß auch nicht.« Konrad starrte auf den Boden.

Inzwischen hatte sich der Raum gefüllt, und fast jeder Platz war besetzt. Ein Raunen ging durch die Menge, als Doktor Klinger den Saal betrat.

»Wer, glaubst du, hat Nicole erledigt?«, raunte Konrad in Zoés Ohr. »Jemand aus der Kolonie?«

»Ich habe da so eine Ahnung.«

»Wer denn?«

Klinger begann zu sprechen. »Liebe Bewohner der Silberbachkolonie. Diese Tage sind schwer für uns, und mir fehlen die Worte für das, was geschehen ist. Wir alle haben Nicole gemocht. Sie hatte es nicht verdient, zu sterben.«

Er trank einen Schluck Wasser. »Ich weiß, dass ihr alle Angst habt. Dass ihr unsicher seid und die Vorgänge nicht einordnen könnt. Das geht mir ganz genauso. Und das ist völlig normal. Aber wir müssen jetzt nach vorne schauen. Die Polizei versucht uns einzureden, dass der Mörder von Nicole aus unserer Kolonie kommt.«

Ein Raunen ging durch die Menge.

»Ich glaube das nicht!« Klinger hielt die geballte Faust hoch. »Niemand hier ist ein kaltblütiger Killer. Wir sind anständige Leute.«

Er erntete Applaus. Zoé klatschte nicht, denn sie war sich nicht sicher, ob er recht hatte.

»Ich möchte euch schützen. Keiner verdient es, von der Polizei grundlos verhört zu werden. Wir haben uns nichts vorzuwerfen. Sollen sie doch woanders nach dem Schuldigen suchen. Aber nicht bei uns.«

Wieder ertönte Beifall.

»Ich konnte verhindern, dass Heerscharen von Polizisten in unsere Kolonie einfallen. Doch ich musste einen Kompromiss eingehen. Sicher ist einigen von euch schon die rothaarige Frau aufgefallen. Sie heißt Carolin Löwenstein und arbeitet als Psychologin für die Polizei. Sie macht zwar einen harmlosen Eindruck, aber sie ist schlau und durchtrieben. Wer weiß schon, ob sie den Mörder wirklich finden will, oder nur einen Sündenbock bei uns sucht. Ich traue ihr nicht, und ihr solltet es auch nicht tun. Ich möchte, dass niemand, wirklich niemand, mit ihr spricht, ohne dass ich dabei bin. Außerdem erwarte ich, dass sich jeder bei mir oder bei Evelyn abmeldet, wenn er den Hof verlässt, zum Beispiel, um in den Wald zu gehen. Darüber hinaus verlange ich, dass ihr während der Nacht in euren Unterkünften bleibt. Unter meiner Führung seid ihr sicher. Ihr müsst mir vertrauen und meinen Anweisungen folgen. Nur so kann ich euch beschützen.«

Zoé verdrehte die Augen. Na toll! Jetzt würde die Stasi weiter aufdrehen. Sie malte sich bereits aus, wie Evelyn sie in den Wald begleitete. Das konnte Klinger gepflegt vergessen!

»Ich möchte euch nicht die Freiheit nehmen, aber in der nächsten Zeit müssen wir uns alle etwas einschränken, bis der Mörder gefunden ist. Niemandem, der meine Anweisungen befolgt, wird etwas geschehen. Ihr seid vollkommen sicher!«

Wieder brandete Applaus auf. Zoé wusste, dass die meisten Patienten, vor allem die älteren, seinen Befehlen blind gehorchten. Sie würden alles tun, was er von ihnen verlangte. Zu Recht, denn er war ein guter Anführer dieser sonderlichen Gemeinschaft. Er half den Menschen, gab ihnen Halt und beschützte sie. Deshalb verehrten die Patienten den Doktor wie einen Heiligen. Aber Zoé wusste auch, dass es nicht gut ausging, wenn man seinen Anordnungen keine Folge leistete.

»Geht jetzt wieder eurer Arbeit nach«, fuhr der Doktor fort. »Ich werde euch im Laufe des Tages zu weiteren Einzelgesprächen einladen, damit wir die Ereignisse gemeinsam aufarbeiten. Lasst euch nicht einschüchtern! Und vergesst nicht: Wenn die Polizistin mit euch sprechen möchte, verlangt nach mir oder nach Evelyn. Wir schützen euch!«

Klinger trat vom Rednerpult weg, während die Leute seine Rede beklatschten. Er ging durch die Bankreihen hindurch und sah Zoé an. Sie erwiderte seinen Blick.

»Kommen Sie bitte mit in mein Büro, Zoé.«

Hatte er etwa ihr Augenrollen bemerkt? Oder dass sie nicht geklatscht hatte? Er konnte es nicht leiden, wenn er nicht ernst genommen wurde.

Sie stand auf und folgte dem Doktor. Konrad sah ihr mit einem halb verliebten, halb mitleidigen Blick hinterher.

Klinger sprach kein Wort, bis sie sein Büro im Gutshaus erreichten. Dort angekommen, bot er Zoé einen Platz auf einem der schweren, braunen Ledersessel an. Er setzte sich ihr gegenüber. Immer wenn sie sich unterhielten, war es die gleiche Situation: von Sessel zu Sessel, umringt von Bücherwänden, der große Mahagonischreibtisch rechts von ihnen. Zoé fühlte sich klein unter all den Büchern, als wollten sie ihr vorhalten, dass sie die Welt nicht verstanden hatte, weil sie keines von ihnen gelesen hatte. Im Gegensatz zu Klinger.

»Ich habe bemerkt, dass die Umstände Sie schwer belasten«, begann er.

»Das dürfte für alle Bewohner gelten.«

»Krempeln Sie bitte Ihre Ärmel hoch, Zoé.«

Sie schüttelte langsam den Kopf.

»Es ist nicht nötig. Ich weiß auch so, dass Sie sich wieder geritzt haben.«

Woher zum Teufel wusste er das?

»Erzählen Sie mir davon, Zoé.«

Sie schwieg.

»Es ist etwas Schlimmes passiert«, fuhr der Doktor fort. »Etwas, dass Sie nicht kontrollieren konnten.«

Er hatte recht.

»Und wir wissen beide, warum Sie sich ritzen.«

Sie nickte.

»Sie glauben, damit die Kontrolle über Ihren Körper und Geist zu erlangen. Die Schmerzen helfen Ihnen.«

Wieder nickte sie.

»Erzählen Sie mir, was gestern passiert ist. Was haben Sie gefühlt?«

»Ich habe Nicole gemocht«, sagte Zoé langsam.

»Ich weiß. Sie beide haben sich oft miteinander unterhalten.«

»Ja.«

»Berichten Sie mir von gestern Nacht.«

Zoé atmete tief ein. »Ich hatte das Gefühl, dass die Hütte mich erdrückt. Sie ließ mir keine Luft zum Atmen.«

»Und dann?«

»Ich habe eine Rasierklinge versteckt. Für Notsituationen.«

»Eine Notsituation wie gestern Nacht.«

»Ja. Ich habe mich nackt ausgezogen und bin mit dem Messer über meine Haut gefahren. Über jeden Quadratzentimeter meines Körpers.«

»Sie haben mit sich gerungen.«

Sie nickte.

»Und dann haben Sie Ihre Unterarme gewählt.«

»Ja. Sie erschienen mir am geeignetsten.«

»Warum?«, fragte er nach.

»Ich weiß es nicht.«

»Sie haben sich mit der Klinge Ihren Pulsadern genähert.«

Wieder nickte sie.

»Und Sie haben daran gedacht, Nicole zu folgen.«

»Für kurze Zeit, ja. Aber die Schmerzen haben mich zurückgeholt.«

Er sah sie eindringlich an. »Ich mache mir Sorgen um Sie. Ich möchte, dass Sie unter Beobachtung bleiben, damit so etwas wie gestern Nacht nicht wieder passiert.«

»Was meinen Sie mit ›unter Beobachtung bleiben‹?«

»Ich habe Evelyn gebeten, auf Sie aufzupassen.«

Na super! Das war das Letzte, was sie gebrauchen konnte. »Sie kann mich nicht leiden.«

»Das stimmt nicht. Evelyn sorgt dafür, dass die Regeln eingehalten werden. Und Sie wissen genau, dass die Regeln auch Ihnen helfen. Regeln geben Ihnen den nötigen Halt.«

Zoé wusste, dass er in gewisser Weise recht hatte und seine Regeln ihr bisher mehr geholfen als geschadet hatten. Aber eine Überwachung durch Evelyn wäre der reinste Albtraum.

»Ich mag es nicht, beobachtet zu werden«, sagte sie leise.

»Es ist leider notwendig. Ansonsten sehe ich mich gezwungen, Sie in die Klinik zurückzuschicken.«

»Ich gehe auf keinen Fall wieder in die Klapse!«, polterte sie.

»Dann bleibt Ihnen nichts anderes übrig, als die Aufsicht durch Evelyn zu akzeptieren.«

Zoé sah zu Boden. Sie hatte ein verdammt flaues Gefühl im Magen.

14

Berger blickte angestrengt auf den Monitor in seinem Büro des Landeskriminalamtes. Ihm gegenüber saß sein Juniorpartner Matthias Darlinger, den alle nur Darling nannten. Er kam frisch von der Polizeiakademie und absolvierte in Bergers Abteilung die nötigen Praxiseinsätze für seine beginnende Polizeikarriere. Darling war vierundzwanzig Jahre alt, hatte dunkle, gewellte Haare, ein kantiges Gesicht und konnte mit einem athletischen Körperbau glänzen.

Soeben war der Autopsiebericht über Nicole Bachmann eingetroffen. Berger blätterte durch die Informationsflut.

»Was sagt die Rechtsmedizin?«, fragte Darling neugierig.

»Die Todesursache war Verbluten, wie erwartet.« Berger las weiter. »Ihr Hinterkopf weist eine Wunde von stumpfer Gewalt auf. Vermutlich wurde sie erst niedergeschlagen und dann in der Position aufgehängt, in der wir sie gefunden haben.«

»Und anschließend wurde ihr der Bauch aufgeschnitten?«

»Ja, ein tiefer Schnitt, der Leber, Darm, Magen verletzt und eine Menge Blutgefäße durchtrennt hat.«

Darling verzog das Gesicht. »Das muss wahnsinnig schmerzhaft gewesen sein.«

»Ja, die Schmerzen bei Verletzungen im Bauchraum sind höllisch. Und es kommt sogar noch schlimmer: Der Täter hat das Messer zusätzlich in der Wunde gedreht, um sein Opfer noch stärker zu quälen. Das spricht für einen äußerst sadistischen Killer.«

»Glaubst du, er schlägt wieder zu?«, fragte Darling.

Berger zuckte mit den Schultern. »Schwer zu sagen. Dafür wissen wir noch zu wenig. Aber die Erfahrung sagt, dass psychopathische Mörder es nicht bei einer Tat bewenden lassen. Vielleicht hat er ja auch schon mal zugeschlagen.«

Er las weiter im Bericht. Plötzlich hielt er inne und pfiff durch die Zähne. »Jetzt wird es interessant. Die Rechtsmedizinerin hat entdeckt, dass Nicole Bachmann eine alte Narbe am Bauch hatte. Genau an der gleichen Stelle.«

»Was?« Darling riss die Augen auf. »Das heißt, der Täter hat die Narbe wieder aufgeschnitten?«

»So in etwa. Die ursprüngliche Wunde ist allerdings mehr als zwanzig Jahre alt.«

»Krass! Ob das zusammenhängt?«

»Auf jeden Fall müssen wir herausfinden, was dahintersteckt. Was ist damals geschehen?«

»Ich durchforste alte Polizeiberichte aus der Region«, bot sich Darling an. »Vielleicht finde ich ja etwas.«

»Gut! Sieh dir bitte auch Klingers Eigentumsverhältnisse und die finanzielle Situation des Hofes an. Und suche alles über die Zulassung als Therapieeinrichtung heraus.«

Darling starrte auf seinen Monitor. »Also, die Webseite der Kolonie sieht ganz einladend aus.«

»Lass mal sehen.« Berger stand auf und ging um den Schreibtisch herum.

Auf dem Bildschirm tauchte ein farbenfrohes, idyllisches Bild des Gutshofes auf. Weitere Fotos zeigten den Waldsee und glücklich lächelnde Menschen.

»Stressfrei leben in der Silberbachkolonie«, las Darling den Slogan der Seite vor.

»Hmm«, murmelte Berger. »Kaum zu glauben, dass es sich um denselben Ort handelt. Gestern sah die Kolonie nicht so freundlich aus. Aber vielleicht liegt das ja an der Jahreszeit.«

»Hier steht, dass Gemeinschaft und Zusammenhalt in der Kolonie großgeschrieben werden. Jeder Patient bekommt eine erfüllende Aufgabe, damit er einen wertvollen Beitrag zum Allgemeinwohl leistet.« Darling blickte Berger stirnrunzelnd an. »Also, wenn du mich fragst, klingt das eher nach einer Sekte.«

»Damit liegst du wohl nicht ganz falsch«, erwiderte Berger.

Darling klickte sich weiter durch die Webseite. »Hier kann man sich bewerben. Die Voraussetzung für die Aufnahme in der Kolonie ist eine psychische Vorerkrankung, natürlich mit entsprechenden Nachweisen, sowie ein ausführliches persönliches Gespräch.«

»Keine unanständige Aufnahmegebühr?«, fragte Berger.

»Zumindest steht hier nichts davon. Aber ich denke, es wird staatliche Zuschüsse für die Einrichtung geben. Das checke ich gleich noch.«

»Findest du auch Informationen über den Doktor?«

»Ja, hier.« Darling zeigte auf den Monitor, auf dem ein Bild von Klinger und seiner Frau Evelyn erschien. »Ein beeindruckender Lebenslauf.«

Berger überflog die Zeilen. »Psychologiestudium in Mannheim, dann Promotion in Oxford über Burn-out-Erkrankungen.«

»Anschließend hat er in einer Privatklinik gearbeitet, seine eigene Praxis in Frankfurt eröffnet und drei Bücher geschrieben«, ergänzte Darling.

»Zumindest scheint er kein Schwindler zu sein.« Berger ging zurück zu seinem Platz und griff nach dem Handy. Dann wählte er Caros Nummer an, landete aber nur auf ihrer Sprachbox. »So ein Mist!«, zischte er durch die Zähne.

Darling blickte den Kommissar fragend an. »Was ist los?«

»Ich erreiche Caro nicht. Die Netzabdeckung in der Kolonie ist furchtbar.«

»Machst du dir Sorgen um sie?«

»Natürlich! Sie trägt weder eine Waffe, noch hat sie eine Nahkampfausbildung. Wenn sie auf den Täter trifft, ist sie ihm hilflos ausgeliefert.«

»Ich verstehe noch immer nicht, warum Jens sie alleine dorthin geschickt hat. Das ist echt scheiße!«

»Das kannst du laut sagen. Ich vermute, dass er Druck vom LKA-Präsidenten bekommen hat. Aber mir ist noch nicht ganz klar, was dahintersteckt.«

Darling schüttelte den Kopf. »Können wir ihr nicht irgendwie helfen?«

»Häng dich in die Recherche rein. Je mehr wir über die seltsame Kolonie in Erfahrung bringen, umso besser unterstützen wir Caro.«

15

Der Marder zuckte ein letztes Mal, dann entwich das Leben aus seinem Körper. An einem friedvollen Herbstmorgen wie diesem hätte er sich bestimmt nicht träumen lassen, einen so qualvollen Tod zu erleiden. Es war ein Fehler gewesen, achtlos über den Waldweg zu laufen.

Er blickte starr auf den Kadaver, der in einer Blutlache vor ihm lag. Es war anregend gewesen, die Schmerzen in den Augen des Tieres zu beobachten, als er den tiefen Schnitt gesetzt hatte. Er hatte genau beobachtet, wie die Lebensenergie herausgeströmt war, wie die Luft aus einem Schlauchboot, das angeritzt wurde. Trotzdem war er enttäuscht. Das elektrisierende Kribbeln, das er früher gespürt hatte, wenn er einem Tier den Bauch aufgeschnitten hatte, war ausgeblieben. Ganz im Gegensatz zu jener Nacht, als er Nicole aufgeschlitzt hatte. Ihr verzweifelter Überlebenskampf hatte ihn unglaublich stark erregt. Während die Lebenskraft aus ihrem Körper entwichen war, hatte sich sein eigener Energielevel in höchste Sphären katapultiert. Er hatte sich lebendig wie nie zuvor gefühlt. Was für eine Erfüllung!

Aber jetzt fehlte ihm diese Energie, wie bei einem Drogensüchtigen, der sich zu lange keinen Schuss gesetzt hatte. Und der Marder hatte ihm nicht die erhoffte Befriedigung verschafft. Nicht einmal annähernd. Ihm war klar, dass er härtere Drogen benötigte. Er würde seinem inneren Zwang nicht mehr lange widerstehen können.

Langsam richtete er sich auf und spähte über die

Brüstung des Hochstandes, von dem aus er einen guten Überblick über den Hof und vor allem über die Hütten hatte. Er griff nach seinem Fernglas und beobachtete die Koloniebewohner. Einen Moment lang sah er die rothaarige Polizistin, was seinen Puls sprunghaft beschleunigte. Er dachte an den nächtlichen Besuch in ihrer Hütte. Wie einfach wäre es gewesen, ihren Bauch aufzuschlitzen. Aber es wäre zu schnell gegangen. Zu unbefriedigend. Nein. Bei seinem nächsten Opfer wollte er langsamer vorgehen, es mehr genießen. Er würde den Schnitt weniger tief ansetzen, sodass das Leben nicht allzu ruckartig herausschoss und er die Energie besser aufsaugen konnte. Außerdem würde er endlich die Beachtung erhalten, nach der er sich sehnte.

Er verfolgte die Schritte der Polizistin, bis sie aus seinem Blickfeld verschwand. Dabei malte er sich aus, wie sie nackt und gefesselt vor ihm hing.

Es gab auch andere Möglichkeiten. Zoé! Er dachte an ihre großen, wohlgeformten Brüste, die er nur allzu gerne berühren würde, bevor er ihr die Lebenskraft entzöge. Sie faszinierte ihn. Vor allem ihre dunkle Seite. War es sogar möglich, dass sie die gleiche Leidenschaft hatte wie er selbst? Sie spielte mit Messern an sich herum. Möglicherweise auch an anderen. Ausgeschlossen war es nicht. Er stellte sich einen Moment lang vor, wie sie beide zusammen die Polizistin ›bearbeiteten‹, er mit seinem Jagdmesser, Zoé mit einer Rasierklinge. Erst ritzten sie ihre Haut an, anschließend drangen die Schnitte immer tiefer. Er spürte sein Herz klopfen. Ja, der Gedanke gefiel ihm.

Doch dann schüttelte er heftig den Kopf und verwarf die Idee. Er musste den Weg alleine beschreiten. Zoé würde nicht auf der Seite der Jäger stehen, womit sie automatisch auf die Seite der Gejagten zurückfiel.

Er glitt mit der Hand in seinen Schritt und rieb sich. Dabei stellte er sich vor, wie Zoé nackt vor ihm hing. Wie er mit dem Jagdmesser ihren Körper erkundete. Wie er ihren Bauch aufschnitt, ohne sie sofort zu töten. Wie die Schmerzen sie fast um den Verstand brachten. Er kam schnell und heftig.

Eines war sicher: Er würde Zoé schon sehr bald wiedersehen. Aber vielleicht entschied er sich doch noch für die Polizistin?

16

Gegen Mittag betrat Zoé den Kolonieladen. Doktor Klinger hatte ihr aufgetragen, Konrad beim Einräumen der Waren zu helfen, damit sie auf andere Gedanken komme. Dabei war ihr gar nicht nach Arbeiten zumute. Und auch nicht nach Konrads ungeschickten Annäherungsversuchen.

Der Verkäufer erwartete sie bereits. »Hallo Zoé, ich habe gehört, du möchtest heute im Laden aushelfen?«

»Nicht wirklich«, erwiderte sie mit einem genervten Unterton.

»Anordnung von Doktor Klinger«, sagte er leicht überheblich. »Da bleibt dir wohl nichts anderes übrig. Außerdem kann ich deine Hilfe gut gebrauchen.«

Zoé nickte stumm.

Konrad zeigte auf drei übereinandergestapelte Holzkisten. »Du kannst das Gemüse in die Regale räumen.«

»Ja, Sir!«

Nach einer kurzen Weile sagte er: »Evelyn war vorhin hier und hat dich gesucht.«

Zoé verzog das Gesicht. »Das Miststück soll bloß wegbleiben.«

»Es ist keine gute Idee, sich mit ihr anzulegen. Sie wird dir das Leben zur Hölle machen. Genau wie es Nicole ergangen ist.«

»Die hat jetzt wenigstens ihre Ruhe.«

»Ja, und deshalb wird sich Evelyn neue Opfer suchen. Denk nur an die Kammer! Nicole war über eine Woche verschwunden.«

Zoé schauderte.

»Hast du dich wieder geritzt?«, fragte Konrad.

»Geht dich nichts an.«

»Ich mache mir Sorgen um dich.«

»Das ist unnötig«, erwiderte Zoé monoton.

»Ist es nicht.«

Sie hatte nicht die geringste Lust, über ihre Probleme und Gefühle zu sprechen. Aber vermutlich würde er keine Ruhe geben. Also beschloss sie, ihn etwas zu schocken.

»Ich hatte Lust auf Schmerzen. Weißt du, wie geil es ist, sich mit einer Rasierklinge die Haut aufzuschneiden?«

»Was findest du daran geil?« Er wirkte weniger geschockt, als sie erwartet hatte.

»Es ist mein Spiel. Meine Schmerzen. Meine Spuren auf der Haut.«

»Wo ritzt du dich am liebsten?«

»Am Bauch«, erwiderte sie in Hinblick auf Nicoles Tod, obwohl es nicht stimmte, denn sie bevorzugte Arme und Beine.

Er blickte sie seltsam an. Halb interessiert, halb irritiert. Dann nahm er sich auch zwei Kisten und räumte die Waren ein. Zoé spürte, dass er sie immer wieder anstarrte.

17

Caro hatte den ganzen Tag Koloniebewohner befragt, natürlich unter der strengen Aufsicht von Doktor Klinger. Niemand hatte etwas gehört, niemand hatte etwas gesehen, niemand wusste etwas. Es war die reinste Zeitverschwendung. Offensichtlich hatten die Leute Angst, mit ihr zu sprechen. Wie befürchtet, hatte Klinger allen einen Maulkorb verpasst. Nur das Motiv verstand Caro noch nicht. Wollte er seine Patienten schützen, oder hatte er etwas zu verbergen? Wusste er womöglich sogar, wer der Täter war?

Gegen siebzehn Uhr rief sie Berger an.

»Endlich!«, brüllte er ins Telefon. »Ich war drauf und dran, mich ins Auto zu setzen, weil du dich nicht gemeldet hast.«

»Du weißt doch, dass der Handyempfang hier oben miserabel ist. Außerdem war ich den ganzen Tag über damit beschäftigt, die Leute zu befragen.«

Berger stieß einen missmutigen Laut aus. »Hast du etwas herausgefunden?«

»Nichts. Klinger hat dafür gesorgt, dass niemand redet. Er gibt zwar vor, bei den Ermittlungen helfen zu wollen, aber tatsächlich hat er eine unsichtbare Mauer um seine Patienten errichtet. Er und seine Frau führen die Kolonie mit sektenartigen Strukturen. Alle haben Angst. Ich habe mit etwa zehn Leuten gesprochen. Keiner weiß was.«

»Das habe ich mir gedacht.« Berger räusperte sich. »Darling hat ein paar interessante Informationen über den Hof zutage gebracht. Vor zweiundzwanzig Jahren, 1996, hat sich dort eine Tragödie ereignet.«

Caro horchte auf. »Was ist denn passiert?«

»Laut Polizeibericht von damals sind die Eigentümer, das Ehepaar Wiesenberg, vom Hofarbeiter Johannes Metternich ermordet worden. Ich habe mir die Tatortfotos angesehen, sie waren nicht gerade appetitlich.«

»Sag nicht, dass ihnen der Bauch aufgeschnitten wurde.«

»Nein, das nicht. Metternich hat beiden mit einem Hammer den Schädel eingeschlagen.«

»Und Metternich selbst?«

»Er wurde zu einer lebenslangen Haftstrafe verurteilt, ist aber nach einem halben Jahr im Gefängnis von einem Mithäftling erstochen worden.«

»Und du glaubst, das Ganze hat etwas mit unserem Fall zu tun?«

»Das weiß ich nicht, ich bin allerdings bei den Zeugenaussagen auf einen interessanten Namen gestoßen: Nicole Bachmann.«

Caro pfiff durch die Zähne. »Das heißt, sie hat damals schon auf dem Hof gewohnt.«

»Genau. Sie war noch ein Kind. Ihre Mutter hat dort gearbeitet.«

»Gibt es denn weitere Zeugenaussagen?«

»Ja. Vom Sohn der Gutsbesitzer, Kai Wiesenberg, der zu der Zeit dreizehn Jahre alt war, und von Metternichs Tochter, Saskia, ebenfalls dreizehn.«

»Schrecklich«, entfuhr es Caro. »Die armen Kinder. Was ist mit ihnen geschehen?«

»Das steht nicht in den Akten. Ich werde aber weiter in diese Richtung ermitteln.«

»Hast du noch etwas herausgefunden?«

Berger berichtete von den Erkenntnissen aus der Gerichtsmedizin bezüglich der alten Narbe.

»Das bedeutet, Nicole Bachmann wurde früher schon einmal der Bauch aufgeschnitten?«

»Ja, vermutlich, als sie ein Kind war. Also zu der Zeit, als die Wiesenbergs getötet wurden.«

»Gibt es über den Vorfall einen Polizeibericht?«

»Nein. Er wurde anscheinend nicht gemeldet.«

»Merkwürdig.« Caro kratzte sich am Kopf. »Ich denke nach wie vor, dass es sich um ein Ritual handelt.«

»Schon möglich. Soll ich dich abholen? Es gefällt mir noch immer nicht, dass du in der Kolonie übernachtest.«

Caro dachte mit Grauen an die nicht abschließbare Waldhütte und das miese Gefühl, das sie am Morgen verspürt hatte. Auf der anderen Seite würde sie mit Sicherheit nichts über die Vorgänge in der Kolonie herausfinden, wenn sie zu Hause in ihrer gemütlichen Wohnung saß.

»Nein! Ich bleibe hier.«

»Okay. Aber geh bitte keine Risiken ein.« Berger legte auf.

Caro holte tief Luft. Sie dachte an Jennifer, und sofort meldete sich ihr schlechtes Gewissen. Wieder hatte sie den Mordfall in den Vordergrund gestellt.

Sie versuchte, ihre Tochter zu erreichen, aber die ging nicht ans Handy. Auch beim zweiten Versuch meldete sich nur die Mailbox. Ihr ungutes Gefühl wuchs. Wahrscheinlich hing sie wieder mit ihrer Clique ab und hatte keine Lust auf ein nerviges Gespräch mit ihrer Mutter. Im besten Fall.

Sofort schrieb sie eine Kurznachricht an Katharina. Die Antwort beruhigte sie etwas. Ihre Freundin hatte das Mädchen am Morgen zur Schule gefahren, und alles war in Ordnung. Caro atmete erleichtert auf.

Als sie zum Gutshaus hinübersah, bemerkte sie, dass sich eine Gardine in einem Fenster des Obergeschosses bewegte. Jemand beobachtete sie, vermutlich Klinger oder seine Frau. Was für ein gruseliger Ort! Jeder wurde hier bespitzelt und bevormundet.

Obwohl die Dämmerung langsam einsetzte, entschloss sich Caro, einen kurzen Spaziergang durch den Wald zu unternehmen. Auf dem Gutshof hielt sie es keine Minute länger aus.

Als sie den Waldrand erreichte und die mächtigen Eichen sie verschluckten, wurde es schlagartig dunkel. Ihr Mut sank im Sturzflug. Ohne es zu wollen, dachte sie an den merkwürdigen blonden Mann, der sie am Morgen beobachtet hatte.

Sie ging weiter, bis sie an die Wassermühle kam. Im Zwielicht der hereinbrechenden Nacht wirkte das Gebäude noch bedrohlicher.

Mit einem flauen Gefühl im Bauch sah sie sich um. Die dunklen Schatten der Bäume schienen sie zu umzingeln und nach ihr zu greifen. Auch die Geräusche wurden immer unheimlicher. Endlich gestand sie sich ein, dass sie Angst hatte. Ruckartig drehte sie sich um und trat den Rückweg in die Kolonie an. Beobachtete sie der blonde Kerl? Stand er bereits hinter ihr?

Ganz in ihrer Nähe knackte ein Ast. Sie fuhr zusammen, blickte sich hastig um. Doch sie sah nichts. Ein Tier vielleicht? Mit schnellen Schritten lief sie weiter, sie wollte nur raus aus dem Wald. Wieder knackte es, dann folgte ein Rascheln, und auf einmal war sie sich sicher, dass jemand dort war. Sie hörte Schritte.

Dann brach eine dunkle Gestalt zwischen den Büschen durch und trat auf den Waldweg. Caros Herzschlag setzte aus.

18

Zoé saß in ihrer Holzhütte auf der Bettkante und starrte ins Leere. Es kam ihr vor, als würde sie ihre Umwelt nur noch in Schwarz-Weiß-Bildern erleben. Nicoles Tod hatte etwas in ihr ausgelöst. Etwas, das sie nicht einordnen konnte. Eine Art Kontrollverlust. Lag es daran, dass Nicole gefoltert und getötet worden war? Wurden dadurch alte Wunden wieder aufgerissen? Oder fehlte ihr Nicole einfach? Fehlten ihr die tiefgreifenden Gespräche? Zoé wusste es nicht. Sie fühlte sich aufgewühlt und zerrissen.

Warum hatte Nicole sterben müssen? In den Tagen vor ihrem Tod hatte sie sich merkwürdig verhalten. Angstvoll, geradezu schreckhaft. Sie hatte irgendetwas entdeckt. Etwas, das mit ihrer Vergangenheit zusammenhing. Und dieses Etwas hatte sie schwer erschüttert. Nur was?

Sie hatte seltsame Andeutungen gemacht, von einer alten Geschichte gesprochen und von einem furchtbaren Verdacht. Nichts, was einen Sinn ergab. Immer wieder war Nicole im Wald verschwunden. Manchmal stundenlang. Was hatte sie dort getrieben?

Eine Welle der Verzweiflung schwappte über Zoé hinweg. Ja, sie vermisste Nicole! Sehr sogar. Die in ihrem Badezimmer versteckte Rasierklinge schoss ihr durch den Kopf. Sie stellte sich vor, das scharfe Metall in die Hand zu nehmen, um sich die Arme anzuritzen. Die Schmerzen würden ihr guttun. Ihr innerer Drang nach der Klinge wurde größer, und es war klar, dass sie ihn nicht mehr lange aufhalten konnte.

Langsam richtete sie sich auf. Sie musste es tun. Jetzt! Ihr Gehirn schien in Watte gepackt, gefüllt mit dunklen Gedanken, deren einzige Lösung das Rasiermesser war. Warum sollte sie dagegen ankämpfen?

Einen Moment später stand sie vor ihrem Badezimmerspiegel, die scharfe Klinge in der Hand. Vielleicht sollte sie dieses Mal etwas tiefer schneiden. Die Idee elektrisierte sie.

Plötzlich tauchte im Spiegel ein zweites Gesicht auf. Einen kurzen Augenblick verstand Zoé nicht, wie das möglich war, dann begriff sie, dass Evelyn hinter ihr stand.

»Gib mir das Rasiermesser!«

Zoé zuckte zusammen. Sie hasste Evelyns Stimme. Eigentlich hasste sie alles an ihr. Was fiel ihr ein, einfach in ihre Hütte einzudringen?

»Es ist nur zu deinem Besten«, setzte die blonde Frau nach und hielt die Hand auf.

Am liebsten hätte ihr Zoé mit der Klinge die Kehle durchgeschnitten. Stattdessen übergab sie ihr das Messer.

»Das nennt man ›auf frischer Tat ertappt‹, meinst du nicht?«

»Ich würde eher sagen, das nennt man ›herumspionieren‹«, erwiderte Zoé genervt.

»Waffen sind auf dem Hof untersagt.«

»Eine Rasierklinge ist keine Waffe.«

»Der Doktor hat mir aufgetragen, auf dich aufzupassen.«

»Ich kann gut auf deine Anwesenheit verzichten«, zischte Zoé.

»Dir bleibt nichts anderes übrig, als mich zu ertragen.« Evelyn hielt die Rasierklinge in die Höhe. »Und wie es aussieht, bin ich gerade rechtzeitig gekommen.«

Zoé zuckte zusammen. Das Messer hatte ihr eine seltsame Sicherheit gegeben. Obwohl es viele Wege gab, sich selbst zu verletzen, hatte sich genau diese Klinge in den letzten Monaten zu einem Symbol entwickelt.

»Vermutlich brauchst du einfach nur eine sinnvolle Beschäftigung. Wiebke fällt momentan in der Wäscherei aus. Das wäre doch eine passende Aufgabe für dich.«

»Fick dich, Evelyn.« Zoé bereute, dass sie die Rasierklinge aus der Hand gegeben hatte.

»An deiner Stelle wäre ich vorsichtig mit deiner Wortwahl.« Evelyn drehte sich zur Tür. »Ich erwarte dich morgen früh im Waschkeller. Und lass die Finger von den spitzen Spielzeugen. Ich kenne all deine Verstecke!«

Zoé nahm kaum wahr, dass Evelyn gegangen war. Ihre Worte hatten sie auf eine Idee gebracht. Sie hatte plötzlich eine Ahnung, wo Nicole ihre Geheimnisse aufbewahrt hatte.

19

Caro stieß einen Schrei aus, als sich die dunkle Gestalt ihr in den Weg stellte. Sie setzte bereits zur Flucht an.

»Warten Sie bitte!« Eine flüsternde Stimme hallte durch den Wald.

Überrascht blieb Caro stehen und drehte sich um.

Erst jetzt erkannte sie, dass es sich um eine Frau handelte. Die dunklen Haare fielen ihr bis auf die Schultern. Ein langes, geblümtes Kleid umspannte ihre korpulente Figur. Dazu trug sie vollkommen unpassend Gummistiefel.

»Wer sind Sie?«, fragte Caro.

»Mein Name ist Patrizia. Ich möchte mit Ihnen reden.«

»Hier im Wald? Haben Sie mich verfolgt?«

»Ja. Niemand darf wissen, dass ich Sie treffe. Bitte, Sie müssen mir versprechen, dass Sie es nicht weitererzählen.«

»Sie brauchen sich keine Sorgen zu machen«, beschwichtigte Caro, während sie versuchte, das Gesicht der Frau in der zunehmenden Dunkelheit zu erkennen. Sie hatte weit auseinanderstehende Augen, eine feine Nase und volle Lippen. Ein hübsches Gesicht.

»Wir sind uns noch gar nicht begegnet«, fuhr Caro fort. »Sind Sie auch eine Patientin?«

»Nein. Ich bin mit dem Sohn des Doktors verheiratet, mit Marcus Klinger.«

Caro riss die Augen auf. »Sie sind also Klingers Schwiegertochter?«

»Ja.«

»Und was möchten Sie mir erzählen?«

»Ich habe große Angst.« Ihre Stimme zitterte. »Ich bin vielleicht das nächste Opfer.«

»Wie kommen Sie darauf?«

»Es gibt da etwas, das Sie wissen sollten. Doktor Klinger möchte es unter den Tisch kehren. Niemand darf darüber sprechen.«

»Was denn? Spannen Sie mich nicht so lange auf die Folter.«

»Nicoles Tod ist nicht der erste Vorfall in der Kolonie. In den letzten Monaten wurden immer wieder tote Tiere mit aufgeschnittenem Bauch entdeckt.«

Das würde passen, dachte Caro. *Psychopathen fangen meist mit Tieren an. Das Quälen und Töten der Lebewesen ermöglicht es ihnen, zu üben und verschafft ihnen für eine gewisse Zeit Befriedigung. Bis es irgendwann nicht mehr ausreicht.*

»Was für Tiere wurden gefunden?«, fragte Caro.

»Hasen, Füchse, sogar ein Pferd. Aber das ist nicht alles. Wir Frauen auf dem Hof werden verfolgt.«

»Wie meinen Sie das?«

»Ich habe ständig das Gefühl, beobachtet zu werden. Wenn ich durch den Wald laufe, wenn ich arbeite, sogar wenn ich schlafe.«

»Aber vielleicht ist das tatsächlich nur ein Gefühl.«

»Nein! Ich habe mehrfach bemerkt, dass Gegenstände in meinem Schlafzimmer verrückt wurden oder etwas fehlt. Und im Wald bemerke ich immer dieses Rascheln. Die anderen Frauen berichten das Gleiche. Alle haben Angst.«

»Das kann ich nachvollziehen. Seit ich hier bin, geht es mir ähnlich. Können Sie sich vorstellen, wer dahintersteckt?«

»Ich glaube, ja. Haben Sie schon mal den Namen Kai Wiesenberg gehört?«

»Das ist doch der Junge, dessen Eltern auf dem Hof ermordet wurden.«

»Genau. Jeder in der Kolonie kennt die alten Horrorgeschichten. Aber wussten Sie auch, dass Kai noch immer hier wohnt?«

»Nein!«, sagte Caro erstaunt. »Auf dem Hof?«

»Er lebt in einer Hütte im Wald.«

»Wie sieht er aus? Blond? Grobschlächtig?«

»Ja, richtig. Kennen Sie ihn schon?«

»Nein, aber er hat mich beobachtet«, erwiderte Caro.

»Er ist unheimlich. Ein echter Psycho. Seit der Geschichte mit seinen Eltern redet er kaum noch. Aber seine Augen sind überall.«

»Und Sie glauben, er schlitzt die Tiere auf?«

»Ja! Und ich denke, er hat auch Nicole auf dem Gewissen.«

»Wie kommen Sie darauf?«, hakte Caro nach.

»Nicole hat ein altes Tagebuch von Wiesenberg gefunden. Erst vor Kurzem. Und sie war schockiert.«

Caro horchte auf. »Was stand denn darin?«

»Genau weiß ich es nicht. Sie hat nur gesagt, dass es aus der Zeit stammt, als die Wiesenbergs ermordet wurden.«

»Nicole hat damals auch schon auf dem Hof gelebt, oder?«

»Ja, sie hat ab und zu mal etwas erwähnt. Aber nicht viel. Offenbar war das damals ein ziemlicher Horror für sie.«

»Woran erinnern Sie sich denn? Was hat Nicole berichtet?«

»Sie hat von Kai und Saskia erzählt.«

»Die Kinder, die auf dem Hof gelebt haben.«

»Genau. Saskia war ein wunderschönes Mädchen, das aber ziemlich durchtrieben war. Sie wurde von ihrem Vater geschlagen und gedemütigt, was sie dann an die anderen Kinder weitergegeben hat. Kai war auch damals schon merkwürdig. Er war hässlich und wurde von Saskia gehänselt. Sie hat ihn außerdem manipuliert und dazu gebracht, alle möglichen Mutproben mitzumachen.«

»Was denn für Mutproben?«, fragte Caro.

»Keine Ahnung. Wie gesagt, Nicole hat nicht viel darüber gesprochen. Aber das Tagebuch hat sie erschüttert.«

»Wann genau hat sie das Tagebuch gefunden?«

»Erst letzte Woche.«

Caro pfiff durch die Zähne. »Möglicherweise ist das der Grund für ihren Tod.«

»Ja. Aber wenn es Kai Wiesenberg war, dann wird sie nicht sein letztes Opfer gewesen sein. Der Kerl ist irre. Und ich habe wirklich Angst, dass ich die Nächste bin.«

»Was sagt Doktor Klinger dazu?«

»Er glaubt nicht, dass jemand aus der Kolonie für den Mord verantwortlich ist. Auch nicht Kai. Und jeder, der es wagt, so etwas zu behaupten, bekommt seinen Zorn zu spüren.«

»Dann halten Sie offensichtlich nicht viel von Doktor Klinger?«

»Doch, wirklich. Er setzt sich für die Menschen ein. Deshalb folge ich ihm gerne. Aber es ist keine gute Idee, sich seinen Anordnungen zu widersetzen. Und denen seiner Frau Evelyn erst recht nicht.«

»Das habe ich gemerkt«, erwiderte Caro. »Sie wirken beide ziemlich dominant.«

Patrizia nickte. »So sehr ich dem Doktor traue, beim Mord an Nicole liegt er falsch. Bitte helfen Sie uns.«

»Das werde ich. Haben Sie eine Idee, wo Nicole das Tagebuch aufbewahrt haben könnte?«

»Nein. Jedenfalls nicht in ihrer Hütte. Sie hat mir kurz vor ihrem Tod erzählt, dass sie sich auch beobachtet gefühlt hat.«

»Vielleicht hat sie es irgendwo versteckt.«

»Vermutlich. Aber ich weiß nicht, wo.«

Caro nickte.

»Ich muss jetzt zurück«, flüsterte Patrizia. »Sonst werde ich vermisst. Ich melde mich morgen wieder bei Ihnen.«

»Danke für Ihre Hilfe.«

Die Frau drehte sich um und verschwand in der Dunkelheit.

Caro blickte ihr nachdenklich hinterher. Hatte Nicole Bachmann sterben müssen, weil sie das Tagebuch von Kai Wiesenberg gelesen hatte? War er wirklich ein gefährlicher Irrer? Wurden alle beobachtet? Sie selbst auch? Wieder dachte sie an das merkwürdige Gefühl, als sie am Morgen aufgewacht war. Das Gefühl, dass jemand in ihrer Hütte gewesen war.

Inzwischen hatte die Dunkelheit den Wald vollkommen im Griff. Es wurde Zeit, auf den Gutshof zurückzukehren.

20

Sommer 1996

Kai Wiesenberg lag im Schatten einer Eiche und blickte in das Blätterdach. Es war unerträglich heiß, wie fast jeden Tag in diesem Sommer. Er sehnte sich danach, in den Waldsee zu springen, doch dafür müsste er den beschwerlichen Weg durch den Wald laufen, und Kai war nicht gerade sportlich. Er hasste seinen dicklichen Körper, der schon bei der geringsten Bewegung zu schwitzen begann. Dazu kamen die strohigen, blonden Haare und das verpickelte Gesicht, das er im Spiegel selbst kaum betrachten mochte. Kai wusste, dass er nicht viel Glück gehabt hatte, als der liebe Gott die Schönheit verteilt hatte.

Ganz im Gegensatz zu Saskia, der Tochter des Hofarbeiters Johannes Metternich. Sie war so bildhübsch, dass ihm jedes Mal die Knie weich wurden, wenn sie in seine Nähe kam. Ihr Gesicht glich dem einer Göttin, mit braunen Augen, geschwungenen Lippen und einer kleinen Stupsnase. Die langen, fast schwarzen Haare fielen ihr seidenglatt auf den Rücken, und ihr schlanker Körper war so grazil, dass Kai immer dachte, sie würde gleich zerbrechen. Im letzten Jahr waren ihr Brüste gewachsen, was er irgendwie merkwürdig gefunden hatte. Warum diese Höcker? Doch in diesem Frühjahr, mit dreizehn Jahren, sah er sie mit anderen Augen. Ihre Rundungen waren noch üppiger geworden, und jedes Mal, wenn er darauf schielte, spürte er ein elektrisierendes Kribbeln. Mit jedem Wort, das sie sprach, mit jedem Lächeln und mit jeder Bewegung ihres Körpers zog sie ihn stärker in ihren Bann.

Kai schloss die Augen und stellte sich vor, wie sie in einem weißen Sommerkleid über den Hof lief, ihn unter der Eiche liegen sah und auf ihn zustürmte. Er sprang überglücklich auf. Saskias Brüste hüpften beim Laufen, und der Wind zerzauste ihr die Haare. Dann warf sie sich in seine Arme und küsste ihn so hingebungsvoll, dass er im Glück des Augenblicks versank.

Plötzlich riss ihn die Stimme seines Vaters aus dem Tagtraum. »Was liegst du hier so faul herum, Junge?«

Kai blickte auf und sah den Gutsherrn über den Hof laufen, geradewegs auf ihn zu. Herbert Wiesenberg war ein hochgewachsener Mann mit dunkelblonden Haaren und einer breiten Knollennase, die Kai von ihm geerbt hatte. Er behandelte seinen Sohn stets streng und konnte es überhaupt nicht leiden, wenn der auf der faulen Haut lag. Für ihn war ehrliche, körperliche Arbeit von morgens fünf Uhr bis abends zwanzig Uhr der wahre Sinn des Lebens.

»Ich ruhe mich nur etwas aus«, verteidigte sich Kai.

»Faulheit ist eine der sieben Todsünden! Hast du nichts zu tun? Du kannst Johannes mit dem Heu helfen.«

»Ja, Vater. Ich frage ihn gleich, was ich tun kann.« Ihm graute davor, Saskias Vater um Hilfe zu bitten. Der Hofarbeiter war grob und furchtbar jähzornig. Alle Kinder hatten Angst vor ihm.

Der Gutsherr nickte zufrieden. Dann drehte er sich um und stampfte zurück zum Haus. Kai dachte gar nicht daran, Johannes bei der Arbeit zu helfen. Stattdessen wollte er sich lieber aus dem Staub machen.

Das Brüllen von Saskias Vater hallte über den Hof. Vermutlich schimpfte er mit seiner Tochter, wie so häufig in der letzten Zeit. Sie brachte ihn gerne zur Weißglut, musste dann allerdings auch die Konsequenzen ertragen. Plötzlich hörte er einen grauenvoll schmerzerfüllten Schrei, der ihm bis ins Mark ging. Saskia!

Kai sprang auf. Er wusste, was gerade passierte. Johannes schlug sie mit seinem Gürtel windelweich. Sollte er ihr helfen? Er würde sie aus seiner Gewalt retten und mit ihr in den Wald flüchten. Sie könnten gemeinsam in einer Hütte wohnen und würden für immer glücklich sein. Dann dachte er an ihren stämmigen Vater mit dem furchtbar bösen Blick, und sein Mut fiel in sich zusammen.

Wieder ein Schrei von Saskia, der fast schon einem Heulen glich. Danach noch einer. In immer kürzeren Abständen hallten die Schmerzensschreie durch den Wald. Es brach Kai beinahe das Herz. Er hasste Johannes Metternich.

Endlich war es vorbei. Eine beunruhigende Stille legte sich über den Hof, sogar die Vögel hatten aufgehört zu singen, als horchten sie gespannt auf den nächsten Schrei. Kai bemerkte, dass er die Luft angehalten hatte, und atmete jetzt hastig weiter.

Er hörte Schritte. Als er sich umdrehte, sah er Nicole Bachmann, die auf ihn zulief. Sie war ein Jahr jünger als die dreizehnjährige Saskia und lange nicht so hübsch. Ihre Beine waren irgendwie zu dick geraten, und am Oberkörper hatten sich die Proportionen falsch verteilt. Nicoles Gesicht war nicht hässlich, aber eben auch nicht schön. Die Augen standen etwas zu weit auseinander, und die Nase wirkte einen Tick zu groß. Ihre dunkelblonden Haare bezeichnete Saskia oft abwertend als ›straßenköterblond‹.

»Hast du die Schreie gehört?«, fragte sie japsend, als sie ihn erreichte.

»Ich bin doch nicht taub. Johannes hat mal wieder seinen Gürtel herausgeholt. Das Arschloch!«

Nicole runzelte besorgt die Stirn. »Dann wird Saskia gleich furchtbar schlecht gelaunt sein.«

Kai wusste, was sie meinte. Wenn ihr Vater sie geschlagen hatte, bekam vor allem Nicole ihren Hass zu spüren, obwohl sie nichts dafür konnte. Er zuckte mit den Schultern.

Sie beobachteten, wie Johannes den Personaltrakt des Gutshauses verließ. Er stapfte auf die Scheune zu und verschwand aus ihrem Blickfeld. Wenig später trat Saskia aus dem Haus. Sie trug eine kurze Jeanshose und ein schwarzes T-Shirt. Als sie die Jugendlichen unter der Eiche erblickte, lief sie in ihre Richtung. Obwohl sie versuchte, sich nichts anmerken zu lassen, humpelte sie leicht. Außerdem waren ihre Augen rot unterlaufen. Kai konnte sich trotzdem keinen schöneren Anblick vorstellen. Es kam ihm vor, als schwebte sie auf ihn zu, wie eine Fee.

»*Kommt mit!*«, *rief Saskia ihren Freunden entgegen.*

»*Wohin?*«, *fragte Nicole.*

»*In den Wald. Weg von dem blöden Hof.*«

Kai sprang auf. Er hätte alles für Saskia getan.

Das Mädchen lief voran, Kai und Nicole trotteten ihr stumm hinterher. Sie nahmen den Weg zur Wassermühle und bogen dann links ab, um dem Bachlauf zu folgen.

Endlich blieb Saskia stehen.

Kai wollte etwas sagen, wusste aber nicht, was. Schließlich erkundigte er sich unsicher: »*Hat dich dein Vater wieder verhauen?*«

Saskia funkelte ihn an. »*Das habt ihr doch gehört, oder?*«

Nicole nickte ängstlich.

»*Wollt ihr es unbedingt sehen?*«, *fragte Saskia mit einem aggressiven Unterton. Ohne eine Antwort abzuwarten, zog sie sich die Hose herunter, sodass Kai ihren nackten Hintern erkennen konnte. Sein Atem setzte aus. Aber nicht aufgrund der roten Striemen. Ihre bloße Haut raubte ihm den Verstand.*

»*Das sieht ja schlimm aus*«, *rief Nicole.* »*Du musst zu einem Arzt.*«

»*Quatsch! Es brennt nur ein bisschen.*« *Saskia musste sich auf die Zähne beißen.*

Nicole blickte sich um. »*Was machen wir jetzt?*«

»*Eine Mutprobe*«, *entgegnete Saskia.*

Kai zuckte zusammen. Das klang nicht gut. »Was hast du denn vor?«

»Kommt mit.«

Sie liefen noch ein paar Schritte weiter, bis Saskia vor einem riesigen Ameisenhaufen stehen blieb. Rote Waldameisen, von denen Kai wusste, dass sie besonders aggressiv waren.

»Wer traut sich, die Hosen herunterzulassen und sich reinzusetzen?«

Nicole wurde blass. »Auf keinen Fall! Weißt du, wie das brennt?«

»Bestimmt nicht mehr als die Schläge meines Vaters«, *keifte Saskia zurück.*

»Das mache ich nicht.« *Nicole schüttelte heftig den Kopf.*

»Ach ja?« *Saskia trat ein Schritt auf sie zu und schubste das Mädchen in Richtung des Ameisenhaufens. Sie stolperte. Kai, der direkt neben ihr stand, versuchte sie aufzuhalten und griff nach ihrem T-Shirt. Dabei riss jedoch der dünne Stoff von unten nach oben durch, sodass Nicole mit nacktem Oberkörper mitten auf dem Haufen landete. Sie brüllte vor Schreck.*

Kai starrte auf ihre Brüste. Was für ein Anblick! Er begriff ein paar Sekunden lang nicht, was passiert war. Nicole rappelte sich hektisch auf, die Arme schützend vor ihrem Oberkörper haltend.

Mit Tränen in den Augen rief sie: »Ihr Arschlöcher!«

Dann lief sie in den Wald.

Als Kai ihr folgen wollte, fauchte Saskia: »Bleib hier! Die fette Kuh hat es nicht besser verdient.«

»Sie wurde bestimmt von den Viechern gebissen«, *entgegnete Kai.*

»Die beißen nicht, du Trottel. Sie sondern Ameisensäure ab.«

»Das ist doch das Gleiche.«

»Ist es nicht. Jetzt bist du dran.«

Kai erstarrte. »Was? Ich?«

»Mein Hintern brennt, Nicoles Rücken auch. Fehlst also nur noch du.«

»Aber ich ...«

»Bist du wirklich so ein Feigling?«

Kai fühlte, wie er rot anlief. »Ich ... nein!«, protestierte er.

»Dann los!«

Kai zögerte.

Saskia kam auf ihn zu und näherte sich seinem Gesicht. »Wenn du es schaffst, zehn Minuten auf dem Haufen sitzenzubleiben, küsse ich dich.« Sie berührte mit ihren warmen Lippen flüchtig die seinen. Alles schien plötzlich hell zu strahlen. Hitze stieg in ihm auf.

»Bitte, setz dich rein! Für mich«, flüsterte sie.

Kai drehte sich ängstlich zu dem Ameisenhaufen um. Überall krabbelten die roten Biester, die mit Sicherheit jetzt besonders aggressiv waren, nachdem Nicole ihren halben Bau zerstört hatte. Mit seiner kurzen Hose würden sie ihn überall attackieren. Trotzdem stellte er sich über den Haufen. Er wollte Saskia unbedingt beeindrucken. Sie würde ihn küssen. Was für ein Traum! Zehn Minuten waren nicht viel. Das konnte er packen.

»Ich mache es!« Dann ließ er sich fallen.

Zunächst fühlte es sich merkwürdig an. Der weiche Haufen kitzelte seine nackten Oberschenkel. Doch dann durchfuhr ihn ein spitzer Schmerz. Er biss die Zähne zusammen. Seine Haut schien regelrecht Feuer zu fangen. Rote Punkte liefen über seine Beine und drängten in Hose und T-Shirt. Dabei hinterließen sie unerträgliche Schmerzen. Er schrie auf, versuchte verzweifelt, die Ameisen von seiner Haut zu vertreiben, aber er hatte keine Chance. Sie waren überall. Tränen schossen in seine Augen. Das Brennen brachte ihn fast um den Verstand. Schließlich hielt er es nicht mehr aus und sprang schreiend auf, wild mit den Armen fuchtelnd. Er schlug nach den Tieren, wollte sie abschütteln. Dabei fühlte er sich, als stünde er in Flammen. Seine letzte Rettung war der schlammige Bach. Mit einem Satz hechtete er in das Rinnsal, rutschte aus und landete im Morast. Immerhin hatte er die Ameisen mit der Aktion vertrieben.

Dann hörte er Saskias Lachen. »Du hättest dich sehen sollen! Das war echt zum Schießen.«

Sie grinste noch immer über beide Ohren, als er aus dem Bachlauf hinaufkletterte, das Gesicht mit Schlamm bedeckt. Seine Haut brannte höllisch.

»Das war gemein.«

»Uhh, jetzt hast du auch überall Striemen. Schau dich mal an.« Saskia verzog das Gesicht. »Leider hast du es keine zehn Minuten ausgehalten. So wird es nichts mit dem Kuss.« Sie schüttelte den Kopf. »Aber du darfst es gerne noch mal versuchen.«

Für einen kurzen Moment dachte er tatsächlich darüber nach, es ein weiteres Mal zu probieren. Aber dann dachte er wieder an die Schmerzen. »Das schaffe ich nicht.«

»Ich wusste, dass du ein Schlappschwanz bist«, bemerkte sie bissig. »Offenbar willst du mich nicht küssen.«

»Doch, doch, das würde ich echt gerne.«

»Hmm. Vielleicht bekommst du morgen noch eine Chance.« Mit diesen Worten drehte sie sich um und ging.

Kai sank auf die Knie. Seine Beine schmerzten. Er hätte Saskia so gerne geküsst. Warum war er bloß so ein Schwächling gewesen und hatte es nicht ausgehalten? Was war los mit ihm? Er hatte sich doch geschworen, alles für Saskia zu geben. Er hatte versagt.

21

Dienstag, 23. Oktober

Caro hetzte durch den Wald. Links und rechts tauchten bleiche Gesichter hinter den Baumstämmen auf. Sie waren plötzlich überall und starrten Caro durch glasige Augen an. Die Gesichter wirkten abweisend und anklagend. Sie war nicht willkommen.

Es herrschte eine Grabesstille. Kein Rascheln der Baumkronen, kein Vogelgesang. Nichts. Nur ihr hastiger Atem und die schnellen Schritte.

Sie rannte weiter. Der Weg verengte sich. Die vermoderten Äste griffen nach ihrem Hals, die Wurzeln nach ihren Beinen. Die Fratzen hinter den Bäumen schienen näherzukommen, verfolgten ihre Flucht mit ausdruckslosen Augen. Sie wussten, warum Caro gekommen war, und sie würden ihr keine Ruhe lassen, bis sie verschwunden war.

Plötzlich trat Caro in eine rote Pfütze aus dickflüssigem Blut. Sie erschrak, als sie feststellte, dass sie barfuß war. Verzweifelt lief sie weiter. Immer mehr Blut rann ihr entgegen. Jetzt tropfte es auch von den Bäumen, und als sie nach oben blickte, sah sie überall aufgehängte Eichhörnchen, deren Leiber aufgeschnitten waren.

Unvermittelt hallten Donnerschläge durch den Wald. Sie kamen aus allen Richtungen, drangen in ihren Kopf und hüllten ihren Geist ein. Dann verblichen die Bäume.

Caro schreckte auf. Noch immer ertönte dieses Donnern.

Sie war nass geschwitzt. Endlich begriff sie. Jemand klopfte an die Tür ihrer Hütte, leise aber dennoch drängend. Sie sah sich um. Der Raum lag im Dunkeln, es musste also mitten in der Nacht sein. Caro sprang aus dem Bett und lief zur Tür. Wer hatte es so eilig, mit ihr zu sprechen? War sie in Gefahr?

Vorsichtig öffnete sie die Tür. Vor dem Haus sah sie die Silhouette einer Frau. Dann erkannte sie die Gummistiefel. Patrizia.

»Was machen Sie denn hier?«, fragte Caro.

»Pst! Seien Sie bitte leise. Sie müssen mitkommen.«

»Was ist los?«

»Das erzähle ich Ihnen gleich.«

Caro zog Hose und Schuhe an, ihre Jacke nahm sie im Hinauslaufen mit. Patrizia war schon nach links in den Wald abgebogen.

Als das Gutshaus aus ihrem Blickfeld verschwunden war, knipste die Frau eine Taschenlampe an.

»Sagen Sie mir jetzt endlich, worum es geht?«, fragte Caro.

»Sie hat das Tagebuch von Kai Wiesenberg!«, keuchte Patrizia.

»Wer? Über wen reden Sie?«

»Zoé.«

Caro blickte sie überrascht an. »Das dunkelhaarige Mädchen mit dem Nasenring?«

»Ja, genau. Ich habe sie gesehen. Gerade eben.« Patrizia hörte auf zu laufen. Offenbar wurde sie von Seitenstichen gequält.

»Um diese Uhrzeit?«

»Ich konnte nicht schlafen.« Sie rang nach Atemluft. »Jedenfalls habe ich beobachtet, wie sie ihre Hütte verlassen hat, mit einem Päckchen unter dem Arm.«

»Das könnte alles Mögliche sein.«

»Es war das Tagebuch, ganz sicher. Sie hat sich mit Nicole gut verstanden. Bestimmt hat sie es verwahrt.«

»Wohin ist sie gegangen?«

»In den Wald. In Richtung der Wassermühle.«

Patrizia blieb stehen. »Ich muss zurück ins Gutshaus. Wenn ich hier mit Ihnen entdeckt werde, ...« Sie hörte auf zu sprechen, aber Caro hatte eindeutig die Angst in ihrer Stimme wahrgenommen. »Bitte, nehmen Sie die Taschenlampe«, sagte Patrizia drängend. Sie fuchtelte mit dem Stab herum, sodass der Lichtkegel wild umhertanzte.

Caros Magen klumpte sich zusammen. Sie traute der Frau nicht über den Weg. Wenn Patrizia allerdings recht hatte, verpasste Caro die Chance, an das Tagebuch zu kommen.

»Ihre Geschichte kommt mir etwas zweifelhaft vor.«

»Bitte glauben Sie mir!«, flehte Patrizia. »Ich habe eine wahnsinnige Angst.«

Caro war noch immer nicht überzeugt, dennoch nickte sie. »Dann sehen Sie zu, dass Sie schnell nach Hause kommen.«

Patrizia drehte sich wortlos um und rannte den Weg zurück.

Ein ›Viel Glück!‹ wäre nett gewesen, dachte Caro. Was für eine sonderbare Frau! Sollte sie jetzt wirklich alleine in den Wald rennen?

Gespenstische Schatten tauchten im Licht der Taschenlampe auf. Unwillkürlich dachte sie an ihren Albtraum. Von überall kamen Geräusche. Wind, der durch die Baumkronen fegte, eine Eule von irgendwo weiter weg, das Rascheln der Blätter und ein merkwürdiges Kratzen, das Caro nicht zuordnen konnte.

Sie biss die Zähne zusammen und lief voran. Plötzlich knackte es rechts von ihr, gefolgt von einem weiteren Rascheln. Caro erschrak. Wurde sie verfolgt? Oder beobachtet? Mit aufgestellten Nackenhaaren ging sie weiter, blickte sich immer wieder um.

Jetzt mischte sich das Plätschern des Baches in die nächtliche Geräuschkulisse. Sie kam der Wassermühle näher. Ein paar Schritte weiter, dann erblickte sie die Umrisse des klobigen Backsteingebäudes.

Aber wo war das Mädchen? Sie könnte das Tagebuch überall im Wald versteckt haben. Wenn Patrizias Geschichte überhaupt stimmte.

Caro ging auf die Wassermühle zu. Sie sah keine Tür, stattdessen einen Holzsteg, der an der vorderen Gebäudeseite entlang zum Bach führte und dann im Innern der Mühle verschwand. Mühsam kletterte sie eine schmale Treppe hinauf und folgte den Planken.

Wie ein dunkler Schlund lag die Öffnung vor ihr, aus der das Gewässer herausfloss. Caro hielt den Atem an und hörte den eigenen Puls. Sie schlich über den Steg und leuchtete in den Tunnel hinein.

Das Mühlrad ruhte mittig zwischen den Mauern, links und rechts davon rauschte der Bach einen kleinen Wasserfall hinab, daneben der Steg. Von Zoé fehlte jede Spur.

Ein lautes Poltern ließ Caro zusammenzucken. Von wo war das Geräusch gekommen? Aus der Mühle? War es das Mädchen? Caros Herz pochte jetzt so heftig, dass sie das Gefühl hatte, es würde aus ihrer Brust springen.

Panik ergriff sie. Die aufgestaute Angst der letzten Minuten riss den Damm ihrer Entschlossenheit endgültig ein. Sie wollte einfach nur weg. Weg aus dem furchtbaren Wald. Weg aus der Kolonie. Sie drehte sich hektisch um und lief den Steg entlang aus der Mühle hinaus. Als sie um die Ecke bog, erstarrte sie in der Bewegung. Am Fuß der Treppe stand eine dunkle Gestalt.

Caro stieß einen panischen Schrei aus. Der Figur nach handelte es sich um einen Mann, mehr konnte sie im Flackerlicht der Taschenlampe nicht erkennen. Ruckartig drehte sie sich um und hetzte zurück ins Innere der Mühle. Hinter sich hörte sie die Schritte des Unbekannten.

22

Patrizia öffnete behutsam die Tür des Gutshauses. Sie hoffte inständig, dass niemand ihre Abwesenheit bemerkt hatte. Vor allem Evelyn bereitete ihr Sorgen. Patrizias Zimmer lag im ersten Stock, am Ende des Flurs, hinter den anderen Schlafzimmern, was für sie einen regelrechten Spießrutenlauf bedeutete.

Sie schlich die knarzenden Treppenstufen hinauf. Jeder Schritt durchbrach die Stille des Hauses wie ein Donnerschlag und trieb ihr den Schweiß auf die Stirn. Endlich stand sie auf der obersten Stufe. Leise tappte sie den Korridor entlang, vorbei an den beiden Schlafzimmern ihrer Schwiegereltern. Niemand hielt sie auf.

Als Patrizia ihr eigenes Zimmer erreichte, atmete sie auf. Sie hatte es geschafft. Vorsichtig öffnete sie die Tür und trat in den dunklen Raum. Als sie das Licht anschaltete, fuhr sie zusammen.

Am Fenster stand ihr Ehemann Marcus und blickte sie fragend an. »Wo warst du, Patrizia? Ich habe mir Sorgen um dich gemacht.«

Marcus hatte eine große Statur und wellige, dunkelblonde Haare. Er trug eine Brille mit einem auffälligen Rahmen. Die schmalen Lippen umspielte ein unsicher wirkendes Lächeln.

»Ich konnte nicht schlafen«, flüsterte sie.

»Aber warum warst du draußen? Du weißt genau, was passiert, wenn Evelyn oder mein Vater dich erwischen.« Jonas Klinger erwartete von den Bewohnern der Kolonie und vor allem von seiner eigenen Familie uneingeschränkte Loyalität. Sie hatten Vorbilder zu sein und mussten seine Regeln und Verbote befolgen. Bei Zuwiderhandlungen wurde er fuchsteufelswild. Das Gleiche galt für seine kontrollsüchtige Ehefrau.

»Das weiß ich. Aber sie hat mich nicht erwischt.«

Die Tür wurde ruckartig aufgerissen. »Das sehe ich anders!« Evelyn Klinger stand im Türrahmen und stemmte die Hände in die Hüften.

Patrizia erschrak und wäre fast über die eigenen Füße gestolpert, als sie zurückwich. Auch Marcus wirkte wie versteinert.

»Was wolltest du denn mitten in der Nacht im Wald?«, fragte die blonde Frau mit einem aggressiven Unterton.

»N… nur frische Luft schnappen«, stammelte Patrizia.

»Das ist eine dreiste Lüge! Dummerweise habe ich dich vor der Hütte mit der Polizistin gesehen.«

Patrizia merkte, wie ihr heiß wurde. Marcus schaute sie entgeistert an.

»Ich habe Angst«, sagte sie weinerlich.

»Du hast Jonas heute gehört«, keifte Evelyn zurück. »Wir sollen nicht mit der Frau sprechen. Schon gar nicht ohne sein Beisein.«

»Sie kann uns helfen, den Mörder zu finden.«

»Jonas wird das Problem lösen. Aber nicht mithilfe der Polizei.« Evelyn blickte Patrizia naserümpfend an. »Es ist wirklich traurig, dass Jonas eine so jämmerliche Schwiegertochter erdulden muss.«

Patrizia traten die Tränen in die Augen. Sie musste ständig Evelyns Sticheleien und Gemeinheiten ertragen. Wie gerne würde sie zusammen mit Marcus die Kolonie verlassen, um ihr eigenes Leben zu führen. Aber Marcus stand unter dem Einfluss seines dominanten Vaters und würde niemals mitgehen. Und da sie Marcus über alles liebte, blieb ihr nichts anderes übrig, als sich unterzuordnen.

»Eines kann ich dir versprechen«, fuhr Evelyn mit frostiger Stimme fort. »Das wird ein Nachspiel für dich haben!«

»Bitte nicht!« Patrizia liefen Tränen aus den Augen. Ihr war klar, dass ihre Schwiegermutter von der Kammer sprach. »Kannst du nicht einfach alles vergessen? Bitte!«

Evelyn lachte auf. »Dafür ist es jetzt zu spät!«

Patrizia sah ihren Mann Hilfe suchend an, aber Marcus wandte seinen Blick ab. Wie immer wagte er es nicht, sich gegen Evelyn oder seinen Vater aufzulehnen.

23

Caro wich zurück. Tiefer in die Wassermühle hinein. Durch das Rauschen des Baches hörte sie schwere Schritte die Treppe hinaufpoltern. Gleich würde die Gestalt um die Ecke biegen. Ihre Gedanken überschlugen sich. Wer war der Kerl? Dieser mysteriöse Kai Wiesenberg?

Es gab keinen Fluchtweg. Vor ihr, dort wo der Bach in die Wassermühle einfloss, existierte kein Ausgang. Es sei denn, sie sprang ins Wasser und schwamm gegen den Strom aus der Mühle hinaus. Sofort verwarf sie den Gedanken wieder.

Als sie das Wasserrad erreichte, bemerkte sie linker Hand eine Tür. Ihre einzige Chance. Sie drückte hastig die Klinke hinunter und riss die Tür auf. Dahinter lag ein großer Raum, getragen von einer Holzkonstruktion aus Pfosten und Balken. Im Licht der Taschenlampe erkannte sie mehrere Zahnräder und eine runde Steinplatte. Der Mühlstein.

Sie warf die Tür hinter sich zu und durchquerte die Mühle. Eine Holztreppe führte ins Obergeschoss. Als sie die Stufen erklomm, hörte sie das Knarren der Tür. Der Mann war ihr auf den Fersen.

Sie traf auf einen Lagerraum, in dem sich Mehlsäcke stapelten. Schnell rannte sie weiter, hastete eine Treppe hinauf, dann durch eine Tür. Der nächste Raum stand leer. Sie musste sich jetzt oberhalb des Baches befinden. Gab es hier Versteckmöglichkeiten? Oder einen zweiten Ausgang?

Caro ließ den Kegel ihrer Taschenlampe über die

Steinwände gleiten. Ihr Puls erhöhte sich. Sie sah weder eine Tür noch ein Versteck. Es war eine Sackgasse.

Sie schaltete die Taschenlampe aus und horchte in die Stille. Nichts. Keine Schritte mehr. Wo steckte ihr Verfolger? Hatte sie ihn abgeschüttelt? Oder lauerte er ihr auf? Wartete er, bis sie herauskam? Spielte er mit ihrer Angst?

Noch immer bewegte sich Caro nicht. Außer dem Pochen ihres Herzens war es totenstill.

Plötzlich hörte sie aus den Tiefen der Mühle das Klappen einer Tür. Dann herrschte wieder Stille. Hatte ihr Verfolger aufgegeben?

Sie nahm allen Mut zusammen und schlich in den Raum zurück, in dem sich die Mehlsäcke stapelten. Dabei ließ sie die Taschenlampe mehrfach aufblitzen, um sich zu orientieren. Vorsichtig tastete sie sich voran, blieb stehen, um zu horchen. Schließlich fand sie die Treppe, die in den Mühlraum hinunterführte. Inzwischen war sie sich sicher, dass der mysteriöse Mann tatsächlich verschwunden war.

Caro lief zum Ausgang und drückte die Klinke herunter. Sie bewegte sich nicht. Caro versuchte es erneut. Dann wurde ihr klar, dass der Kerl sie in der Mühle eingesperrt hatte.

Sie leuchtete die Tür ab: massives Holz, keine Chance, sie aufzubrechen. Die Fenster in diesem Stockwerk waren mit Brettern zugenagelt. Sie saß in der Falle.

Unwillkürlich dachte sie an Krokodile, die ihre Beute zunächst auf den Grund des Gewässers brachten, sie dort befestigten, um sie irgendwann in Ruhe fressen zu können. Hatte der Mann sie hier eingesperrt, um sie sich später zu holen? Oder steckte vielleicht etwas anderes dahinter?

Das Mädchen kam ihr wieder in den Sinn. Wenn Zoé das Tagebuch hatte, war womöglich sie das Ziel des Täters. Wenn das stimmte, dann war klar, warum der Kerl sie selbst festgesetzt hatte. Damit sie ihm nicht in die Quere kam.

Verzweifelt leuchtete Caro die Wände ab. Gab es einen zweiten Ausgang? Sie musste hier raus!

Denk nach, zwang sich Caro. Sie holte tief Luft. Versuchte, ihre wirren Gedanken zu ordnen. Es musste einfach einen Ausweg geben.

Wieder ließ sie den Lichtkegel durch den Raum huschen. Dann lief sie zu einem der verbarrikadierten Fenster und rüttelte an den Brettern. Sie hatte keine Chance. Ohne Werkzeug war es unmöglich, die Nägel zu entfernen oder das Holz aufzubrechen.

Der dunkel gekleidete Mann ging ihr durch den Kopf. Sie malte sich aus, wie er dem Mädchen auflauerte, ihr das Tagebuch entriss, um ihr danach den Bauch aufzuschlitzen, so, wie er es mit dem ersten Opfer getan hatte.

Hatte sie vielleicht eine Tür übersehen? Oder einen weiteren Durchgang? Sollte sie den Lagerraum im Obergeschoss noch einmal durchsuchen? Das Licht der Taschenlampe fiel auf die Zahnräder, die im Boden verschwanden. Vermutlich handelte es sich um den Mechanismus, der den Mühlstein mit dem Schaufelrad verband, das außen vom Bach angetrieben wurde.

Caro leuchtete die Bretter ab. Das Getriebe musste doch von irgendwo für Wartungsarbeiten zugänglich sein. Aber sie sah nur massive Holzdielen. Langsam umrundete sie den Mühlstein.

Dabei entdeckte sie ein kleines Loch in einem der Bodenbretter. Als sie die Dielen näher untersuchte, bemerkte sie die feinen Umrisse einer Bodenluke. Ihr Puls beschleunigte sich.

Mit aller Kraft zog Caro die Klappe hoch. Eine dunkle Öffnung tat sich auf.

Sie leuchtete hinein. Eine Leiter führte in die Tiefe, doch außer einer dreckigen Mauer war nichts zu erkennen.

Caro holte Luft und kletterte die Sprossen hinab, bis sie wieder festen Boden unter den Füßen hatte. Es roch muffig und feucht. Im Flackerlicht der Taschenlampe sah sie weitere große Zahnräder und die Antriebsachse. Rechts von ihr verlief ein Gang, dessen Ende sie nicht ausmachen konnte.

Vorsichtig tastete sie sich in den Korridor hinein. Das Mauerwerk war von Schimmel überzogen. Von der Decke hingen Spinnweben herab. Links erkannte Caro eine Gitterluke, gerade mal so groß, dass ein Mensch hindurchpasste. Sie leuchtete durch die Gitterstäbe, sah aber lediglich einen leeren Raum von der Größe einer Gefängniszelle. Einen kurzen Moment flackerte der Gedanke durch ihren Kopf, wozu dieses Verlies wohl diente, dann richtete sie die Aufmerksamkeit wieder auf ihre Flucht. Der Gang machte eine Biegung, hinter der sie auf eine Holzluke stieß.

Rasch schob sie den Riegel zur Seite und riss die Tür auf. Sie führte ins Freie. Es gab einen schmalen Sims, hinter dem der Bach vorbeirauschte.

Caro quetschte sich durch die enge Öffnung und zog sich nach oben, bis sie auf dem glitschigen Tritt stand. Über ihr verlief der Steg, auf dem sie in die Mühle gekommen war. Sie griff nach der untersten Stange des Geländers und kletterte hinauf.

Endlich hatte sie es geschafft und rannte blindlings los.

Nach wenigen Schritten wurde ihr bewusst, was sie

eigentlich tat. Sie lief vor ihrer eigentlichen Aufgabe davon!

Irgendwo hier gab es einen Täter, der es auf das Mädchen abgesehen hatte.

Caro blieb stehen, zwang sich zur Ruhe. Nach einer halben Minute hatte sie wieder einen halbwegs klaren Kopf.

Es war noch immer dunkel. Der Wald brachte sich mit seinem Rascheln, Knacken und dem ersten Vogelgezwitscher wieder in Erinnerung. Sie lief nun auf die Waldkapelle zu, wo Nicole Bachmann gefunden worden war.

Wenig später erreichte sie das Felssteingebäude mit dem Spitzdach. Sie stieß die Tür zur Kapelle auf und leuchtete hinein. Nichts. Der Raum stand leer.

Sofort kamen die Bilder in ihr hoch. Die leichenblasse, aufgehängte Frau, deren Gedärme aus dem aufgeschnittenen Bauch herausquollen. Sie versuchte die Gedanken zu verdrängen, damit sie nicht die Übermacht gewannen. Sie musste Zoé finden!

Caro verließ die Kapelle und rannte den Weg hinunter, der zum See führte. Als sie das Ufer erreichte, flatterten Vögel laut krächzend in den Himmel. Die Wolkendecke war aufgebrochen. Der Mond tauchte den See in ein fahles Licht. Caro lief weiter an der Böschung entlang, bis sie an den Holzsteg gelangte. Als sich das Schilf lichtete und den Blick auf den Bootsanleger freigab, stockte ihr der Atem.

Am Ende des Stegs kniete eine nackte Frau, deren leichenblasse Haut über und über mit Blut bedeckt war. Der Körper wirkte zusammengefallen, der Kopf war auf die Brust gesunken. Die blutverschmierten Haare klebten auf Gesicht und Schultern.

Zoé, erkannte Caro mit Entsetzen. Das Mädchen war

dem Killer zum Opfer gefallen. Sie war zu spät gekommen.

Caro rannte auf die leblose Gestalt zu, hockte sich vor sie und griff nach ihrem Handgelenk, um den Puls zu fühlen. In dem Moment, als sie die Hand berührte, riss das Mädchen die Augen weit auf. Caro erschrak und wich ruckartig zurück. Dabei fiel sie nach hinten auf den Steg.

»Zoé!«, rief sie entsetzt. »Was ist passiert? Wer hat Ihnen das angetan?«

Die Frau antwortete nicht, sondern starrte Caro mit glasigen Augen an, wie ein Zombie, der gerade aus seinem Grab gestiegen war.

Noch immer atmete Caro stoßartig. Sie begriff nicht, was geschehen war. Hatte der Mörder sein Werk nicht vollendet? Stand das Mädchen unter Schock?

Plötzlich hörte sie schnelle Schritte. Sie fuhr herum und sah einen dunkel gekleideten Mann, der rasch auf sie zukam. Der Kerl aus der Mühle?

Sie geriet erneut in Panik. Der Mörder kehrte zurück, um Zoé endgültig zu erledigen. Und sie selbst gleich mit.

Eine harte Stimme durchschnitt die Stille. »Was machen Sie da?« Es war Doktor Klingers Stimme.

»Sie ... war ... «, begann Caro stotternd.

»Sind Sie denn verrückt geworden?«

»Ich habe das Mädchen gefunden.«

Klinger stürzte auf die blutüberströmte Frau zu und ergriff ihre Hand. »Zoé, mein Kind. Was hast du dir angetan?«

Was zum Teufel?

»Gib mir das Messer, Zoé.« Der Doktor öffnete die blutverschmierten Finger des Mädchens.

Jetzt fiel es Caro wie Schuppen von den Augen. Sie

hatte sich selbst mit einer Klinge die Haut aufgeritzt. Überall. An Armen, Beinen, auf Bauch und Brust, quer über die Stirn, hinter den Ohren. So war das herausquellende Blut über ihren gesamten Körper geronnen.

»Wir müssen einen Krankenwagen rufen«, sagte Caro schockiert.

»Nein!«, erwiderte Klinger schroff. »Ich alarmiere unseren Hausarzt. Gehen Sie wieder zurück in Ihre Hütte, und legen Sie sich hin!«

»Sie glauben doch nicht ernsthaft, dass ich Sie mit dem Mädchen zurücklasse. Sie schaffen es nicht, sie allein zurückzubringen.«

»Ich möchte nicht, dass ...«

»Halten Sie den Mund!«, fuhr Caro ihn an. »Wir helfen ihr zusammen.«

Er widersprach nicht. Gemeinsam richteten sie die apathische Zoé auf und zogen sie auf die Beine. Dann stützten sie das Mädchen, das wie eine Puppe mitlief.

»Es sind nur oberflächliche Verletzungen«, sagte Klinger in einem monotonen Tonfall.

»Woher wollen Sie das wissen? Sie hat viel Blut verloren.«

»Es ist nicht das erste Mal.«

Caro war erschüttert. »Sie muss in eine Klinik.«

»Das würde sie umbringen! Ich diskutiere nicht weiter darüber. Wir bringen sie ins Gutshaus und rufen unseren Hausarzt. Basta!«

»Ich bin der Meinung, dass ...«, begann Caro, doch Klinger unterbrach sie.

»Sie kennen Zoé doch gar nicht!«

Den Rest des Weges sprachen beide kein Wort. Caros Gedanken rasten. Sollte sie gegen Klingers Anweisungen verstoßen und einen Krankenwagen alarmieren? Oder hatte er recht, und sie schadete Zoé damit sogar?

War es Klinger gewesen, der sie in der Mühle eingesperrt hatte? Aber warum? Und wo war das Tagebuch, das Zoé angeblich bei sich gehabt hatte?

Sie erreichten das Gutshaus, schafften das Mädchen in ein Gästezimmer im ersten Stock und legten sie auf dem Bett ab. Sie wirkte noch immer vollkommen abwesend, als stünde sie unter Drogen.

»Gehen Sie jetzt in Ihre Hütte!«, sagte Klinger. »Ich kümmere mich um den Rest. Und morgen früh werden Sie mir erzählen, was Sie mitten in der Nacht im Wald getrieben haben.«

»Diese Frage beruht auf Gegenseitigkeit«, erwiderte Caro scharf. »Ich würde auch gerne erfahren, warum Sie dort waren.«

»Verschwinden Sie!«, fauchte Klinger. Offensichtlich war er dabei, seine Maske abzulegen.

Caro fügte sich und verließ das Gutshaus. Draußen wurde es langsam hell. Ein neuer Tag in der Kolonie brach an.

24

Dienstag, 23. Oktober

Nachdem Caro im Morgengrauen in ihre Hütte zurückgekehrt war, hatte sie keinen Schlaf mehr gefunden. Die Ereignisse der Nacht hatten sie zu sehr aufgewühlt. Immer wieder waren ihre Gedanken um das Tagebuch, den unheimlichen Mann in der Mühle und um Zoé gekreist. Was hatte das Mädchen durchgemacht, um eine derartige Zwangsstörung zu erleiden? Befand sie sich bei Doktor Klinger wirklich in guten Händen?

Das Schicksal der jungen Frau lenkte Caros Gedanken zu ihrer eigenen Tochter. Sie machte sich nach wie vor Sorgen um Jennifer.

Gegen halb acht begab sich Caro zu dem Ahornbaum vor dem Gutshaus und wartete, bis ihr Handy endlich ein Netz fand. Dann wählte sie die Nummer ihrer Tochter, die nach qualvollen sechs Klingeltönen abnahm.

»Wie geht es dir?«, fragte Caro hastig.

»Gut. Warum?«

Caro atmete erleichtert auf. »Bist du schon auf dem Weg in die Schule?«

»Die ersten beiden Stunden fallen aus.«

Sie lügt mich an! »Muss ich die Direktorin anrufen, um das zu überprüfen?«

»Wenn du nichts Besseres zu tun hast«, antwortete das Mädchen genervt. »Bist du eigentlich noch länger weg?«

»Wahrscheinlich ein paar Tage. Aber das ist kein Grund für dich, die Schule links liegen zu lassen.«

»Ich muss jetzt Schluss machen«, sagte Jennifer. »Mein Bus fährt gleich. Wir sehen uns.«

Sie legte auf.

Caro starrte versteinert auf ihr Handydisplay. Das Mädchen hatte doch gesagt, dass die ersten beiden Stunden ausfielen. Dann wäre sie viel zu früh dran. Irgendetwas stimmte nicht. Jennifer hatte offensichtlich gelogen, und das trieb Caro Sorgenfalten auf die Stirn.

Nachdenklich schlenderte sie zurück in ihre Hütte. Als sie die Tür aufstieß, zuckte sie zusammen. Jemand saß am Esstisch.

Doch dann erkannte sie, dass es Berger war. Augenblicklich schwemmten Glücksgefühle über sie hinweg. Der gesamte Druck der schwierigen Ermittlung, ihre Furcht, die quälende Ausgrenzung in der Kolonie, die Probleme mit ihrer Tochter: Das alles schien sich schlagartig in Luft aufzulösen. Tränen schossen ihr in die Augen, und sie stürmte auf den Kommissar zu.

Bist du denn verrückt geworden? Was soll er von dir denken?

Schlagartig wurde Caro bewusst, dass sie überreagierte. Sie bremste gerade noch rechtzeitig ab.

Berger sprang auf und sah sie mit einer Mischung aus Verwunderung und Sorge an.

Hastig setzte Caro zu einer Erklärung an. »Die letzte Nacht ... Ich hatte solche ... Gott, ich bin froh, dass du hier bist.«

»Atme erst mal tief durch.«

Sie holte Luft.

»Was ist denn passiert?«, fragte er sanft.

Caro roch sein herbes Aftershave, das ihr so vertraut vorkam.

»Ich weiß nicht, wo ich beginnen soll.«

Er zuckte mit den Schultern. »Am besten am Anfang.«

Sie setzten sich an den Tisch. Caro holte noch einmal tief Luft und erzählte von ihrer Begegnung mit Patrizia, von dem Tagebuch, von den alten Geschichten über Kai Wiesenberg und schließlich von der Verfolgungsjagd durch die Mühle und der Entdeckung der blutüberströmten Zoé.

Berger schien den Atem anzuhalten, vor allem, als sie von dem Verfolger berichtete.

»Schlimmer hätte es kaum laufen können!«, fluchte er. »Du bleibst auf keinen Fall länger allein hier. Ich kläre das sofort mit Jens.«

»Ich glaube nicht, dass das was bringt. Höchstens, dass ich auch noch abgezogen werde.«

»Ich werfe dich mit Sicherheit nicht länger diesem Irren zum Fraß vor. Jens soll sich einen anderen Köder suchen.«

»So einfach ist das nicht«, protestierte Caro. »Ich möchte nicht aufgeben.«

»Das ist viel zu gefährlich!«

»Ich weiß. Aber ich möchte trotzdem bleiben.«

Bergers Augen verengten sich. »Dann bleibe ich auch hier. Und wenn ich mich im Wald verstecken muss.«

Caro schüttelte den Kopf. Sie wusste, dass das nicht funktionieren würde. »Hast du dich eigentlich bei Doktor Klinger angemeldet?«

»Natürlich nicht. Ich habe draußen vor dem Tor geparkt und bin durch den Wald gekommen. Niemand hat mich gesehen.« Er hob einen Rucksack auf den Tisch. »Ich habe dir übrigens etwas mitgebracht. Frühstück.«

Caro lächelte. »Danke! Ich bin wirklich froh, dass wenigstens einer zu mir hält.«

»Glaub mir, ich bin nicht der Einzige. Auch Darling und Simone Schweitzer fragen ständig nach dir.«

Du bist aber der Wichtigste, dachte Caro, während sie belegte Brötchen auspackte. Berger hatte sogar zwei Kaffee-to-go-Becher mit duftendem Cappuccino mitgebracht.

»Was schlägst du als nächsten Schritt für die Ermittlung vor?«, fragte sie.

»Offensichtlich spielt das Drama aus der Vergangenheit eine wichtige Rolle. Da ist zum einen die alte Narbe von Nicole Bachmann, die der Mörder wieder aufgeschnitten hat, was mit Sicherheit kein Zufall war.«

»Und zum anderen das mysteriöse Tagebuch«, ergänzte Caro. »Außerdem kommt die Tatsache hinzu, dass Kai Wiesenberg als Stalker durch die Wälder zieht.«

»Ja.« Berger nippte an seinem Kaffee. »Wir sollten ihn uns vorknöpfen.«

»Das sehe ich auch so. Möglicherweise ist er sogar der Täter.«

»Hast du mit Doktor Klinger über ihn gesprochen?«, fragte der Kommissar.

»Noch nicht«, antwortete sie. »Das steht heute auf dem Programm.«

Berger blickte Caro durchdringend an. »Versprich mir bitte, dass du keine Risiken eingehst! Ich möchte nicht, dass du allein nach Wiesenberg suchst.«

Sie dachte an den gespenstischen, blonden Mann. »Ich versuche, ihm aus dem Weg zu gehen.«

»Hmm!« Ihre Antwort reichte ihm offensichtlich nicht aus.

»Ich wünschte, du könntest hierbleiben«, sagte Caro.

»Ich auch! Aber du kannst dir sicher sein, dass ich bald zurückkomme.«

Sie nickte. Der Gedanke, einen weiteren Tag in der Kolonie zu verbringen, ließ ihren Magen eine Etage tiefer rutschen.

»Darling hat übrigens etwas Interessantes herausgefunden«, fuhr Berger fort. »In Frankfurt sind im Sommer zwei ähnliche Verbrechen verübt worden. Jemand hat zwei Frauen mit K.-o.-Tropfen betäubt und ihnen Schnittverletzungen am Bauch zugefügt. Glücklicherweise haben beide Opfer überlebt.«

Caro starrte ihn an. »Was haben die Frauen denn ausgesagt?«

»Beide konnten sich an nichts erinnern, und sämtliche Spuren sind im Sande verlaufen. Die Frankfurter Dienststelle hat den Fall mehr oder weniger zu den Akten gelegt.«

»Siehst du einen Zusammenhang mit unserem Mord?«, fragte Caro.

»Schwer zu sagen. Ich muss mir die Fallakten näher anschauen. Wenn es sich um vergleichbare Wunden handelt und auch die Tatmuster ähnlich sind, dann müssen wir diese Möglichkeit in Erwägung ziehen.«

»Mein Instinkt sagt mir, dass der Täter hier in der Kolonie zu finden ist.«

»Das denke ich auch.« Berger erhob sich. »Ich gehe jetzt lieber, bevor es wieder Ärger gibt.«

Caro sprang ebenfalls auf. »Ich hoffe, dass ich nicht mehr lange hierbleiben muss.«

»Wir werden den Fall schnell aufklären«, sagte Berger ermutigend. Dann verabschiedete er sich und verließ die Hütte.

Caro blickte ihm sehnsüchtig hinterher.

25

Patrizia saß schweigend am Frühstückstisch. Marcus saß ihr mit versteinerter Miene gegenüber. Er hatte den ganzen Morgen kein Wort gesprochen, denn offensichtlich war er noch immer sauer, dass sie ihrer Familie in den Rücken gefallen war und der Polizistin ihre Hilfe angeboten hatte.

Patrizia merkte, dass ihre Hand zitterte. Sie fürchtete sich vor den Konsequenzen ihrer Tat. Evelyn würde sie in die Kammer sperren. Ein Albtraum! Warum war sie nur erwischt worden? Ihre Schwiegermutter war ein Monster. Noch immer verstand Patrizia nicht, weshalb der Doktor sie geheiratet hatte. Er besaß Charisma und Führungsstärke. Evelyn dagegen versuchte krampfhaft, mit ihm mitzuhalten. Ihr Verständnis von Führung umfasste lediglich stumpfe Befehle, Einschüchterungen und Hinterherspionieren. Nichts davon passte in das Konzept einer Kolonie, in der kranke Menschen Zuflucht suchten. Doch irgendwie arrangierten sich die Patienten mit Evelyn. Wer sich ihr unterwarf, hatte ja auch nichts zu befürchten.

Nur bei Patrizia war das anderes. Obwohl sie sich die größte Mühe gab, ihrer Schiegermutter zu gefallen, hackte diese ständig auf ihr herum. Offensichtlich hatte Evelyn Spaß daran, Patrizia zu demütigen.

Sie blickte zu Marcus hinüber, und ein warmes Gefühl überkam sie. Er war es Wert, zu bleiben und Evelyns Schikanen zu ertragen.

Seit fast zehn Jahren war Patrizia jetzt mit Marcus zusammen. Sie war damals siebzehn gewesen, als sie sich kennengelernt hatten, er eine ganze Ecke älter. Jeden Morgen hatte er Brötchen in einer kleinen Bäckerei in Taunusstein gekauft, in der sie hinter der Kasse gestanden hatte. Irgendwann war Patrizia über ihren Schatten gesprungen und hatte ihn nach einem Date gefragt. Obwohl er augenscheinlich nicht sonderlich an ihr interessiert war, hatte er zugesagt. Es war ein hartes Stück Arbeit gewesen, sich seine Zuneigung zu erkämpfen. Doch schließlich hatte sie es geschafft, und ein paar Monate später hatten die Hochzeitsglocken geläutet. Als Marcus' Vater die Therapieeinrichtung eröffnet hatte, waren beide zu ihm in die Silberbachkolonie gezogen. Marcus hatte es sich gewünscht, und sie konnte und wollte ihm diesen Wunsch nicht abschlagen.

»Ich habe der Polizistin nur gesagt, dass ich mich vor Wiesenberg fürchte«, sagte Patrizia. Sie sah in Marcus' Gesicht, aber er wandte den Kopf. »Du hättest dich nicht erwischen lassen sollen.«

»Kannst du bitte noch mal mit deinem Vater sprechen?«

»Das ist doch sinnlos«, erwiderte Marcus trocken.

Patrizia wusste, dass er sich weder gegen seinen Vater noch gegen Evelyn stellen würde. Er war dazu erzogen worden, seinem Vater zu gehorchen. Dieses Machtverhältnis schien wie in Stein gemeißelt zu sein.

»Ich habe Angst vor der Kammer.«

»Ich kann dir nicht helfen.«

»Es wäre schön, wenn du dich ein Mal auf meine Seite stellen würdest«, sagte Patrizia.

»Ich stehe auf deiner Seite. Aber Regeln sind Regeln. Die kann man nicht beugen.«

»Doch, das geht.«

»Wenn mein Vater auch nur für einen Moment

Schwäche zeigt, dann tanzt ihm die gesamte Kolonie auf der Nase herum.«

Sie nickte resigniert.

»Du solltest dich bei Evelyn entschuldigen und ihr anbieten, deine Strafe sofort anzutreten. Vielleicht sammelst du so Pluspunkte bei ihr.«

Patrizia wusste, dass ihr Urteil längst gesprochen war und sie nichts dagegen unternehmen konnte. Eine Mischung aus Angst und Enttäuschung überfiel sie. Hatte Marcus recht, und sie konnte sich tatsächlich einen Teil der Strafe ersparen, wenn sie Reue zeigte?

Als hätte Evelyn das Gespräch belauscht und auf ihren Einsatz gewartet, betrat sie ausgerechnet in diesem Moment den Raum. Vermutlich hatte sie wirklich zugehört. Patrizia schluckte.

Evelyn ging hochnäsig auf den Esszimmertisch zu.

»Es tut mir leid, was ich getan habe«, sagte Patrizia mit weinerlicher Stimme.

»Deine Reue kommt zu spät.«

Patrizia blickte flehend zu Marcus hinüber, doch ihr Mann verzog keine Miene. Enttäuscht ließ sie den Kopf hängen. »Kann ich nicht irgendetwas tun, um der Kammer zu entgehen?«

Evelyn lachte auf. »Wie erbärmlich du bist! Ertrage deine Strafe wenigstens mit etwas Würde.«

Patrizia schossen Tränen in die Augen.

»Hör auf zu flennen!«, keifte ihre Schwiegermutter mit harter Stimme. »Wir gehen jetzt los! Es ist Zeit für die Kammer.«

26

Nachdem Berger gegangen war, überkam Caro ein seltsames Gefühl der Leere. Sie vermisste ihn jetzt schon, obwohl er gerade erst die Hütte verlassen hatte. Ihre Gedanken wollten sich nicht sortieren lassen. Wie ein warmer Sommerwind waren die Empfindungen über sie hinweggefegt und hatten ihre Seele gestreichelt, die in den letzten zwei Tagen tiefe Narben davongetragen hatte. Sie hatte sich in seiner Gegenwart so geborgen gefühlt.

Was war mit ihr geschehen? War sie einfach nur erleichtert gewesen, dass Berger ihr zur Seite stand? Hatte sie sich in dieser beklemmenden Situation nach einem starken Beschützer gesehnt? Oder war da mehr? Schon lange hatte sich Caro nicht mehr so durcheinander gefühlt. Sie wagte kaum, weiter darüber nachzudenken. Doch als sie die Augen schloss, sah sie Bergers Gesicht vor sich. Sie roch sein Aftershave und hörte seine Stimme. War sie tatsächlich dabei, sich zu verlieben?

Aber wie stand es um ihn? Erwiderte er ihre Gefühle? Das Band der Sympathie zwischen ihnen ließ sich nicht leugnen. Außerdem war Berger ernsthaft um ihr Wohlergehen besorgt. Dennoch spürte Caro auch eine gewisse Distanz. So als hätte er eine Mauer um sein Innerstes herum errichtet. Sie wusste, dass er vor Jahren seine Verlobte verloren hatte, ein Thema, über das er so gut wie niemals sprach. War er noch immer nicht über seinen Verlust hinweg? Verständlich wäre es. Manche Menschen erholten sich ein Leben lang nicht davon, wenn ihre große Liebe von ihnen ging.

Caro seufzte. Mit aller Kraft lenkte sie ihre Gedanken zurück zu dem Mordfall. Und zu Zoé. Wie ging es ihr wohl? Hatte der Arzt sie gut versorgt? Und was war mit dem Tagebuch geschehen?

Caro beschloss, zunächst mit Klinger zu sprechen. Sie lief zum Gutshaus hinüber und klopfte an die Tür.

Der Doktor öffnete. Als er Caro erblickte, kniff er die Augen zusammen, und auf seiner Stirn bildeten sich tiefe Falten.

»Guten Morgen«, sagte Caro in einem freundlichen, aber bestimmten Tonfall.

»Ich habe keine Zeit für Ihre Detektivspiele«, erwiderte er, ohne Caro zu begrüßen.

»Wie geht es Zoé?«

»Das geht Sie eigentlich nichts an.«

Caro ballte die Hände zu Fäusten. »Es geht mich sehr wohl etwas an. Immerhin habe ich sie gestern Nacht gefunden.«

Klinger deutete mit dem Zeigefinger auf Caro. »Ich bin eher der Überzeugung, dass Sie die Ursache für Zoés Rückfall waren. Daher beende ich die Zusammenarbeit. Ihre Anwesenheit auf dem Hof hat das Mädchen zutiefst verunsichert.«

»So ein Unsinn!«, rief Caro aufgebracht. »Wenn sie etwas erschüttert hat, dann der Mord. Und ein Killer, der hier frei herumläuft.«

»Es gibt in meiner Kolonie keinen Mörder! Ich würde für jeden Einzelnen meine Hand ins Feuer legen. Fangen Sie endlich an, woanders zu suchen. Ihre Ermittlungen hier sind zum Scheitern verurteilt.«

Caros Hände zitterten. »Was ist mit Kai Wiesenberg?

Soweit ich gehört habe, schleicht er durch den Wald und beobachtet die Frauen.«

»Sie versuchen ernsthaft, auf dem schwächsten Glied der Kette herumzuhacken? Das wird ja immer haarsträubender. Kai Wiesenberg hat ein schweres Trauma erlitten. Seit der Ermordung seiner Eltern ist er ein Pflegefall. Was zum Teufel veranlasst Sie, zu glauben, er könnte etwas mit den Morden zu tun haben?«

»Ich möchte mit ihm sprechen!«, sagte Caro bestimmt.

»Haben Sie mir nicht zugehört? Er ist ein Pflegefall!«

»Das habe ich verstanden. Trotzdem möchte ich mit ihm reden, von mir aus auch unter Ihrer Aufsicht.«

»Auf gar keinen Fall mehr! Sie haben heute Nacht genug Unheil angerichtet.«

»Dann werde ich mir eine richterliche Anordnung besorgen«, drohte Caro.

»Das können Sie gerne versuchen.«

Caro blickte ihm in die Augen. »Das werde ich! Und jetzt möchte ich mit Zoé sprechen.«

Der Doktor schüttelte den Kopf. »Nein! Das Mädchen steht ebenfalls unter meinem Schutz.«

»Möglicherweise ist sie dem Täter begegnet.«

»Sie haben eine ausgeprägte Fantasie, Frau Löwenstein. Meine Antwort lautet ›Nein‹! Mehr möchte ich nicht sagen.«

Caro wusste, dass sie keine Chance hatte, weitere Informationen aus ihm herauszubekommen. Eine Frage brannte ihr dennoch auf der Seele. »Was wollten Sie gestern Nacht im Wald?«

»Die gleiche Frage könnte ich Ihnen stellen.«

»Jemand hat mich in der Wassermühle eingesperrt.«

Klinger ließ keine Gefühlsregung erkennen. Sein

Blick blieb starr, als er antwortete. »Das wäre nicht passiert, wenn Sie in Ihrer Hütte geblieben wären.«

»Haben Sie mich eingeschlossen?«, hakte sie nach.

»Das Gespräch ist beendet, Frau Löwenstein!« Er griff nach der Türklinke.

»Warten Sie!«, rief Caro durch den Spalt der sich schließenden Tür. »Wenn Sie mich schon nicht mit Zoé oder Kai Wiesenberg sprechen lassen, dann wenigstens mit Patrizia.«

»Sie ist gerade aus dem Haus gegangen«, antwortete er und stieß die Tür ins Schloss.

So ein Idiot, dachte Caro. Aber wenigstens hatte er ihr nun sein wahres Gesicht gezeigt. Er behinderte ihre Ermittlungen, wo er nur konnte, anstatt sie zu unterstützen. Wie sollte sie jetzt weiterkommen?

Sie nahm ihr Handy aus der Tasche und wählte Bergers Nummer. Sobald er abgenommen hatte, berichtete sie von ihrem Gespräch mit Klinger.

»Die entscheidende Frage ist, ob Wiesenberg tatsächlich so unzurechnungsfähig ist, wie Klinger vorgibt«, sagte der Kommissar.

Caro kratzte sich an der Stirn. »Den Eindruck hatte ich nicht, als ich ihn gestern im Wald gesehen habe. Er wirkte unheimlich, aber nicht gebrochen.«

»Vielleicht gibt es ja einen Grund, warum Klinger ihn schützt.«

»Können wir eine richterliche Anordnung besorgen, um ihn zu befragen?«, fragte Caro.

»Vergiss es! Der Doktor ist bestens vernetzt. Ohne einen konkreten Grund haben wir keine Chance.«

»Verstehe. Dann suche ich jetzt weiter nach Patrizia, die Frau, die mir von dem Tagebuch erzählt hat. Möglicherweise erfahre ich noch mehr von ihr.«

»In Ordnung«, antwortete Berger. »Ich nehme mir

unterdessen die Fälle aus Frankfurt vor. Melde dich, wenn du Neuigkeiten hast.«

27

Mit wackeligen Beinen stieg Patrizia die Leiter in den Keller der Wassermühle hinab. Hinein in eine trostlose Finsternis. Sie hatte Angst vor der Strafe. Schreckliche Angst sogar. Sie fürchtete sich vor der Dunkelheit. Und vor der Kälte.

Feuchtmodrige Luft schlug ihr entgegen. Sie begann zu zittern. Warum war sie bloß erwischt worden? Weshalb drückte Evelyn nicht einfach ein Auge zu? Sie wollte nicht in die Kammer. Es durfte nicht passieren!

Als sie den Fuß der Leiter erreichte, verdunkelte sich die Öffnung über ihr. Evelyn kletterte ebenfalls herunter. Patrizia trat zur Seite und wartete, bis ihre Schwiegermutter neben ihr stand.

»Komm mit«, sagte Evelyn mit harter Stimme.

»Können wir nicht noch mal darüber reden?«, fragte Patrizia verzweifelt. »Ich habe Angst.«

»Das hättest du dir vorher überlegen sollen! Bevor du deine Familie verraten hast.«

»Ich habe niemanden verraten.«

»Das beurteilt allein der Kolonievorsteher. Und er hat entschieden, dass du bestraft werden musst.«

»Bitte, Evelyn. Du könntest mit ihm sprechen.«

»Warum sollte ich das tun? Die Strafe wird dir helfen, gehorsamer zu werden.«

»Ich habe doch schon gesagt, dass es mir leidtut. Ich mache alles, was ihr wollt.«

»Ja, das wirst du ganz sicher. Wenn du aus dem Loch

herauskommst, bettelst du auf Knien, artig arbeiten zu dürfen. Genau wie alle anderen, die hier unten waren.«

Patrizia folgte ihrer Schwiegermutter, die den engen Gang mit ihrer Taschenlampe beleuchtete. Nach ein paar Metern erreichten sie das quadratische Gitter, hinter der sich die Kammer befand. Es stank furchtbar nach Müll und Fäkalien.

»Zieh deine hässlichen Klamotten aus, und zwar alle!«, befahl Evelyn.

»Bitte nicht!«, versuchte Patrizia einen weiteren Anlauf.

»Halt den Mund, und tu, was man dir sagt!«

Patrizia zitterte noch stärker. Mit wackeligen Händen zog sie ihr Kleid aus, dann die Gummistiefel. Schließlich auch die Unterwäsche.

Evelyn öffnete die Käfigtür und holte einen langen Strick aus der Kammer hervor. Damit fesselte sie Patrizias Arme hinter ihrem Rücken und band ihre Fußgelenke zusammen.

»Jetzt rein da!«

Patrizia standen Tränen in den Augen. Alles in ihr stemmte sich dagegen, in das furchtbare Verlies kriechen zu müssen.

Doch Evelyn kannte keine Gnade. Sie versetzte der ängstlichen Frau einen Fußtritt. »Beeil dich! Ich möchte nicht den ganzen Tag hier unten verbringen.«

Auf Knien und Schulter robbte Patrizia durch die enge Luke, die kaum größer war als sie selbst. Die dahinterliegende Zelle hatte die Abmessungen einer winzigen Abstellkammer. Die Decke hing so tief, dass man nicht aufrecht stehen konnte. Im Flackerlicht der Taschenlampe erkannte Patrizia, dass überall Abfall auf dem Boden lag: Kartoffelschalen, vermodertes Obst und verschimmeltes Brot. Dazwischen bewegte sich allerhand Ungeziefer, das von den Essensresten angelockt wurde. Es stank entsetzlich.

»Jetzt hast du ausreichend Zeit, über dein Verhalten nachzudenken«, sagte Evelyn.

Patrizia wurde zunehmend panisch. Sie ekelte sich vor dem Müll und den Insekten. »Wie lange muss ich hierbleiben? Bitte, Evelyn, ich habe meine Lektion gelernt. Bitte lass mich wieder raus. Bitte!«

»Reiß dich zusammen! Du bleibst so lange in dem Loch, wie ich es will. Vielleicht einen Tag, vielleicht auch eine Woche. Oder noch länger.«

Mit diesen Worten schob sie die Gittertür zu und ließ das Vorhängeschloss mit einem metallischen Klicken einrasten. Anschließend entfernten sich ihre Schritte, und mit ihr das Licht der Taschenlampe.

Wenig später war es stockdunkel. Außer dem gleichmäßigen Rauschen des Baches herrschte Stille.

Patrizia spürte die matschigen Abfälle unter ihrem Körper. Überall krabbelte es. Käfer, Maden und was auch immer liefen über ihre Haut und brachten sie zum Jucken. Patrizia hielt es kaum noch aus. Sie robbte zur Seite, in der Hoffnung, dem Müll zu entkommen. Doch sie fand keinen sauberen Ort. Dazu kam die Kälte, die aus dem modrigen Steinboden in ihren Leib kroch und sich in ihren Gliedern ausbreitete.

Plötzlich hörte sie ein schnelles Tapsen und spürte kurz darauf etwas Feuchtes, Pelziges an ihren Beinen entlangstreichen. *Ratten!*

28

Als Berger gegen Mittag in seinem Büro im Landeskriminalamt eintraf, fing ihn sein Vorgesetzter vor der Bürotür ab. Berger wusste sofort, dass etwas nicht stimmte.

»Wo warst du den ganzen Morgen?«, fragte Jens Schröder. Er wirkte angespannt.

»Ist was passiert?«

»Ich muss einen Bericht bezüglich des Mordfalls abgeben. Bis elf.«

Berger blickte auf die Uhr. Es war bereits kurz vor zwölf.

»Ich habe mich vorhin mit Carolin Löwenstein abgestimmt«, verteidigte sich Berger.

»Was hast du? Ich fass es nicht! Das war gegen die Abmachung!«

»Welche Abmachung, Jens?«, polterte Berger los. »Sag mir endlich, wer uns da die Knüppel zwischen die Beine wirft! Ich kann meine Kollegin nicht hängenlassen. Sie ist mit einem gefährlichen Killer konfrontiert.«

»Das steht noch lange nicht fest! Der Mörder kann genauso gut von außerhalb der Kolonie kommen. Denk nur an die Überfälle in Frankfurt. Warum hast du die Spuren bisher nicht verfolgt?«

Berger schüttelte den Kopf. »Wir haben uns die alten Fälle sehr wohl angeschaut. Ich bin mir jedoch sicher, dass der Täter in der Kolonie zu finden ist. Alle Indizien deuten in diese Richtung.«

»Tut mir leid, Berger, aber du vermittelst mir gerade

nicht den Eindruck, als hättest du die Untersuchung im Griff. Warum machst du nicht einfach mal Urlaub?«

»Wir müssen Carolin Löwenstein schützen, verdammt noch mal!« Bergers Puls beschleunigte sich spürbar.

»Reiß dich am Riemen, Berger! Frau Löwenstein ist kein kleines Kind. Sie ist genau die Richtige, um in der Silberbachkolonie zu ermitteln. Ich verbiete dir hiermit offiziell, sie dort zu treffen.«

Berger war stinksauer. Er schob sich an Schröder vorbei, um in sein Büro zu kommen.

Darling, der am Schreibtisch gegenüber saß, starrte ihn mit großen Augen an. Offensichtlich hatte er die lautstarke Diskussion mit angehört.

»Hier laufen nur Idioten rum!« Berger pfefferte seine Tasche auf den Boden und schaltete seinen Computer ein.

»So, wie ich dich kenne, wirst du dich nicht an Jens' Anweisungen halten, oder?« Darling grinste schief.

»Natürlich nicht. Lieber regele ich den Verkehr. Hast du dir die alten Fälle aus Frankfurt mal näher angesehen?«

Darling nickte. »Ich habe mit Simone Schweitzer gesprochen. Sie hat sich, äh, sagen wir über einen nicht ganz offiziellen Weg, die Krankenakten der Frauen besorgt und mit den Autopsieergebnissen von Nicole Bachmann verglichen.«

»Und?«, hakte Berger ungeduldig nach.

»Die einzige Gemeinsamkeit ist der Schnitt mit einem Messer quer über den Bauch. Aber das könnte auch Zufall sein.«

»In meiner gesamten Laufbahn hatte ich noch nicht einen einzigen Fall mit einer derartigen Verletzung auf dem Tisch. Messerstiche gibt es viele. Aber so ein Schnitt quer über den Bauch ist kein spontaner Angriff. Keine Tat im Affekt. Das ist purer Sadismus.«

»Du glaubst also, es handelt sich um denselben Täter?«

»Wir sollten es in Betracht ziehen«, schloss Berger.

»Dann hat der Doktor womöglich recht, und wir suchen wirklich am falschen Ort.«

»Nein«, erwiderte Berger mit fester Stimme. »Ich glaube weiterhin, dass der Mörder aus der Kolonie kommt. Wer sagt uns denn, dass er nicht zwischendurch in Frankfurt war?«

»Sollen wir die Frauen erneut befragen?«, erkundigte sich Darling.

»Das bringt nichts. Wir haben keine neuen Erkenntnisse. Sie würden uns nur ein weiteres Mal berichten, dass sie sich an nichts erinnern können. Und dabei würden sie den seelischen Schmerz erneut durchleben. Nein. Wir befragen sie, wenn wir einen konkreten Verdächtigen haben.« Berger dachte an Kai Wiesenberg.

Darling nickte. »Ich habe noch eine Spur gefunden, die nach Frankfurt führt.«

Berger starrte seinen Partner an. »Welche Spur?«

»Ich habe weiter über den Mord an den Wiesenbergs vor zweiundzwanzig Jahren recherchiert. Vor allem über die beiden Kinder Kai Wiesenberg und Saskia Metternich.«

»Und?«

Darling klimperte auf seiner Tastatur. »Saskia Metternich, die Tochter des damaligen Mörders, ist nach Frankfurt gezogen. Sie ist wohl auf die schiefe Bahn geraten, zumindest wurde sie mehrfach wegen Betrugs angezeigt.«

»Kannst du erkennen, was genau ihr vorgeworfen wurde?«

»Soweit ich den Akten entnehmen konnte, hat sie Männer verführt und ausgenommen. In einem Fall war auch Erpressung im Spiel.«

»Wurde sie verurteilt?«, fragte Berger.

»Nein. Alle Verfahren wurden eingestellt, bevor es überhaupt zu einer Verhandlung kam. Warum, weiß ich nicht.«

»Interessant. Hast du eine Verbindung zu den beiden Überfallopfern gefunden?«

»Leider nicht«, erwiderte Darling.

»Wäre auch zu schön gewesen«, sagte Berger. »Aber vielleicht hatte sie ja Kontakt zu unserem Täter. Wir nehmen uns Frau Metternich heute Nachmittag vor.« *Und ich kann mir nebenbei meine Ghostbusters beschaffen*, ergänzte er in Gedanken.

»Ich habe auch etwas über den Jungen gefunden.« Darling blickte auf seinen Bildschirm.

»Kai Wiesenberg?«

»Genau«, erwiderte Darling. »Er lebt noch immer in der Kolonie.«

»Das weiß ich.«

»Weißt du auch, dass ihm der Hof gehört?«

Berger riss die Augen auf. »Nein. Bisher hatte ich den Eindruck, dass Klinger der Eigentümer ist. Aber es liegt natürlich nahe, dass Wiesenberg nach dem Tod seiner Eltern das Land geerbt hat.«

»Richtig. Allerdings wurde er für unmündig erklärt. Klinger ist sein Vormund.«

»Interessant. Jetzt verstehe ich auch, warum der gute Doktor ihn schützt.«

29

Sophie Jansen zog den Mantelkragen ins Gesicht, als sie aus dem Bus im Frankfurter Stadtteil Ostend stieg. Der Wind hatte aufgefrischt und fühlte sich unangenehm kalt an. Dicke Regenwolken verdunkelten den Himmel, als wäre es bereits Abend. Glücklicherweise regnete es nicht, sodass sie trocken nach Hause kommen würde.

Sie konzentrierte sich beim Gehen auf die Pflastersteine, damit sie sich nicht ihre hohen Absätze in einer dieser gemeinen Ritzen ruinierte. Ihre Füße schmerzten von den Schuhen, und sie freute sich wahnsinnig darauf, die Folterinstrumente endlich ausziehen zu können, gefolgt von der kratzigen Feinstrumpfhose und ihrem Businesskostüm.

Sophie kam gerade aus der Bank, wo sie ein sechsmonatiges Praktikum absolvierte. Sie hatte sich den Job leichter vorgestellt. Ihre Chefin hielt sie ständig auf Trab und behandelte sie, als arbeitete sie bereits seit zwanzig Jahren in der Privatkundenabteilung. Wenn sie nach Feierabend nach Hause kam, fiel sie erschöpft auf ihr Sofa und war froh, sich nicht mehr bewegen zu müssen.

Der heutige Tag hatte sich besonders mies entwickelt. Sie hatte sich matt gefühlt, als wäre irdendein blöder Virus über sie hergefallen. Am frühen Morgen war sie von einem Kollegen zusammengefaltet worden, weil sie vergessen hatte, ein Briefing zu schreiben. Anschließend hatte sie Ärger von ihrer Chefin bekommen, die mit ihrer Präsentation unzufrieden gewesen war. Gegen Mittag hatte sie sich dann krankgemeldet.

Sophie überquerte die Straße und stöckelte den Fußweg entlang. Als sie an dem kleinen Friseurgeschäft vorbeiging, dachte sie daran, dass sie dringend ihre Spitzen schneiden lassen musste. Sie liebte ihre blonden Haare, die ihr bis auf die Hüfte fielen. Obwohl jede Haarwäsche eine halbe Ewigkeit dauerte, war sie nicht bereit, sich von der schönen Mähne zu trennen. Sie genoss es, wenn ihr die Männer sehnsüchtig hinterherschauten und sie mit ihren Blicken förmlich auszogen.

Sophie lächelte innerlich, als sie an Marcel dachte, den zweiten Praktikanten in ihrer Abteilung, mit dem sie gestern zum Mittagessen verabredet gewesen war. Marcel hatte ständig auf ihr Dekolleté und ihre langen Beine gestarrt und konnte sich überhaupt nicht auf seine Worte konzentrieren. Entsprechend hatte er sich immer wieder verhaspelt und war rot angelaufen. Aber daran war sie gewöhnt.

Sophie kam an einer Reihe parkender Autos vorbei. Ein alter Mercedes fiel ihr auf, in dem ein stämmiger Mann saß. Obwohl sie sein Gesicht nicht genau erkennen konnte, erfasste sie eine unbestimmte Angst. Irgendetwas an seiner Körperhaltung beunruhigte sie. Was auch immer es war.

Sie beschleunigte ihren Schritt und nahm plötzlich das Klackern ihrer Absätze viel lauter wahr. Nur noch ein paar Meter, dann würde sie zu Hause sein. Warum fürchtete sie sich auf einmal? Hatte dieser merkwürdige Mann sie so sehr erschreckt?

Endlich erreichte Sophie den Altbau, in dem sich ihre Souterrainwohnung befand. Sie wohnte im Keller des Mehrfamilienhauses, seit sie ihr Studium begonnen hatte. Irgendwann würde sie in eine größere Wohnung mit Balkon oder sogar mit einer Dachterrasse ziehen. Aber dazu brauchte sie erst mal einen festen Job. Ob die Bank sie nach ihrem Praktikum übernehmen würde, stand in den Sternen. Nach dem heutigen Tag mehr denn je.

Sophie betrat den Hausflur und stöckelte die Treppenstufen hinab. Als sie gerade die Wohnungstür aufschloss, hörte sie von oben die Haustür klappen. Einen Moment lang horchte sie in die Stille, vernahm aber keine Schritte. Merkwürdig! Hastig stürmte sie in ihre Wohnung und verriegelte die Tür hinter sich. Dann atmete sie auf.

Sie streifte ihre Pumps ab und genoss das Gefühl der befreiten Zehen. Anschließend zog sie ihre Strumpfhose und das Kostüm aus, ließ sich in Unterwäsche auf die Couch fallen, kuschelte sich unter ihre Lieblingsdecke und schloss die Augen. Endlich zu Hause!

Jason tauchte in ihren Gedanken auf. Er war in der gleichen Abteilung der Bank und hatte Sophie in ihre Aufgaben eingearbeitet. Und er sah verdammt gut aus! Sie dachte an seine braunen Augen und das dunkle, leicht lockige Haar. Mit ihm könnte sie sich vorstellen, etwas anzufangen. Das Dumme war nur, dass er eine Freundin hatte. Aber vielleicht würde sie ja trotzdem ihre Chance bekommen. Zumindest war auch er nicht abgeneigt, wenn sie seine Flirtereien richtig deutete.

Als Sophie die Augen wieder öffnete, fiel ihr Blick auf das Wohnzimmerfenster, das auf den Garten des Mehrfamilienhauses zeigte. Der merkwürdige Mann aus dem Mercedes kam ihr in den Sinn. Schnell sprang sie auf und zog die Gardinen zu. Anschließend schlüpfte sie in einen flauschigen Morgenmantel. Das unbehagliche Gefühl in ihrem Magen verschwand trotzdem nicht.

30

Es war reiner Zufall gewesen. Er hatte den Mercedes am Straßenrand geparkt, um eine Karte von Frankfurt zu studieren. Das Straßengewirr der Großstadt würde er wohl nie begreifen. Außerdem hatte er wenig Erfahrung, einen Wagen zu steuern, von einem Führerschein ganz zu schweigen. Dennoch war es ihm bisher noch immer gelungen, an sein Ziel zu kommen.

Als er gerade ratlos aus dem Fenster blickte, ging dieses wunderhübsche Mädchen vorbei. Endlos lange Beine in hochhackigen Pumps, blonde Haare, die ihr bis zur Hüfte reichten, das Gesicht eines Engels. Sie war genau das, was er sich für diesen Tag vorgestellt hatte. Sein Glück wurde perfekt, als er beobachtete, wie sie in einem Mehrfamilienhaus verschwand. Er sprang aus dem Wagen, lief der blonden Schönheit hinterher und konnte im letzten Moment verhindern, dass die Haustür ins Schloss fiel. Vorsichtig spähte er in den Flur und vernahm klackernde Schritte aus dem Untergeschoss. Offenbar wohnte das Mädchen im Souterrain. Er blieb stehen und wartete, bis er eine Tür zuschlagen hörte.

Nachdem er ein Taschentuch in den Schließmechanismus der Haustür geschoben hatte, um sie geöffnet zu halten, umrundete er den Block und fand zwei Häuser weiter einen Durchgang in den Hinterhof. Wenig später verbarg er sich in einem Kirschlorbeerbusch und spähte in das Fenster der jungen Frau. Sie hatte gerade ihr Kostüm ausgezogen und stand in Spitzenunterwäsche in ihrem Wohnzimmer. Sofort ging sein Atem schneller, und er spürte das Ziehen in seinem Unterleib. Heute hatte er den Hauptgewinn gezogen. Er tastete nach seinem Messer in der Jackentasche. Dieses Mal würde er es länger hinauszögern. Mehr genießen. Oh, ja! Er konnte es kaum erwarten.

Er beobachtete, wie sich die blonde Frau auf ihrem Sofa in eine Decke hüllte. Kaum zu glauben, dass sich die Leute sofort in Sicherheit wägten, sobald ihre Wohnungstür ins Schloss fiel. Plötzlich stand die Frau auf und kam auf das Fenster zu. Hatte sie ihn etwa bemerkt? Nein, unmöglich. Sie zog lediglich die Vorhänge zu.

Enttäuscht wandte er sich ab. Wie konnte sie ihm derart den Spaß verderben? Was dachte sie sich nur dabei?

Jetzt hatte er keine andere Wahl. Er musste sie besuchen! Die Tür würde kein Problem für ihn darstellen, denn er kannte sich mit Schlössern gut aus. Er musste nur auf den richtigen Moment warten. Aber er hatte Zeit. Viel Zeit.

31

Sophie fröstelte, und sie spürte das Kratzen im Hals. Hoffentlich holte sie sich keine ausgewachsene Grippe. Das konnte sie sich momentan überhaupt nicht leisten. Ihre Chancen auf einen festen Job würden dadurch weiter schwinden. Niemand stellte ständig kränkelnde Mitarbeiter ein.

Sie erhob sich vom Sofa und setzte Teewasser auf. Oder sollte sie doch lieber unter die Dusche springen? Das würde die Kälte aus ihrem Körper vertreiben. Ja, das war eine gute Idee!

Nachdem Sophie einen Teebeutel in ihre Tasse gehängt und kochendes Wasser darübergekippt hatte, betrat sie das Badezimmer. Sie fühlte sich schwach und kraftlos. Mühsam quälte sie sich aus dem Morgenmantel und zog ihre Unterwäsche aus. Dann drehte sie die Dusche an und wartete, bis das Wasser heiß wurde. Anschließend trat sie unter den Strahl und ließ sich von der wohligen Wärme berieseln.

Sophie dachte wieder an Jason. Sie stellte sich vor, dass er sie nach der Arbeit besuchen würde. Dass seine Arme sie zärtlich umschlangen. Dass sie die wohlige Geborgenheit seiner kräftigen Brust spürte. Und dass seine Lippen die ihren berührten und in einen scheinbar niemals endenden Kuss mündeten.

Ein Geräusch ließ sie aus ihren Tagträumen schrecken. Was war das? Sie hatte ein Poltern aus dem Wohnzimmer gehört. Oder hatte sie sich das nur eingebildet?

Das flaue Gefühl im Magen, das sie schon die ganze

Zeit mit sich herumtrug, weitete sich auf ihren gesamten Körper aus. Sie stellte das Wasser aus und trocknete sich ab. Gleichzeitig horchte sie angespannt in die Stille ihrer Wohnung. Nichts. Offenbar war es wirklich nur Einbildung gewesen.

Sophie warf einen kurzen Blick in den Spiegel. Sie war zufrieden mit sich. Ihre Figur war perfekt, eine schlanke Taille, feste Brüste und ein wohlgeformter Hintern. Was wollte man mehr? Und dabei musste sie sich nicht mal anstrengen, um ihr Aussehen zu bewahren. Sie ging weder ins Fitnessstudio, noch musste sie sich beim Essen einschränken. Manche Frauen wurden bereits dick, wenn sie nur ein Salatblatt anschauten. Dumm gelaufen. Sie hatte eben Glück gehabt.

Zufrieden verließ sie das Badezimmer, um sich einen kuscheligen Pyjama zu holen. Plötzlich legte sich ein Schatten über sie. Eine Pranke griff von hinten nach ihrem Mund und erstickte ihren Schrei. Die Gestalt riss Sophie grob zu Boden, sodass sie mit dem Kopf auf den Laminatboden knallte.

Die Hand zog mit aller Gewalt ihren Mund auf und steckte etwas Großes hinein. Etwas, das ihre komplette Mundhöhle ausfüllte und sie zum Würgen brachte.

Ich ersticke! Oh, mein Gott!

Sie wurde brutal auf den Bauch gedreht. Dann wurden ihr die Arme hinter den Rücken gezogen und mit irgendetwas zusammengebunden. Sophie strampelte mit den Beinen, hatte aber keine Chance gegen den mächtigen Körper, der auf ihr saß. Sie wollte schreien, doch das Ding in ihrem Mund ließ den Versuch verkümmern.

Was passiert hier?!

Plötzlich hörte sie eine dunkle Stimme, die direkt aus

der Hölle zu kommen schien. »Hör auf, dich zu wehren! Das macht alles nur noch schlimmer für dich!«

Dann fühlte sie das kalte Metall an ihrem Hals. Eine Klinge. Die Spitze drang in ihre Haut ein, aber sie verspürte keinen Schmerz.

Ich werde sterben!

Sie hörte auf, sich zu bewegen. War es vielleicht schlauer, alles über sich ergehen zu lassen?

»Schon viel besser«, sagte die Stimme.

Jetzt wurde sie umgedreht, sodass sie endlich das Gesicht ihres Angreifers erkennen konnte.

Der Kerl aus dem Mercedes! Ich habe ihn gesehen. Er wird mich umbringen!

Sophie schloss die Augen.

Bitte lieber Gott! Hilf mir!

Plötzlich spürte sie die Pranke zwischen ihren Beinen. Die Hand schob ihre Schenkel gewaltsam auseinander.

Bitte nicht!

Wieder versuchte sie, zu schreien. Ohne Erfolg. Tränen liefen ihr die Wangen hinab.

Sophie hielt die Augen fest geschlossen. Sie wollte nicht sehen, was er vorhatte. Im nächsten Moment spürte sie einen gewaltigen Schmerz in ihrem Schoß. Sie schrie in ihren Knebel hinein, musste erneut würgen. Dann verlor sie das Bewusstsein.

Als Sophie wieder zu sich kam, brannte ihr Unterleib lichterloh. Tränen schossen ihr in die Augen. Das Monster war noch immer da. Er hielt das Messer an ihren Hals und schnitt in ihr Fleisch. Dieses Mal tat es richtig weh.

Er bringt mich um!

Sie versuchte, sich zu bewegen, aber mit ihren auf

den Rücken gefesselten Händen war es unmöglich. Sie krümmte sich zusammen.

Was hat das Schwein mit mir gemacht?

Wieder spürte sie das Messer, dieses Mal an ihrem Bauch. Sie öffnete die Augen und blickte ihrem Peiniger direkt ins Gesicht. Was sie sah, ließ sie vor Entsetzen erstarren. Eiskalte Mordlust.

Wie in Zeitlupe verfolgte sie, wie der Kerl die Klinge quer über ihren Bauch zog und einen klaffenden Schnitt hinterließ.

Blut quoll aus der Wunde heraus und rann den Körper hinab. Dann überfielen sie die Schmerzen. Unbarmherzig und grausam.

Von weit weg hörte sie seine Stimme. »Das war ein guter Schnitt! Was meinst du? Ich denke, er bringt dich nicht um.«

Das Wohnzimmer drehte sich, wieder musste Sophie würgen.

Der Kerl stand vor ihr und betrachtete sie wie ein Kunstwerk, vollkommen emotionslos. »Merkst du, wie dich deine Lebensenergie langsam verlässt? Genau wie Luft aus einem Reifen, der über einen Nagel gefahren ist. Ich kann die Energie spüren. Ich kann sie auffangen.«

Sophie verstand seine Worte nicht. Sie wollte nur, dass es endlich vorbeiging. Die Schmerzen waren jetzt so heftig, dass sie sie nicht mehr aushielt.

Bring es zu Ende, du Arschloch!

Doch der Mörder rührte sich nicht. Er beobachtete stumm, wie das Blut weiter aus ihrem Bauch herausquoll.

Es wurde kälter.

Jetzt wäre noch eine Dusche schön. Zusammen mit Jason.

Der Killer griff nach ihrem Hals und riss ihren Kopf

nach oben. Dabei blickte er ihr tief in die Augen. Die Eiseskälte in seinem Blick nahm ihr jede Hoffnung.

»Wie fühlen sich die Schmerzen an?«

Sie konnte nicht antworten.

Er ließ von ihrem Hals ab. Plötzlich breitete sich ein irrsinniger Schmerz in ihrem Bauch aus, viel schlimmer als zuvor. Sie musste husten und spürte, dass sie Blut spuckte. Sie bekam keine Luft mehr und rang mühsam um Atem.

Bitte lass es vorbei sein!

Dann drang Nebel in ihre Wohnung ein und legte sich über sie. Kühlte sie noch stärker aus. Sophies Augenlider wurden schwerer. Sie sah ihren Mörder an. Er schien zu lächeln.

Warum zum Teufel lächelt er?

Sie schloss die Augen. Es wurde immer kälter.

Dann herrschte Dunkelheit.

32

Nach ihrem frustrierenden Gespräch mit Doktor Klinger am Morgen hatte Caro beschlossen, ihre Ermittlungsstrategie zu ändern. Wenn sie nicht mehr mit den Leuten reden durfte, dann musste sie auf andere Weise zu neuen Erkenntnissen kommen. Durch Beobachtungen. Sie hatte sich einen Baumstamm im Schutz des Waldes gesucht, von dem aus sie einen guten Überblick über den Hof hatte.

In den letzten Stunden hatte sie beobachtet, wie Doktor Klinger über den Hof gehumpelt war und die umgebaute Scheune betreten hatte. Was auch immer er dort gemacht hatte. Später war er im Wald verschwunden. Sein Sohn Marcus war ebenfalls spazieren gegangen und nicht zurückgekehrt. Evelyn war den ganzen Tag Patrouille gelaufen und hatte die Leute mit unfreundlichen Befehlen angetrieben.

Die übrigen Koloniebewohner schienen in ihre Routine zurückgefunden zu haben. Einige arbeiteten auf dem Feld, andere trugen Kleiderberge in die Scheune, in deren Keller es vermutlich eine Wäscherei gab. Von Patrizia hingegen fehlte jede Spur.

Am späten Nachmittag beobachtete Caro eine seltsame Szene. Evelyn ging über den Hof und blieb vor der Scheune stehen, als warte sie auf jemanden. Kurz darauf gesellte sich Konrad zu ihr. Caro verstand ihre Worte nicht, aber den Gesten entnahm sie, dass Konrad mit Händen und Füßen auf die Frau einredete. Evelyn schüttelte mehrfach den Kopf. Caro war neugierig. Warum hatten sich die beiden verabredet? Und worüber sprachen sie?

Wenig später verschwand Konrad im Wald. Evelyn ebenfalls.

Caro blickte zum Gutshaus hinüber. Keiner der Klingers war momentan zu Hause. Sollte sie die Gelegenheit ergreifen, um nach Patrizia und Zoé zu suchen? Die Frauen waren die einzigen, die ihre Ermittlung weiterbringen konnten. Vermutlich war es kein Zufall, dass beide verschwunden waren.

Caro ließ den Blick schweifen. Der Hof lag verwaist vor ihr. Sie zögerte. Wenn die Klingers sie dabei erwischten, wie sie in ihr Haus einbrach, wäre sie den Fall endgültig los. Und ihre Karriereaussichten konnte sie dann auch abschreiben.

Dennoch sprang sie auf, verließ ihr Versteck und überquerte den Schotterplatz. Ein letzter Blick über die Schulter, dann erklomm sie die Stufen zum Eingangsportal des Gutshauses und betrat das Gebäude.

Vor ihr lag der Korridor, links die Treppe, die ins Obergeschoss führte, rechts das Arbeits- und Praxiszimmer des Doktors mit dem großen Schreibtisch, zwei Ohrensesseln und einer riesigen Bücherwand.

Caro ging zunächst geradeaus den breiten Flur entlang. Bei jedem Knarren des Holzfußbodens verharrte sie und horchte, ob die Klingers zurückkehrten.

Vom Korridor zweigte eine große, aufgeräumte Küche ab. Es roch nach gebratenen Zwiebeln, vermutlich die letzten Zeugen des Mittagessens.

Caro schlich weiter und warf einen Blick ins Wohnzimmer der Klingers. Im Gegensatz zu den kargen Behausungen seiner Patienten wirkten die Räumlichkeiten des Doktors mit Ledersesseln, Mahagonimöbeln und Perserteppichen luxuriös. Unwillkürlich dachte Caro an die Rolle Klingers als eine Art Sektenführer. Beutete er seine Patienten aus? Oder finanzierte er sein Leben mit staatlichen Fördergeldern?

Da Caro im Erdgeschoss niemanden antraf, lief sie zurück zum Eingang und stieg die Treppe ins Obergeschoss hinauf. Gleich hinter der ersten Tür lag das Gästezimmer, in dem sie Zoé in der letzten Nacht abgelegt hatten.

Caro klopfte leise und öffnete die Tür. Auf der linken Seite des Zimmers stand das Bett. Unter der Bettdecke kamen nur das Gesicht und der dunkle Haarschopf des Mädchens zum Vorschein. Ihre Stirn und der Hals steckten in weißen Verbänden.

»Was machen Sie denn hier?«, fragte Zoé mit monotoner Stimme. »Weiß Doktor Klinger, dass Sie mich besuchen?«

Caro schloss die Tür hinter sich. »Nein. Ich möchte allein mit Ihnen reden.«

»Wenn er oder Evelyn Sie erwischt, dann will ich nicht in Ihrer Haut stecken.«

»Vielleicht habe ich ja Glück.«

Zoé schüttelte den Kopf.

»Können Sie sich an gestern Nacht erinnern?«, fragte Caro.

»Nein.«

»An gar nichts?«

»Ich weiß noch, dass Fucking Evelyn mir meine Rasierklinge weggenommen hat. Und dass mir eingefallen ist, wo Nicole ihre Geheimnisse versteckt hat.«

»Wo war das?«, hakte Caro nach.

»In dem alten Holzboot am Waldsee. Unter der Sitzbank hinten gibt es ein Geheimfach.«

»Woher wussten Sie davon?«

Zoé fasste sich an den Nasenring. »Sie hat mir vor

Ewigkeiten mal von dem Versteck erzählt, und ich habe es seitdem auch ein paarmal benutzt. Gestern ist es mir wieder eingefallen, als ich mit Evelyn gesprochen habe.«

»Und was ist dann passiert?«

»Ich habe dort ein Buch gefunden.«

»Haben Sie es gelesen?«, fragte Caro.

»Das weiß ich nicht.«

»Was haben Sie denn gemacht, als Sie es entdeckt haben?«

»Ich bin in meine Hütte zurückgerannt und habe auf dem Tisch ein Messer entdeckt. Keine Ahnung, wie es dahin gekommen ist. Dann habe ich das Buch geöffnet. Von da an ist alles verschwommen.«

Das Tagebuch Wiesenbergs muss sie furchtbar verstört haben, dachte Caro. Daraufhin hatte sie sich die Haut aufgeritzt. Es klang plausibel, dass sie keine Erinnerungen mehr an die traumatischen Ereignisse hatte.

»Wissen Sie, wo Sie das Tagebuch gelassen haben?«

In ihren Augen bildeten sich Tränen. »Nein. Ich sehe nur Dunkelheit. Bäume. Und …« Sie zögerte.

»Und was, Zoé?«, fragte Caro ungeduldig. »Was haben Sie noch gesehen?«

Sie schüttelte den Kopf. »Es tut mir leid. Es ist nur so ein Gefühl, wie in einem verblichenen Traum. Ein dunkles Haus. Mehr kann ich nicht sagen.«

»Was für ein Haus?«

»Ich weiß es doch nicht!«, sagte Zoé verzweifelt. »Vielleicht war es Wiesenbergs Hütte.«

Caro starrte sie an. »Wo befindet sich seine Hütte?«

»Im Wald hinter dem See. Wenn Sie am Steg rechts laufen, kommen Sie nach ein paar hundert Metern zu einer Abzweigung, die zu seinem Haus führt. Aber wie gesagt, ich weiß nicht, ob ich wirklich dort war.«

»Denken Sie bitte nach. Woran erinnern Sie sich noch?«

Zoé schüttelte erschöpft den Kopf.

»In Ordnung. Ruhen Sie sich jetzt aus. Möglicherweise fällt Ihnen später noch etwas ein.« Caro wandte sich zur Tür.

»Warten Sie«, sagte Zoé plötzlich. »Ich erinnere mich an einen Ofen.«

Caro drehte sich wieder um. »Einen Ofen?«

»Ja. Genauer kann ich es Ihnen leider nicht sagen. Ich hatte nur gerade dieses Bild im Kopf.«

»Schon gut.« Caro griff an die Türklinke. »Haben Sie eine Ahnung, wo ich Patrizia finde?«

Zoé legte ihren Kopf zur Seite, erwiderte aber nichts.

»Bitte. Ich muss sie finden«, hakte Caro weiter nach. »Sie ist ...«

Sie wurde jäh unterbrochen, als die Tür im Erdgeschoss klappte. Einer der Klingers kam zurück.

»Mist!«, zischte sie durch die Zähne.

Zoé blickte sie emotionslos an. »Ich habe Sie gewarnt.«

33

Patrizia zitterte. Die feuchte Kälte des alten Gemäuers war ihr in die Glieder gekrochen und hatte ihren nackten Körper ausgekühlt. Die Ratten, die fortwährend an ihren Beinen entlangstrichen, jagten Angstschauer durch ihren Körper. Immer wieder hörte sie ein aggressives Zischen, als würden sich die Tiere darum streiten, wer zuerst in Patrizias Fleisch beißen durfte. Ihre Situation war ausweglos. Die Fesseln hinderten sie daran, sich bewegen oder wehren zu können.

Ich halte es nicht mehr aus! Bitte, lasst mich raus!

Patrizia hatte keine Ahnung, wie lange sie schon hier unten ausharrte. Es kam ihr wie ein halbes Leben vor. Ihre Haut juckte furchtbar. Das Ungeziefer hatte ihren Körper längst als neue Lebensumgebung willkommen geheißen und krabbelte ihr schamlos über Bauch, Brust und Gesicht. Noch schlimmer war es, wenn einer der Schädlinge versuchte, in ihren Mund oder ihre Nase zu kriechen.

Warum tut ihr mir das an?

Sie hasste Evelyn. Offensichtlich hatte ihre Schwiegermutter größte Genugtuung empfunden, als sie Patrizia gefesselt und eingesperrt hatte. Die Klingers nannten das Loch verharmlosend Kammer, doch alle Bewohner der Kolonie wussten, dass es sich um eine grausame Folter handelte, mit der Evelyn ihren Sadismus auslebte. Patrizia war sich nicht sicher, ob der Doktor überhaupt wusste, wie sehr seine Frau die Menschen hier unten quälte.

Wenn sie doch nur den Albtraum hinter sich lassen könnte. Sie würde zusammen mit Marcus die Kolonie verlassen und sich irgendwo gemeinsam eine Wohnung suchen. Vielleicht in Taunusstein. Nie wieder müsste sie sich dann von Evelyn erniedrigen lassen. Oder die Befehle des Doktors befolgen. Auch die Patienten würde sie nicht vermissen, denn sie war bisher mit niemandem wirklich warm geworden. Wie auch? Der Doktor sah es nicht gerne, wenn sie länger mit den Patienten sprach, weil sie dafür angeblich nicht ausgebildet war. Als wäre Evelyn besser geeignet! Pah!

Patrizia atmete schwer. Wieder strich eine Ratte an ihrem Bein vorbei.

Such dir was anderes zum Fressen!

Ob Marcus nach ihr sehen würde? Nein, er würde sich niemals gegen seinen Vater stellen. In seinen Augen hatte sie die Strafe verdient, weil sie ihre Familie verraten hatte. Weil sie die Anweisungen ihres Schwiegervaters missachtet hatte. Die Kammer sollte ihr helfen, in Ruhe über ihre Vergehen nachzudenken.

Nicole hatte über eine Woche in dem Loch verbringen müssen, weil sie zu viele Fragen gestellt hatte. Unbequeme Fragen.

Würde sie genauso lange hierbleiben müssen? Ihr war entsetzlich kalt, und sie konnte kaum noch einen klaren Gedanken fassen. Es war ein Ort zum Verrotten. Die Kammer fror ihren Körper und ihre Seele ein, nahm ihr sämtlichen Mut und drohte, ihren Willen endgültig zu zerbrechen.

34

Jemand stieg die Treppe in den ersten Stock des Gutshauses hinauf. Caro hörte das Knarzen der Holzstufen und ein heiseres Hüsteln. Es musste sich um Evelyn handeln.

Verzweifelt blickte sich Caro im Gästezimmer um. Es gab keine Versteckmöglichkeit. Sie konnte sich lediglich hinter die Tür stellen und hoffen, dass Klingers Ehefrau nicht eintreten würde. Was für ein Mist! Caro mochte sich nicht ausmalen, was für eine Lawine ins Rollen käme, wenn Evelyn sie hier erwischte.

Zoé beobachtete Caro stumm, nur ihr Nasenring zuckte. Die Schritte auf dem Korridor kamen näher. Dann öffnete sich die Tür. Caro verharrte dahinter mit angehaltenem Atem. Ihr Herz sprang fast aus der Brust.

»Na? Warst du auch brav und hast schön die Finger von den spitzen Spielzeugen gelassen?«, fragte Evelyn das Mädchen.

Was für ein Miststück, dachte Caro. Wie konnte sie die Patienten nur so mies behandeln? Es war doch offensichtlich, dass es der jungen Frau schlecht ging. Evelyn schien das überhaupt nicht zu interessieren.

»Fick dich selbst, Evelyn!«, sagte Zoé und zeigte ihr den Mittelfinger.

»Uh! Da verhält sich aber jemand aufsässig. Dir ist hoffentlich klar, dass du in die Klapse zurückwanderst, wenn du dich nicht unterordnest. Und danach sieht es mir gerade aus.«

Zoé zuckte zusammen. Offensichtlich hatte Evelyn einen Treffer gelandet.

»Die Sache ist ganz einfach«, fuhr Evelyn fort. »Du wirst dich der Gemeinschaft fügen. Ansonsten ...«

Evelyn trat ein Schritt vor, und Caro rutschte das Herz in die Hose.

»Du kannst mich mal!«, fauchte Zoé.

Mit einem gehässigen Lachen drehte sich Evelyn um und verließ das Zimmer. Sie hatte Caro nicht bemerkt.

»Glück gehabt«, sagte Zoé leise. »Aber noch sind Sie nicht aus dem Haus raus.«

»Sie ist wirklich ein mieses Stück«, flüsterte Caro.

»Willkommen in meinem verfickten Leben.«

Caro schüttelte den Kopf. »Ich komme wieder. Versprochen.«

Sie legte das Ohr gegen die Tür und horchte. Nichts. War Evelyn ins Erdgeschoss zurückgegangen? Caro drückte die Klinke vorsichtig herunter. Irgendwo im Haus klimperte Geschirr, vermutlich in der Küche.

Ermutigt schob Caro die Tür auf, nickte Zoé kurz zu und verließ das Zimmer. Sie schlich die knarrenden Treppenstufen hinab, während das Klappern von Besteck aus den Tiefen des Hauses drang.

Plötzlich hörte Caro Schritte und erstarrte in der Bewegung. Kam Evelyn zurück? Reichte die Zeit aus, um nach oben zu flüchten? Was würde passieren, wenn die Frau sie hier erwischte?

Doch dann erkannte sie, dass sich die Geräusche entfernten. Vermutlich war Evelyn ins Wohnzimmer gegangen.

Caro stieg hastig die letzten drei Stufen hinab und öffnete die Eingangstür. Niemand war auf dem Hof. Erleichtert atmete sie auf und schob sich durch den Spalt. Dann schloss sie leise die Tür hinter sich.

Es dämmerte bereits und hatte angefangen zu nieseln. Nebel und Regen legten einen tristen, grauen Schleier über den Hof. Die Sicht reichte kaum bis zum Waldrand. Caro lief über den Schotterplatz, bis sie die hohen Bäume erreichte. Sie wollte sich das Ruderboot näher anschauen. Möglicherweise hatte Zoé das Tagebuch in das Versteck zurückgelegt.

Sie durchquerte den Wald und ging weiter bis zum See. Der Regen wurde stärker, und ihre Haare und Kleidung trieften.

Der Bootssteg ragte verlassen in das dunkle, vom Nebel umschlungene Gewässer. Das Ruderboot wirkte trostlos und deplatziert. Was an einem warmen Sommertag ein idyllisches Stillleben hätte darstellen können, wurde im Herbstregen zu einem schwermütigen Albtraum.

Caro blickte sich um. Die Bilder der vergangenen Nacht schossen ihr durch den Kopf. Das blutende Mädchen, das nackt auf dem Steg gekniet hatte, scheinbar leblos und ohne Hoffnung.

Jemand hatte ihr ein Messer in die Hütte gelegt und es darauf angelegt, dass sie sich selbst verletzte oder tötete. War es Evelyn gewesen? Oder der Mörder? Kai Wiesenberg? Hatte er womöglich dabei zugesehen, wie sie sich die Haut aufgeschnitten hatte? Auf der anderen Seite würde ein ausgeprägter Sadist lieber selbst Hand anlegen wollen. Wie passte das alles zusammen? Und war es Wiesenberg gewesen, der Caro in der Mühle eingesperrt hatte? Oder Doktor Klinger?

Caro schüttelte den Kopf. Sie musste das Tagebuch finden. Ganz sicher lag das Geheimnis des Falles in der Vergangenheit.

Mit einem langen Schritt stieg sie auf das wackelige Boot hinüber und wäre beinahe auf den nassen Planken ausgerutscht. Sie konnte sich gerade noch rechtzeitig abfangen. Die Rückbank des Bootes bestand aus einem Holzbrett. Caro rüttelte daran. Ohne Erfolg. Dann griff sie unter das Brett und ertastete einen Haken, der sich herausziehen ließ. Anschließend konnte sie die Bank hochheben und entdeckte ein Geheimfach. Es war jedoch leer.

Enttäuscht legte Caro die Sitzbank wieder an seinen Platz. Mist! Zoé musste das Tagebuch an einem anderen Ort versteckt haben, ihren verschwommenen Erinnerungen zufolge vielleicht in Wiesenbergs Waldhaus.

Sollte sie einen Blick auf das Haus riskieren? Möglicherweise würde sie das Tagebuch finden.

Sie kletterte zurück auf den Steg und blickte in die Richtung, die Zoé ihr beschrieben hatte. Vor ihrem inneren Auge tauchte der merkwürdige blonde Mann auf. Sollte sie es trotzdem wagen? Sie könnte zumindest herausfinden, wo sich die Hütte befand. Mehr nicht.

Im strömenden Regen lief sie den Uferweg entlang und entdeckte am anderen Ende des Sees einen Pfad, der in den Wald hineinführte. Das musste die Abzweigung sein, von der Zoé gesprochen hatte.

Caro zögerte erneut, als sie an ihr Vorhaben dachte. Sie war auf dem Weg zu einem Horrorhaus, in dem womöglich ein sadistischer Mörder auf sie wartete.

Trotz ihrer Sorge schlug sie den Weg in den Wald ein. Unter den Bäumen wurde es noch dunkler. Der Nebel schien alle Geräusche in Watte zu legen. Dadurch wirkte die gesamte Umgebung unwirklich.

Hinter einer Biegung tauchte ein rostiges Eisentor auf, das schief zwischen zwei gemauerten Pfeilern hing. Eine bröckelige Mauer schloss sich daran an und verlor sich im Wald. Durch die Gitterstäbe der Pforte hindurch erkannte Caro ein einstöckiges Haus aus Naturstein, das von Büschen, Bäumen und Sträuchern umwuchert wurde. Das spitze Dach war mit verrotteten Schindeln belegt, die Fensterläden allesamt verschlossen. Das Gemäuer sah düster und alles andere als einladend aus. Ein merkwürdiges Läuten drang an Caros Ohren, als würden Gläser im Wind gegeneinanderschlagen.

Sie trat einen Schritt zur Seite, hinter die Mauer, und spähte durch das Tor. Nichts bewegte sich. Behutsam schob sie das Gitter auf. Das Scharnier quietschte. Sie hielt inne, um den Blick über den verwilderten Garten schweifen zu lassen. Das Grundstück wirkte leblos. War Zoé wirklich gestern Nacht hier gewesen? Für einen kurzen Moment stellte sich Caro vor, wie gespenstisch das Haus im fahlen Mondlicht erscheinen musste. Der Gedanke ließ sie frösteln.

Sie lief seitlich am Haus vorbei bis zur Vorderseite. Vor dem Gebäude parkte ein alter Mercedes im Gestrüpp. Die Reifenspuren schienen frisch zu sein, als wäre der Wagen gerade erst bewegt worden. Warum hatte Wiesenberg ein Auto? Nach dem, was sie bisher über ihn erfahren hatte, war es äußerst unwahrscheinlich, dass er einen Führerschein besaß. War er dennoch damit gefahren?

Sie blickte zurück auf den Eingang der Hütte. Links davon hing ein Mobile aus Gläsern, von dem das seltsam melancholische Läuten herrührte. Ansonsten erschien alles ruhig.

Wo steckte Wiesenberg? Streifte er durch den Wald und belauerte die Koloniebewohner? Oder beobachtete er Caro in genau diesem Moment?

35

Der Ausflug nach Frankfurt war ein voller Erfolg gewesen. Er spürte noch immer die elektrisierende Energie, die seinen Körper durchströmte. Energie, die er aus der blonden Frau herausgesaugt hatte. Er fühlte sich beschwingt, regelrecht euphorisch.

Merkwürdig war nur, dass er die ganze Zeit, als er dem jungen Mädchen den Bauch aufgeschnitten und ihre Eingeweide zerquetscht hatte, an die rothaarige Polizistin gedacht hatte. Auch während der gesamten Rückfahrt. Und endlich war ihm klar geworden, dass sie das alleinige Objekt seiner Begierde war. Sie hatte ihm auf magische Weise den Kopf verdreht und ließ ihn nicht mehr los. Er wusste, was das bedeutete.

Und war es nicht ein eindeutiges Zeichen, dass sie jetzt direkt vor ihm stand?

Er spähte durch den Türspalt des Schuppens, von dem aus er das Haus und den verwilderten Garten beobachten konnte. Die rothaarige Schönheit schlich gerade über das Grundstück und betrachtete den Mercedes. Er konnte ihre Angst geradezu riechen. Mit zitternder Hand umfasste er den Griff seines Messers. Sein Unterleib pulsierte.

Heute war sein Glückstag. Das Universum meinte es verdammt gut mit ihm und legte ihm die Geschenke zu Füßen. Wer konnte da schon Nein sagen?

Jetzt schlich die Polizistin zum Hauseingang vor. Traute sie sich wirklich hineinzugehen? Sie schien mutig zu sein. Doch die Grenzen zwischen Mut und Übermut waren fließend. Und genau das spielte ihm in die Hände.

Ein Lächeln legte sich auf seine Lippen.

36

Als Caro die Treppe zur Eingangstür von Wiesenbergs Waldhaus hinaufschlich, meldete sich wieder ihre innere Stimme. Was zum Teufel machte sie hier eigentlich? Wollte sie wirklich das Haus eines mutmaßlichen, psychopathischen Killers betreten?

Abermals hörte sie nicht auf die Warnung und schob die Tür auf.

Im Inneren des Gebäudes war es dunkel. Caro holte ihr Handy heraus und aktivierte die Taschenlampe. Als sie in den Raum hineinstrahlte, erschrak sie. Ein Fuchs starrte ihr direkt in die Augen. Erst nach einer grausam langen Schrecksekunde begriff sie, dass das Tier ausgestopft war. Dann erkannte sie, dass überall an den Wänden Tierköpfe hingen. Was für ein Gruselkabinett!

Es schien sich um ein Wohnzimmer zu handeln. Zwei zerfledderte Sessel standen vor einem offenen Kamin, daneben ein Tisch, auf dem geschnitzte Figuren und mehrere Messer lagen. Die Schnitzereien erinnerten Caro an die schaurigen Baumstammskulpturen, die sie auf dem Waldweg zur Kapelle gesehen hatte. Nur waren diese noch furchterregender. Es handelte sich um zertrümmerte Schädel, aus denen Blut hervorquoll, was mit roter Farbe zum Ausdruck gebracht worden war. Verarbeitete Wiesenberg mit den Schnitzarbeiten den Tod seiner Eltern? Oder waren sie Teil seiner Tötungsfantasien?

Caro durchquerte den Raum und verharrte unwillkürlich bei jedem Knarren der Bodendielen. Es roch muffig und nach altem Holz.

Mit klopfendem Herzen drückte sie eine Tür auf, hinter der sich die Küche des Hauses verbarg. Die Schränke wirkten uralt und verstaubt, als wären sie jahrelang nicht benutzt worden. Das Gleiche galt für das dreckige Spülbecken. Auf der linken Seite gab es einen Durchgang, dahinter eine steile Treppe, die in den ersten Stock hinaufführte.

Eine weitere Tür erregte Caros Aufmerksamkeit. Vorsichtig drückte sie die Klinke hinunter und spähte in ein kleines Zimmer. Als sie erfasste, was sich in dem Raum befand, gefror ihr das Blut in den Adern.

Überall an den Wänden hingen mit Buntstiften gemalte Bilder, die der künstlerischen Leistung eines sechsjährigen Kindes entsprachen. Alle Bilder hatten eines gemeinsam: Sie zeigten dilettantisch gezeichnete nackte Frauen mit blutenden Bäuchen, dazu eine schwarze Gestalt mit einem Messer. Mit offenem Mund betrachtete Caro die gruseligen Werke.

Dann entdeckte sie das am Boden liegende Blatt. Und erstarrte. Eine Frau mit feuerroten Haaren war an einen Baum gebunden, ihr Bauch ebenfalls aufgeschnitten. Unzählige rote Striche symbolisierten Schnittwunden an ihrem gesamten Körper. Neben dem Baum stand ein Polizeiwagen. Caro atmete stoßartig. Offensichtlich war sie selbst die Hauptdarstellerin in dem grotesken Kunstwerk.

Wilde Gedanken schossen ihr durch den Kopf. Hatte es Kai Wiesenberg auf sie abgesehen? Wartete er bereits im Wohnzimmer auf sie, mit seinem Schnitzmesser in der Hand? Hatte er sie die ganze Zeit über beobachtet? War er sogar in ihrer Hütte gewesen, während sie geschlafen hatte? Der Kratzer auf ihrem Hals kam ihr in den Sinn.

In diesem Moment hörte sie ein Poltern.

Schockiert drehte sie sich um. Sämtliche Nackenhaare standen ihr zu Berge.

Er ist hier! Ich muss sofort raus!

Kam das Geräusch von draußen? Oder war Wiesenberg bereits im Haus? Hektisch lief sie zurück in die Küche. Als sie gerade weiter ins Wohnzimmer flüchten wollte, fiel ihr Blick auf den alten Ofen. Hatte Zoé das Tagebuch dort versteckt? Ihr Drang, wegzulaufen, wurde übermächtig, doch dann wäre alles umsonst gewesen.

Mit einem schnellen Griff öffnete sie den Ofen. In seinem Inneren lagen einzelne Seiten, die aus einem Notizbuch, vermutlich dem Tagebuch Wiesenbergs, herausgerissen worden waren. Die Blätter waren blutverschmiert.

Caro zog die Papierstücke aus dem Ofen hervor. Sie zählte zehn Seiten, die eng beschrieben waren. Aber wo war der Rest des Tagebuchs? Sie sah sich um. Nichts. Kein Hinweis auf weitere Blätter oder den Band. Warum hat Zoé die Seiten überhaupt im Ofen versteckt?

Jetzt raus hier!

Caro schloss den Ofen und spähte vorsichtig ins Wohnzimmer hinüber. Niemand war dort. Sie durchquerte den Raum mit hastigen Schritten, während ihr die Tierköpfe hinterherstarrten und ihre Zähne fletschten. Caro stieß die Haustür auf und rannte in den regnerischen Abend hinaus.

Was hatte das Poltern verursacht? Gehetzt blickte sie sich um. Nichts. Keine Spur von Wiesenberg. Oder lauerte er hinter irgendeinem Busch und wartete auf seine Chance? Was für ein Grauen!

Mit raschen Schritten lief sie durch den Wald. Es regnete in Strömen. Die nassen Haare klebten ihr im Gesicht. Sie hatte Angst. Angst vor Kai Wiesenberg, der ihr dicht auf den Fersen sein mochte. Der seine wahnsinnigen Fantasien in die Tat umsetzen würde, indem er sie fesselte, genussvoll ihre Haut aufschnitt, sie vergewaltigte und anschließend ausweidete. Die Vorstellung ließ sie schneller laufen.

Endlich erreichte sie den Gutshof. Noch immer stoben die Bilder des Horrorhauses durch ihren Kopf. Die toten Tierköpfe, die schrecklichen Malereien, das blutige Tagebuch. Vollkommen außer Atem und klitschnass gelangte sie zu ihrer Hütte. Sie hatte es geschafft!

37

Sommer 1996

Kai Wiesenberg saß am Küchentisch und hielt sich die Ohren zu, doch es gelang ihm nicht, den lautstarken Streit vor dem Fenster des Gutshauses auszublenden. Sein Vater lieferte sich einen heftigen Schlagabtausch mit Johannes Metternich. Es ging mal wieder um Saskia. Nachdem Nicole halbnackt, heulend und mit roten Pusteln bedeckt nach Hause gekommen war, hatte sie die anderen Kinder angeschwärzt. Sie hatte den Erwachsenen berichtet, wie sie in den Ameisenhaufen geschubst worden war. Der Gutsherr war daraufhin ausgerastet und hatte die Schuldige schnell ausgemacht. Saskia. Er hielt ohnehin nicht viel von dem Mädchen und bezeichnete sie als gottlos. Am späten Nachmittag kam es schließlich zur unvermeidlichen Konfrontation zwischen den beiden Männern.

»Du hast deine Tochter miserabel erzogen! Sie ist ein widerliches Biest!«, ereiferte sich Herbert Wiesenberg.

»Beschimpf meine Tochter noch ein Mal, und ich schlag dir den Schädel ein!« Die Stimme von Johannes Metternich klang aggressiv.

»Wie sprichst du mit deinem Arbeitgeber? Du bist kurz davor, rausgeschmissen zu werden. Wie bezeichnest du denn sonst Saskias Verhalten? Sie hat Nicole in einen Ameisenhaufen gestoßen.«

»Dein Sohn war doch auch dabei! Und er hat ihr das T-Shirt zerrissen, weil er über sie herfallen wollte.«

»Ich verbitte mir diese Unterstellung! Es ist immer Saskia, die die anderen Kinder aufhetzt. Sie ist abgrundtief böse!«

»Was für ein Schwachsinn! Kai ist hier die Missgeburt, die meiner Tochter nachstellt.«

»Du mieses Schwein!«, schrie der Gutsbesitzer. »Du drehst den Sachverhalt einfach um. Aber nicht mit mir! Ich weiß genau, dass Satan persönlich über Saskia herrscht. Und jetzt geh mir aus den Augen! Ich kann deine Visage nicht mehr ertragen!«

»Blödes Arschloch!«, fauchte Metternich und verschwand.

Einen Moment später wurde die Tür polternd aufgerissen, sodass Kai zusammenzuckte. Sein Vater trat wutschnaubend in die Küche. Das rundliche Gesicht des Mannes war rot angelaufen, die Knollennase zuckte, und die schmalen Augen blitzten.

»Was sitzt du hier wieder so faul herum?«, schrie er Kai an. »Hast du nichts zu tun?«

»Ich habe gerade gegessen«, verteidigte sich Kai.

»Na und? Jetzt bist du fertig.«

Kai blickte zu Boden. Er hatte keine Lust, auf dem Feld oder in der Scheune zu arbeiten.

»Ich möchte nicht, dass du weiter mit Saskia herumhängst. Sie ist eine Teufelsbrut!«

»Ist sie nicht«, versuchte Kai, seine Freundin zu verteidigen.

Aber das machte seinen Vater umso wütender. »Ich verlange, dass du ihr aus dem Weg gehst, hast du mich verstanden?«

Kai nickte stumm.

»Und jetzt läufst du in die Kapelle und bittest den Herrn um Vergebung! Die arme Nicole hat furchtbare Schmerzen.«

Kai dachte an seine eigene geschundene Haut, die höllisch brannte. Aber das konnte er seinem Vater natürlich nicht erzählen.

»Wenn du damit fertig bist, begibst du dich in die Scheune

und bietest Friedrich deine Hilfe an, verstanden?« Friedrich Mohr war der zweite Hilfsarbeiter auf dem Hof.

Wieder nickte Kai. Die Tränen standen ihm in den Augen.

Endlich stampfte der Gutsherr aus der Küche und warf die Tür mit einem lauten Krachen ins Schloss. Kai lauschte dem Ticken der Uhr. Der Streit zwischen den Männern ging ihm nicht mehr aus dem Kopf. Was wäre, wenn Saskia tatsächlich den Hof verlassen müsste? Das wäre furchtbar. Vielleicht würde er sie nie wiedersehen. Er schluckte schwer.

Mühsam erhob sich Kai vom Stuhl. Dann trottete er nach draußen und machte sich auf den Weg zur Waldkapelle. Er beobachtete die Spatzen, die zwischen den Bäumen umherflatterten und vergnügt zwitscherten. Wie schön wäre es, auch ein Vogel zu sein. Man könnte vor seinen Problemen davonfliegen. Einfach die Flügel ausbreiten und abheben. So leicht.

Als er die Kapelle betrat, genoss er für einen kurzen Moment die erfrischende Kühle. Die dicken Mauern hielten die Hitze draußen. Kai kniete sich vor den Altar und begann, das Vaterunser zu sprechen. Eigentlich war er sich keiner Schuld bewusst, denn es war ein Unfall gewesen. Nicole war gestolpert, und als er sie auffangen wollte, war ihr T-Shirt zerrissen. Warum also sollte er beichten? Auf der anderen Seite würde es auch nicht schaden. Lieber ein Gebet zu viel, als eines zu wenig. So hatte es ihm sein Vater beigebracht.

Plötzlich knarrte die Eingangstür. Kai fuhr herum und erblickte Saskia. Im Gegenlicht des Eingangs wirkte sie wie ein Engel, der auf ihn zuschwebte. Ihr luftiges, weißes Sommerkleid verstärkte den Eindruck noch. Kais Atem setzte aus, als sie sich ihm näherte.

»Betest du?«, fragte Saskia, während sie sich neben ihm niederließ.

»Ja«, presste er hervor. Irgendwie war es ihm jetzt peinlich.

»Warum denn?«

»Mein Vater verlangt von mir, dass ich den Herrn um Vergebung bitte. Wegen Nicole.«

Sie lachte. »Ich würde ihn lieber bitten, dass er einen Blitz schickt und sie in zwei Teile spaltet. Die blöde Kuh hat uns verpetzt.«

»Ja, das stimmt.«

»Mein Vater ist auch sauer. Ich bin schnell abgehauen, weil er mich sonst zum Krüppel geschlagen hätte.«

»Vielleicht sollten wir uns bei Nicole entschuldigen«, sagte Kai.

»Bist du behindert, oder was? Ich entschuldige mich doch nicht bei der Missgeburt.«

Er erwiderte nichts.

»Und bei deinem Gott brauchst du dich auch nicht zu entschuldigen. Dem bist du ganz egal.«

»Was redest du denn da?«

»Willst du sehen, was wirklich hilft?«

Kai blickte sie fragend an.

Saskia lächelte und schob ihre Hand in Kais Schoß. Augenblicklich durchschoss ein elektrisierendes Kribbeln seinen Unterleib, und er spürte, wie er hart wurde. Saskia begann, mit ihren Fingern über die sich abzeichnende Beule zu streicheln. Es fühlte sich unglaublich an. Kai hielt die Luft an und konnte an nichts anderes denken, als an die warme Hand zwischen seinen Beinen.

»Kommst du heute um Mitternacht in die Kapelle? Ich möchte dir etwas zeigen.«

»Was denn?«, fragte Kai wie in Trance.

»Das wirst du dann schon sehen.« Sie zog ihre Hand zurück und erhob sich. Mit einem Lächeln auf dem Gesicht drehte sie sich um und verließ die Kirche.

Kai blieb verwirrt zurück. Sein Unterleib zuckte, und noch immer atmete er schwer. Was hatte sie mit ihm angestellt? Dieses engelsgleiche Geschöpf brachte ihn um den Verstand.

Aber eines war sicher. Um Mitternacht würde er in die Kapelle kommen. Selbst wenn die Welt zusammenbrechen würde.

Kai lief durch den stockdunklen Wald. Nur das spärliche Licht seiner Taschenlampe beleuchtete den Weg. Sein Puls raste. Er hatte gewartet, bis seine Eltern ins Bett gegangen waren, hatte an der Tür des Schlafzimmers gehorcht und sich dann aus dem Haus geschlichen.

Was würde ihn in der Kapelle erwarten? Würde Saskia ihn wieder berühren? Den ganzen Tag hatte er an nichts anderes denken können.

Endlich erreichte er das Gotteshaus. Von außen wirkte es finster und unheimlich, doch als er das Portal öffnete, strahlte ihm das Licht unzähliger Kerzen entgegen. Saskia saß im Schneidersitz vor dem Altar. Sie trug noch immer das weiße Kleid, das Kai bereits am Nachmittag den Atem geraubt hatte. Vor dem Mädchen stand ein Käfig, in dem ein Hase gefangen war.

Kai blieb mit offenem Mund in der Kirchentür stehen. Er war hin- und hergerissen zwischen der Bewunderung ihrer Schönheit und der Verwunderung über das bizarre Schauspiel.

»W... was machst du hier?«, stotterte er.

»Ein Ritual«, erwiderte sie knapp. »Komm her! Ich brauche dich.«

Er schluckte und ging langsam auf sie zu. »Was denn für ein Ritual?«

»Das wirst du gleich sehen.«

Unschlüssig blieb Kai stehen.

»Na los. Komm schon!«, forderte sie ihn auf.

Was machte sie mit ihm? Er konnte keinen klaren Gedanken fassen. Die Situation war so unwirklich, dass er sie nicht begriff. Mechanisch ging er weiter.

»Sehr gut!« Saskia stand auf und kam ihm entgegen. Kai hatte das Gefühl, sein Herz würde ihm jeden Moment aus der Brust springen. Sie stellte sich vor ihn und küsste seine Lippen. Gleichzeitig griff sie ihm sanft in den Schritt. Die Berührung überflutete seinen Körper mit intensiven Glückswellen.

»Fühlst du die Energie, die dich durchströmt?«

Kai begriff ihre Frage nicht. Sein Verstand hatte ausgesetzt, und in seinem Kopf tobte ein Sturm.

Saskia ließ ihre Hand jetzt über seinen Bauch gleiten. »Der Bauch ist das Zentrum der kosmischen Energie.«

»Ah.« Kai gab nur einen undefinierbaren Grunzlaut von sich, der irgendwie Zustimmung signalisieren sollte.

»Wenn der Bauch eines Lebewesens aufgeschnitten wird, dann entweicht sämtliche Energie aus seinem Körper und steht dem Kosmos zur Verfügung. Es ist ein unglaubliches Gefühl, diese Kraft aufzusaugen. Ich möchte, dass du sie auch spürst.«

»I... ich, äh, weiß ... nicht«, stotterte Kai.

Sie ergriff ein Jagdmesser, das auf dem Altar lag. »Ich möchte, dass du dem Hasen den Bauch aufschneidest, damit wir seine Lebensenergie einfangen können.«

Kai riss die Augen auf. »Was?«

Saskia legte ihm den Messerschaft in die rechte Hand, während sie gleichzeitig wieder in seinen Schritt fasste.

»Bitte. Ich wünsche es mir von dir.«

Der Wirbelsturm in seinem Kopf tobte immer heftiger. Glücksgefühle paarten sich mit dem Entsetzen über die Situation. Nichts passte zusammen. Alles war durcheinandergeraten.

»Aber ... ich ...«

Saskia öffnete den Käfig und ergriff den Hasen, der sich ungestüm in ihrer Umklammerung wand, als spürte er die Gefahr, die ihm drohte. Sie drehte das Tier um und klemmte es zwischen ihren Armen ein.

»Setz das Messer an!«

Kai atmete hektisch. Alles um ihn herum schien sich zu drehen. Er sah Saskia in die Augen. Sie waren so wunderschön. Wie konnte er sie enttäuschen? Wie in Trance erhob er die rechte Hand und führte die Klinge an den pelzigen Bauch des Hasen heran.

»Sehr gut, Kai. Jetzt schneidest du quer über den Bauch. Es muss ein tiefer Schnitt sein.«

Er schloss für einen kurzen Moment die Augen. Als er sie wieder öffnete, war er entschlossen, Saskias Wunsch zu erfüllen. Es gab keine Alternative.

Kai begriff kaum, was er tat. Es kam ihm vor, als würde er sich selbst wie in einem Film beobachten. Einen Moment später zuckte der Hase wild und quiekte panisch. Blut spritzte aus einer klaffenden Wunde heraus, färbte das Fell ein und tropfte auf den Steinboden. Kai wandte sich ab. Obwohl er schon häufiger bei Schlachtungen zugesehen hatte, war das hier etwas anderes. Er hatte das Tier mit seinen eigenen Händen getötet. Der Hase zuckte ein letztes Mal, dann blieb er schlaff in Saskias Armen hängen.

Das Mädchen hatte die Augen geschlossen und sog Luft ein. »Spürst du, wie die Energie uns durchfließt?«

Das Kribbeln in Kais Unterleib wurde stärker, und er empfand tatsächlich einen Energieschub. »Ja, ich spüre es auch!«

Saskia legte den Kadaver auf den Boden und tauchte ihren Finger in die Wunde. Dann strich sie das Blut auf Kais Stirn.

»Was machst du da?«*, fragte Kai.*

»Ich übertrage dir die Energie«*, flüsterte sie. Anschließend küsste sie erneut seine Lippen.*

Er glaubte zu schweben, als hätte er die Schwerkraft überwunden. Gleichzeitig fühlte sich sein Körper wie elektrisiert an. Jede einzelne Zelle schien zu pulsieren, und sein Unterleib glich einem brodelnden Vulkan.

Plötzlich wurde er jäh aus seinem trancegleichen Zustand

gerissen, als die Tür der Kapelle mit einem lauten Krachen aufflog. Kai riss die Augen auf und erblickte Nicole, die entsetzt in das Gotteshaus starrte.

38

Dienstag, 23. Oktober

Caro legte die losen Tagebuchblätter neben sich. Die Erlebnisse von Kai Wiesenberg schockierten sie zutiefst. Offensichtlich hatte Saskia Metternich den Jungen dazu verleitet, in der Kapelle einen Hasen mit einem Schnitt quer über den Bauch zu ermorden. Die Tötung war einem seltsamen Ritual gefolgt, das die Lebensenergie des Tieres einfangen sollte.

Besonders erschreckend war jedoch die Verbindung zu dem aktuellen Mord an Nicole Bachmann. Die Frau war in derselben Kapelle auf dieselbe Weise ermordet worden. Alle Indizien deuteten auf Kai Wiesenberg. Ein derart belastendes Erlebnis für einen Dreizehnjährigen, und das in der Phase erster sexueller Erfahrungen, verleitet von einem Mädchen, das er begehrte, führte zu einer hohen Wahrscheinlichkeit, dass seine sozial-emotionale Entwicklung gestört worden war. Dazu kam der traumatische Tod seiner Eltern wenig später, der sein gesamtes Leben verändert hatte. Caro konnte natürlich keine abschließende Diagnose erstellen, aber eines war sicher: Er war hochgradig verdächtig.

Wieder dachte Caro an die verstörenden Zeilen, die sie soeben gelesen hatte. Was veranlasste ein dreizehnjähriges Mädchen dazu, derart grausam zu sein? Lag die Ursache in der Beziehung zu ihrem dominanten und gewalttätigen Vater? Hatte sie ihre eigene Demütigung dadurch kompensiert, dass sie Tiere und andere Kinder quälte? Aber warum dieses seltsame Ritual?

Caro erhob sich nachdenklich und verließ ihre Hütte. Sie wollte mit Berger sprechen. Auf dem Weg bemerkte sie, dass sie vor Kälte zitterte. Oder war es die Aufregung? Sie spürte, dass sie ihre körperlichen Grenzen erreichte.

Als sie Berger am Telefon hatte, berichtete sie ausführlich von den Ereignissen der letzten Stunden.

Der Kommissar blieb zunächst still, dann polterte er los. »Bist du verrückt, allein in Wiesenbergs Haus herumzuschnüffeln?«

»Reg dich ab! Es ist ja nichts passiert.«

»Das gefällt mir gar nicht.«

Caro lenkte ihn zurück auf das Tagebuch. »Was hältst du von der alten Geschichte?«

Berger schnaufte. »Ziemlich krass! Ich bin mir sicher, dass wir auf der richtigen Spur sind. Außerdem kann ich mir gut vorstellen, was damals noch geschehen ist.«

»Wie meinst du das?«

»Wir haben doch die alte Narbe auf Nicole Bachmanns Bauch entdeckt. Ich denke, die anderen Kinder waren dafür verantwortlich. Das würde auch erklären, warum keine Strafanzeige gestellt wurde.«

»Das steht bestimmt auf den folgenden Tagebuchseiten geschrieben. Ich muss den Rest des Buches finden! Zoé muss es irgendwo versteckt haben. Wenn ich nur noch einmal mit ihr sprechen könnte.«

»Vergiss das ganz schnell!«, rief Berger aufgebracht durch das Telefon. »Du wirst dich auf keinen Fall noch einmal in eine derartige Gefahr begeben.«

»Wie soll ich denn sonst etwas herausfinden?«, fragte Caro. »Alle Personen, die meine Ermittlungen voranbringen könnten, werden von Klinger abgeschirmt. Patrizia, Zoé und Kai Wiesenberg.«

»Ich weiß auch, warum«, antwortete Berger. »Zumindest, was Wiesenberg angeht. Ihm gehört der Hof, und Klinger ist sein Vormund. Wenn Wiesenberg ins Gefängnis muss, verliert der Doktor die Vormundschaft und damit das Recht, die Kolonie weiterzuführen. Für ihn steht also eine ganze Menge auf dem Spiel.«

»Wie gehen wir jetzt weiter vor?«, fragte Caro.

»Du verbarrikadierst dich in deiner Hütte und ruhst dich aus. Das ist ein Befehl! Ich lasse es nicht länger zu, dass du dein Glück weiter herausforderst. Darling und ich nehmen uns währenddessen Saskia Metternich vor.«

Caro widersprach nicht. Der Tag hatte sie extrem gefordert, und sie freute sich darauf, ihren Körper aufwärmen zu können. Nachdem sie sich von Berger verabschiedet hatte, kehrte sie in ihre Hütte zurück.

39

Die Bankentürme reckten sich in den Himmel und verschmolzen mit den grauen Wolkenbergen, als Berger und Darling ins Frankfurter Zentrum fuhren. Es hatte wieder angefangen zu regnen, sodass der Scheibenwischer von Bergers Dienstwagen Höchstleistungen vollbringen musste. Die beiden Polizisten hatten die Meldeadresse von Saskia Metternich ausfindig gemacht und wollten sie zu den Vorkommnissen aus der Vergangenheit des Gutshofes befragen. Die Frau wohnte im Bahnhofsviertel der Großstadt, dem über Frankfurts Grenzen hinaus bekannten Stadtteil, in dem Drogenhandel und Prostitution an der Tagesordnung waren.

Für Berger eröffnete sich die Möglichkeit, zwei Fliegen mit einer Klappe zu schlagen. Er würde kurz bei Slavek, dem kroatischen Dealer, vorbeischauen, um sich eine neue Dose seiner Ghostbusters zu beschaffen.

»Wie gehen wir bei der Befragung von Saskia Metternich vor?«, erkundigte sich Darling.

»Wir fragen sie nach der damaligen Tragödie auf dem Hof, ohne ihr zu erzählen, was wir aus Kai Wiesenbergs Tagebuch schon in Erfahrung gebracht haben. Mal sehen, ob sich die Geschichten decken.«

»Ich glaube nicht, dass sie uns die Wahrheit sagen wird«, gab Darling zu bedenken. »Das würde sie in einem schlechten Licht erscheinen lassen.«

Berger nickte. »Das stimmt. Und nach allem, was wir von ihr wissen, ist sie möglicherweise auch heute noch eine Meisterin der Manipulation. Wir müssen also besonders vorsichtig sein.«

»Ich bin wirklich gespannt auf die Frau.«

»Lass dich bloß nicht von ihr um den Finger wickeln!«, ermahnte Berger seinen Kollegen, während er seinen Dienstwagen am Bahnhof vorbei steuerte und in die Taunusstraße abbog.

»Keine Sorge, ich bin doch kein Anfänger mehr.«

Berger zog die rechte Augenbraue hoch. Er musste seinen Partner im Auge behalten, denn eine Frau wie Saskia Metternich würde das Greenhorn nach allen Regeln der Kunst zerlegen. Er selbst hatte die Erfahrung ebenfalls sammeln müssen, als er nach der Polizeischule einen seiner ersten Einsätze gefahren hatte. Die Einsatzzentrale hatte ihn und seinen Partner in ein Villenviertel nahe Wiesbaden geschickt, weil ein Einbruch gemeldet worden war. Als sie den mutmaßlichen Tatort erreichten und das Gebäude betraten, erwischten sie eine junge Frau auf frischer Tat. Sie brach daraufhin voller Verzweiflung in Tränen aus und fiel zu Boden. Während sein Partner mit der Zentrale sprach, wollte Berger dem Mädchen helfen. Doch als er sich über sie beugte, schlug sie ihm mit aller Kraft die Faust ins Gesicht, sodass seine Nase brach. Die plötzlichen Schmerzen raubten ihm für einen kurzen Moment das Bewusstsein. Als er wieder zu sich kam, war die Einbrecherin verschwunden, woraufhin Berger sich vor seinem Abteilungsleiter verantworten musste. Seitdem war er deutlich misstrauischer und vorsichtiger geworden, wenn es um Verdächtige ging.

Sie parkten den Wagen in der Elbestraße, in der sich Table-Dance-Bars, schmuddelige Sexkinos und Dönershops aneinanderreihten. Ein wenig attraktiver Ort zum Wohnen.

»Ich muss noch kurz was erledigen«, rief Berger seinem Partner zu. »Such du bitte schon mal die Adresse.«

»Alles klar!« Darling zeigte ihm den erhobenen Daumen.

Mit schnellen Schritten steuerte Berger eine Parallelstraße an, in der sich eine versiffte Spielothek befand. Sie stellte so etwas wie Slaveks Wohnzimmer dar.

Er zog den Kragen seiner Lederjacke hoch und setzte sich eine Schirmmütze auf, die sein Gesicht weitestgehend verdeckte. Dann betrat er die Spielhalle und sah sich um. An einer Bar saßen zwei Damen in kurzen Lederminiröcken und Overkneestiefeln, offensichtlich Prostituierte. Ein dicker Mann in einem T-Shirt mit dem Aufdruck ›Fick dich selbst!‹ saß an einem Spielautomaten und drückte wild auf den Knöpfen herum. Etwas weiter hinten entdeckte Berger den Dealer. Er war von schmächtiger Statur, hatte dunkle, gewellte Haare und trug eine schwarze Weste. Berger schätzte ihn auf Ende zwanzig. Er hatte ihn auf der Suche nach dem Mörder seiner Verlobten kennengelernt. Slavek kannte Berger nur unter dem Decknamen Peter.

Als der Kroate aufblickte, breitete sich ein Grinsen auf seinem Gesicht aus. »Eh, Peter, alter Stecher!«

Berger ging auf ihn zu. »Hey Slavek, was macht die Kunst?«

»Kann nicht klagen. Meine beiden Pussys sorgen dafür, dass der Hormonspiegel im Lot bleibt.« Er zeigte auf die Damen an der Bar.

»Schon klar. Du weißt, warum ich hier bin, oder?«

Slavek senkte die Stimme. »Mann, Peter, es ist schwieriger geworden, an das Zeug ranzukommen.«

»Du willst mehr Kohle?«, fragte Berger.

Er nickte. »Ich habe einen neuen Lieferanten. So'n verdammt harter Kerl. Mit dem legt man sich nicht an.«

»Wie viel mehr?«

»Das Doppelte, also dreihundert.«

»Du bekommst zweihundert.«

»Ich habe doch gesagt, das liegt nicht in meinem Ermessen. Die neuen Player verhandeln nicht. Und ich stehe eh schon auf der Abschussliste.«

Berger blickte auf die Uhr. Er hatte Darling bereits zu lange allein gelassen. Hoffentlich wartete er auf ihn. »Okay, Slavek. Du bekommst deine dreihundert. Hast du die Pillen dabei?«

»Nein, ich muss erst telefonieren. Dauert aber nicht lange.«

»Wie lange?« Berger merkte, dass ihm heiß wurde. Das Ganze gefiel ihm nicht. Irgendetwas war hier faul.

»Fünf Minuten, nicht mehr«, erwiderte Slavek. »Komm mit nach hinten in den Hof!«

Der Kroate ging voran, Berger mit einem Klumpen im Magen hinterher. Der Dealer drückte eine Tür auf und trat in einen grauen Hinterhof, der sich zwischen den mehrstöckigen Gebäuden erstreckte. Regen schlug Berger ins Gesicht, und er stieß einen Fluch aus.

Slavek hielt sein Handy ans Ohr und sprach ein paar Worte, die Berger nicht verstand. Vermutlich handelte es sich um Kroatisch.

Nachdem er aufgelegt hatte, zeigte der Dealer auf eine Durchfahrt. »Da lang. Er wird gleich hier sein.«

»Dein Lieferant? Was soll das? Warum kommt er her?«

»Er hat gerne alles unter Kontrolle.«

Scheiße, dachte Berger. Das Geschäft lief gerade gründlich aus den Fugen. Mit Slavek war er zurechtgekommen. Aber mehr von den Kerlen potenzierten das Risiko. Er musste den Finger aus der Steckdose ziehen.

»Das gefällt mir nicht!«, sagte Berger. »Ich haue ab.«

»Bist du verrückt, Mann? Die kommen jetzt her.«

»Die? Ein Grund mehr zu verschwinden.« Berger lief durch die Einfahrt, als ihm plötzlich zwei Gestalten entgegenkamen.

Es war zu spät. Die beiden stämmigen Kerle näherten sich mit versteinerten Mienen. Ihrem Aussehen nach kamen sie ebenfalls aus dem Balkan. Einer der Männer zog eine Pistole aus seiner Jacke hervor.

Slavek trat ihnen entgegen. »Hey, Damil, hast du den Stoff?«

Der Angesprochene reagierte nicht auf seine Frage. Stattdessen ging er direkt auf Berger zu und musterte ihn mit finsterem Blick. »Du brauchst also das Doxipin?«, fragte er mit einem kroatischen Akzent.

»Ja«, erwiderte Berger knapp. Sein Herz klopfte, und sämtliche Muskeln seines Körpers spannten sich. Warum waren die Kerle dazugekommen? Hatten sie einen Verdacht, dass er Polizist war? Wenn sie ihn durchsuchten, würden sie unweigerlich auf seine Polizeimarke und Dienstwaffe stoßen.

»Der gefällt mir nicht!«, sagte Damil.

»Peter ist schon lange Kunde von mir«, verteidigte sich der Dealer. »Er ist sauber.«

»Mir passt seine Fresse nicht!« Der Kroate riss Berger grob herum und presste ihn gegen die Hauswand. Anschließend begann er damit, ihn abzutasten.

Berger hatte keine Wahl, er musste reagieren. Mit einer ruckartigen Bewegung fuhr er herum und schlug dem Hünen die Pistole aus der Hand. Dann rammte er ihm den Ellenbogen in den Solarplexus und stieß ihn von sich weg. Slavek schrie überrascht auf, während der dritte Mann seine Waffe zog und sie auf Berger richtete. Doch der Kommissar war schneller und trat gegen die Pistole. Dabei löste sich ein Schuss. Der ohrenbetäubende Knall hallte durch die Toreinfahrt. Mit vollem Körpereinsatz warf sich Berger gegen den Kroaten und brachte ihn ins Straucheln. Er drängte sich an ihm vorbei und sprintete auf die Straße.

Regen peitschte Berger ins Gesicht, als er in Richtung Taunusstraße lief. Er blickte über die Schulter. Die Kroaten stürmten aus der Einfahrt und nahmen die Verfolgung auf. Berger musste sie unbedingt abschütteln. Dönershops, Spielkasinos und Sonnenstudios zogen vorbei, während ihm vereinzelte Fußgänger erstaunt hinterherblickten. Es kam Berger vor, als rannte er durch einen Tunnel. An der nächsten Kreuzung bog er links ab, in Richtung Hauptbahnhof. Er war jetzt für kurze Zeit außer Sichtweite seiner Verfolger. Vor ihm blinkte die Leuchtreklame eines Sexkinos. Eine Chance, die Kerle loszuwerden! Schnell schob er die Eingangstür auf und nickte einem gelangweilten Mann hinter dem vergitterten Tresen zu. Berger versuchte, ruhig zu atmen. Der Sprint hatte viel Kraft gekostet, und sein Puls raste. Er ging weiter, vorbei an zahlreichen Videokabinen, in denen die niedersten Instinkte befriedigt wurden. Dann betrat er einen der hinteren Räume und zog den Vorhang zu.

Er atmete tief durch. Wie hatte das Geschäft nur derart aus dem Ruder laufen können? Der Scheiß konnte ihn seine Karriere kosten. Was, wenn die Kroaten ihm in den Sexshop folgten? Oder es zu einem Kampf kommen würde? Er dachte an Darling. Sein Kollege wartete sicher auf ihn und fragte sich, wo er blieb. Im besten Fall. Was, wenn der Jungspund auf eigene Faust weiter ermittelte und sich in Gefahr begab? Berger würde sich nie verzeihen, wenn ihm etwas passierte. Und alles nur, weil er selbst sich nicht unter Kontrolle hatte.

Plötzlich vernahm er Stimmen. Mehrere Männer hatten den Sexshop betreten. Berger konnte ihre Worte nicht verstehen, hörte aber eindeutig Damil heraus.

Berger griff nach seiner Dienstwaffe. Im äußersten Notfall müsste er sie benutzen, was jedoch eine Lawine von Konsequenzen nach sich ziehen würde. Wie sollte er seinen Vorgesetzten erklären, warum er sich in einem Sexshop eine wilde Schießerei mit kroatischen Dealern geliefert hatte?

Das Gemurmel näherte sich. Berger drückte sich direkt hinter dem Vorhang gegen die Rückwand der Kabine.

Plötzlich hallte ein überraschter Schrei durch den Gang. »Ey, was soll das?«

»Verpiss dich, oder du fängst dir eine Kugel!«, rief Damil aggressiv.

Offensichtlich hatten die Kroaten einen Gast aus seiner Videokabine gejagt. Sie suchten das Sexkino systematisch ab. Und das bedeutete, dass sie jeden Moment sein Versteck entdecken würden.

40

Darling trat von einem Fuß auf den anderen. Er wartete vor dem Schaufenster eines bizarren Geschäftes, in dem Gothic-Kleidung, okkulte Artikel und Sadomaso-Zubehör verkauft wurden. Es gab Totenschädel, Tarotkarten, Särge, schwarze Samtkleider, Ketten, Fesseln und Peitschen aller Art. Bei dem Laden handelte es sich um die Meldeadresse von Saskia Metternich, was irgendwie zu ihr passte, nach allem, was Darling bisher wusste. Schließlich hatte sie schon als junges Mädchen Tiere geopfert.

Durch das Schaufenster sah Darling eine schwarz gekleidete Frau mit dunklen Haaren, die hinter einer Theke stand. Ansonsten war das Geschäft leer. Handelte es sich bei der Verkäuferin um Saskia Metternich?

Er wippte unschlüssig vor und zurück. Wo zum Teufel steckte Berger? Er wollte doch sofort hinterherkommen. Das Problem war, dass der Laden um zwanzig Uhr, also in fünf Minuten schließen würde. Sollte er gegen die Anweisung des Kommissars verstoßen und die Frau ansprechen? Wenn nicht, würden sie wertvolle Zeit vergeuden.

Darling entschied sich, zu handeln. Eine Glocke läutete, als er eintrat. Die Fetisch-Verkäuferin blickte ihn abschätzend, mit einer Mischung aus Mitleid und Belustigung, an.

»Du siehst aus, als hättest du dich verlaufen.«

Er zog seinen Polizeiausweis aus der Tasche und

stellte sich vor. »Ich bin auf der Suche nach Saskia Metternich. Sind Sie das?«

Die Dame lächelte. »Aber nein! Ich heiße Baronesse Cécile.«

»Aha. Wo finde ich Frau Metternich? Sie ist an dieser Adresse gemeldet.«

»Saskia gleicht einer Fledermaus, sie ist ein Geschöpf der Nacht und erscheint nur selten zu Hause.«

Darling sah sich um. »Gibt es denn Wohnräume hier?«

»Nur einen Keller mit Sarg.«

»Und da schläft sie?«

»Was ist so schlimm daran, in einem Sarg zu übernachten? Ich mache das auch.«

Darling schluckte. »Okay. Wenn Sie darauf stehen.«

Die Verkäuferin kam hinter der Theke hervor. Sie war schlank und trug hochhackige Stiefel.

»Hol mal den Besen aus deinem Arsch heraus, Süßer! Wenn du nicht so furchtbar spießig wärst, könnte ich mir direkt vorstellen, mit dir in die Kiste zu steigen.«

»Eher in den Sarg«, verbesserte Darling sie mit einem schiefen Grinsen.

Sie lächelte. »Du hast ja sogar so was wie Humor, Babybulle. Komm mit, ich zeig dir was.« Sie lief auf eine Wand zu, an der diverse Peitschen hingen. »Würde es dir gefallen, mit mir zu spielen?«

»Ich interessiere mich im Moment mehr für Saskia Metternich«, erwiderte Darling, wobei sich sein Puls bei ihrem Angebot beschleunigte.

»Habt ihr keine ... na, sagen wir mal ... erfahrenen Bullen? Saskia würde dich schon zum Frühstück mit Haut und Haaren verspeisen.«

»Das lassen Sie mal meine Sorge sein.«

»Weißt du, dass die Gottesanbeterin das Männchen

nach dem Geschlechtsakt auffrisst?«, fragte die Baronesse mit einem seltsamen Gesichtsausdruck.

»Davon habe ich gehört, ja.«

»Saskia ist so eine Spezies. Du begibst dich in Gefahr, wenn du nach ihr suchst.«

»Wo ist sie?«, hakte Darling nach.

»Das weiß ich nicht. Ich bin nicht ihr Kindermädchen.«

»Ich denke, Sie wissen mehr, als Sie zugeben.«

»Ich habe dir schon mehr verraten, als gut für dich ist.«

Langsam verzweifelte Darling. Wie sollte er die Frau zum Reden bewegen? Weshalb kam Berger nicht? Er würde jetzt seine Erfahrung ausspielen. »Ich kann Sie auch mit aufs Polizeirevier nehmen.«

Die Baronesse lächelte. »Und dann sperrst du mich in eine dunkle Zelle? Hmm, klingt verlockend.«

Darling schnaufte. »Warum machen Sie es mir so schwer?«

»Weil ich es süß finde, wie du dich quälst. Wenn du mir in den Keller folgst, gebe ich dir vielleicht einen Hinweis.«

Sie ging zur Tür und schloss ab.

Die Situation war zu skurril. Darling hatte Schwierigkeiten, sie richtig einzuordnen. Er wusste nicht, was er antworten sollte. »Ich, äh …«

»Komm mit, Babybulle. Ich werde dich schon nicht ausweiden.« Nach einer kurzen Pause fügte sie hinzu. »Zumindest nicht sofort.«

Auf ihren hohen Absätzen stöckelte sie eine schmale Wendeltreppe hinab. Darling folgte ihr mit klopfendem Herzen. Warum hatte sie die Ladentür verschlossen?

Sie gelangten in einen Gewölbekeller. Die Wände, genau wie die abgerundete Decke bestanden aus unverputztem Backstein. Eine Fackel spendete flackerndes Licht. Links stand ein geöffneter schwarzer Sarg, auf einem Regal daneben lagen unzählige Totenschädel. Rechts davon gab es eine mittelalterliche Streckbank aus Holz und einen dornengespickten Stuhl.

Darling ließ seinen Blick ungläubig über die Kammer schweifen. »Hier wohnt Frau Metternich?«

»Manchmal. Aber meistens ist sie ... unterwegs.«

»Was heißt das?«

»Sagen wir, sie macht Hausbesuche.«

»Als Prostituierte?«, fragte Darling.

»So würde ich das nicht bezeichnen. Sie ist eher eine Magierin, die Männer um den Verstand bringt.«

»Können Sie bitte mal etwas weniger in Rätseln sprechen?«

»Sie verführt Kerle wie dich. Und übrig bleibt nur der Schatten ihrer selbst.«

Darling verdrehte die Augen. »Wo finde ich sie?«

»Du solltest es wirklich lassen.«

»Sie halten sie also für gefährlich?«

»Oh ja, das ist sie.«

Darlings Blick fiel auf ein langes, schmales Schwert, das an der Wand neben den Totenschädeln hing. Er zeigte darauf. »Was ist das?«

»Ein Samuraischwert. Saskia hat eine Schwäche für die fernöstliche Kultur, vor allem für das ›Hara‹. Der Lehre nach befindet sich die Energie von Lebewesen im Zentrum ihres Körpers, also im Bauch. Daher betreiben die Samurai auch das sogenannte Harakiri, das kennst du ja bestimmt. Sie stoßen sich ihr Schwert in den Leib.«

Darling riss die Augen auf. Ging es bei den Morden darum? Um das Hara? »Was bedeutet es, wenn jemand anderem der Bauch aufgeschnitten wird?«

»Man raubt ihm die kosmische Energie, die auf die im Raum befindlichen Personen übergeht.«

»Waren Sie schon mal dabei, wie Frau Metternich ... äh ... jemanden umgebracht hat?«

Cécile lächelte. »Machst du dir gerade in die Hose, Babybulle? Ist ja echt süß!« Nach einer kurzen Pause fügte sie hinzu. »Nein, natürlich nicht! Ich stehe zwar auf Schmerzen, aber das würde zu weit gehen. Saskia ist sicher keine Heilige. Aber eine Mörderin? Nein. Wobei, wenn ich es mir recht überlege. Vielleicht doch.«

Die Frau verwirrte Darling immer mehr. Er konnte nicht einschätzen, ob sie die Wahrheit sagte, maßlos übertrieb oder einfach nur irgendwelche Fantasien von sich gab. »Ich muss mit Frau Metternich sprechen. Es ist wirklich wichtig.«

»Nachdem ich dir gerade erzählt habe, dass sie Männern gerne die Bäuche aufschlitzt?«

»Das war übertrieben«, erwiderte Darling einen Tick selbstbewusster.

Wieder lächelte sie. »Du bist ja ein richtiger Draufgänger! Ich bekomme immer mehr Lust, mich von dir festnehmen zu lassen.«

»Wie wär's mit etwas Hilfe? Wie spüre ich Frau Metternich auf?«

Cécile seufzte. »Du hast es nicht anders gewollt. Such im Netz nach einer Gottesanbeterin in Frankfurt. Du wirst auf eine Seite stoßen, auf der du eine Kontaktanzeige absetzen kannst.«

Darling atmete erleichtert aus. »Danke!«

Sie kam näher, bis sie dicht vor ihm stand. Er blickte in ihre braunen Augen, sodass die schwarz geschminkten Ränder nach ihm zu greifen schienen. »Wenn du dich mit ihr einlässt, bist du verloren. Vergiss das nicht!«

Sie strich über seine Wange. »Ich kann dich gut leiden. Es wäre schade um dich!«

Er schluckte. Wollte sie ihm einfach nur Angst einjagen, oder war Saskia Metternich wirklich so gefährlich, wie sie behauptete? Steckte sie hinter den Morden?

Cécile drehte sich um und stöckelte auf ihren atemberaubend hohen Absätzen die Wendeltreppe hinauf.

Darling folgte ihr. Als er oben angekommen war, klingelte sein Handy. Auf dem Display erschien der Name seines Vorgesetzten, Jens Schröder. Er nickte Cécile zu, die ihm einen Handkuss zuwarf. Dann verließ er das Geschäft und nahm das Gespräch an.

»Wo zur Hölle hast du gesteckt? Ich habe unzählige Male versucht, bei Berger und dir anzurufen.«

Offenbar hatte er in Céciles Keller keinen Empfang gehabt. »Wir haben gerade eine Zeugin befragt. Da gab es wohl kein Netz.«

»Gib mir mal Berger.«

»Äh, er ist noch bei der Frau«, log Darling. Er wollte seinen Kollegen nicht in Bedrängnis bringen.

»Dann hol ihn, verdammt! Es ist eilig! In Frankfurt wurde eine weitere Leiche entdeckt, der ebenfalls der Bauch aufgeschlitzt wurde.«

»Shit!«, rief Darling. »Wo denn?«

Schröder nannte ihm die Adresse. »Bewegt eure Ärsche zum Tatort, und zwar schnell! Und jetzt gib mir Berger!«

Verzweifelt blickte sich Darling um. Von seinem Kollegen fehlte noch immer jede Spur. Wo steckte er? Und was sollte er dem Abteilungsleiter sagen? Er musste sich und vor allem Berger Zeit verschaffen. Ohne nachzudenken, schaltete er sein Mobiltelefon aus. Dann begab er sich auf die Suche nach seinem Partner.

41

Die Stimmen näherten sich. Anscheinend durchsuchten die Kroaten gerade die umliegenden Kabinen des Sexkinos. Jeden Moment würden sie durch den Vorhang treten und Berger erwischen.

Er spürte, wie sich Schweiß auf seiner Stirn bildete. Den Griff seiner Dienstwaffe fest umschlossen, drückte er sich gegen die Wand.

Es gab nur eine einzige Möglichkeit. Er musste die Kerle ausschalten. Und zwar tunlichst, ohne seine Waffe zu benutzen. Wenigstens war das Überraschungsmoment auf seiner Seite.

Einer der Kroaten steckte seinen Kopf durch den Vorhang. Er blickte jedoch in die andere Richtung, sodass Berger für den Bruchteil einer Sekunde im toten Winkel seines Blickfelds stand.

Der Kommissar nutzte seine Chance. Mit einem gezielten Schlag rammte er seinem Gegner den Knauf der Pistole gegen die Schläfe. Gleichzeitig griff er nach dem wuchtigen Kerl und zog ihn in die Kabine hinein. Offensichtlich hatte sein Angriff gewirkt, der Körper des Dealers fiel in sich zusammen, als hätte jemand abrupt die Luft aus einer Gummipuppe herausgelassen.

Berger fing ihn mühsam auf und legte ihn zu Boden.

»Eh, Bekim!«, hörte er Damil rufen. »Wo steckst du?« Dann fügte er etwas auf Kroatisch hinzu, das Berger nicht verstand.

Natürlich antwortete sein Kumpel nicht. Der Dealer war jetzt gewarnt.

»Komm raus, Arschloch!«, rief der Kroate. »Wenn ich dich erwische, breche ich dir jeden Knochen einzeln.«

Berger spannte seine Muskeln an. Plötzlich krachte der gesamte Vorhang herunter. Damil hatte ihn einfach weggerissen. Fast gleichzeitig löste sich ein Schuss. Berger hörte die Kugel neben sich in die Wand krachen. Mit einem Hechtsprung warf er sich auf den Gegner und riss ihn zu Boden. Doch der Kroate schüttelte ihn ab und rammte ihm den Ellenbogen in die Seite. Der jähe Schmerz raubte Berger die Luft. Alles drehte sich. Jetzt rappelte sich Damil auf, um nach seiner Waffe zu greifen. Berger nahm sämtliche Kraft zusammen und trat dem Kroaten in die rechte Kniekehle, sodass der zu Boden ging und seine Pistole verfehlte. Als er abermals danach greifen wollte, sprang Berger auf und rammte ihm die Faust mit voller Gewalt auf den Hinterkopf. Der Dealer brach bewusstlos zusammen.

Schnaufend rappelte sich Berger auf. Er musste abhauen!

Mit wackeligen Beinen und heftigen Seitenschmerzen humpelte er zum Ausgang. Bevor er am Kassierer vorbeikam, zog er sich die Schirmmütze tiefer ins Gesicht. Der Mann tat so, als hätte er nichts bemerkt. Sicher war es in diesem Viertel die beste Strategie, um länger am Leben zu bleiben.

Berger trat auf die Straße und steuerte seinen Wagen an. An der nächsten Kreuzung lief er ausgerechnet seinem Partner in die Arme. Er stieß einen leisen Fluch aus und versuchte, sich die Schmerzen nicht anmerken zu lassen.

»Da bist du ja«, rief Darling. »Wo zum Kuckuck hast du gesteckt?«

»Ich musste etwas abholen«, presste Berger mühsam hervor. »Das hat leider länger gedauert als erwartet.«

»Alles okay? Du hörst dich an, als wärst du gerade einen Marathon gelaufen.«

»Ich habe mich beeilt«, log Berger.

»Jens hat versucht, dich anzurufen. Es wurde wieder eine Leiche gefunden, dieses Mal in Frankfurt.«

»Fuck!«, rief Berger. »Wann?«

»Ist wohl noch nicht lange her. Wir sollen uns beeilen. Und bitte ruf ihn endlich zurück!«

Die Polizisten liefen zu Bergers Wagen und verließen das Bahnhofsviertel mit quietschenden Reifen. Anstatt seinen Vorgesetzten anzurufen, wandte sich Berger an Darling. »Ich hoffe, du hast nicht allein nach Saskia Metternich gesucht.«

»Ich hatte ein interessantes Gespräch mit ihrer, äh, Geschäftspartnerin oder Mitbewohnerin.«

»Bist du verrückt? Ich habe doch gesagt, du sollst auf mich warten.«

»Du bist ja nicht gekommen.«

Darling berichtete Berger von seiner merkwürdigen Unterhaltung mit Cécile. Als er das Samuraischwert erwähnte, pfiff der Kommissar durch die Zähne. »Vielleicht hat Saskia Metternich mehr mit den Morden zu tun als angenommen. Wir müssen sie finden.«

Bergers linke Seite schmerzte heftig. Möglicherweise hatte ihm der Dealer eine Rippe gebrochen. Er musste die Zähne zusammenbeißen. Sein Partner durfte nichts bemerken.

Zwanzig Minuten später erreichten sie die Adresse, die der Abteilungsleiter Darling genannt hatte. Die Wohnstraße war abgeriegelt worden, und mehrere Polizeifahrzeuge standen vor dem Apartmenthaus.

Berger parkte den Wagen. Dann stiegen die Kollegen aus und passierten das Absperrband. Nachdem sie sich ausgewiesen hatten, führte sie ein Streifenpolizist in die Souterrainwohnung. Simone Schweitzer, die Rechtsmedizinerin, war bereits eingetroffen und sah Berger erwartungsvoll an.

»Sieht so aus, als würden wir uns diese Tage öfter sehen. Es sei denn, du fängst den Mörder endlich.«

»Ich freue mich auch, dich zu treffen, Simone!« Berger blickte in den Wohnraum und erfasste das Szenario mit einem Blick. Eine junge, blonde Frau lag nackt vor dem Sofa, die Arme mit Stricken auf den Rücken gefesselt. Ihr aufgeschnittener Bauch glich einem Vulkankrater aus verkrustetem Blut und herausquellenden Organen. Unter dem Opfer hatte sich ein roter See gebildet.

»Das sieht ja schrecklich aus!« Darling wandte sich entsetzt ab. Sein Gesicht wurde kreidebleich.

Auch Berger verschlug das Bild die Sprache. Er hatte in seiner Laufbahn schon viele Leichen gesehen, aber diese Mordfälle toppten alles. Er schluckte. »Ja, ich würde sagen, der Killer hat sich noch mal gesteigert.«

»Da dürftest du recht haben«, sagte die Rechtsmedizinerin. »Das Opfer, Sophie Jansen, wurde mehrfach brutal vergewaltigt, bevor ihr der Mörder den Bauch aufgeschnitten hat. Offenbar hat er ihren Tod dieses Mal länger hinausgezögert. Der erste Schnitt war weniger tief und hat sie nicht umgebracht, ihr aber sicher furchtbare Schmerzen zugefügt. Später muss er dann mit seiner bloßen Hand in ihrer Wunde herumgebohrt haben. Niemand kann sich die Qualen auch nur annähernd vorstellen, die sie durchlitten haben muss.«

Darlings Gesicht wurde kreidebleich. »Oh, mein Gott«, stammelte er. »Er muss wirklich ein Monster sein.«

»Absolut«, gab ihm Simone Schweitzer recht. »Ihr

müsst euch beeilen und ihn schnappen. Ich fürchte, das nächste Opfer richtet er noch schlimmer zu.«

Berger holte tief Luft, was die Schmerzen in seiner Seite verstärkte. »Hat der Täter DNA-Spuren hinterlassen? Wenn er sie vergewaltigt und in ihrer Wunde herumgebohrt hat, findest du bestimmt etwas, oder nicht?«

Die Rechtsmedizinerin legte die Stirn in Falten. »Das wissen wir erst, wenn die Spurensicherung durch ist. Ich befürchte jedoch, sie werden nichts finden. Zumindest habe ich keine offensichtlichen Spermaspuren gefunden.«

Berger schaute sich die verwischten Blutspritzer näher an. »Außerdem hat der Mörder Handschuhe getragen.«

Darling folgte seinem Blick. »Woran erkennst du das?«

»Blutige Fingerabdrücke lassen sich in der Regel mit bloßem Auge erkennen. Diese Spritzer sind verwischt.«

Simone Schweitzer nickte zustimmend.

Berger sah sich in der Wohnung um, die typisch für eine Studentin war. Ein Zimmer mit Küchenzeile und einem kleinen Bad. Der Kommissar ging zum Fenster und spähte durch die Vorhänge. Hatte der Killer dort draußen gelauert?

Im Badezimmer bemerkte er an den nassen Handtüchern, dass sie wohl die Dusche benutzt hatte. Die Wohnungstür wies keine Einbruchspuren auf. Entweder sie hatte ihm die Tür geöffnet, oder er kannte sich mit Schlössern aus.

»Wie lange ist sie schon tot?«, fragte Berger die Rechtsmedizinerin.

»Seit etwa sieben Stunden. Eine Nachbarin hat sie gefunden. Sie ist misstrauisch geworden, weil die Wohnungstür offen stand. Ich fürchte, du kannst die Frau erst morgen befragen. Sie hat einen Schock erlitten und wurde ins Krankenhaus gebracht.«

Berger nickte. Wieder blickte er sich im Raum um. Warum hatte sich der Killer ausgerechnet dieses junge Mädchen ausgesucht? Gab es eine Verbindung zum Mord an Nicole Bachmann, oben im Taunus? Das ergab alles keinen Sinn.«

Das Telefon der Rechtsmedizinerin klingelte. Sie verließ die Wohnung, um in Ruhe sprechen zu können.

Darling starrte noch immer entsetzt auf die Leiche. »Wieso bringt jemand eine so hübsche Frau um? Ich verstehe es einfach nicht.«

»Es geht dem Mörder nicht um die Person«, entgegnete Berger. »Er verspürt nur dann Erregung, wenn er einen Menschen quälen kann. Wenn er mit der Macht über Leben und Tod spielt.«

»Und wenn er seinem Opfer die Lebensenergie rauben kann«, ergänzte Darling und dachte an Saskia Metternich.

Berger nickte.

Simone Schweitzer kehrte in die Wohnung zurück. »Ich muss euch leider verlassen, Jungs. Heute Abend scheint schlechtes Karma unterwegs zu sein. Im Bahnhofsviertel wurde ein kroatischer Dealer erschossen.«

42

Mittwoch, 24. Oktober

Ein lautes Pochen riss Caro aus dem Schlaf. Benommen richtete sie sich auf. Jemand klopfte gegen die Hüttentür.

Nach und nach kehrten die Ereignisse des vergangenen Abends in ihr Bewusstsein zurück: das Gespräch mit Zoé, ihr Einbruch in Wiesenbergs Waldhaus, das Tagebuch.

Die Tür wurde aufgerissen, und Doktor Klinger füllte bedrohlich den Türrahmen aus. Seine Augen waren zusammengekniffen, die Körperhaltung angespannt. »Sie werden aus der Kolonie verschwinden! Sofort!«

Caro wurde wütend. »Sind Sie noch ganz bei Trost, hier hereinzuplatzen?«

»An Ihrer Stelle würde ich den Mund nicht so weit aufreißen. Ihre Ermittlungen haben Sie in eine Sackgasse geführt – was ich Ihnen schon die ganze Zeit über gesagt habe. Sie haben es vorgezogen, meine Patienten zu drangsalieren, in die Häuser einzubrechen und Unruhe zu stiften, anstatt den wahren Täter zu suchen. Aber jetzt ist endlich klar, dass Sie großen Mist gebaut haben.«

Wovon redete der Kerl? Caro starrte ihn verständnislos an. »Was soll der Unsinn?«

»Der Unsinn?«, echauffierte er sich. »Ihre Ermittlung in meiner Kolonie ist Unsinn! Der Mord gestern Abend in Frankfurt hat eindeutig bewiesen, dass Sie und Ihr Kollege vollkommen falschlagen!«

Caro riss die Augen auf. »Welcher Mord?«

»Sie wissen das noch nicht mal? Die Zeitungen sind voll davon!«

»Wie soll ich denn davon erfahren haben? Ohne Handyempfang und ohne Kontakt zur Außenwelt.«

»Mir ist egal, was Sie wissen und was nicht! Ich weiß jedenfalls, dass Sie hier nichts mehr zu suchen haben!«

Caro fehlten die Worte, um seine Attacken zu parieren. Sie war verwirrt. Ein weiterer Mord? Was war geschehen? Wer war getötet worden?

»Sie haben eine Viertelstunde Zeit, Ihre Sachen zu packen! Dann sind Sie hier verschwunden. Haben wir uns verstanden?«

»Ich rufe erst meinen Partner an. Dann sehen wir weiter.«

»Fünfzehn Minuten!«, zischte er und knallte die Tür zu.

Einen Moment lang blieb Caro wie angewurzelt stehen. Was war passiert?

Sie zog hastig ihre Hose an. Dann griff sie unter das Kopfkissen, wo sie am Vorabend die Tagebuchseiten versteckt hatte. Doch ihre Hand faste ins Leere.

Die Papierblätter waren verschwunden!

Das durfte einfach nicht wahr sein. Sie hatte die Blätter unter ihr Kopfkissen gelegt. Ganz sicher! Hektisch suchte sie den Raum ab, sah unter dem Bett nach und auch im Badezimmer. Nichts!

Wie war das möglich? Jemand musste in der Nacht hier gewesen sein. Ein eiskalter Schauer lief Caro den Rücken herunter. Der Gedanke, dass jemand – vielleicht sogar der Mörder – neben ihrem Bett gestanden, sie beobachtet und unter ihr Kopfkissen gegriffen hatte, jagte ihr eine Höllenangst ein.

Mit einem riesigen Klumpen im Magen verließ Caro

die Hütte. Es regnete noch immer, und das Tageslicht schien kaum eine Chance gegen die dunkelgrauen Regenwolken zu haben. Sie lief über den Schotterplatz und stellte sich unter den Ahornbaum. Dicke Tropfen fielen von den Blättern. Ihr Handydisplay zeigte noch immer keinen Empfang an.

»Komm schon!«, rief Caro und schwenkte das Telefon durch die Luft.

Nichts passierte.

Endlich erschien ein Balken in der Anzeige, und sofort trafen mehrere Mitteilungen ein. Sieben Anrufe von Berger, der letzte vor zehn Minuten. Drei von Jens Schröder. Und einer von Jennifer.

Caro stieß einen Fluch aus. Sie rief zunächst bei ihrer Tochter an, die sich jedoch nicht meldete. Anschließend wählte sie Berger an, der sofort abnahm.

»Na endlich!«, dröhnte seine Stimme aus dem Telefon. »Ich habe mir schon die Finger wundgewählt!«

»Was ist denn los? Klinger will mich hier rauswerfen.«

»Gestern Nachmittag wurde eine junge Frau in Frankfurt ermordet«, antwortete der Kommissar. »Auf die gleiche bestialische Weise wie Nicole Bachmann.«

»Und jetzt denken alle, dass der Mörder aus Frankfurt kommt, oder was?«

Er seufzte. »Die Presse hat davon Wind bekommen, und sämtliche Zeitungen sind voll von dem Mord. Jens ist außer sich, irgendjemand setzt ihn gewaltig unter Druck.«

Caro spürte Hitze in sich aufsteigen. »Oje. Und jetzt?«

»Wir haben in anderthalb Stunden einen Besprechungstermin bei Jens. Vielleicht erfahren wir dann mehr. Ich bin gerade auf dem Weg in den Taunus, um dich abzuholen. Ich melde mich, wenn ich dort bin. Bis gleich!«

In Caros Kopf tobte ein Herbststurm. Sie konnte kaum einen klaren Gedanken fassen. Hatte sie so falsch gelegen? Hatte sie sich an der alten Geschichte des Hofes festgebissen, sodass sie die wahren Zusammenhänge verkannt hatte? Und wer hatte die Tagebuchseiten gestohlen? Sie trat in den Regen und blickte in den tristen Himmel.

Plötzlich kam ihr der Mercedes in den Sinn. War es möglich, dass Wiesenberg mit dem Wagen nach Frankfurt gefahren war, um die Frau zu töten? Oder war der Gedanke nur der berühmte Griff nach dem Strohhalm?

43

Die Atmosphäre war angespannt. Caro, Berger, Darling und Abteilungsleiter Schröder saßen in einem schlichten Besprechungsraum des Landeskriminalamtes. Zu Caros und Bergers Überraschung hatte Jens Schröder die angekündigte Besprechung hierher verlegt. Vor jedem Teilnehmer lag ein Ermittlungsbericht, den Berger am Morgen notdürftig zusammengeschrieben hatte.

»Ihr könnt euch vielleicht denken, dass gleich jemand hereinkommt, der stinksauer ist.« Schröder fuhr sich nervös durch die mit Gel nach hinten zementierten Haare. »Mich hat er schon heute Morgen zusammengefaltet.«

Niemand antwortete. Caro blickte gedankenverloren auf die Tischplatte. Was für ein beschissener Morgen! Die Kleidung klebte an ihrer Haut, und sie fühlte sich hundsmiserabel. Die Ermittlungen liefen alles andere als rund, der zweite Mord hatte das Team hart getroffen. Auch der Verlust der Tagebuchseiten. Selbst ihre Informationen über den weißen Mercedes hatten die Kollegen nicht aufgeheitert.

Berger sah aus, als wolle er das Donnerwetter schnell hinter sich bringen. Er schnippte nervös mit den Fingern. Caro hatte bemerkt, dass er leicht humpelte und sich mehrfach an die Seite fasste. War er verletzt?

Die Tür flog auf, und LKA-Präsident Holger Gebauer stürmte herein. Caro war nicht überrascht. Nach Schröders Andeutungen hatte sie mit ihm gerechnet. Er hatte eine gedrungene Figur, dunkle, teils angegraute Haare und ein rundliches Gesicht mit einer hohen Stirn.

Gebauer knallte eine Lokalzeitung auf den Tisch. Caro überflog die Schlagzeile: ›Serienmörder in Frankfurt. Polizei untätig.‹

»Haben Sie das gelesen?«, fragte Gebauer mit drohendem Unterton. »In der Zeitung stehen mehr Details als in Ihrem Ermittlungsbericht, Kommissar Berger!«

Alle sahen zu Boden. Es war besser, ihn nicht zu unterbrechen.

»Der Journalist hat zwei Frauen befragt, die im Sommer auf dieselbe Weise angegriffen wurden wie das gestrige Opfer. Und was hat er herausgefunden? Dass die Polizei noch nicht einmal dort gewesen war. Der verdammte Artikel liest sich, als würden im LKA nur Idioten arbeiten. Und so langsam gewinne ich den Eindruck, dass das auch stimmt! Haben Sie überhaupt irgendetwas getan, Berger? Oder Sie, Darlinger? Und Frau Löwenstein, ich weiß nicht, wie viele Beschwerden ich über Sie auf dem Tisch liegen habe. Hausfriedensbruch, Beleidigung, Verleumdung. Die Liste der Anschuldigungen hört gar nicht mehr auf. Herr Schröder, Sie haben Ihre Abteilung nicht im Griff. Ich sehe nur einen riesigen Misthaufen. Was zum Teufel gedenken Sie jetzt zu unternehmen?«

Der Abteilungsleiter richtete sich auf. »Wir werden unsere Ermittlungen stärker auf den Frankfurter Raum konzentrieren. Außerdem steige ich persönlich in die Untersuchung ein, damit ich die Kollegen unterstützen kann.«

»Und warum haben Sie das nicht gleich getan?«, wetterte Gebauer. »Es war doch schon im Ansatz erkennbar, dass die Ermittlungen in die falsche Richtung laufen.«

Caro fiel innerlich zusammen. Die massive Kritik des

LKA-Präsidenten fühlte sich für sie an wie eine gewaltige Ohrfeige. Berger hingegen sah aus, als würden die Schimpftiraden an ihm abperlen.

»Ich erwarte schnelle Ergebnisse!«, fuhr Gebauer fort. »Und hören Sie endlich damit auf, Herrn Klinger zu schikanieren.«

Er drehte sich um, verließ den Raum und knallte die Tür hinter sich zu.

Für einen kurzen Moment saßen alle wie eingefroren auf ihren Stühlen, dann meldete sich Jens Schröder zu Wort. »Ihr habt Gebauer gehört. Die Kolonie ist ab sofort tabu! Stattdessen dreht ihr in Frankfurt jeden Stein um. Und vor allem, befragt endlich die beiden Messeropfer aus dem Sommer! Ich werde mich derweil um die Presse kümmern.«

Er erhob sich und schritt mit geballten Fäusten auf den Ausgang zu. »Bevor ich es vergesse. Berger, du sollst dich bei Hartmann melden. Er hat einige Fragen bezüglich des Mordes an dem kroatischen Dealer von gestern Abend. Und wenn ich ehrlich sein soll, sein Bericht interessiert mich auch.«

Schröder verließ den Raum.

Caro schüttelte den Kopf. »Das darf doch alles nicht wahr sein. Wir können nicht so falschliegen.«

»Das glaube ich auch nicht«, gab ihr Darling recht. »Die Ereignisse aus der Vergangenheit des Hofes spielen mit Sicherheit eine Rolle. Kai Wiesenberg und Saskia Metternich haben ihre Finger im Spiel.«

»Es hilft alles nichts«, sagte Berger. »Wir müssen die Frauen befragen, um Gebauer ruhigzustellen. Aber natürlich verfolgen wir auch die Spuren in der Kolonie weiter.«

»Und wie stellst du dir das vor?«, fragte Caro. »Wenn Klinger einen von uns auf dem Gutshof sieht, wird uns

Gebauer persönlich steinigen. Wobei ich mich frage, wieso Klinger derart gute Kontakte hat.«

»Ich habe im Moment nicht die geringste Idee«, gestand Berger. »Darling, du nimmst dir heute Vormittag die Nachbarn von Sophie Jansen vor. Vielleicht hat jemand etwas gesehen. Und prüf bitte die Verkehrskameras im Umkreis des Tatortes nach einem weißen Mercedes. Ich unterhalte mich jetzt mit Hartmann, danach fahre ich Caro nach Hause.«

»Was? Warum?«, protestierte sie. »Sollten wir nicht erst die Frauen befragen?«

»Du brauchst eine Pause.« Berger erhob sich und ging zur Tür. »Ich bin gleich zurück.«

44

Berger hatte Kommissar Philipp Hartmann nie leiden können. Der hagere Kollege mit den hellblonden Haaren und einer schmalen Brille arbeitete in der Nachbarabteilung und gehörte in die Kategorie ›Arschloch‹. Er war ein paar Jahre jünger als Berger und extrem ehrgeizig.

Die beiden Kommissare hatten einmal bei einer Mordserie im Rheingau zusammengearbeitet, was sich für Berger als echte Zumutung erwiesen hatte. Hartmann hatte mit seiner Übermotivation ständig Porzellan zerdeppert und Ermittlungsergebnisse zunichtegemacht. Nachdem Berger dem Mörder auf die Spur gekommen war, hatte Hartmann die Festnahme als seinen eigenen Erfolg verkauft. Berger war es egal gewesen, er machte um die Karriereleiter ohnehin einen weiten Bogen. Aber seine ablehnende Haltung dem Kollegen gegenüber war stetig gewachsen. Und das basierte auf Gegenseitigkeit.

Philipp Hartmann saß an seinem Schreibtisch und blickte Berger, der ihm gegenübersaß, mit einem süffisanten Lächeln an.

»Ich habe nur ein paar kurze Fragen zum gestrigen Abend.«

»Nur zu«, antwortete Berger gelassen.

»Wie du sicher gehört hast, wurde gestern Abend im Frankfurter Bahnhofsviertel ein Dealer, ein gewisser Slavek Petrovic, erschossen. Und soweit ich weiß, warst du zur Tatzeit in der Nähe.«

»Ja, ich habe in meinem aktuellen Fall ermittelt.«

»Ach ja, der Serienkiller. Da liest man ja so einiges in

der Zeitung.« Er schüttelte den Kopf. »Du gibst dabei nicht gerade das beste Bild ab.«

»Die Presse schreibt, wozu sie Lust hat.«

»Sicher. Ist auch nicht mein Problem.« Er hielt kurz inne, dann fuhr er fort: »Wobei es das vermutlich bald wird, wenn Gebauer dir den Fall wegnimmt.«

Berger begann innerlich zu brodeln. Der arrogante Mistkerl hatte ihm offen den Krieg erklärt. Dennoch bemühte er sich, nach außen Ruhe zu bewahren.

»Was willst du von mir, Philipp?«

»Nun, ich habe eine Zeugenaussage vorliegen, dass jemand, auf den deine Beschreibung passt, sich mit dem Opfer am Tatort getroffen hat.«

»Du glaubst, das war ich? Was habe ich mit einem kroatischen Dealer zu schaffen?«

»Das frage ich dich! Warst du dort?«

»Nein!«, log Berger. Hitze schoss ihm ins Gesicht.

»Hast du gestern deine Dienstwaffe benutzt?«

»Nein.«

»Das lässt sich ja zum Glück leicht überprüfen«, sagte Hartmann.

»Tu dir keinen Zwang an.«

»Es gibt in der Gegend viele Kameras.«

Berger stand auf. »Ich habe keine Zeit für deine Spielchen!«

»Wir werden sehen«, entgegnete Hartmann.

Bevor Berger das Büro seines Kollegen verließ, rief der ihm hinterher. »Was ist denn eigentlich mit deinen Rippen los? Hast du Schmerzen?«

»Schön, dass du dich um mich sorgst«, erwiderte Berger bissig. Dann schloss er die Tür hinter sich.

Sein Puls raste, denn er wusste, dass Hartmann nicht lockerlassen würde.

45

Obwohl die Rushhour inzwischen vorüber war, staute sich der Verkehr in der Wiesbadener Innenstadt, vermutlich aufgrund der Dauerbaustelle auf dem Konrad-Adenauer-Ring. Berger hatte angeboten, Caro nach Hause zu fahren, damit sie endlich eine warme Dusche genießen und ihre Kleidung wechseln konnte.

Die Standpauke von Gebauer schwirrte ihr durch den Kopf. War ihre Karriere im Landeskriminalamt schon vorbei, bevor sie überhaupt begonnen hatte? Sie hatte doch nichts falsch gemacht. Ganz im Gegenteil. Caro war fest davon überzeugt, dass sie auf der richtigen Spur war.

»Ich verstehe nicht, warum Gebauer so verbohrt ist«, sagte sie. »Er hat deinen Ermittlungsbericht vermutlich nicht mal gelesen.«

»Sicher nicht«, antwortete Berger, während er einen Lieferwagen überholte, der mitten auf der Straße in zweiter Reihe parkte. »Das ist wahrscheinlich alles Politik. Wir haben den Fehler begangen, die Spuren in Frankfurt nicht im gleichen Maße zu verfolgen wie jene in der Silberbachkolonie. Jetzt steht der Mist in der Presse.«

»Vielleicht gibt es ja wirklich einen Zusammenhang zwischen den Fällen«, sagte Caro. »Trotzdem bin ich mir sicher, dass der Mörder aus der Kolonie kommt. Vor allem Kai Wiesenberg erscheint mir verdächtig. Mit dem Mercedes hatte er eine Gelegenheit, nach Frankfurt zu fahren. Also könnte er auch die Überfälle und den gestrigen Mord verübt haben. Wir müssen ihn dringend befragen.«

»Ich fürchte, das wird unter den aktuellen Umständen kaum möglich sein«, gab Berger zu bedenken.

»Saskia Metternich hat Wiesenberg im Kindesalter dazu angestiftet, Tiere aufzuschneiden. Und das in einer pubertären Phase, in der sich seine Sexualität entwickelt hat. Vermutlich war er es auch, der Nicole Bachmann damals den Bauch aufgeschnitten hat. Sein Haus ist vollgestopft mit Bildern, die die Morde thematisieren. Aus psychologischer Sicht schrillen bei mir sämtliche Alarmglocken. Er passt genau ins Profil. Eine finale Einschätzung kann ich natürlich erst geben, wenn ich mit ihm gesprochen habe.«

Berger bog in die Kapellenstraße ein und fuhr die Anhöhe hinauf. »Du hast ja recht. Es wäre grob fahrlässig, diese Punkte außer Acht zu lassen. Aber um die Befragung eines psychisch kranken Menschen gegen den Willen seines Vormundes anordnen zu können, benötigen wir stichhaltigere Beweise.«

»Ich mache mir Sorgen um Patrizia und Zoé. Und auch die anderen Frauen in der Kolonie schweben in Gefahr. Der Killer hat Blut geleckt. Er wird in immer kürzeren Abständen morden, um seine Lust zu befriedigen.«

»Das sehe ich genauso.« Berger parkte den Wagen vor dem zweistöckigen Apartmenthaus, in dem sich Caros Wohnung befand.

Sie öffnete die Autotür. »Ich beeile mich. Willst du mit raufkommen?«

Berger lächelte. »Bietest du mir denn einen Kaffee an?«

»Du weißt schon, dass das eine verfängliche Frage ist, oder?« Caro spürte, wie ihr Herz zu klopfen begann. Gleichzeitig kehrten die verwirrenden Gefühle zurück, die sie seit dem gestrigen Morgen erfolgreich verdrängt hatte.

Berger zögerte einen Moment. Dann antwortete er: »Ich meinte wirklich nur einen Kaffee.«

Eine unterschwellige Enttäuschung mischte sich in Caros Gefühlswelt. Was passierte mit ihr? Empfand sie inzwischen wirklich so viel für Berger? Vielleicht wurde es Zeit, sich den Gefühlen zu stellen. Nach der schwierigen Scheidung von Georg und nach all den einsamen Abenden sehnte sie sich nach einem Mann an ihrer Seite. War Simon Berger dieser Mann?

Nur, empfand er genauso? Sein Verhalten war alles andere als eindeutig. Eine seltsame Mischung aus Annäherung und Distanz, als wüsste er selbst nicht, was er wollte.

Sie betraten die Wohnung, und Caro führte ihren Besucher in die Küche. Berger setzte sich lässig auf die Arbeitsplatte, während sie eine Kanne Kaffee aufsetzte. Ihr Blick fiel auf seinen muskulösen Oberkörper, der sich unter dem engen Hemd abzeichnete. Gleichzeitig stieg ihr sein vertrautes Aftershave in die Nase.

»Ich springe kurz unter die Dusche«, sagte Caro mit leicht zitternder Stimme.

»Dann passe ich solange auf den Kaffee auf.«

Caro ging ins Badezimmer und streifte die klamme Kleidung ab. Ihre Knie fühlten sich weich an, und ihr Herz pochte. Hastig öffnete sie die Duschkabine, stieg hinein und drehte den Hahn auf. Das warme Wasser liebkoste ihre Haut. Sie schloss die Augen und stellte sich einen kurzen Moment lang vor, wie Bergers Hände sanft über ihren Körper glitten. Ihr Atem ging hektisch und schwer.

Inzwischen konnte sie ihre Gefühle nicht mehr leugnen. So sehr sie auch versuchte, sie zu verdrängen, es gelang ihr nicht. Sie war dabei, sich in Berger zu verlieben.

Verwirrt stieg Caro aus der Dusche, trocknete sich ab und zog sich eine frische Jeans und einen schwarzen Pullover über. Dann kehrte sie mit rasendem Herzen in die Küche zurück. Berger saß noch immer auf der Arbeitsplatte und trank seinen Kaffee.

»Wow!«, sagte Berger. »Das ging ja schnell. Hast du eine Zauberdusche?«

Caro sah ihn an und spürte, wie sie rot anlief.

Ich wollte schnell wieder bei dir sein.

»Ich wollte, äh, keine Zeit vergeuden.«

Er schwang sich vom Tisch. Beim Aufkommen zuckte er leicht zusammen und fasste sich an die Schulter.

»Was ist los?«, fragte Caro besorgt. »Hast du dir wehgetan?«

»Nein. Es ist nichts.«

Sie blickte ihn durchdringend an. »Nichts? Vergiss nicht, du sprichst mit einer Psychologin.«

»Ich habe mich gestoßen.«

»Ist das gestern in Frankfurt passiert?«, hakte sie nach.

Er nickte.

»Magst du mir erzählen, was vorgefallen ist? Hat es etwas mit dem erschossenen Dealer zu tun?«

»Ich möchte dich nicht mit meinen Problemen belasten.«

»Aber ich möchte mit deinen Problemen belastet werden.« Sie strich ihm vorsichtig über die Schulter.

Er zögerte und schien mit sich zu ringen.

»Bitte!«, warf sie leise hinterher.

»Na gut. Vielleicht hilft es tatsächlich, wenn ich mich öffne. Aber ich fürchte, danach wirfst du mich aus der Wohnung.«

»Ich schmeiße dich eher raus, wenn du mir kein Vertrauen schenkst.«

»Hmm.« Berger holte tief Luft. Dann erzählte er Caro von seinen Depressionen. Von dem Mord an seiner Verlobten, der erfolglosen Suche nach dem Killer und schließlich von seinen Versuchen, die Krankheit mit Medikamenten von der Straße in den Griff zu bekommen. Am Ende berichtete er von seinem Treffen mit dem Dealer.

Caro hatte wortlos zugehört, doch jetzt war sie entsetzt. »Oh mein Gott! Die Kerle hätten dich töten können!«

»Zum Glück konnte ich entkommen.«

»Ist der Dealer bei dem Kampf gestorben?«, fragte Caro zögerlich.

»Nein. Als ich abgehauen bin, hat er noch gelebt. Die Kroaten müssen ihn umgelegt haben, als ich weg war.« Berger berichtete von seiner anschließenden Flucht und dem Kampf im Sexshop.

Es fiel Caro schwer, die schockierende Informationsflut zu verarbeiten. Berger hatte nicht übertrieben, als er sie gewarnt hatte.

Sie ergriff seine Hand. »Wir werden eine Lösung finden. Ganz bestimmt. Ich helfe dir!«

Er atmete tief ein. »Danke, Caro. Das Problem ist nur, das mich dieses Arschloch Hartmann im Visier hat.«

»Das ist wirklich ein furchtbarer Unsympath.«

»Ja, wir konnten uns noch nie leiden. Hartmann hat Aussagen von Zeugen vorliegen, die mich am Tatort gesehen haben oder zumindest jemanden beschrieben haben, der so aussieht wie ich. Hartman wird die Spur weiterverfolgen. Schon allein, um mir eins auszuwischen.«

»Du könntest die Wahrheit sagen.«

»Dann kommt alles ans Licht: die Tabletten, meine Depressionen, alles.«

»Und wenn wir einen anderen Grund finden, warum du dort warst?«

»Keine Chance. Das hält keiner Untersuchung stand.«

»Aber noch hat Hartmann keine eindeutigen Beweise gefunden, oder?«

»Er hat nur einen Verdacht. Außerdem hatte ich eine Schirmmütze auf, sodass ich nicht so leicht wiederzuerkennen bin. Aber im Bahnhofsviertel gibt es viele Kameras. Er wird etwas entdecken.«

»Uns fällt schon was ein.« Caro zweifelte an ihren eigenen Worten, wollte Berger jedoch nicht weiter verunsichern.

Er zuckte mit den Schultern. »Aber nicht jetzt! Erst mal kümmern wir uns um unseren Fall.«

Caro holte tief Luft. »Ja, die Befragungen stehen an.« Ihre Romanze mit Berger würde warten müssen. Inzwischen war ihre Gefühlswelt vollkommen aus den Fugen geraten. Auf der einen Seite überwältigte sie die starke Sympathie, die sie für Berger empfand, auf der anderen Seite stand seine Beichte, die Depressionen, die Drogen und seine tote Verlobte, die er noch immer nicht losgelassen hatte. Immerhin verstand sie jetzt die Mauer, die er um seine Seele herum errichtet hatte. Sie wollte ihm unbedingt helfen. Doch dazu musste sie erst mal ihre eigenen Empfindungen sortieren.

Nachdenklich ging Caro in den Flur, um sich ihre Schuhe anzuziehen. Dabei fiel ihr Blick in Jennifers Zimmer. Und auf den Schulrucksack, der mitten im Raum stand.

Sie ist wieder nicht in der Schule!

Caro sah auf ihr Handy. Elf Uhr dreißig. Das Mädchen müsste jetzt im Unterricht sein. Warum war der Rucksack hier? Caro wählte Jennifers Nummer an. Sofort meldete sich die Sprachbox. Waren vielleicht ein paar Schulstunden ausgefallen? Hatte sie ihren Rucksack einfach nur vergessen?

Berger trat in den Flur. »Was ist los?«

»Meine Tochter scheint nicht in der Schule zu sein. Ich habe gerade massive Probleme mit ihr.«

»Ruf doch im Sekretariat an.«

»Wenn ich Pech habe, mache ich damit alles schlimmer.«

»Warum das?«

»Weil Jennifer bestimmt gesagt hat, dass sie krank ist. Wenn ich jetzt nachfrage, fliegt ihre Lüge auf.«

»Verstehe. Erreichst du sie nicht?« Berger zeigte auf das Handy.

»Nein, ihr Telefon ist ausgeschaltet oder der Akku leer.« Caro schüttelte den Kopf. »Es tut mir leid, aber ich muss das jetzt erst mal regeln, sonst werde ich wahnsinnig.«

»Kein Problem. Ich kann die Befragungen allein durchführen.«

»Danke, Berger. Ich muss sie suchen.«

»Ruf mich an, wenn du Hilfe brauchst.« Berger verabschiedete sich mit einem Kopfnicken und verließ die Wohnung.

Mit pochendem Herzen trat Caro in Jennifers Zimmer. Sie musste endlich herausfinden, was los war. Bisher hatte sie der Versuchung immer widerstanden, in den Sachen ihrer Tochter herumzuschnüffeln. Bis heute.

Zum Glück wusste Caro, wo das Mädchen ihre Geheimnisse aufbewahrte. Sie zog die Schublade unter der Schreibtischplatte heraus und griff in die entstandene

Lücke. Kurz darauf hielt sie einen schmalen Schuhkarton in der Hand.

Als sie den Deckel öffnete, beschleunigte sich ihr Puls rasant. Sie konnte nicht glauben, was sie sah.

46

Darling starrte auf den Monitor seines Dienstcomputers. Er hatte den Suchbegriff ›Gottesanbeterin Frankfurt‹ eingegeben und überflog die Ergebnisliste. Der dritte Eintrag weckte sein Interesse, und er klickte auf den entsprechenden Link. Eine Seite, fast komplett in Schwarz gehalten, mit dem Titel ›Im Bann der Gottesanbeterin‹ erschien. Im Hintergrund erkannte Darling das Schattenbild einer nackten Frau, die mit einem heuschreckenartigen Insekt verschmolz, die Flügel bedrohlich ausgebreitet. Eine Gottesanbeterin in Menschengestalt. Darunter stand nur eine einzige Zeile: ›Bist du bereit, dich der Göttin der Nacht hinzugeben?‹

Abgefahren, dachte Darling. Doch gleichzeitig übte das Bild eine eigenartige Faszination auf ihn aus. Der schlanke Frauenkörper mit den aufgeplusterten Flügeln wirkte erotisch und furchterregend zugleich, lockte ihn an und schreckte ihn ab. Mit dem Hintergrundwissen, dass die Gottesanbeterin das Männchen nach der Paarung auffraß, bekam auch die Frage eine bedrohliche Bedeutung.

Er klickte auf den Text, woraufhin sich ein leeres Feld öffnete. Keine Anweisung. Keine Abfrage. Nichts. Was hatte Cécile gesagt? Darling versuchte, sich an ihre genauen Worte zu erinnern. Sie hatte eine Kontaktanzeige erwähnt. Stellte das weiße Feld das Fenster in Saskia Metternichs Kosmos dar? Es war einen Versuch wert. Er tippte: ›Ja, ich möchte mich dir hingeben!‹. Dann schloss er die Eingabe mit seinen Initialen und seiner privaten E-

Mail-Adresse ab. Kurz darauf verschwand das Feld von selbst, und die Seite färbte sich komplett schwarz.

Darling schüttelte den Kopf. Was für eine merkwürdige Art, Kontakt zu suchen! Er schloss das Browserfenster und begann, nach Sophie Jansen, dem zweiten Opfer des Killers, zu recherchieren. In ihren sozialen Netzwerken fand er nicht den geringsten Hinweis auf eine Verbindung zur Silberbachkolonie oder zu Doktor Klinger. Sie hatte gerade ihr Studium beendet und absolvierte ein Praktikum in einer Bank. Offensichtlich war sie eine bildhübsche, beliebte Frau. Was hatte sie zur Zielscheibe für den Mörder gemacht? War sie lediglich zur falschen Zeit am falschen Ort gewesen? Oder gab doch einen Zusammenhang, den er übersehen hatte?

Nachdem er die Recherche ergebnislos abgeschlossen hatte, kontaktierte er einen Kollegen aus der Abteilung für Cybercrime, der ihm einen Zugriff auf die Aufzeichnungen der Frankfurter Verkehrskameras ermöglichte. In der folgenden Stunde suchte Darling die Bilder von drei infrage kommenden Kameras nach einem weißen Mercedes ab, bis seine Augen tränten. Er entdeckte tatsächlich einen Wagen des gesuchten Modells, allerdings weit im Hintergrund, sodass weder Fahrer noch Nummernschild zu erkennen waren. Er fluchte.

Als er sich die Videos erneut vornehmen wollte, klopfte es an der Bürotür. Kommissar Hartmann steckte den Kopf durch den Spalt.

Darling sah den Kollegen fragend an.

»Ich habe nur ein paar kurze Fragen zu gestern Abend«, brummte Hartmann, während er eintrat.

»Worum geht es denn?«

»Ein Dealer wurde im Bahnhofsviertel getötet. Genau zu der Zeit, als du und Berger dort ermittelt habt.«

»Ich glaube nicht, dass ich dir helfen kann«, erwiderte Darling. »Ich habe nichts gesehen.«

»Mich interessiert auch mehr, ob Berger die ganze Zeit bei dir war.«

Was war das denn für eine Frage? Stand Berger etwa unter Verdacht? Was sollte er dem Kommissar erzählen? Würde er Berger schaden, wenn er die Wahrheit sagte?

»Ja, sicher«, log er.

Hartmann sah ihn durchdringend an. »Mir ist zu Ohren gekommen, dass Berger gestern Abend telefonisch nicht erreichbar war. Jens hat es mehrfach vergeblich versucht.«

»Wir haben eine Zeugin befragt. In dem Gebäude war schlechter Empfang.«

»Aha. Das Problem ist nur, dass wir Berger zum gleichen Zeitpunkt auf einem Überwachungsvideo entdeckt haben. Von dir ist da keine Spur.«

Jetzt wurde es brenzlig. Darling riskierte seine Karriere, wenn er weiter log. Auf der anderen Seite konnte er Berger nicht verpfeifen. Er wusste ja nicht einmal, worum es ging.

»Das ist unmöglich. Vielleicht hat die Kamera mich nicht eingefangen. Oder du hast Berger verwechselt.«

»Dir ist hoffentlich klar, dass das unangenehm für dich ausgehen kann, wenn du mich belügst?«

»Ich weiß nicht, was du meinst.«

»Ich meine, dass du dich gerade richtig in die Scheiße reitest!«

Darling zuckte mit den Schultern.

»Wir sehen uns wieder.« Hartmann drehte sich ruckartig um, verließ das Büro und knallte die Tür hinter sich zu.

Er ließ einen nachdenklichen Darling zurück. Was war gestern Abend im Bahnhofsviertel passiert? Berger war etwa eine Dreiviertelstunde verschwunden. Und als er zurückkam, war er vollkommen außer Atem gewesen. Außerdem hatte er offensichtlich Schmerzen gehabt. Hatte er tatsächlich etwas mit dem Tod des Dealers zu tun? Was steckte dahinter? Darling würde seinen Partner zur Rede stellen müssen. Doch er war sich sicher, dass Berger kein Mörder war.

Sein Handy vibrierte. Das Display zeigte eine neue E-Mail an.

Heute Abend. 22 Uhr. Gothic Event im Hangar des Flugplatzes Eschborn.

Obwohl kein Absender erkennbar war, wusste Darling sofort, dass die Nachricht von Saskia Metternich alias Gottesanbeterin gekommen sein musste. Sie hatte angebissen. Oder war es eher andersherum: Hatte er angebissen?

47

Caro starrte in den Schuhkarton. Obenauf lag ein Foto, das ihre Tochter in einem knappen Jeansminirock und roten High Heels zeigte. Dazu trug sie ein bauchfreies Top, das ihre Brüste kaum bedeckte. Sie war geschminkt und hatte die Haare aufwendig frisiert. Das alles wäre kein Drama, würde sie nicht auf dem Schoß eines wesentlich älteren Mannes sitzen, der ihren Hals küsste und seine Hände unter ihren Rock schob.

Schockiert sah sich Caro die übrigen Fotos an, die offenbar alle am selben Tag aufgenommen worden waren. Bilder, die Jennifer zusammen mit dem Mann in eindeutigen Posen zeigten. Caro wurde schlecht.

Was zum Teufel machte das Mädchen da? Ging sie etwa anschaffen? Oder war das ihr Freund? Oh Gott! Der Kerl war bestimmt Mitte vierzig, wenn nicht noch älter. Und Jennifer war gerade sechzehn geworden. Caro warf den Schuhkarton auf die Schreibtischplatte und ballte die Fäuste. Sie schwor sich, den Scheißkerl an den Eiern aufzuhängen, sobald sie ihn erwischte.

»Jennifer!«, schrie sie durch die Wohnung, obwohl sie wusste, dass sie nicht dort war. »Was hat dich bloß geritten?«

Jetzt wurde Caro klar, warum das Mädchen ständig die Schule schwänzte. Nicht, um mit Gleichaltrigen abzuhängen, sondern um mit alten Kerlen herumzumachen. Vielleicht sogar gegen Geld.

Sie öffnete Jennifers Schränke, doch von kurzen Röcken oder High Heels fehlte jede Spur. Hatte der Teenager ein Geheimversteck, von dem Caro nichts wusste? Sie stellte das Zimmer auf den Kopf, fand aber keinen Hinweis. Wieder probierte sie, Jennifer anzurufen. Ohne Erfolg.

Warum hatte sie ihre Tochter nur mehrere Tage sich selbst überlassen? Eine Welle von Selbstvorwürfen überrollte Caro. Hatte sie das Mädchen zu sehr vernachlässigt? War die Scheidung schuld? War Caro so mit sich selbst beschäftigt gewesen, dass sie keinerlei Warnzeichen erkannt hatte? Was hatte sie falsch gemacht? Wozu hatte sie eigentlich eine psychologische Ausbildung?

Mit zitternden Händen wählte sie die Festnetznummer von Laura, Jennifers bester Freundin, an. Ihre Mutter meldete sich und begrüßte Caro freundlich. Sie hatten sich früher ab und zu auf Schulveranstaltungen unterhalten.

»Ich bin auf der Suche nach Jennifer«, sagte Caro. »Ist Laura zu Hause? Ich würde gerne mit ihr sprechen.«

»Tut mir leid. Sie ist noch in der Schule. Ist Jennifer denn verschwunden?«

»Ja.« Caro standen Tränen in den Augen.

»Ich glaube nicht, dass Laura weiß, wo Jennifer ist.«

»Warum denn nicht?«

»Die beiden haben schon seit Langem keinen Kontakt mehr.«

»Was?«, fragte Caro entgeistert. »Jennifer hat doch erst vorletztes Wochenende bei ihr übernachtet.«

»Also, das wüsste ich. Nein, sie war nicht hier.«

Oh Gott! Ich muss sie suchen!

»Danke«, sagte Caro wie in Trance und legte auf.

Nach und nach begriff sie, dass sie ihre Tochter vollständig aus den Augen verloren hatte. Das Mädchen führte ein Doppelleben, von dem sie nichts wusste.

Panik stieg in ihr auf. Was, wenn Jennifer wirklich auf

den Strich ging? Nahm sie gar Drogen? Wie hatte Caro das übersehen können? Sie musste sie finden. Sofort! Doch wo sollte sie suchen?

Caro durchkämmte erneut Jennifers Schuhkarton. Gab es einen Hinweis darauf, wo sich das Mädchen aufhielt? Die Bilder waren keine Hilfe. Caro konnte nicht erkennen, wo sie aufgenommen worden waren. Sie wühlte sich weiter durch den Krimskrams des Teenagers, bis sie auf einen Kassenbon stieß, der ihre Aufmerksamkeit erregte. Er stammte von der Bar eines teuren Wiesbadener Hotels, dem Nassauer Hof. Traf sie sich dort mit alten, gut betuchten Männern? Was für ein Albtraum!

Caro stürmte in den Flur und griff mit zitternden Händen nach dem Autoschlüssel, der auf dem Schuhschrank lag. Dann verließ sie fluchtartig die Wohnung.

48

Berger erklomm die Stufen des Frankfurter Altbaus, in dem Gabriela Zeitler wohnte. Sie war eines der Opfer, die vor knapp vier Monaten betäubt und überfallen worden waren. Er hatte kaum Hoffnung, neue Informationen zu erhalten, denn vermutlich fehlte der Frau noch immer jede Erinnerung an den Überfall.

Nachdem er die Wohnung im dritten Stock gefunden und geklingelt hatte, wurde die Tür einen Spalt geöffnet, und ein verunsichertes Augenpaar erschien. Berger zeigte seinen Ausweis und stellte sich vor. Daraufhin ertönte das Rasseln einer Türkette. Eine schlanke Frau, Anfang zwanzig, mit wasserstoffblonden Haaren, die ihr bis zur Hüfte reichten, öffnete die Tür.

»Wie oft wollen Sie mich denn heute noch befragen?«, erkundigte sie sich mit brüchiger Stimme.

»Was wollen Sie damit sagen?«, fragte Berger erstaunt. »War noch jemand bei Ihnen?«

Sie gab ihm mit einem Kopfnicken zu verstehen, dass er hereinkommen sollte. »Gestern Abend war so ein Zeitungsspinner hier. Und heute Vormittag rief eine Frau von der Polizei an.«

Berger riss die Augen auf. »Tatsächlich? Haben Sie sich den Namen der Polizistin gemerkt?«

Sie dachte kurz nach. »Nein. Sie hat sofort angefangen, Fragen zu stellen.«

Merkwürdig! Handelte es sich um eine Kollegin aus dem Frankfurter Polizeirevier? Aber das machte wenig Sinn, denn den aktuellen Mord bearbeitete das LKA.

Gabriela Zeitler führte den Kommissar in ein kleines Wohnzimmer und bot ihm einen Platz am Esstisch an.

»Was wollte die Kollegin denn wissen?«, hakte Berger nach.

»Sie hat gefragt, ob ich mich an den Täter erinnern könne. Als ich das verneint habe, ist sie weiter darauf herumgeritten. Sie war richtig penetrant. Und jetzt kommen auch noch Sie.«

Berger kratzte sich am Kopf »Hmm.«

»Habe ich etwas falsch gemacht?«, fragte die Frau verunsichert.

»Nein. Keine Sorge, aber lassen Sie sich zukünftig immer den Namen und die Dienststelle nennen.«

Sie nickte.

»Auch auf die Gefahr hin, dass ich Sie nerve: Können Sie mir nochmals schildern, was damals passiert ist?«

»Ich fürchte, ich bin keine große Hilfe.«

»Versuchen Sie es bitte trotzdem.«

»Von mir aus. Ich war mit ein paar Freundinnen im ›Tropical Nights‹ unterwegs, einer Bar im Ostend. Wir haben ordentlich gebechert, und irgendwann wurde mir plötzlich schwindelig. Ich bin nach draußen gegangen, um frische Luft zu schnappen. Ab dem Zeitpunkt weiß ich nichts mehr. Alles wurde schwarz.« Sie schluckte. »Ich bin dann mit furchtbaren Schmerzen aufgewacht. Vollkommen orientierungslos. Als ich weiter zu mir gekommen bin, habe ich bemerkt, dass ich nackt war und in meiner eigenen Blutlache gelegen habe. Dann habe ich gesehen, dass mein Bauch aufgeschnitten war.«

»Wo sind Sie aufgewacht?«

»In einer Tiefgarage. Mir war entsetzlich kalt, und ich hatte Angst zu sterben.«

Berger wusste aus der Fallakte, dass sie vergewaltigt worden war. Er unterließ es, danach zu fragen.

»Wie geht es Ihrem Bauch jetzt?«

»Der Schnitt war zum Glück nicht sonderlich tief. Von der blöden Narbe abgesehen, ist alles wieder okay. Aber ich traue mich seitdem abends nicht mehr aus dem Haus.«

Berger nickte. »Soweit ich weiß, wurden sie mit K.-o.-Tropfen außer Gefecht gesetzt. Können Sie sich daran erinnern, wer Ihnen den letzten Drink gegeben hat?«

»Die Frage haben mir schon so viele Leute gestellt. Aber ich weiß es einfach nicht.«

»Haben Sie vielleicht an jenem Abend einen großen, blonden Mann mit einem rötlichen Gesicht gesehen?«

Sie zuckte mit den Schultern. »Keine Ahnung. Ich war mit meinen Freundinnen beschäftigt. Und wenn ich Männern hinterherschaue, dann eher südländischen Typen. Na ja, damals jedenfalls. Jetzt habe ich nur noch Angst.«

»Das tut mir leid«, sagte Berger mitfühlend. Er ließ ihr einen Moment Zeit. »Ist Ihnen ein weißer Mercedes aufgefallen?«

Sie überlegte, dann weiteten sich ihre Augen. »Ja, so ein alter Mercedes. Er hätte mich beinahe umgefahren, kurz bevor wir die Bar betreten haben.«

»Haben Sie den Fahrer erkannt?«

Sie schüttelte den Kopf. »Ich habe geflucht und ihn beschimpft, dann sind wir weitergezogen. War das etwa der Täter?«

»Möglicherweise.«

Sie blickte ihn flehend an. »Bitte versprechen Sie mir, dass Sie den Kerl finden! Er hat mein Leben ruiniert.« Ihre Augen füllten sich mit Tränen. »Ich weiß nicht, ob ich jemals wieder einem Mann vertrauen kann.«

»Werden Sie psychologisch betreut?«, fragte Berger.

»Ja, aber das bringt alles nichts.«

Berger wusste, wovon sie sprach. Auch er hatte nach dem Tod seiner Verlobten viele Gespräche mit dem Polizeipsychologen geführt, sie jedoch frustriert beendet. Nur die Zeit konnte die Wunden heilen. Und vielleicht ein paar Ghostbusters.

»Sie kommen darüber hinweg.« Berger verabschiedete sich und verließ die Wohnung der jungen Frau. Er war sich nicht sicher, ob sie es wirklich schaffen würde. Die Angst würde sie ihr ganzes Leben begleiten.

Das Gespräch hatte Berger runtergezogen. Vor einer Stunde noch, nach seinem befreienden Gespräch mit Caro, hatte er sich gut gefühlt. Doch jetzt spürte er, wie seine Dämonen über ihm kreisten.

Mit jeder Treppenstufe, die er hinabstieg, schien sich seine Stimmung weiter zu verdunkeln. Er wusste, dass er dringend eine Tablette benötigte. Sehr dringend sogar. Aber die Dose war leer.

Er trat auf die Straße und blickte in die dunklen Wolken, die sein Gemüt weiter eintrübten. Eine zentnerschwere Last schien auf seinem Brustkorb zu liegen. Die Probleme der laufenden Ermittlung und der folgenschwere Tod des Dealers setzten ihm zu. Aber da war noch etwas. Gefühle, die er nicht zulassen wollte. Gefühle, die das Kartenhaus seiner Psyche weiter erschütterten. Gefühle für Caro. Der innere Konflikt zwischen einer längst beerdigten Liebe und plötzlich neu aufkeimenden Gefühlen nagte an ihm. Wie sollte er diesen Kampf führen? Ganz ohne Pillen ...

Das zweite Opfer der damaligen Angriffe wohnte nur ein paar Straßen weiter. Da Parkplätze in dem Viertel rar waren, beschloss Berger, den Weg zu Fuß zu laufen. Als er losmarschierte, hörte er einen Wagen starten. Es konnte ein Zufall sein, aber seine Aufmerksamkeit war geschärft. Er blickte in eine Schaufensterscheibe, um unauffällig die Spiegelung der Umgebung zu beobachten. Ein schwarzer Audi stand in zweiter Reihe und schien mit laufendem Motor zu warten. Der Fahrer war nicht erkennbar.

Berger nahm die nächste Seitenstraße und beschleunigte seinen Schritt. Als er ein Stück gelaufen war, bemerkte er, dass der Wagen ebenfalls abbog. Jetzt war er sich sicher, dass er verfolgt wurde. Schnell tastete er nach seinem Handy und schaltete es aus, weil er befürchtete, dass das Gerät überwacht wurde. Anschließend stellte er sich in einen Hauseingang und wartete. Der Audi fuhr langsam die Straße entlang, dann an ihm vorbei.

Berger runzelte die Stirn. Wer war hinter ihm her? Im besten Fall waren es Hartmanns Leute, die ihn beschatteten. Im wesentlich schlechteren Fall handelte es sich um die kroatische Mafia.

49

Das Luxushotel Nassauer Hof lag inmitten der Wiesbadener Innenstadt gegenüber dem Kurpark. Die Umgebung war geprägt von teuren Designergeschäften und exquisiten Restaurants. Caro parkte ihren Wagen im Halteverbot und stieg aus. Sie war vollkommen durcheinander. Was machte sie hier eigentlich? Ihre Tochter müsste in der Schule sitzen und sie selbst zusammen mit Berger Zeugen befragen. Stattdessen suchte sie Jennifer in einem sündhaft teuren Hotel, das sie sich von ihrem Taschengeld niemals leisten konnte. Caro verspürte einen dicken Brocken im Hals. Welche Abgründe würden sich heute noch vor ihr auftun? Wie würde sie reagieren, wenn sie dem Mädchen begegnete?

Bilder von Jennifer flogen durch Caros Kopf. Als sie noch ein kleines Mädchen war, vielleicht vier Jahre alt. Sie wollte partout nicht die Hand ihrer Mutter loslassen, egal ob beim Einkaufen, Schwimmen oder Eisessen. Caro hatte sie liebevoll Klettchen genannt und gleichzeitig ihre Nähe genossen. Die Erinnerungen an dieses intensive Gefühl, gebraucht und geliebt zu werden, überfielen sie mit aller Macht.

Tränen schossen ihr in die Augen. Auch wenn Jennifer es nicht wahrhaben wollte. Sie brauchte ihre Mutter mehr denn je. Caro würde für sie da sein. Komme, was wolle.

Ein Page begrüßte Caro mit einem Kopfnicken, als sie das Hotel betrat. Sie ließ den Blick durch die edle Lobby schweifen. Mehrere Personen, offenbar Geschäftsleute, standen zusammen und unterhielten sich. Von Jennifer fehlte jede Spur.

Caro holte ihr Smartphone aus der Tasche und öffnete ein Foto ihrer Tochter. Dann ging sie zur Rezeption hinüber und wandte sich an eine junge Dame.

»Ich suche meine Tochter. Haben Sie das Mädchen hier gesehen?« Caro zeigte der Frau den Handybildschirm.

Die Rezeptionistin blickte sie misstrauisch an. Dann sah sie kurz auf das Foto, sagte aber nichts.

»Bitte«, flehte Caro. »Sie ist minderjährig und sollte jetzt in der Schule sein.« Wieder wurden ihre Augen feucht.

»Ich darf eigentlich keine Auskünfte über unsere Gäste erteilen.« Die Frau seufzte. »Aber sehen Sie doch mal in der Bar nach.« Die Hotelangestellte zeigte nach rechts.

»Danke.«

Caro durchquerte mit zunehmender Verzweiflung die Hotelhalle und betrat die angrenzende Lobbybar. Sofort erblickte sie Jennifer, die auf einem Barhocker an der Theke saß. Sie trug einen kurzen Ledermimirock, Pumps mit hohen Absätzen und ein knappes Oberteil.

Oh Gott! Sie geht anschaffen!

Wartete sie hier etwa auf Freier? Auf notgeile alte Männer, die auf Minderjährige standen und sie mit auf ihr teures Hotelzimmer nahmen, um was der Teufel mit ihr zu machen?

Caro schluckte schwer, dann ging sie zu Jennifer hinüber, die ihre Mutter bisher nicht bemerkt hatte. Erst als Caro kurz vor ihr stand, drehte sie sich um. Ihre Augen weiteten sich vor Schreck.

»Mama! Was machst du denn hier?«

Caro baute sich vor ihrer Tochter auf. »Die Frage lautet wohl eher, was du hier machst?« Ihre eigene Stimme klang verzweifelt.

Jennifer begann unsicher zu stottern. »Ich, äh, ich bin ... äh ...«

»Gehst du etwa anschaffen?«

»Nein!«, rief das Mädchen empört und verzog das Gesicht. »Wie kommst du denn darauf?«

Caro kämpfte gegen die Tränen. »Hast du dich schon mal im Spiegel angesehen?«

»Ich ... nein!«

»Was machst du dann hier? Du solltest in der Schule sein.«

»Ich warte.«

»Du wartest? Auf wen denn?« Der Mann auf dem Foto schwirrte durch Caros Kopf.

Jennifer wurde rot und rutschte nervös auf dem Barhocker umher.

»Auf wen?«, fragte Caro noch mal.

»Auf meinen ... Freund.«

»Aha. Wer ist dieser Freund? Und was macht er in einem so teuren Hotel?«

»Ich, äh, ich möchte nicht darüber sprechen. Ich finde, es geht dich nichts an.« Nach und nach schien Jennifer ihren Schock zu überwinden.

»Es geht mich sehr wohl etwas an. Vor allem, wenn es jemand ist, der wesentlich älter ist als du.«

»Woher weißt du das?«

»Ich habe Fotos in deinem Zimmer gefunden.«

»Du schnüffelst mir hinterher?«, rief Jennifer entrüstet.

»Ja, das mache ich. Und ich habe auch allen Grund dazu. Wer ist der Mann?«

»Er heißt Michael. Bist du jetzt zufrieden?«

»Nein, bin ich nicht«, sagte Caro aufgebracht. »Wie alt ist er?«

»Was spielt das für eine Rolle?«

»Ein ganz gewaltige. Du bist minderjährig.«

»Er ist dreiundvierzig.«

Obwohl Caro sein Alter schon geschätzt hatte, war sie schockiert. »Dreiundvierzig? Er ist älter als ich.«

»Ja und? Ich liebe ihn, Mama.«

Caro schüttelte verzweifelt den Kopf. »Und warum trefft ihr euch in diesem Hotel?«

»Michael kommt aus München, er arbeitet in Wiesbaden und übernachtet hier.«

»Und vermutlich ist er verheiratet?«

Jennifer sah weg.

»Ich habe also recht?«, hakte Caro nach.

»Ja.«

Oh mein Gott. Das wird ja immer abgefahrener.

»Und wo hast du die Klamotten her?«

»Die hat mir Michael gekauft. Er steht auf kurze Röcke. Ich will ihn glücklich machen, so wie er mich glücklich macht.«

»Er ist dreimal so alt wie du!«

»Liebe kennt kein Alter. Ich fühle mich wirklich wohl in seiner Nähe. Ich kann mich einfach in seinen Armen fallenlassen. Bitte, mach mir das nicht kaputt!«

Langsam begann Caro zu verstehen. Jennifer sehnte sich verzweifelt nach Aufmerksamkeit, die sie offenbar von Gleichaltrigen nicht erhielt. Auch Georg und sie selbst hatten dem Mädchen während der schwierigen Scheidungsphase zu wenig Beachtung geschenkt. Offensichtlich hatte sie tiefe Narben davongetragen, die ihre Persönlichkeitsentwicklung beeinflusst haben. Dieser Michael nutzte Jennifers emotionale Verletzlichkeit schamlos aus, indem er ihr das gab, wonach sie sich sehnte. Aber ernste Absichten hatte er sicher nicht. Und sobald er sie abservieren würde, wäre ihr Absturz umso schmerzvoller. Caro machte sich große Sorgen. Sie war sich darüber bewusst, dass sie jetzt mit Härte nichts erreichen konnte. Sie würde nur Porzellan zerschlagen. Stattdessen waren viele aufklärende Gespräche mit Jennifer erforderlich.

»Ich will dir nichts kaputtmachen, Jennifer. Aber wir müssen uns in Ruhe darüber unterhalten. Ich weiß, wie du dich fühlst. Niemand hat Zeit für dich, niemand hört dir zu.«

»Einen Scheiß weißt du!«, rief das Mädchen erbost. »Hör bloß auf mit deinem Therapeutengelaber. Ich habe keinen Bock, mir den Psychoscheiß anzuhören!«

Caro zuckte zusammen. Jennifers Ausbruch fühlte sich wie ein Schlag ins Gesicht an. »Ich wollte dich nicht überfallen. Vielleicht ist es das Beste, wenn wir …«

Caros Handy klingelte. Sie blickte verstohlen auf das Display und erkannte eine Festnetznummer mit einer Vorwahl aus dem Taunus.

Klinger?

»Ich muss kurz rangehen«, sagte sie zu Jennifer.

Das Mädchen verdrehte die Augen. »Ja, klar.«

Caro nahm das Gespräch an. Am anderen Ende der Leitung meldete sich eine weinerliche Frauenstimme.

»Bitte helfen Sie mir. Ich bin … ich bin …«

»Wer spricht denn da?« Caro hatte die Stimme nicht sofort erkannt.

»Patrizia. Ich bin im Haus von Kai Wiesenberg.«

Caro riss die Augen auf. »Was machen Sie denn da?«

»Ich … ich habe das Tagebuch gefunden.«

»Verschwinden Sie sofort aus dem Haus! Sie sind in großer Gefahr!«, schrie Caro ins Telefon.

»Das geht nicht. Er ... er ist schon hier. Er bringt mich um!« Verzweiflung schwang in ihrer Stimme mit.

»Warten Sie!«, rief Caro, doch die Leitung war tot. »So ein ...!«, begann sie zu fluchen, riss sich dann aber zusammen.

Sie wandte sich an Jennifer. »Ich muss los. Ich bringe dich jetzt nach Hause und bitte Katharina, auf dich aufzupassen. Wir werden heute Abend über alles sprechen.«

»Ich brauche keinen Babysitter! Außerdem bin ich mit Michael verabredet. Er wird gleich hier sein.«

»Das ist mir egal. Du sagst dein Date ab! Oder willst du, dass ich ihn anzeige?«

»Ich wusste es! Du machst mir doch alles kaputt! Was bist du nur für eine Mutter!? Nie hast du Zeit für mich, und dann habe ich endlich etwas Glück gefunden, und sofort willst du es zerstören. Du kannst mich echt mal!«

Ihre Worte trafen Caro mitten ins Herz. Natürlich wollte sie Jennifer nicht wehtun, aber mit Sicherheit würde Michael das früher oder später übernehmen.

»Ich möchte dir gar nichts zerstören, und ich werde dir auch nicht verbieten, mit ihm auszugehen. Aber wir werden uns erst darüber unterhalten.«

Jennifer verzog das Gesicht. »Ich will mich nicht von dir in Ketten legen lassen.«

»Darum geht es nicht! Ich sorge mich um dich und werde alles dafür tun, dass du nicht auf der Straße landest.«

»So ein Quatsch! Wir können jetzt reden, damit ich Michael gleich treffen kann.«

»Du hast doch mitbekommen, dass ich los muss. Wir sprechen heute Abend. Und ich möchte, dass du mit nach Hause kommst.«

Jennifer stampfte mit dem Fuß auf. »Du bist echt eine Bitch!«

»Beschimpf mich ruhig. Aber du kommst mit!«

Das Mädchen schien mit sich zu ringen. »Von mir aus!« Sie nahm ihr Handy und schrieb eine Nachricht. Dann lief sie ihrer Mutter missmutig zum Ausgang hinterher.

Während der Fahrt nach Hause versuchte Caro mehrfach, Berger zu erreichen, landete jedoch stets auf seiner Sprachbox. Zweimal hinterließ sie eine Nachricht. Warum war sein Handy ausgeschaltet?

Schweren Herzens setzte Caro ihre Tochter vor der Wohnung ab, dann fuhr sie in Richtung Taunus.

50

Die Befragung des zweiten Angriffsopfers hatte Berger keine neuen Erkenntnisse gebracht. Die Frau war ebenfalls betäubt worden, konnte sich aber weder an Personen noch an einen weißen Mercedes erinnern. Auch sie war vergewaltigt worden und nackt mit aufgeritztem Bauch in einer Tiefgarage aufgewacht.

Als Berger die Wohnung der Zeugin verließ, hielt er zunächst Ausschau nach möglichen Verfolgern, aber er konnte nichts Ungewöhnliches erkennen. Niemand schien sich für ihn zu interessieren.

Seine Stimmung war weiter gesunken. Der Schwarz-Weiß-Film, auf dem Sarah in seinen Armen starb, lief in einer Endlosschleife in seinem Kopf ab. Die Welt war nicht mehr dieselbe wie noch am Vormittag. Alles war dunkler geworden. Schwerer. Anstrengender. Berger wusste, dass er seine Medikamente benötigte. Vielleicht war es doch angebracht, einen Psychologen aufzusuchen. Kurzfristig würde ihm ein Arztbesuch jedoch nicht helfen, denn erstens war es unmöglich, auf die Schnelle einen Termin zu erhalten, und zweitens war es fraglich, dass ihm der Arzt sofort Medikamente verschreiben würde. Dazu kam die Gefahr, dass seine Dienststelle davon Wind bekommen könnte, ärztliche Schweigepflicht hin oder her. Irgendetwas sickerte immer durch.

Berger musste entweder auf andere Weise an seine Pillen kommen oder den Depressionsschub ohne Hilfsmittel überstehen. Keine der beiden Alternativen erschien vielversprechend.

Er lief durch einen grauen Tunnel zurück zu seinem Wagen und fuhr los. Ohne Ziel kurvte er mit geöffneten Fenstern durch die Straßen Frankfurts und versuchte, einen klaren Kopf zu bekommen. Doch es gelang ihm nicht.

Er dachte an Sarah. Dann an Hartmann und an sein blödes Grinsen. Der verhasste LKA-Kollege hatte ihn im Visier. Und sobald er die Videoaufzeichnungen der Umgebung auswertete, würde er ihn früher oder später entdecken. Dann bliebe es nicht bei oberflächlichen Anschuldigungen.

Er musste etwas unternehmen, zum Beispiel Hartmann den wahren Täter ans Messer liefern. Doch bisher wusste er lediglich, dass der Kerl Damil hieß. Außerdem würde es verdammt viele Fragen aufwerfen, wenn er plötzlich mit den Informationen um die Ecke käme. Nein, er musste über Bande spielen und einen Informanten instrumentalisieren. Santos, der Portugiese, kam ihm in den Sinn.

Eine halbe Stunde später betrat Berger eine heruntergekommene Kneipe im Frankfurter Bahnhofsviertel. Der Gastraum war leer. Hinter der Theke stand ein stämmiger Mann in einem Muskelshirt, dessen Arme unzählige Tattoos schmückten. Die Haare, die ihm auf dem Kopf fehlten, hingen stattdessen in Form eines langen Bartes an seinem Kinn. Als er Berger erkannte, verfinsterte sich sein Gesicht.

»*Filho da puta!* Berger. Du hast Nerven, dich hier blicken zu lassen.«

»Sieht nicht so aus, als hättest du viel zu tun.«

»Das heißt noch lange nicht, dass ich Zeit für dich habe, Bulle!«

Berger kannte Santos – und seine ruppige Art – schon seit Ewigkeiten. Als er vor Jahren für die Frankfurter Polizeidienststelle tätig war, hatte er den Portugiesen als Informanten angeworben. Der Deal war – um es freundlich auszudrücken – grenzwertig gewesen. Santos hatte ihm Informationen aus dem Milieu beschafft. Dafür hatte Berger bei Santos' krummen Geschäften gleich mehrere Augen zugedrückt und ihn das eine oder andere Mal vor dem Knast bewahrt. Seit er zum LKA gewechselt war, hatte er den Portugiesen nicht wiedergesehen.

»Ich brauche deine Hilfe«, sagte Berger.

»Du siehst kacke aus, Mann!« Santos holte zwei Gläser, stellte sie auf die Theke und goss beide randvoll mit Whisky. »Ich rede erst mit dir, wenn dein Glas leer ist.«

Berger stieß mit ihm an und kippte den Single Malt mit einem Zug herunter. Unter anderen Umständen hätte er das bernsteinfarbene Getränk genossen, doch heute sehnte er sich lediglich nach dem Alkohol.

Santos blickte ihn mit hochgezogenen Brauen an. »Fuck! Du bist wirklich am Arsch.« Er trank sein Glas ebenfalls aus.

»Was weißt du von den Kroaten, die hier Drogen verkaufen?«, fragte Berger.

»Dass es besser ist, sich nicht mit ihnen anzulegen.«

»Sind da neue Leute am Zug?«

Santos nickte. »Sie mischen alles auf. Es herrscht Krieg auf der Straße. Kroaten, Russen, Serben, Italiener. Jeder gegen jeden. Aber die kroatische Mafia hat momentan die Nase vorn. Die sind verdammt brutal. Wer nicht mitzieht, wird sofort umgelegt.«

»Kennst du einen Damil?«

»Schon möglich.«

»Wo finde ich den Kerl?«

»Lass die Finger von dem! Mit einem Loch im Kopf siehst du noch beschissener aus.«

»Er hat gestern einen Dealer erschossen«, sagte Berger.

Santos nickte. »Davon habe ich gehört. Und das soll Damil gewesen sein?«

»Ja. Ich brauche deine Hilfe. Du arbeitest doch noch mit der Polizeidienststelle zusammen, oder? Kannst du deinem Kontakt stecken, dass Damil den Mord begangen hat?«

»Warum machst du das nicht selbst?«

»Das geht nicht.«

Santos legte die Stirn in Falten. »Was ist das für ein Spiel, Berger?«

»Ein Spiel, für das ich dich brauche.«

»Ich kann dir nicht helfen. Das Eisen ist zu heiß. Damil ist echt eine große Nummer auf der Straße.«

»Du bist Informant und bleibst im Hintergrund. Wie immer.«

»Vergiss es!«

Berger nickte. Sein Plan, Santos zu instrumentalisieren, war gescheitert. »Sag mir wenigstens, wo ich ihn finde.«

Der Portugiese schüttelte den Kopf.

Berger stand auf und legte einen Zehn-Euro-Schein auf die Theke. »Danke für den Whiskey.« Dann verließ er die Kneipe.

Noch immer zogen dunkle Wolken über ihn hinweg. Die Dämonen setzten zum nächsten Angriff an, nicht zuletzt, weil nur drei Straßen weiter sein Leben zusammengebrochen war. Im Restaurant Trattoria Romana, wo Sarah in seinen Armen gestorben war. Der unheilvolle Ort rief immer lauter nach ihm. Die Geister lockten ihn an.

Berger vergrub die Hände in den Taschen und ging los. An der nächsten Kreuzung bog er in die Straße ab, die zur Trattoria Romana führte. Er wusste, dass es eine verdammt schlechte Idee war, doch er konnte seinem inneren Zwang nicht widerstehen. Inzwischen lastete ein tonnenschweres Gewicht auf seinem Brustkorb. Mit jedem Schritt, den er seiner persönlichen Hölle näher kam, desto weniger nahm er seine Umgebung wahr. Die Häuser verschwanden, die Menschen verschwanden. Alles schien von einem gewaltigen schwarzen Loch aufgefressen zu werden. Übrig blieb eine klebrige Masse, die sich über seinen Kopf legte und seinen Hals immer weiter zudrückte.

51

Die Wolken hingen so tief über dem Taunus, dass der Wald in zähem Nebel versank und kaum Tageslicht durch die Baumkronen drang. Es regnete. Caro zog sich den Jackenkragen weit ins Gesicht. Sie hatte den Wagen ein ganzes Stück außerhalb der Kolonie geparkt, damit niemand auf sie aufmerksam wurde.

Jetzt lief sie auf einem schmalen Pfad durch den Wald. Überall raschelte es. Der intensive Geruch von feuchtem Laub stieg ihr in die Nase. Alle paar Meter hielt sie inne, um zu horchen, ob sich jemand näherte. Auf keinen Fall wollte sie einem der Patienten oder gar den Klingers begegnen.

Sie hatte ein flaues Gefühl im Magen. Auf der Fahrt hatte sie mehrfach versucht, Berger und Darling zu erreichen. Ohne Erfolg. In ihrer Verzweiflung hatte sie sogar Jens Schröder angewählt, obwohl sie wusste, dass der Abteilungsleiter sie sofort zurückpfeifen würde. Doch auch er hatte den Hörer nicht abgenommen.

War es richtig gewesen, trotzdem herzukommen? Natürlich war es das. Patrizia schwebte in Gefahr. Wenn es sich bei Wiesenberg um den Täter handelte – wovon Caro inzwischen fest ausging – dann würde er über die Frau herfallen, sobald er sie in seiner Hütte erwischte. Und die Wahrscheinlichkeit dafür war groß.

Ihre Gedanken schweiften wieder zu Berger ab, dann zu Jennifer. Beide brauchten ihre Hilfe. Und anstatt ihnen beizustehen, irrte sie jetzt hier durch den Wald. Es war einfach nicht fair, dass alle Probleme gleichzeitig auf sie herabprasselten.

Sie kämpfte sich weiter durch den Nebel, bis sie das Rauschen des Baches vernahm. Kurz darauf tauchten die Umrisse der Wassermühle auf. Caro ging an dem gespenstischen Bauwerk vorbei und erreichte den See. Von dort steuerte sie Wiesenbergs Waldhaus an.

Mit jedem Schritt sank ihr Mut. Wie würde sie reagieren, wenn der mutmaßliche Mörder plötzlich vor ihr auftauchte? Was, wenn er seine Fantasien, die er auf seinen Kritzeleien zum Ausdruck gebracht hatte, an ihrem Bauch auslebte? Caro hatte das Gefühl, dass es um sie herum immer kälter wurde, je näher sie der Hütte kam. Natürlich war das Einbildung. Aber Fakt war, dass ihre Angst wuchs.

Als Caro durch die Torpfosten auf das verwilderte Grundstück trat, drang das seltsame Läuten des Glasglockenspiels an ihre Ohren. *Die Melodie des Todes*, schoss es ihr durch den Kopf. Vielleicht wollte er seine Opfer anlocken.

Schritt für Schritt ging sie weiter, bis die Hütte aus dem Nebel auftauchte. Wo steckte Patrizia? Befand sie sich im Haus? Oder war sie inzwischen entkommen?

Caro sah sich um. Der weiße Mercedes stand auf dem Hof. Hatte Wiesenberg ihn tatsächlich benutzt, um nach Frankfurt zu fahren? Sie würden es hoffentlich bald beweisen können, wenn Darling den Wagen auf einer Verkehrskamera entdeckte. Spätestens dann würde Klinger seinen Patienten nicht mehr schützen können.

Caro schlich die Hauswand entlang und spähte vorsichtig durch eine Ritze zwischen den klappernden Fensterläden. In Wiesenbergs Wohnzimmer war es dunkel. Sie sah lediglich die Umrisse der Möbel. Angestrengt versuchte sie, mehr zu erkennen. Ohne Erfolg.

Plötzlich kam es ihr vor, als hätte sie eine Bewegung bemerkt. Oder hatte sie sich das nur eingebildet?

Sie wich ein paar Schritte zurück, dann umrundete sie mit klopfendem Herzen das Gebäude. Auf der Rückseite gab es einen verrotteten Dachüberstand, unter dem Feuerholz und jede Menge Unrat lagerten. Dahinter schloss sich ein Schuppen an, dessen Tor halb geöffnet war. Caro kämpfte sich durch die Müllberge, bis sie die Tür des Bretterverschlages erreichte.

Entsetzt starrte sie in das Zwielicht. Mitten im Raum stand ein Holzblock, in dem eine Axt steckte. An einer Wand dahinter hingen zahlreiche Messer, Beile und Eisenhaken. Überall war Blut: auf dem Baumstamm, auf dem Boden, sogar an den Holzwänden. Es sah aus wie in einem Schlachthaus. Der bestialische Verwesungsgestank raubte Caro den Atem. Ihr

wurde schlecht. Sie malte sich aus, wie Wiesenberg die hilflose Patrizia gefoltert und zerstückelt hatte. Mit rasendem Puls betrat sie den Schuppen. Würde sie auf die Leiche der Frau stoßen?

Sie sah sich voller Angst um, konnte aber keine Körperteile entdecken. Auf der rechten Seite gab es eine Treppe nach unten. Caro schaltete ihre Handytaschenlampe an und leuchtete in die Tiefe. Anscheinend führten die Stufen in den Keller des Hauses. Ihr Atem ging stoßweise. Sollte sie nachsehen? Die warnenden Stimmen brüllten sie förmlich an.

Verschwinde aus dem Schuppen! Sofort!

Wieder dachte sie an Patrizia. Was, wenn die Frau noch lebte? Sie durfte sie nicht im Stich lassen.

Caro stieg die Stufen hinab. Der Boden schien bei jedem Schritt zu wackeln.

Endlich erreichte sie den Fuß der Treppe und drückte

eine Holztür auf. Sie leuchtete in den Kellerraum hinein. Mehrere rostige Fässer standen dort herum.

Plötzlich vernahm sie Schritte über sich. Hatte Wiesenberg sie gehört? Sie blieb wie angewurzelt stehen und hielt die Luft an.

Eine Tür klappte. Dann hörte sie ein Geräusch aus dem Nebenraum. Caro wich zurück, prallte gegen den Türrahmen.

Die gegenüberliegende Tür öffnete sich. Caro spannte sämtliche Muskeln an. Bis sie erkannte, dass eine Frau in einer geblümten Bluse auf sie zu gerannt kam. Patrizia!

»Schnell, raus hier!«, zischte sie panisch. »Er ist hinter mir her.«

Endlich erwachte Caro aus ihrer Starre und drehte sich um. Sie lief die Treppe hinauf, gefolgt von der schnaufenden Patrizia. Beide Frauen hetzten durch den Schuppen, dann hinter das Haus.

»Wohin jetzt?«, rief Caro.

»In den Wald!«

Sie brachen durch die Büsche und rannten zwischen den Bäumen hindurch. Es regnete noch immer. Der Boden war matschig. Caro blickte sich um. Patrizia war dicht hinter ihr. Sie erreichten das windschiefe Tor.

»Wir müssen zurück auf den Hof!«, japste Patrizia. »Wiesenberg ist hinter uns her.«

»Dann laufen Sie schneller«, rief Caro.

Sie nahmen den Weg zur Kapelle. Würden sie es schaffen, das Gutshaus rechtzeitig zu erreichen? Wiesenberg kannte den Wald besser als sie. Und er war vermutlich schneller.

Regen schlug Caro ins Gesicht. Sie sah wieder über ihre Schulter. Der Weg war leer.

Die Frauen rannten weiter. Vorbei an der Kapelle, dann an der Wassermühle. Als sie sich dem Hof näherten, war Patrizia derart außer Atem, dass sie nicht mehr weiterlaufen konnte.

»Warten Sie!«, japste die Frau. »Ich breche gleich zusammen.«

Caro hielt an und spähte angestrengt durch die Bäume. »Wiesenberg scheint nicht hinter uns zu sein.«

»Darauf würde ich nicht wetten«, erwiderte Patrizia.

»Was hat Sie bloß geritten, bei ihm einzubrechen?«, fragte Caro.

»Ich weiß, es war ein Fehler. Aber ich wollte das Tagebuch suchen. Zoé hat mir erzählt, wo sie es versteckt hat.«

»Sie hat sich erinnert?«

»Ja, sie hat es unter Wiesenbergs Bett gelegt.«

»Wo ist das Buch jetzt?«, fragte Caro.

»Hier.« Patrizia zog ein Notizbuch mit einem braunen, abgewetzten Lederband unter ihrer Bluse hervor. Offenbar hatte sie es in ihren Gürtel gesteckt.

»Können wir uns auf dem Hof irgendwo verstecken?«, fragte Caro. »Ich möchte mir das Tagebuch ansehen.«

»Ihre Hütte steht noch leer.«

Caro nickte. »Gute Idee.« Sie gingen weiter, bis der Gutshof aus dem Nebel auftauchte. Um nicht entdeckt zu werden, machten sie einen Bogen um das Haupthaus und erreichten wenig später Caros ehemalige Behausung.

Erschöpft und durchnässt fielen sie auf die Stühle. Patrizia legte das Tagebuch vor sich auf den Tisch.

»Wo ist Ihr Partner?«, fragte sie, noch immer außer Atem.

Caro dachte an Berger. An die unbeantworteten Anrufe und Sprachnachrichten. Warum hatte er nicht zurückgerufen? Steckte er gerade in größeren Schwierigkeiten? Die Depressionen. Der Tod des Dealers. Hartmanns Hetzjagd ...

»Ich habe ihn nicht erreicht«, antwortete Caro nachdenklich.

Patrizia zitterte. »Wiesenberg wird uns umbringen, genau wie Nicole.«

»Nein! Das wird nicht passieren!«, entgegnete Caro energisch. Sie sah Patrizia an. Die Frau wirkte wie ein Häufchen Elend. Ihre Schultern waren zusammengefallen, das Gesicht blass und erschöpft. »Ich habe Sie gestern den ganzen Tag gesucht«, sagte Caro. »Wo waren Sie?«

Patrizia zuckte zusammen, antwortete aber nicht.

»Was ist passiert?«, hakte Caro nach.

»Ich war in der K... Kammer.« Patrizia blickte starr auf den Boden.

»Die Kammer? Was ist das?«

»Ein Verlies im Keller der Wassermühle. Da kommen Patienten rein, die die Regeln brechen. Evelyn hat mich dort eingesperrt, um mich zu bestrafen. Weil ich mit Ihnen gesprochen habe.«

Caro riss die Augen auf. »Was?! Dafür kriegen wir Evelyn ran.«

Patrizia zitterte jetzt noch stärker. »Nein! Bitte nicht. Ich hätte nichts sagen sollen.«

»Die Frau kann doch nicht einfach ... Moment! Weiß auch der Doktor davon?«

»Ja. Aber bitte warten Sie. Ich habe im Moment viel mehr Angst vor Kai Wiesenberg. Er ist ein gefährlicher Irrer. Lesen Sie das Tagebuch! Da steht alles drin.«

Caro musste sich einen Moment sammeln. Erst dann ergriff sie das Buch. Zoés Blutspritzer und die herausgerissenen Seiten waren unverkennbar. Es handelte sich um den Rest des Tagebuchs.

»Sie haben es also schon gelesen?«, frage Caro.
»Ja, vorhin, als ich in Wiesenbergs Haus festsaß. Jetzt verstehe ich, warum Kai zu einem Mörder wurde.«

Caro schlug die erste Seite auf, die den herausgerissenen Blättern folgte, und begann zu lesen.

52

Hartmann sah aus dem Fenster seines Wiesbadener Büros. Es regnete wie aus Eimern, doch das Wetter schlug ihm nicht aufs Gemüt. Ganz im Gegenteil. Er spürte eine freudige Erregung, denn es fehlte nicht mehr viel, bis er Berger endlich festnageln konnte. Der Kerl ging ihm seit Jahren auf die Nerven und blockierte seine Karriere. Immer wieder hatte er ihm die spektakulären Fälle weggeschnappt. Aber damit war jetzt Schluss. Berger hatte etwas mit dem Tod des kroatischen Dealers zu tun, so viel war sicher. Es war nur eine Frage der Zeit, bis er es beweisen konnte.

Am Nachmittag hatte Berger das Überwachungsteam abgeschüttelt. Genau wie es Hartmann vorausgesehen hatte. Es war nur ein Test gewesen, mit dem er herausfinden wollte, ob sein Kollege Dreck am Stecken hatte.

Er lächelte zufrieden. Berger hatte ihm den Gefallen getan. Auch Matthias Darlinger hatte offensichtlich gelogen, als er ihn nach Bergers Anwesenheit am gestrigen Abend gefragt hatte. Die Lüge würde ihn seine Karriere kosten. Dumm gelaufen!

Jemand klopfte und riss sofort die Tür auf. Das bärtige Gesicht von Roland Freitag aus dem Videoanalyseteam erschien im Spalt.

»Warum klopfst du eigentlich, wenn du ohnehin nicht auf die Antwort wartest?«, fragte Hartmann.

»Tschuldigung, ist eilig.«

»Habt ihr was gefunden?«

»Ja.« Er betrat den Raum und legte einen Tablet-

Computer auf Hartmanns Schreibtisch. »Wir haben ein Überwachungsvideo aus der Taunusstraße in die Hände bekommen. Schau dir das selbst an.«

Der Analyst spielte den Film ab, auf dem ein Mann mit einer Schirmmütze den Gehweg entlangrannte und mehrere Passanten anrempelte. Als der Flüchtende der Kamera näher kam, schaltete Roland Freitag auf Pause und vergrößerte den Ausschnitt. Obwohl das Bild etwas pixelig war, konnte man eindeutig erkennen, dass es sich um Berger handelte.

»Donnerwetter, unser ehrenwerter Kollege«, sagte Hartmann sarkastisch. »Warum er wohl so durch die Straße hetzt?«

»Ich lass den Film weiterlaufen. Du wirst überrascht sein, wohin er geht.« Er drückte die Playtaste. Ein paar Sekunden später beobachteten sie auf dem Bildschirm, wie Berger im Eingang eines Sexkinos verschwand.

»Aha. Was will er denn dort?«, fragte Hartmann verwundert.

»Warte. Jetzt wird es spannend.«

Zwei muskulöse Männer, deren Gesichter nicht zu erkennen waren, stürmten hinterher.

»Was sind das für Kerle?«, fragte der Kommissar.

Der Analyst zuckte mit den Schultern. »Wir konnten sie noch nicht identifizieren. Etwa zehn Minuten später kommt Berger wieder heraus, sichtlich angeschlagen.« Er spulte vor und zeigte Hartmann die entsprechende Szene.

»Und die anderen Männer?«

»Die verlassen den Laden eine Viertelstunde danach.«

Hartmann betrachtete den Zeitstempel. »Die Aufzeichnungen sind eine Straße vom Tatort entfernt aufgenommen worden, kurz nach dem Mord. Das ist schon ein verdammt gutes Indiz. Habt ihr weitere Überwachungsvideos entdeckt?«

»Nein. Bisher nicht.«

»Egal. Schick mir den Film rüber. Ich gehe damit zu Schröder, um mit ihm die Vorgehensweise zu besprechen. Die Bilder beweisen, dass Berger gelogen hat. Sehr gut! Er wird einige unangenehme Fragen beantworten müssen.«

53

Sommer 1996

Nicole stand wie erstarrt in der Tür zur Kapelle. Ihr Mund klappte auf und wieder zu, ohne dass ein Ton herauskam. Kai blickte an sich herab. Das Blut des Hasen, den er soeben getötet hatte, war über seine Kleidung und sein Gesicht gespritzt, seine Hand umklammerte noch immer das Messer, das im flackernden Kerzenlicht blitzte. In seiner Hose zeichnete sich die verräterische Beule ab, die Saskia heraufbeschworen hatte.

Es kam ihm vor, als wäre die Welt um ihn herum stehengeblieben, während er selbst weiterhin alles wahrnahm. Vielleicht könnte er schnell aufräumen und saubermachen, solange die Uhr stillstand.

Doch dann zerplatzte sein Gedanke einer eingefrorenen Welt mit einem gellenden Schrei von Nicole. »Was macht ihr hier? Ihr seid Monster!«

Sie begann zu hyperventilieren und stolperte rückwärts aus dem Kirchenportal. Kai ließ das Messer klirrend zu Boden fallen. Er war zu verwirrt, um die Situation einordnen zu können. Was war geschehen? Warum war Nicole plötzlich aufgetaucht? Hatte er den Hasen wirklich getötet?

Saskia riss ihn aus seiner Trance. »Wir müssen sie aufhalten!«

»Warum denn?«

»Begreifst du gar nichts, du Vollidiot? Wenn sie zum Hof läuft und den Alten alles erzählt, dann sind wir geliefert.«

Daran hatte Kai nicht gedacht. Sein Vater würde ihn um-

bringen, und Saskia gleich mit. »Aber wie wollen wir sie aufhalten?«

»Lauf los, verdammt!«

Jetzt kam Leben in Kais Beine. Er hatte begriffen. Er setzte seine Masse in Bewegung und lief aus der Kapelle. Saskia folgte ihm. Als Kai mit der Taschenlampe nach vorne leuchtete, sah er Nicole am Boden liegen. Offenbar war sie auf ihrer Flucht gestürzt und rappelte sich gerade wieder auf. Kai setzte ihr nach und kam Stück für Stück näher. Das Mädchen blickte mit furchterfüllten Augen zurück. Sie schrie und lief humpelnd weiter.

Als sie an der Wassermühle vorbeikam, war Kai dicht hinter ihr. Sie merkte offenbar, dass sie es nicht bis zum Gutshof schaffen würde und schlug den Weg zur Mühle ein. Kai folgte ihr. Sie stolperte die Treppe hinauf und verschwand über den Steg, der oberhalb des Baches in das Gebäude hineinführte.

Als Kai ebenfalls um die Ecke bog, war von Nicole nichts mehr zu sehen. Er hielt keuchend an. Heftige Seitenstiche quälten ihn.

Dann tauchte Saskia hinter ihm auf. »Wo ist sie hin?«

»Keine Ahnung!«, *japste Kai*. »Sie ist bestimmt in der Mühle.«

»Und worauf wartest du?«

Angestachelt von seiner Freundin öffnete Kai die Tür in den Mühlraum und leuchtete mit der Taschenlampe hinein. Nichts.

»Weiter!«, *drängte Saskia*. »Wir müssen sie finden!«

Während die Teenager den Raum durchquerten, hielt Kai den Lichtkegel in jede Ecke. Keine Spur von Nicole. Sie stiegen die Treppe hinauf und erreichten das Lager, in dem die Mehlsäcke aufbewahrt wurden.

»Nicole«, *rief Saskia*. »Wir möchten nur mit dir reden. Komm raus!«

Es kam keine Antwort, aber der rasselnde Atem des Mädchens verriet sie.

Saskia nickte Kai zu und zeigte in die Richtung, aus der das Geräusch kam. Hinter einer Wand aus Mehlsäcken hockte Nicole, die offensichtlich in eine Sackgasse geraten war. Sie zitterte vor Angst, als Kai sie mit der Lampe anstrahlte.

»Bitte! Tut mir nichts.«

»Das hängt von dir ab«, sagte Saskia.

Das Mädchen begann zu weinen. »Kai hat meinen Hasen getötet!«

»Deinen Hasen?«, fragte er überrascht.

»Ich habe ihn zum Geburtstag bekommen«, schluchzte Nicole. »Er hieß Willy.«

Das hatte Kai nicht gewusst.

»Halt den Mund!«, sagte Saskia kaltherzig. »Willy ist tot!«

Nicole heulte jetzt wie ein Schlosshund.

Saskia ging auf das Mädchen zu und verpasste ihr eine Ohrfeige. »Hör auf zu flennen!« Dann drehte sie sich zu Kai um. »Wir sollten ihr eine Lektion erteilen. Ich glaube nicht, dass sie es begriffen hat!«

»Was hast du denn vor?«, fragte Kai unsicher.

Saskia hauchte ihm einen Kuss auf den Mund. »Halt sie fest. Ich fessele ihre Hände.«

»Nein, bitte nicht«, jammerte Nicole.

Kai griff nach den Armen des Mädchens und drückte sie gegen die Mehlsäcke, während Saskia nach Stricken suchte.

»Bitte, Kai. Lass mich gehen.« Nicoles verzweifeltes Gesicht wirkte gespenstisch im Schein der auf dem Boden liegenden Taschenlampe.

Kai wusste nicht, was er antworten sollte. Stattdessen drückte er noch fester zu.

»Du tust mir weh!«, brüllte Nicole. Panisch versuchte sie, aus Kais Griff zu entkommen. Sie zappelte mit den Beinen

und schlug den Kopf gegen seine Nase. Schmerzen durchfluteten sein Gesicht. Er wich zurück. Das Mädchen setzte nach und rammte ihm das Knie zwischen die Beine. Er jaulte auf und sank zu Boden.

In diesem Moment kam Saskia zurück und schubste Nicole nach hinten. »Wirst du nicht mal mit einem kleinen Mädchen fertig?«, fragte sie spöttisch. »Los! Hilf mir!«

Nicole versuchte erneut, sich aufzurappeln. Kai kämpfte noch immer gegen die Unterleibsschmerzen, schaffte es aber, Nicole festzuhalten, während Saskia ihr die Arme hinter den Rücken band. Danach hievte sie einen der Mehlsäcke quer auf die Brust des Mädchens. Nicole konnte sich jetzt nicht mehr bewegen und wimmerte.

Kai saß schwer atmend auf dem Boden. Sein Bauch schmerzte höllisch.

Saskia schnaufte vor Anstrengung. »Was ist los?«

»Die blöde Kuh hat mir in die Eier getreten.«

»Uhh. Das tut bestimmt weh.« Unvermittelt hielt sie ihm ein Messer vor die Nase. »Damit kannst du dich rächen.«

Kai sah sie entsetzt an. »Was soll ich denn …?«

Saskia näherte sich seinem Gesicht und flüsterte ihm ins Ohr. »Du weißt doch, wie es geht.« Dann küsste sie ihn.

Nicole bekam unter dem schweren Mehlsack Panik. »Nein, bitte nicht. Es tut mir leid! Hört auf!«

Kai griff nach dem Messer und schob Nicoles T-Shirt bis zum Mehlsack hoch, sodass ihr Bauch zum Vorschein kam. Er wusste nicht mehr, was richtig oder falsch war. Wieder schien die Welt stillzustehen. Er wollte mit Saskia zusammen sein. Nur mit ihr! Aber wenn Nicole erzählte, was sie gesehen hatte, würde er für den Rest seines Lebens Hausarrest erhalten. Und Saskia müsste den Hof verlassen. Das durfte er nicht zulassen. Auf keinen Fall! Ja, Saskia hatte recht. Er musste Nicole eine Lektion erteilen. Ohne weiter nachzudenken setzte er das Messer auf Nicoles nackter Haut an und zog es quer über ihren Bauch. Blut spritzte gegen die Mehlsäcke und in Kais Gesicht. Nicole schrie wie am Spieß. Sie krümmte sich, während rote Rinnsale aus ihrer Bauchdecke quollen.

»Scheiße! Du hast zu tief geschnitten, du Idiot!«, rief Saskia.

Jetzt erst begriff Kai, was er getan hatte. Alles war voller Blut, und er hielt das Messer in der Hand.

Saskia griff nach einem leeren Mehlsack und drückte den Stoff auf die Wunde.

»Wir müssen sie zum Hof bringen«, sagte Kai.

»Dann wissen alle sofort Bescheid.«

Nicoles Schmerzensschreie hallten durch die Mühle.

»Willst du sie hier sterben lassen?«, fragte Kai voller Furcht.

»Nein. Ich weiß auch nicht …«

In Kais Kopf ratterte es. Was sollten sie bloß machen?

Plötzlich blendete ihn eine furchtbar helle Taschenlampe, und die Stimme seines Vaters dröhnte durch die Mühle. »Was zum Henker ist hier los?«

Der folgende Tag war die reinste Hölle. Nachdem Nicole die ganze Nacht über von dem herbeigerufenen Hausarzt behandelt worden war, hatte sie den Erwachsenen ausführlich von den grausigen Geschehnissen berichtet. Kai hatte seinen Vater noch nie derart wütend erlebt. Der Gutsherr hatte gebrüllt, seinen Sohn geschlagen und ihn schließlich in die Scheune gesperrt.

Hier saß Kai nun in einem stickigen Raum und versuchte, durch einen Spalt zwischen den Holzlatten der Wand nach draußen zu spähen.

Was hatten seine Eltern mit ihm vor? Es war klar, dass er eine Strafe erhalten würde. Nur welche? Eigentlich war es ihm egal. Viel schlimmer war der Gedanke, was mit Saskia passieren würde. Kai hatte mehrfach das Geschrei von Johan-

nes Metternich über den Hof hallen hören, genauso wie die Schmerzensschreie von Saskia. Aber das beunruhigte ihn nicht. Er hatte vielmehr eine wahnsinnige Angst davor, dass sein Vater die beiden vom Hof jagen würde.

Kai ballte die Fäuste. Nicole war schuld! Wäre die blöde Kuh nicht in die Kapelle hineingeplatzt, dann wäre das alles nicht passiert. Sie hatte es sich selbst zuzuschreiben, was mit ihr geschehen war. Saskia konnte nichts dafür. Und er auch nicht. Jeder hätte so reagiert.

Plötzlich wurde Kai von lauten Stimmen vor der Scheune aus seinen Gedanken gerissen.

»Saskia ist vom Teufel besessen!«, schrie Kais Vater.

Johannes Metternich brüllte zurück: »Es war deine Missgeburt, die das Messer in der Hand hatte. Kai hat die Kapelle entweiht und wollte danach Nicole abschlachten!«

»Saskia hat ihn dazu getrieben. Sie ist das pure Böse!«

»Oh nein«, *schrie Metternich.* »Sie ist ein gutes Mädchen. Kai ist hier der Dämon. Er ist ein dicker, hässlicher, dummer Junge, der alles tun würde, um meine Tochter zu beeindrucken.«

»Ich will euch auf meinem Hof nicht mehr sehen!« *Wiesenbergs Stimme überschlug sich.* »Ihr habt einen Tag Zeit, eure Sachen zu packen und zu verschwinden!«

»Du wagst es, mich rauszuschmeißen? Wer hat denn hier die ganze Arbeit erledigt? All die Jahre! Nur weil du dir nicht eingestehen kannst, dass dein Sohn einen Dachschaden hat! Er rennt mit seinem Messer herum und bedroht die Mädchen. Und du schiebst die Schuld auf meine Tochter?«

»Halt dein verfluchtes Maul!«, *brüllte Kais Vater.* »Du verpisst dich von hier, weil ich es sage!«

»Du mieses Arschloch! Ich schwöre dir, ich mach dich fertig! Und deinen missratenen Sohn gleich mit.«

»Es ist alles gesagt.«

Die Schreie verstummten. Offenbar waren die Männer auseinandergegangen.

Kai hatte den Atem angehalten, jetzt holte er tief Luft. Ein glühendes Messer schien sein Herz zu durchbohren. Sein Vater würde Saskia vom Hof vertreiben. Nie wieder würde er ihr wunderschönes Gesicht sehen. Wenn sie ging, wäre sein Leben zu Ende. Der Hof, der Wald, die Felder, der See: Das alles verlor ohne Saskia seine Farbe. Warum verstand sein Vater das nicht?

Kai fühlte Hass in sich aufsteigen. Hass auf Nicole, die Saskia und ihn verpetzt hatte. Hass auf seinen Vater, weil er seine große Liebe vertreiben wollte. Und auch Hass auf sich selbst, weil er nichts dagegen unternahm.

Oder gab es doch eine Möglichkeit, zu verhindern, dass seine Freundin vom Hof gejagt wurde? Konnte er seinen Vater umstimmen? Oder war das Schnitzmesser der letzte Ausweg?

54

Mittwoch, 24. Oktober

Betroffen klappte Caro das Tagebuch zu. Die Tragödie hatte sich so zugespitzt, wie sie vermutet hatte. Alles fügte sich zusammen. Der damalige Mord an den Wiesenbergs, begangen von dem aufgebrachten Hofarbeiter Johannes Metternich, der entlassen werden sollte. Die alte Narbe von Nicole Bachmann, die von den anderen Hofkindern angegriffen wurde. Und mittendrin ein pubertierender Junge, über dem innerhalb weniger Tage die Welt zusammenbrach. Er verlor seine Eltern, seine Freude und seine erste große Liebe. Außerdem musste er in der Folge seine Heimat verlassen.

»Erschütternd, oder?«, flüsterte Patrizia mit brüchiger Stimme.

»Kann man wohl sagen.«

»Er hat nach dem Tod seiner Eltern kaum ein Wort gesprochen. Weder seine Pflegefamilie noch seine Therapeuten sind zu ihm durchgedrungen. Nicht mal Doktor Klinger.«

»Er muss sich selbst die Schuld an allem gegeben haben«, schloss Caro.

»Obwohl Saskia den Stein ins Rollen gebracht hat.«

Caro nickte. »Sie hat ihn angestiftet, das ist richtig. Aber ich glaube nicht, dass er das so differenziert betrachtet hat.«

»Haben ihn die Ereignisse zu einem Mörder gemacht?«, fragte Patrizia.

»Es ist schwer, das zu beurteilen, ohne mit ihm gesprochen zu haben. Alles deutet darauf hin. Das Ritual in der Kapelle, bei dem er den Hasen getötet hat, spielt sicher eine gewichtige Rolle. Er war in Saskia verliebt, und sie hat ihn sexuell manipuliert, während er dem Tier den Bauch aufgeschnitten hat. Daher besteht eine gewisse Wahrscheinlichkeit, dass sich die Verbindung zwischen Tod und Erregung weiterentwickelt hat.«

»Sie drücken das alles so wissenschaftlich aus«, sagte Patrizia. »Fakt ist, dass er ein Monster ist!«

»Wie lange kennen Sie ihn schon?«, fragte Caro.

»Seit etwa fünf Jahren. Ich bin damals mit Marcus in die Kolonie gezogen, nachdem wir geheiratet hatten. Leider hat sich mein Leben nicht so entwickelt, wie ich es mir erträumt hatte. Alle Patienten werden von Evelyn bespitzelt und unterdrückt, während der gefährliche Irre durch die Wälder streift und auf Frauenjagd geht.«

»Wann gab es denn die ersten Vorkommnisse mit Kai Wiesenberg?«

»Schon kurz, nachdem wir hergezogen sind. Ich habe in der Waschküche geduscht, als ich ihn plötzlich im Spiegel gesehen habe. Wiesenberg hat mich durch das Fenster beobachtet.«

»Und was ist dann passiert?«

»Nichts. Ich habe Marcus und seinem Vater von dem Vorfall berichtet, aber keiner von beiden hielt es für nötig, etwas zu unternehmen. Wiesenberg hat mich auch danach ständig belauert. Immer wenn ich im Wald war, habe ich dieses unheimliche Rascheln gehört. Die Angst hat mich stets begleitet. Bis heute.«

»Das klingt schlimm«, sagte Caro. »Hat er Sie auch ernsthaft bedroht?«

»Ja, vor etwa einem Jahr. Ich ging im Wald spazieren, als ich ein herzzerreißendes Jaulen gehört habe. Schmerzensschreie eines Tieres. Ich bin den Geräuschen gefolgt und habe den Schock meines Lebens bekommen. Wiesenberg saß splitternackt im Laub und hat einen Fuchs abgestochen. Das arme Geschöpf ist vor meinen Augen qualvoll gestorben. Ich stand einfach nur da und wusste nicht, was ich tun sollte. Dann hat mich Wiesenberg bemerkt. Er ist aufgestanden und mit dem blutigen Messer in der Hand auf mich zugekommen. Ich hatte furchtbare Angst. Irgendwann bin ich aus meiner Schockstarre aufgewacht und um mein Leben gerannt.«

Caro sah die junge Frau betroffen an, sagte aber nichts. Im Licht der Handytaschenlampe wirkte ihr Gesicht gespenstisch blass.

»Wiesenberg ist ein Psychopath«, fuhr Patrizia fort. Ihre Hand zitterte. »Haben Sie seine Bilder gesehen?«

»Ja.« Caro nickte. »Mich hat er auch gemalt.«

»Was machen wir denn jetzt?«, fragte Patrizia ängstlich.

»Ich fahre zurück nach Wiesbaden. Mit etwas Glück bekomme ich einen Durchsuchungsbeschluss für Wiesenbergs Haus.« Caro sah aus dem Fenster. Es dämmerte bereits. Der Gedanke, durch den dunklen Wald bis zu ihrem Wagen laufen zu müssen, behagte ihr nicht sonderlich, aber da musste sie jetzt durch.

Sie ergriff das Tagebuch und stand auf. »Kehren Sie ins Gutshaus zurück! Dort sind Sie in Sicherheit.«

Patrizia nickte.

Sie verließen die Hütte und gingen in unterschiedliche Richtungen auseinander.

55

Die rothaarige Polizistin war wieder da! Er spürte die Hitze, die seinen Körper durchflutete. Und die Glücksgefühle.

Als sie am Morgen aus der Kolonie verschwunden war, hatte ihn die Enttäuschung mit voller Wucht gepackt. Bis ins kleinste Detail hatte er sich ausgemalt, wie er der schönen Frau seine volle Aufmerksamkeit widmen würde. Gestern hatte er die beste Gelegenheit gehabt, seine Fantasien in die Tat umzusetzen. Doch er hatte sich entschieden, seinen Hauptgewinn aufzusparen. Es war ihm nicht richtig erschienen, zweimal an einem Tag von der süßen Energie zu naschen. Zudem hatte er Sorge gehabt, man würde ihm auf die Schliche kommen, wenn er sofort wieder seinem Drang nachgab.

Als die Polizistin jedoch weg war, hatte er sich über sein Zaudern geärgert. Mehr noch: Er hatte vor Wut getobt. Bis heute Nachmittag, als seine Welt wieder in hellem Licht erstrahlte.

Er war den beiden Frauen gefolgt, als sie durch den Wald geflüchtet waren. Natürlich hatten sie ihn nicht bemerkt. Wie auch? Er verschmolz mit den Bäumen wie ein Chamäleon. Schon als Kind hatte er es perfekt beherrscht, für alle anderen unsichtbar zu bleiben. Und es kam ihm zugute, dass er jedes Blatt in dem Wald kannte.

Die Frauen hatten eine Heidenangst gehabt, was auch berechtigt war. Vor allem die Polizistin hatte Grund dazu, sich zu fürchten, denn er wünschte sich nichts sehnlicher, als sie nackt und gefesselt vor sich liegen zu sehen, um sie zu berühren, sie zu lieben und schließlich sämtliche Energie aus ihr herauszuschneiden.

In einigem Abstand hatte er beobachtet, wie Patrizia und die Polizistin in der Blockhütte verschwunden waren. Er hatte geduldig gewartet.

Jetzt kamen die Frauen wieder heraus, und sein rothaariges Zielobjekt lief auf den Wald zu. Das elektrisierende Kribbeln, das seinen Unterleib durchzog, schwoll schlagartig an. Endlich kam die Gelegenheit, auf die er gewartet hatte. Die Jagd hatte begonnen.

56

Mit jedem Schritt durch den Wald sank Caros Mut erneut. Es war inzwischen fast dunkel. Der Regen tropfte von den durchweichten Blättern der Bäume herab. Im Licht ihrer Handytaschenlampe suchte Caro den Pfad, der zurück zu ihrem Auto führte. Er musste irgendwo in der Nähe der Wassermühle abzweigen. Das Herbstlaub hatte die Wege unter sich begraben und raubte ihr die Orientierung. Ab und zu raschelte es zwischen den Blättern, während das Plätschern des Regens eine hohle Geräuschkulisse schaffte.

Als sich Caro der Mühle näherte, schaltete sie die Lampe vorsichtshalber aus und blieb stehen. Lauerte Wiesenberg irgendwo hinter dem Gebäude? Sie kniff die Augen zusammen und versuchte, etwas zu erkennen. Mit vorsichtigen Schritten schlich sie auf die Mühle zu, alle Sinne in Alarmbereitschaft. Niemand war dort. Sie schaltete die Taschenlampe wieder ein und ließ die Wassermühle hinter sich.

Das Rauschen des Baches verschmolz mit dem Getöse des Regens. Caro strich sich die nassen Haare hinter die Ohren und verfluchte das Wetter. Immerhin war sie erfolgreich gewesen und hatte Patrizia in Sicherheit gebracht. Aber der Killer streifte noch durch den Wald. Hoffentlich schaffte es Berger, einen Durchsuchungsbefehl für Wiesenbergs Haus zu erwirken, denn die Beweise lagen dort überall herum.

Der Pfad führte tiefer ins Unterholz. Befand sie sich auf dem richtigen Weg? Alles sah gleich aus: die glei-

chen Bäume, die gleichen Büsche, das gleiche Laub. Caro kämpfte sich durch nasse Zweige und stolperte über Äste und Wurzeln. Immer wieder hielt sie an, um sich zu orientieren, was allerdings fast aussichtslos war.
Ich habe mich verlaufen!
Je dunkler es wurde, umso geringer rechnete sie ihre Chancen aus, den Wagen zu finden. Der Wald war riesig. Sollte sie lieber umkehren? Aber wo war der Rückweg?

Unschlüssig streifte Caro durch das Dickicht. Niemals hätte sie sich träumen lassen, eines Tages allein durch einen dunklen Wald zu irren. Aber die eigentliche Gefahr war nicht die Natur, sondern die menschlichen Abgründe, die hinter den Bäumen lauerten. Die Dämmerung war ein Monster, das sie in ihren tiefen Schlund hinabzog.

Als sie eine Gruppe von Büschen durchbrach, lichtete sich der Wald. Die Umrisse eines schmalen Schotterweges tauchten auf.
Die Straße! Gott sei Dank!
Irgendwo in der Böschung musste ihr Auto stehen. Caro lief nach links und folgte der Fahrbahn. Regen schlug ihr ins Gesicht. Eisiger Wind kroch unter ihre Kleidung. Sie leuchtete die Umgebung mit der Taschenlampe ab. Hoffentlich hatte sie Glück und lief in die richtige Richtung.

Sie hatte Glück. Bereits nach wenigen hundert Metern sah sie ihren Fiat zwischen den Bäumen hindurchschimmern. Die Erleichterung schien augenblicklich das tonnenschwere Gewicht von ihrem Brustkorb zu hieven. Sie atmete auf.

Als Caro sich dem Wagen näherte, bemerkte sie jedoch, dass etwas nicht stimmte. Der Fiat lag seltsam tief. Dann wurde ihr klar, dass die Reifen platt waren. Alle

Reifen. Sofort wurde ihr Brustkorb wieder zusammengedrückt.

Tränen schossen ihr in die Augen, während sie auf den Fiat zurannte. Das durfte nicht wahr sein! Sie umrundete das Auto und sah sich voller Verzweiflung den Schaden an. Das Gummi war aufgeschlitzt worden. Am Vorderreifen erkannte sie deutlich einen langen Schnitt. Sofort dachte sie an Wiesenberg. An sein Schnitzmesser. Hatte er die Reifen zerstochen, um zu verhindern, dass sie entkommen konnte?

Reiß dich zusammen und denk nach!

Caro blickte auf ihr Mobiltelefon. Es zeigte keinen Empfang an. Die einzige Möglichkeit zum Telefonieren war die Rückkehr auf den Hof. Das jedoch bedeutete, dass sie zurück in den Wald musste. Was für ein verdammter Horror!

Mit wackeligen Beinen trat Caro vor das Auto und leuchtete die Straße ab. Nichts.

Sie könnte über den Schotterweg bis zur Bundesstraße zurücklaufen und ein Fahrzeug anhalten. Vielleicht würde ihr Handy dann sogar ein Netz finden.

Sie hörte ein Knacken. Als wäre jemand auf einen Ast getreten. Caro erstarrte. Wurde sie beobachtet? Oder spielte ihr der Sturm einen Streich?

Sie hielt die Taschenlampe auf den Waldrand. Erneut knackte es. Außerdem glaubte sie, einen Schatten gesehen zu haben. Stand Wiesenberg hinter den Büschen und wartete auf seinen Einsatz?

Fieberhaft suchte sie nach einem Ausweg. Zur Bundesstraße flüchten? Sie müsste in die Richtung laufen, aus der das Geräusch gekommen war. Oder sollte sie sich lieber im Auto verbarrikadieren? Nein, es würde ihr keinen Schutz bieten. Sollte sie also doch zurück zum Hof rennen?

Wieder leuchtete sie mit der Taschenlampe gegen die Bäume. Sie konnte nichts erkennen. Hatte sie sich alles nur eingebildet? Langsam normalisierte sich ihr Puls, und sie beschloss, den Weg zur Bundesstraße anzutreten. Das war die beste aller Optionen.

Genau in dem Moment, als sie losmarschierte, trat eine dunkle Gestalt etwa fünfzig Meter vor ihr auf den Weg. Caro konnte das Gesicht nicht erkennen, da es von einer Kapuze bedeckt war, aber der Statur nach handelte es sich um einen großen, kräftigen Mann. Sie spürte, wie sich ihre Kehle zuschnürte.

Er ist hier, um dich zu töten!

Der Schatten kam gemächlich auf Caro zu, als würde er ihre Angst auskosten wollen. Panisch drehte sie sich um und begann zu rennen. Erst die Straße entlang, dann durch die Böschung in den Wald. Sie stolperte über einen Ast und fiel auf den durchweichten Waldboden. Dabei verlor sie ihr Handy. Von irgendwo leuchtete das Display, aber sie hatte keine Zeit, danach zu suchen. Hinter ihr brach der Verfolger durch die Büsche.

Caro rappelte sich auf und lief weiter. Es war inzwischen so dunkel, dass sie nur noch die Konturen der Bäume erkannte. Sie ratschte an spitzen Ästen entlang, die ihre Arme aufschnitten und ihr Gesicht zerschrammten. Immer wieder geriet sie ins Straucheln, weil sie den Boden nicht sehen konnte. Sie hastete zwischen den Bäumen hindurch, kämpfte sich durch dornige Büsche und rutschte schließlich einen Graben hinab. Dabei verlor sie das Gleichgewicht und landete kopfüber in einem matschigen Bachlauf. Angsterfüllt richtete sie sich auf. Ihre Schulter schmerzte höllisch. Irgendwo raschelten Blätter. Äste knackten. Der Kerl war hinter ihr her.

Caro kroch auf allen vieren den Abhang des Baches hinauf und rannte weiter. Ihr Brustkorb brannte. Seitenstiche nahmen ihr die Luft. Lange würde sie das Tempo nicht mehr durchhalten. Ein platschendes Geräusch sagte ihr jedoch, dass sie keine Zeit hatte, um sich auszuruhen. Der Verfolger war gerade in den Bach gesprungen.

Lauf weiter! Denk an Jennifer! Sie braucht dich!

Unermüdlich kämpfte sich Caro durch das Unterholz. Rannte sie in die richtige Richtung? Auf den Hof zu? Oder irrte sie tiefer in den Wald hinein? War es Wiesenberg, der hinter ihr her war? Hatte sie überhaupt eine Chance, ihm zu entkommen?

Keuchend brach sie durch eine Reihe von Büschen, dahinter traf sie auf eine Lichtung. Außerhalb der Baumkronen war es etwas heller. Caro erkannte die Umrisse einer Scheune. Sie hastete darauf zu. Anscheinend handelte es sich um einen Unterstand zur Lagerung und Trocknung von Holz. Gefällte Baumstämme lagen aufeinandergestapelt in mehreren Blöcken und boten die Möglichkeit, sich zu verstecken. Allerdings konnte sich Caro nicht verbarrikadieren, da die Vorderseite des Gebäudes offen stand.

Ihr Herz raste, ihre Lunge drohte zu kollabieren. Sie hatte keine Luft mehr, um weiterzulaufen. Mit letzter Kraft rettete sich Caro in die Scheune und verbarg sich hinter einem Stapel von Baumstämmen. Dabei versuchte sie verzweifelt, ihre Atmung zu beruhigen. Wenigstens verhüllte das Prasseln des Regens ihr lautes Schnaufen.

Ein paar Sekunden später hörte sie die Schritte ihres Verfolgers. Äste knackten und Laub raschelte. Wiesenberg schien sich keine Mühe zu geben, leise zu sein. Ganz im Gegenteil. Er wusste genau, dass Caro in der Falle saß und genoss offenbar die Angst, die er verbreitete.

Gab es einen Ausweg? Oder blieb ihr nur ein aussichtsloser Kampf gegen das Monster? Wiesenberg war deutlich stärker und hatte ein Messer, sie hingegen war unbewaffnet. Was konnte sie ihm entgegensetzen?

Die Schritte des Angreifers kamen näher. Er musste jetzt direkt vor dem Unterstand stehen. Caro kniff die Augen zusammen und versuchte, in der Finsternis etwas zu erkennen. Vielleicht gab es einen Stock oder ein Beil. Etwas, mit dem sie sich verteidigen könnte. Doch es war inzwischen zu dunkel. Sie sah nichts. Leise tastete sie die Rückwand der Scheune ab.

Das Schnaufen ihres Widersachers drang durch die Holzstapel hindurch. Nur noch wenige Augenblicke, dann würde er um die Ecke treten.

Denk nach! Streng dich an, verdammt!

Plötzlich durchschnitt ein schauerliches Zungenschnalzen die Nacht. Augenblicklich stellten sich Caros Nackenhaare auf. Die Nachricht, die er mit dem fiesen Geräusch überbrachte, war eindeutig: Gleich habe ich dich!

Hektisch suchte sie weiter die Rückwand ab, während sie gleichzeitig versuchte, den Atem in den Griff zu bekommen. Ihre Finger stießen gegen etwas Metallisches. Caro tastete nach dem Gegenstand. Es handelte sich um eine Eisenstange, an deren Ende sich ein Haken befand. Caro versuchte, das Werkzeug von der Wand zu bekommen, doch es hing fest.

Der verschwommene Umriss ihres Verfolgers tauchte hinter dem Holzstapel auf. Er schnalzte erneut mit der Zunge.

Caro riss jetzt mit aller Kraft an der Stange, die sich endlich von der Wand löste. Durch den Ruck wurde Caro nach hinten geworfen und prallte gegen einen Holzpfosten.

Wiesenberg kam bedrohlich näher. Caro spürte förmlich die Klinge, die er in der Hand hielt. Sein Atem rasselte. Er war jetzt nur noch zwei Meter entfernt und würde sich jeden Moment auf sie werfen. Caro umfasste die Eisenstange mit beiden Händen und wich zurück.

Dann griff Wiesenberg an. Caro sah den dunklen Schatten auf sich zukommen und hörte seine Schritte. Ohne nachzudenken holte sie aus und schlug mit der Eisenstange blindlings in Richtung des Angreifers. Sie spürte, wie der Haken gegen seinen Körper krachte. Gleichzeitig sprang sie zur Seite. Wiesenberg stieß einen schmerzerfüllten Schrei aus, fast wie das Jaulen eines Hundes. Die Eisenstange fiel klirrend zu Boden. Ohne sich umzusehen, rannte Caro hinter dem Holzstapel entlang, dann aus der Hütte hinaus. Sie überquerte die Lichtung und rettete sich in den Wald.

Dunkelheit verschluckte sie. Caro lief weiter, zwischen den Baumstämmen und Büschen hindurch, durch matschige Gräben und eine Steigung hinauf. Dann hörte sie das Rauschen des Silberbaches. Die Wassermühle konnte nicht mehr weit sein. Ermutigt lief sie voran, bis sie auf das Backsteingebäude traf. Ohne anzuhalten, hetzte sie durch den Wald. Immer wieder blickte sie sich um, doch Wiesenberg war nicht mehr hinter ihr. Hatte sie ihn verletzt?

Vollkommen außer Atem erreichte Caro den Gutshof. Im Haupthaus und in einigen der Hütten brannte Licht. Es gab keine andere Möglichkeit, als Klinger um Hilfe zu bitten. Sie pochte an seiner Tür.

Evelyn öffnete und blickte Caro mit geweiteten Augen von oben bis unten an. »Was zum Teufel machen Sie denn hier?«

»Ich muss telefonieren«, keuchte Caro.

»Sie müssen gar nichts! Sie haben kein Recht, sich auf dem Hof aufzuhalten.«

»Wo ist Ihr Mann?«, fragte Caro außer Atem.

»Im Wald.«

»Ich werde jetzt telefonieren!« Caro drückte Evelyn zur Seite und schob sich an ihr vorbei.

»Sind Sie verrückt geworden? Sie brechen in mein Haus ein und greifen mich an. Das wird Konsequenzen für Sie haben.«

»Halten Sie den Mund!«, fuhr Caro die Frau wütend an. »Ich wurde draußen im Wald von dem Mörder angegriffen.«

»Lächerlich! Hat Ihr Vorgesetzter Ihnen nicht erklärt, dass Sie am falschen Ort suchen? Sind Sie wirklich so schwer von Begriff?«

Ohne auf Evelyn zu achten, stampfte Caro in Klingers Büro und griff nach dem Telefonhörer.

Der Hausdrachen folgte ihr mit rotem Kopf. »Das ist Hausfriedensbruch! Sie machen sich strafbar.«

Caro wählte Bergers Nummer an, erreichte aber wieder nur die Mobilbox. Sie fluchte, während Evelyn schadenfroh grinste. Als das Piepen sie zum Sprechen aufforderte, hinterließ Caro eine kurze Nachricht mit einem Abriss der Geschehnisse.

Als sie aufgelegt hatte, blickte sie in das finstere Gesicht von Evelyn.

»Sie sind also auch in Kai Wiesenbergs Haus eingebrochen? Das wird Ihnen das Genick brechen.«

Die Haustür klappte. Klinger kam zurück.

57

Darling fuhr über die A66 in Richtung Eschborn. Die Lichter des Gegenverkehrs blendeten ihn. Der Regen peitschte gegen die Frontscheibe. Seine innere Unruhe steigerte sich von Minute zu Minute, und er stellte sich immer wieder die Frage, ob er das Richtige tat. War es klug, der sonderbaren Einladung der Gottesanbeterin zu folgen? Er hatte Berger seit dem Vormittag weder gesehen noch telefonisch erreicht und stattdessen unzählige Nachrichten auf seiner Sprachbox hinterlassen. Warum meldete sich sein Partner nicht?

Im Internet hatte Darling über den in der E-Mail angegebenen Treffpunkt recherchiert. Auf dem verlassenen Gelände des Militärflughafens in Eschborn fanden von Zeit zu Zeit Gothic- und Fetisch-Events statt. Die schwarze Szene bevorzugte außergewöhnliche Orte wie Burgen, Bunker oder Friedhöfe. Und das alte Flugfeld mit seinen verrotteten Gebäuden und Hangars gehörte gewiss zu diesen mystischen Plätzen. Aber eine Party an einem Mittwochabend? Er hatte keine Informationen über eine heutige Veranstaltung entdeckt. War es eine Falle? Auf der anderen Seite konnte er die Spur nicht einfach versanden lassen.

Das Navi führte ihn von der Autobahn herunter, durch ein Gewerbegebiet, dann durch ein Waldstück, bis er das ehemalige Flughafengelände erreichte und von einem Stahltor gestoppt wurde. Unschlüssig hielt Darling am Straßenrand an. Es sah nicht danach aus, als würde hier eine Party stattfinden. Die Umgebung war, abgesehen von Darlings Scheinwerfern, stockdunkel.

Dennoch stieg er aus. Wind und Regen schlugen ihm ins Gesicht. Er zischte einen Fluch durch die Zähne. Was für ein Irrsinn! Mit wackeligen Knien ging er auf das Tor zu und stellte fest, dass es nur angelehnt war. Er schob es mit einem metallischen Scharren auf und betrat das Gelände. Wo früher einmal Kampfflugzeuge gestartet und gelandet waren, befand sich heute ein überwucherter Weg, der zum ehemaligen Rollfeld führte.

Darling stemmte sich gegen den Sturm. Mithilfe seiner Taschenlampe versuchte er, sich auf dem gespenstischen Flughafengelände zu orientieren, doch gegen das Regenwetter hatte der dünne Lichtstrahl kaum eine Chance. Der Hangar musste sich am anderen Ende des Betonfeldes befinden. Darling hielt sich rechts. Endlich tauchten die Steinruinen der Wirtschaftsgebäude auf, dann auch die Umrisse der einstigen Flugzeughalle.

Jetzt bemerkte Darling einen schwachen Lichtschein. Zwei wild flackernde Fackeln beleuchteten ein geöffnetes Tor an der Längsseite des Backsteingebäudes. Als er darauf zuging, mischten sich nach und nach Fetzen von Rockmusik in das Heulen des Windes.

Im Eingang standen drei bleich geschminkte Frauen in schwarzen Ballkleidern. Sie blickten Darling misstrauisch an. Obwohl er sich ebenfalls schwarz gekleidet hatte, wirkte er mit Jeans und Straßenjacke vermutlich wie ein Fremdkörper. Er nickte ihnen zu und betrat den einstigen Hangar.

Vor ihm breitete sich eine imposante Halle aus, deren Decke von einer Stahlkonstruktion getragen wurde. Der Betonboden war dreckig und die Steinwände mit Graffiti besprüht. Nebelschwaden durchzogen den Raum, sodass Darling das andere Ende kaum erkennen konnte. In der Mitte der Halle bildeten unzählige Fackeln und Kerzen einen Kreis, um den herum mehrere Gestalten standen, die dem Set eines Vampirfilms hätten entsprungen sein können. Die Männer trugen lange Umhänge, die Frauen wallende, schwarze Kleider. Sie hielten Gläser mit einer blutroten Flüssigkeit in der Hand. Aggressive Heavy-Metal-Musik ließ den Hangar erbeben.

Verwundert betrachtete Darling das Szenario. Offensichtlich handelte es sich um keine richtige Party, denn es waren höchstens zwanzig Personen dort.

Eine Frau kam auf ihn zu. Überrascht stellte er fest, dass es Cécile war, die Verkäuferin des Fetisch-Geschäftes. Sie trug ein enges, schwarzes Samtkleid und hochhackige Stiefel. Ihre Augen zogen Darling, wie schon am vorangegangenen Abend, magisch an.

»Hallo Babybulle. Was siehst du mich denn an, als hättest du ein Gespenst gesehen?«

»Guten Abend, äh, Baroness Cécile«, erwiderte Darling. »Ich habe nicht mit Ihnen gerechnet.«

»Die Dinge kommen immer anders, als man denkt. Bist du etwa schon wieder allein unterwegs? Wo ist denn dein Babysitter?« Sie zwinkerte ihm zu.

Darling spannte den Körper an und streckte die Brust heraus, um selbstbewusster zu wirken. Es nervte ihn, dass sich die Frau schon wieder über ihn lustig machte. »Ich komme ohne meinen Partner zurecht.«

Cécile kam näher und blickte ihn durchdringend an, sodass Darling das Gefühl überkam, von Laserstrahlen gescannt zu werden. »Ach ja? Ist das so?«

Er nickte, doch seine Unsicherheit drang aus jeder Pore.

»Möchtest du einen Drink?« Sie zeigte auf das blutrote Getränk, das mehrere Gäste in den Händen hielten.

»Was ist das?«

»So eine Art Bloody Mary.«

Darling verzog das Gesicht. »Nein danke.«

Cécile drehte sich um und stöckelte zu einem geöffneten schwarzen Sarg, der offenbar als Bar diente. Kurz darauf kam sie mit zwei Gläsern zurück.

»Ich wollte ni...«

»Pssst!«, unterbrach ihn die Baronesse und legte den Zeigefinger auf seine Lippen. »Probier wenigstens mal!« Sie reichte Darling den Drink.

Unschlüssig stand er vor der dunkelhaarigen Schönheit, die ihn mit einer Mischung aus Belustigung und fordernder Dominanz ansah. Darling gab seinen Widerstand auf und schnappte sich das Glas.

»Geht doch«, triumphierte Cécile und stieß mit ihm an. »Auf die Toten!«

Darling setzte das Glas an, dann zögerte er. Wenn das Zeug nur nicht so furchtbar nach Blut aussehen würde! Schließlich überwand er seinen Ekel und nahm einen Schluck. Es schmeckte merkwürdig würzig, mit einem Hauch von frischem Zitrus. Dazu kam eine angenehme Schärfe, die seinen Gaumen massierte.

»Und? Ist doch gar nicht so schlimm, oder?«

»Es wird bestimmt nicht mein Lieblingsdrink. Was genau ist da drin?«

»Frag lieber nicht.«

Darling sah auf die Uhr. Es war jetzt kurz vor zehn, Saskia Metternich würde jeden Moment erscheinen.

»Hast du etwas vor?«, fragte Cécile.

»Ich bin mit Saskia verabredet. Wissen Sie, wo sie ist?«

»Sie kommt bestimmt gleich. Du wirst sie an ihren ausgebreiteten Flügeln erkennen.« Cécile lächelte.

Darling nahm einen kräftigen Schluck. »Die Flügel der Gottesanbeterin?«, fragte er nach.

»Vielleicht.«

»Was ist das hier für eine Party? Kommen noch mehr Leute?«

»Nein. Heute trifft sich der harte Kern der Szene. Nur die schwärzesten Seelen.«

»Was heißt das?«

»Lass es auf dich zukommen, Babybulle. Diesen Abend wirst du nicht vergessen.«

Er blickte Cécile verwirrt an. Wie meinte sie das?

»Hast du etwa Angst?«, fragte sie belustigt.

Darling schüttelte den Kopf und sah erneut auf seine Armbanduhr. Zehn Uhr fünf. Wo blieb Saskia Metternich?

Plötzlich stieg Hitze in ihm auf. Die Farben leuchteten greller, und der Boden begann zu wanken. Darling musste sich an Céciles Arm festhalten.

»Alles okay, Babybulle?«, fragte sie, während ein unterschwelliges Lächeln ihre Lippen umspielte.

»M... mir ist schwin... ...indelig.«

Sein Blick jagte wirr durch die Halle. Der Fackelkreis begann sich zu drehen, und die merkwürdigen Gestalten starrten ihn an, ihre Gesichter zu Fratzen verzerrt. Darling wich zurück.

»Was ... iiiisssttt ... hhiiiierrrrrrrrrr ... loaasssss?«

Céciles Kopf wirkte jetzt vollkommen schwarz. Hinter ihrem Rücken erschienen Flügel.

»Es ist Zeit.«

»Woo... ooo... ffüüürrr?«

Sein Gehirn fühlte sich an, als wäre es in Watte gepackt.

»Du bist im Reich der Gottesanbeterin.«

Endlich begriff er. Cécile und Saskia waren ein und dieselbe Person! Außerdem musste sie ihm Drogen in den Drink gemischt haben.

»W... www... ww...« Darling wollte etwas sagen, brachte aber keinen Ton mehr hervor.

Die Fackeln und die Gestalten kamen näher. Nein, er bewegte sich auf sie zu, scheinbar von selbst, als würde er schweben. Ihre Köpfe waren zu Monsterschädeln mutiert. Fledermäuse flatterten durch den Hangar und kreisten mit gefletschten Zähnen über Darling hinweg. Er war in seinen schlimmsten Albtraum geraten.

»Es ist alles vorbereitet«, sagte die Gottesanbeterin.

Wie fremdgesteuert folgte Darling Saskia Metternich in den Lichterkreis, während die Bässe der Rockmusik seinen Kopf durchschüttelten. Zwischen den Fackeln lag eine blonde Frau in einem weißen Hochzeitskleid. Wie kam sie so plötzlich dorthin? Die Arme und Beine der schlanken Schönheit waren an vier Holzpflöcke gebunden. Ihre Augen jagten ängstlich durch den Raum. Die gruseligen Gestalten standen im Kreis um die Frau herum. Darling nahm die Umgebung nur noch schemenhaft wahr und begriff nicht, was passierte. Der Nebel wurde dichter und umhüllte ihn, die Fledermäuse kreisten um seinen Kopf. Er wollte etwas sagen, aber er konnte seine Zunge nicht mehr bewegen.

Ohne zu wissen, was er tat, kniete sich Darling zwischen die Beine der Gefangenen, während der schwarze Schatten der Gottesanbeterin drohend über ihrem Kopf hing. Plötzlich fletschte die blonde Frau die Zähne. Spitze, schiefe Zähne.

Darling hielt ein Messer in der Hand. Wie war das möglich? Die Klinge leuchtete und schien zu ihm zu sprechen. »Sie ist böse. Du musst sie töten!«

Nein, schrie Darling in sich hinein. *Ich kann nicht!*

Die Frau verwandelte sich weiter. Aus dem Kopf erwuchsen ihr Hörner, und die Augen leuchteten rötlich.

»Töte sie! Sie ist der Teufel persönlich.«

Darling besaß keine Kontrolle mehr über seine Hände. Das Messer bewegte sich auf den Körper der Frau zu. Er versuchte, dagegen anzukämpfen, doch die Klinge war zu kräftig. Sie schnitt in das weiße Kleid, dann drang sie in das Fleisch ein. Sofort färbte sich der Stoff rot. Die Messerspitze glitt widerstandslos durch den Bauch der Frau, als bestünde sie aus Butter. Ihre Monsterfratze verzerrte sich weiter. Fledermäuse drangen aus ihrem aufquellenden Leib hervor und stiegen in die Luft. Sie umkreisten Darling.

»Spürst du die Energie? Kannst du sie fühlen?«

Die Fackeln drehten sich stärker. Zusammen mit den Fledermäusen und den Monstern wurden sie zu einem Strudel, der Darling nach oben zog. Er flog auf die grell leuchtende Decke zu. Alles strahlte. Dann saugte ihn das Licht ein.

58

Unzählige Lichter schwirrten durch die Nacht. Sie flackerten und tanzten fröhlich, als wollten sie ihn willkommen heißen. Nach und nach wurden sie schärfer, dann formierten sie sich zu einem Bild.

Berger kniff die Augen zusammen? Wo war er? Langsam begriff er, dass er am Mainufer auf einer Bank saß und sich die Lichter der Frankfurter Hochhäuser vor ihm im Wasser spiegelten.

Wie war er hergekommen? Das Letzte, an das er sich erinnerte, war die Trattoria Romana – das Restaurant, in dem Sarah gestorben war. Er hatte lange vor dem Fenster gestanden und in den Gastraum gestarrt. Was danach passiert war, wusste er nicht mehr. Hatte er einen Blackout infolge eines Depressionsschubs erlitten?

Berger tastete seine Jacke ab. Die Dienstwaffe steckte im Schultergurt, auch sein Handy war noch da. Erleichtert zog er das Gerät heraus und schaltete es ein.

Es war bereits halb elf. Zahlreiche Sprachnachrichten erschienen auf dem Display, das Telefon vibrierte unaufhörlich. Sechs Meldungen von Caro, fünf von Darling, drei von seinem Chef und eine von einer Festnetznummer aus dem Taunus, die vermutlich Doktor Klinger gehörte.

Bergers Bauch verkrampfte sich. Was war passiert? Er wählte seine Sprachbox an und begann, sämtliche Nachrichten abzuhören. Als er erfuhr, dass Caro allein in die Kolonie zurückgekehrt war, um Patrizia aus Wiesenbergs Haus zu befreien, sprang Berger alarmiert von der

Parkbank auf. Sein Puls beschleunigte sich rasant. Dann hörte er Darlings Meldungen ab. Sein Partner wollte Saskia Metternich treffen und benötigte dringend einen Rückruf. Waren denn alle verrückt geworden?! Auch Jens hatte nach ihm verlangt und einen Rückruf eingefordert. Zum Schluss kam noch eine Nachricht von Caro. Sie klang verzweifelt und stammelte ins Telefon, dass sie dem Mörder begegnet war und dringend Hilfe benötigte. Berger war erschüttert. Sofort wählte er Caros Nummer an, doch es meldete sich nur der Anrufbeantworter. Bergers Finger zitterten. Er wollte Klingers Festnetzrufnummer anwählen, doch bevor er die Ziffern eingeben konnte, bemerkte er mehrere Personen, die sich ihm von zwei Seiten rasch näherten. Instinktiv griff er nach seiner Waffe.

Dann hörte er eine harte Stimme. »Polizei! Berger, du bist verhaftet! Leg die Pistole auf den Boden. Sofort.«

Die Stimme war ihm vertraut. Hartmann!

Er sollte festgenommen werden? Hatte sein widerwärtiger Kollege inzwischen stichhaltige Beweise gefunden, die ihn mit dem Tod des kroatischen Dealers in Verbindung brachten?

»Die Pistole auf den Boden!«, schrie Hartmann.

Berger ließ seine Dienstwaffe fallen und hob die Hände. »Schon gut. Ich leiste keinen Widerstand.«

Zwei Polizisten fielen über ihn her und drehten ihm die Arme grob auf den Rücken. Dann klickten Handschellen. Er dachte an Caro. Und an Darling. Beide schwebten in Gefahr, doch er würde seinen Kollegen nicht helfen können. Er hatte alles vermasselt!

59

Mit tiefen Furchen auf der Stirn stand Doktor Klinger im Türrahmen seines Büros. Von seinem dunklen Anorak tropfte Wasser und bildete eine Pfütze auf den Holzboden. Sein Blick wanderte von Caro zu seiner Frau. Dann wieder zurück. »Was ist hier los?«

»Sie ist eingebrochen und hat mich bedroht«, keifte Evelyn los.

»Ich bin im Wald überfallen worden und brauchte ein Telefon«, verteidigte sich Caro.

»Und warum sind Sie überhaupt hier?«, fragte Klinger. »Ich war der Auffassung, dass die Ermittlungen in der Kolonie abgeschlossen sind und Sie die eindeutige Anweisung Ihrer Vorgesetzten erhalten haben, sich zurückzuziehen.«

»Seit heute Abend weiß ich mit Sicherheit, dass der Täter auf dem Gutshof zu finden ist. Ich stand ihm gegenüber.«

»Das ist doch ein Märchen!«, polterte Klinger zurück. »Wer soll denn Ihrer Meinung nach dieser mysteriöse Mörder sein?«

Caro zögerte. Sollte sie ihre Karten auf den Tisch legen? Oder würde Klinger dann die Beweise vernichten? Sie entschied sich dagegen. »Wir sind mit der Beweisaufnahme noch nicht am Ende.«

»Jetzt reicht es mir endgültig! Ich rufe direkt bei Herrn Gebauer an und beschwere mich über Sie. Außerdem erstatte ich Anzeige gegen Ihre Behörde. Verlassen

Sie augenblicklich mein Büro.« Klinger griff nach dem Hörer.

Während er wählte, schob Evelyn Caro aus dem Raum und schloss die Tür. »Wir lassen uns nicht von der Polizei schikanieren!«, sagte sie mit eiskalter Stimme.

Caro dachte an die Kammer, in der Klinger und seine Ehefrau ungehorsame Patienten bestraften. Damit machten sie sich auf jeden Fall strafbar. Sollte Caro diese Karte ausspielen, um den Doktor zur Mitarbeit zu bewegen? Andererseits hatte sie keine Beweise in der Hand. Und ob die Patienten gegen Klinger aussagen würden, war mehr als unsicher. Sie verwarf den Gedanken zunächst.

»Jetzt haben Sie sich meinen Mann definitiv zum Feind gemacht«, fuhr Evelyn fort. »Er wird Sie vernichten!«

Die Drohung hallte durch Caros Kopf. Fakt war, dass sie gegen die Anweisungen ihrer Vorgesetzten verstoßen hatte. Auf der anderen Seite war sie dem Killer begegnet und hatte mit dem Tagebuch aussagekräftige Indizien in der Hand.

Das Tagebuch! Caro griff sich hektisch an den Gürtel. Nichts. Verfluchter Mist! Sie musste das Beweisstück während ihrer Flucht verloren haben. Hitze stieg in ihr auf. Jetzt würde es deutlich schwieriger werden, ihre Chefs zu überzeugen.

Durch die geschlossene Bürotür drangen vereinzelte Wortfetzen des wütenden Doktors. Hitzige Worte, die den Präsidenten des Landeskriminalamtes mit Sicherheit nicht kalt lassen würden. Caro bereitete sich auf ein gewaltiges Donnerwetter vor.

Nur wenige Momente später wurde die Tür aufgerissen. Klinger zeigte auf seinen Schreibtisch. »Sie werden am Telefon verlangt, Frau Löwenstein!«

Caro schluckte. Mit wackeligen Beinen betrat sie das

Büro und ergriff den Hörer. »Sie möchten mich sprechen?«

»Sind Sie vollkommen durchgedreht?«, brüllte Gebauer durch die Leitung. »Ich habe Ihnen heute Vormittag die eindeutige Anweisung gegeben, die Silberbachkolonie zu verlassen und die Spuren in Frankfurt zu verfolgen! Und was machen Sie?«

Caros Puls schoss in die Höhe. Dennoch versuchte sie, ruhig und sachlich zu bleiben. »Ich habe Hinweise verfolgt und bin dem Mörder hier im Wald begegnet.«

»Das ist doch Bullshit! Wer soll denn dieser Mörder sein? Und wo sind Ihre Beweise?«

»Ich verdächtige Kai Wiesenberg, einen Mann, der hier auf dem Gelände wohnt. Ich habe in seiner Hütte Bilder gefunden, die eindeutig mit den Morden in Verbindung stehen.«

»Soweit ich Herrn Klinger gerade verstanden habe, sind Sie ohne Durchsuchungsbefehl und ohne Absprache in das Haus des Mannes eingedrungen. Und die angeblich verdächtigen Bilder sind Teil seiner Therapie, um traumatische Erlebnisse zu verarbeiten. Ich habe jetzt die Nase gestrichen voll und lasse Sie endgültig von dem Fall abziehen. Und Ihren Partner ebenfalls, nachdem er verhört wurde.«

Caro begriff seine Worte nicht sofort. Sie wurde abgezogen? Berger war im Verhör?

»Ich ... ich verstehe nicht. Wo ist Berger?«

»Er steht unter Mordverdacht. Mehr sage ich dazu nicht.«

Das war absurd! Er hatte niemanden ermordet.

»Sie werden die Kolonie unverzüglich verlassen!« Es knackte in der Leitung, Gebauer hatte aufgelegt.

Evelyn lächelte schadenfroh, während der Doktor

Caro mit zusammengekniffenen Augen musterte. »Ich hoffe, Sie hören dieses Mal auf Ihren Chef.«

Caro nickte wie in Trance. Sie wollte so schnell wie möglich zurück nach Wiesbaden, um herauszufinden, was mit Berger geschehen war. Außerdem musste sie sich um Jennifer kümmern.

»Mein Wagen ist beschädigt, ich muss ein Taxi rufen.«

»Ich gebe Ihnen gerne die Nummer, wenn Sie uns dann nicht mehr belästigen.« Klinger reichte ihr die Karte eines lokalen Taxiunternehmens.

Nachdem Caro das Taxi bestellt hatte, bugsierte sie Evelyn hinaus. »Lassen Sie sich bloß nie wieder hier blicken!« Dann knallte sie die Haustür ins Schloss.

60

Donnerstag, 25. Oktober

Das Erste, was Darling spürte, war Staub. Trockener Staub, der seine Zunge einhüllte wie einen Teppich auf einem marokkanischen Markt. Seine Augenlider schienen tonnenschwer zu lasten. Er versuchte, sie zu öffnen, schaffte es jedoch nicht.

Wo war er? Wieder probierte er zu blinzeln, dieses Mal mit mehr Erfolg. Er sah nur eine einzige Farbe: grau. Erneut zwang er sich, gegen die Trägheit anzukämpfen, und erweiterte sein Blickfeld. Er lag auf dem Betonboden einer großen Halle.

What the fuck?

Erste Erinnerungsfetzen kehrten zurück. Das Treffen mit Saskia Metternich. Endlich begriff Darling, wo er aufgewacht war. Im Hangar des ehemaligen Militärflughafens in Eschborn. Er zitterte vor Kälte. Ihm dröhnte der Kopf.

Als er zur Seite blickte, stellte er fest, dass es draußen hell war. Die Halle war leer. Unter größter Anstrengung versuchte er, sich aufzurichten.

Er hatte Cécile getroffen. Aber was war dann passiert? Weitere Erinnerungen stoben durch seinen Kopf. Der Bluttrank! Sie hatte ihn unter Drogen gesetzt. Außerdem kehrte die Erkenntnis zurück, dass Cécile und Saskia dieselbe Person waren.

Und danach? Alles war verschwommen. Monster hatten ihn angefallen. Eine Frau war ermordet worden.

Entsetzt fiel ihm ein, dass er selbst zugestochen hatte. Nein! Das konnte nicht sein. Das *durfte* nicht sein!

Er blickte sich um. Hinter ihm standen heruntergebrannte Kerzenstumpfe in einem Kreis, in dessen Mitte sich ein roter Fleck befand. Eine getrocknete Blutlache.

Nein! Bitte nicht!

War die Frau mit dem weißen Kleid, die in den Tiefen seines Gedächtnisses immer wieder aufblitzte, hier gestorben? Hatte er sie ermordet?

Darling richtete sich auf. Langsam kehrte die Kraft in seinen Körper zurück. Dann entdeckte er ein Bild auf seinem rechten Unterarm. Ein kleines Tattoo. Es stellte eine Gottesanbeterin dar.

Was hatte Saskia Metternich ihm eingeflößt? Warum hatte er sich dazu hinreißen lassen, den Drink einzunehmen? Er hatte gegen sämtliche Vorschriften verstoßen und alle Vorsicht außer Acht gelassen. Und jetzt saß er tief im Dreck. Richtig tief sogar.

Er fror. Die Kälte des Betonbodens war in jede einzelne Zelle seines Körpers gekrochen.

Als er versuchte, auf die Beine zu kommen, spürte er seinen Kreislauf. Er musste sich wieder setzen. Erst beim zweiten Anlauf schaffte er es.

Darling griff in seine Taschen und stieß auf den Autoschlüssel. Sein Handy war verschwunden, ebenso seine Dienstwaffe und das Portemonnaie mitsamt dem Polizeiausweis.

Ich bin am Arsch!

Lagen seine Sachen irgendwo herum? Er suchte den Hangar ab, fand jedoch nichts.

Mit dröhnendem Kopf verließ er die Halle und lief durch den Nieselregen zu seinem Wagen. Er hatte vor, Saskia Metternich in ihrem Laden aufzusuchen, um sie zur Rede zu stellen.

Eine Dreiviertelstunde später erreichte Darling das Fetisch-Geschäft im Frankfurter Bahnhofsviertel. Cécile, oder besser gesagt, Saskia stand ausdruckslos hinter der Theke, als hätte es die letzte Nacht nicht gegeben.

Als er eintrat, zog sie die rechte Augenbraue hoch. »Ich dachte schon, du kommst gar nicht mehr vorbei.«

Darling baute sich vor ihr auf. »Was soll das alles? Was haben Sie mir verabreicht?«

Sie lächelte. »Uns beide vereint jetzt ein dunkles Geheimnis.«

»Ich könnte Sie festnehmen.«

»Ohne genau zu wissen, was passiert ist? Keine gute Idee, Babybulle.«

Sie spielt mit mir!

»Was genau ist denn geschehen?«

»Du warst doch dabei.«

»Sehr witzig! Dank Ihres Drogencocktails kann ich mich an kaum etwas erinnern.«

Wieder blitzten Gedankenfetzen in Darlings Kopf auf. Die Frau im weißen Kleid. Ein Messer in seiner Hand. Kalter Schweiß bildete sich auf seiner Stirn. Er begann zu zittern. Hatte sie ihn zum Mörder gemacht?

»Du wirkst erschrocken. Offenbar erinnerst du dich doch.«

»Das kann nicht ... ich bin ... ich ...«, stotterte Darling.

»Wie fühlt es sich an, an einem Tatort aufzuwachen? Eine neue Erfahrung, oder?«

Sie ist verrückt!

Eine Mischung aus Wut und Verzweiflung überfiel Darling. »Ich möchte jetzt wissen, was gestern Abend passiert ist.«

»Nicht so schnell!«, sagte Saskia mit einem leicht beleidigten Unterton. »Wo wäre da der Spaß?«

»Das ist kein Spaß!«

»Für mich schon. Wenn du Antworten erhalten möchtest, musst du etwas für mich tun.«

»Wollen Sie mich erpressen?«

»Das ist so ein böses Wort. Nein. Eine Hand wäscht die andere, Babybulle.«

Darling wusste, dass er die Karre immer tiefer in den Dreck fuhr. »Was wollen Sie von mir?«

»Ich möchte, dass du mir erzählst, was in der Silberbachkolonie passiert ist und was ihr Bullen wisst.«

»Das kann ich nicht. Die Ermittlungen sind geheim.«

»Dann sind die Geschehnisse von gestern Nacht auch geheim. Ganz einfach.«

»Warum interessieren Sie sich für unsere Nachforschungen?«, fragte Darling.

»Ich bin neugierig.«

Darling schüttelte den Kopf.

»Du kannst gerne gehen, aber dann verpasst du meinen Teil der Geschichte.«

»Ihren Teil?«

»Schon vergessen? Ich habe früher auf dem Hof gelebt. Wenn du mir berichtest, was du weißt, erzähle ich dir die Tragödie eines jungen Mädchens an einem heißen Sommertag vor zweiundzwanzig Jahren. Und danach sprechen wir über dein persönliches Drama von gestern Nacht. Und vielleicht bekommst du dann auch deine verlorenen Sachen zurück.«

Darling war hin- und hergerissen. Wenn er die Ermittlungsergebnisse ausplauderte, und das vor einer potenziell verdächtigen Person, würde er seine Situation noch verschlimmern. Auf der anderen Seite war das ohnehin schon egal. Er musste erfahren, was passiert war.

»Und? Wie entscheidest du dich?«, fragte sie.

»Okay, ich sage Ihnen, was wir wissen.« Darling berichtete von den Ereignissen auf dem Hof. Von dem Mord an Nicole Bachmann. Von den Klingers. Von Zoé. Und von der Geschichte aus dem Tagebuch Wiesenbergs, zumindest, soweit sie ihm bekannt war.

Saskia Metternich hörte aufmerksam zu, ohne Darling zu unterbrechen. Als er geendet hatte, zog sie die rechte Augenbraue hoch. »Dramatisch, was damals passiert ist, oder? Du hast dir eine Fortsetzung der Geschichte verdient.«

61

Sommer 1996

Die Schmerzen waren unerträglich. Saskia hatte die schlimmste Tracht Prügel erlebt, die sie jemals von ihrem Vater erhalten hatte. Johannes war in Rage geraten und hatte sie mit einem Rohrstock von oben bis unten malträtiert, bis ihr Blut in Strömen Rücken und Beine herablief. Aber sie war stolz, dass sie nicht geweint hatte.

Jetzt humpelte sie über den Hof. Jeder Schritt war eine Qual, denn ihr Vater hatte auch auf ihre Knie und Füße eingeschlagen. Sie würde mehrere Tage nicht laufen können.

Alles wegen Kai, dem Vollidioten! Die beiden hatten Nicole nur eine Lektion erteilen wollen. Aber der Grobmotoriker hatte zu tief in ihren Bauch gestochen und Nicole um ein Haar getötet.

Jetzt brach die Welt über Saskia zusammen. Sie wollte den Hof nicht verlassen. Und das würde sie auch nicht. Ein Plan reifte in ihrem Kopf heran. Dafür benötigte sie Kais Mithilfe, was das kleinste Problem darstellte. Der zweite Schritt würde wesentlich schwieriger werden.

Kai war in der Scheune eingesperrt. Warum fiel seine Strafe so viel angenehmer aus als ihre? Sie hätte gerne mit ihm getauscht, dann müsste sie jetzt nicht die Schmerzen am ganzen Leib ertragen.

Sie betrat den Stall und durchquerte die Reihen der Kühe, die vor der Hitze Schutz suchten. Sie stieg die Leiter hinauf, bis sie den Bretterverschlag erreichte, in dem Kai festgehalten wurde. Die Tür war mit einem Vorhängeschloss gesichert, aber der Schlüssel hing rechts daneben an einem Wandnagel.

Saskia blickte sich um. Niemand war in der Scheune. Sie schloss die Tür auf und huschte in das Gefängnis.

Kai sah sie verwundert an. »Bist du verrückt geworden? Wenn dich jemand erwischt, bekommst du noch eine Tracht Prügel.«

»Du kannst froh sein, dass du nicht geschlagen wurdest.«

»Bin ich auch«, erwiderte er. »Es tut mir leid, dass du es abbekommen hast.« Seine verliebten Blicke klebten an ihr.

»Hast du gehört? Dein Vater will uns vom Hof werfen.«

Kais Mundwinkel fielen nach unten. »Das darf er nicht! Ich versuche ihn umzustimmen!«

»So einfach ist das nicht«, sagte sie vorwurfsvoll. »Wir brauchen einen Plan.«

»Einen Plan?«, fragte Kai. »Hast du denn einen?«

Saskia ging auf den verunsicherten Jungen zu. »Wir müssen dafür sorgen, dass dein Vater uns auf keinen Fall wegjagen kann.«

»Und wie stellen wir das an?«

»Wir erzählen unseren Eltern, dass ich schwanger bin. Von dir.«

Kai sah verwirrt aus. »Schwanger? Aber ...«

»Überleg mal. Wenn wir ein gemeinsames Kind erwarten, dann kann dein Vater uns nicht wegschicken. Immerhin wäre es sein Enkel.«

»Das nimmt der uns nie ab!«

»Auf Dauer nicht. Aber fürs Erste würde ich einen Schwangerschaftstest fälschen, um alle zu überzeugen. Und später könnte ich das Kind verloren haben. In der Zwischenzeit glätten sich die Wogen.«

Kai kratzte sich am Kopf. »Ich weiß nicht, ob das funktioniert.«

»Hast du einen besseren Plan?«, fragte sie spitz.

»Nein«, gab Kai zu.

»Oder möchtest du etwa, dass ich gehe?«

»Nein!«, protestierte er. »Ich wünsche mir, dass du bei mir bleibst.«

Saskia drückte ihm einen Kuss auf den Mund. »Dann hilf mir bitte.«

Kai lief feuerrot an. »Ich ... ich mache a... alles, was du w... willst, wirklich!«

Es war ja so einfach, Jungs zu steuern. Saskia lächelte.

»Du musst es deinen Eltern erzählen, am besten deiner Mutter. Sie wird deinen Vater schon irgendwie überreden, uns nicht vom Hof zu werfen. Wetten?«

Kai nickte langsam. »Okay. Ich spreche mit ihr. Sie bringt mir gleich das Mittagessen.«

Saskia blickte ihm tief in die Augen. »Danke Kai! Ich verschwinde jetzt besser.« Sie verließ das Gefängnis und schloss die Tür wieder ab. Anschließend versteckte sie sich hinter einem Heuballen. Sie wollte das Gespräch unbedingt belauschen.

Etwa eine Stunde später hörte Saskia, wie jemand die Leiter hochkletterte. Sie spähte durch das Stroh und erkannte Kais Mutter, die das Vorhängeschloss öffnete und den Raum betrat. Sie trug eine Papiertüte, in der sich vermutlich sein Essen befand. Schnell schlich Saskia vor, um das Gespräch belauschen zu können.

Frau Wiesenberg sprach gerade. »Du musst etwas essen, Kai.«

»Ich habe keinen Hunger.«

»Es tut mir leid, was passiert ist.« Ihre Stimme klang warmherzig und mitfühlend. »Möchtest du darüber reden?«

Saskia spürte Verbitterung in sich aufsteigen. Warum hatte sie nie eine solche Nestwärme genießen dürfen? Ihre eigene

Mutter war kurz nach ihrer Geburt abgehauen, und ihr Vater war ein emotionaler Blindgänger.

»Ich mache mir Sorgen um Saskia«, sagte Kai. »Muss sie wirklich den Hof verlassen?«

»Ich fürchte, ja«, antwortete Frau Wiesenberg. Sie begann zu schluchzen. »Es führt kein Weg daran vorbei. Sie tut dir nicht gut.«

»Doch, Mama, ich kann nicht ohne sie leben. Ich liebe sie.«

Es entstand eine längere Pause. Vermutlich hatte Frau Wiesenberg ihren Sohn in den Arm genommen. »Es tut mir leid, Kai. Aber dein Vater hat seine Entscheidung getroffen. Es gibt nichts, was wir dagegen tun können.«

Wieder blieb es einen Moment lang still. »Ich muss dir ... etwas Wichtiges ... erzählen«, sagte Kai stockend.

Saskias Herz pochte. Würde er ihren Plan befolgen?

»Was denn, mein Junge?«, fragte Frau Wiesenberg. »Was belastet dich?«

»Saskia ist ... schwanger von mir.«

Wieder herrschte eine ganze Weile Stille. »Was?« In der Stimme seiner Mutter schwang eine Mischung aus Angst und Bestürzung mit.

»Ihr könnt Saskia nicht gehen lassen«, setzte Kai mit weinerlicher Stimme nach.

»Aber wie konnte das ...?«, begann sie entgeistert. »Wann habt ihr ...? Oh Gott!«

»Es tut mir leid, Mama.«

»Wir finden schon eine Lösung, Kai. Alles wird gut.«

Es polterte.

Saskia zog sich schnell hinter den Strohballen zurück. Keine Sekunde zu früh, denn Frau Wiesenberg stolperte aus dem Raum, versperrte die Tür und kletterte hektisch die Leiter hinab.

Nachdem sie verschwunden war, folgte ihr Saskia mit einigem Abstand. Sie sah, wie Kais Mutter das Gutshaus betrat, humpelte hinterher und versteckte sich in dem großen Ligusterbusch vor dem Küchenfenster. Von dort aus konnte sie die Stimmen aus dem Haus verstehen.

»Was ist los? Du siehst so blass aus«, sagte Herbert Wiesenberg gerade.

Seine Frau antwortete nicht.

»Nun rede schon. Was ist passiert?«

»Etwas ... Furchtbares ... ist geschehen.« Ihre Stimme klang verzweifelt.

»Viel schlimmer kann es ja wohl kaum kommen«, erwiderte der Gutsherr.

Wieder herrschte Stille. »Kai hat mir gerade erzählt, dass ...« Sie sprach nicht weiter.

»Was hat er dir erzählt? Nun lass dir doch nicht jedes Wort aus der Nase ziehen!«

»Er hat ...« Sie begann zu weinen. »Er hat ... er hat Saskia geschwängert.«

»Was?«, brüllte Herbert Wiesenberg los. »Hat ihn der Teufel geritten?«

»Bitte! Reg dich nicht auf«, antwortete seine Frau flehend. »Wir bekommen das schon irgendwie hin.«

»Ich weiß genau, wer daran schuld ist!«, schrie er wütend zurück. »Die Schlampe hat meinen Sohn verführt!«

»Beruhige dich, Herbert! Bitte!«

Saskia wurde heiß. Schweiß trat ihr auf die Stirn. Das Gespräch verlief anders als erwartet. Um nicht zu sagen: Ihr Plan lief gerade aus dem Ruder.

»Das ist eine Schweinerei!«, fuhr Wiesenberg erbost fort. »Ich greife mir jetzt Johannes. Der Bursche hat seine Brut nicht im Griff!«

Nur Sekunden später flog die Tür auf, und der Gutsherr trat ins Freie. Dann brüllte er aus vollem Hals über den Hof. »Johannes, du Mistkerl! Beweg deinen miesen Arsch hierher!«

Saskia wurde schlecht. Das klang übel. Was konnte sie jetzt noch tun?

Ihr Vater rannte in seiner Arbeitsmontur auf das Gutshaus zu. Die Werkzeuge an seinem Gürtel klapperten. »Was fällt dir ein, mich schon wieder zu beschimpfen?«, rief er aufgebracht.

Sie standen sich vor dem Eingang gegenüber.

»Deine nichtsnutzige Tochter ist schwanger.«

Johannes Metternich brauchte einen Moment, um die Information zu verarbeiten. Dann lief sein Gesicht rot an. »Was?!«, schrie er. »Etwa von Kai?«

»Die Schlampe hat ihn verführt! Sie hat …«

»Dein Sohn … hat meine Tochter … geschwängert?«, brüllte er, sodass sich seine Stimme überschlug.

Saskia hielt sich die Ohren zu, aber es half nichts.

Johannes Metternich rastete komplett aus und ging auf Herbert Wiesenberg los. Er warf sich gegen ihn, sodass der Gutsherr rückwärts in den Hausflur fiel. Beide schrien sich gegenseitig an und rangen miteinander.

Saskia rannte, so schnell es ihre schmerzenden Knochen zuließen, über den Hof, betrat die Scheune und kletterte die Leiter hinauf. Dann befreite sie Kai.

»Schnell. Komm mit!«, rief sie ihm zu. »Unsere Väter prügeln sich. Wir müssen sie auseinanderbringen, bevor die sich die Köpfe einschlagen.«

Kai wirkte wie versteinert. Offenbar hatte er die Schreie gehört.

»Komm jetzt!«, schrie Saskia. Sie hetzte zur Leiter. Kai folgte ihr wie in Trance.

Die beiden Teenager liefen aus der Scheune und überquerten den Hof. Es war inzwischen vollkommen still, die Schreie der Männer waren verstummt.

Saskia betrat das Gutshaus zuerst. Was sie sah, ließ ihren Verstand aussetzen. Herbert Wiesenberg lag mit eingeschlage-

nem Schädel auf dem Boden. Sein Gesicht war nur noch eine blutige Masse. Unter seinem Körper hatte sich ein roter See gebildet. Neben ihm lag seine Frau mit ebenfalls aufgeplatztem Kopf. Zwischen den Leichen stand Johannes Metternich mit einem Hammer in der Hand.

Kai erschien im Eingang und starrte entsetzt in den Hausflur. Metternich drehte sich um. Sein Gesicht war vor Zorn verzerrt, die Augen flackerten und die Nase zuckte. Dann fixierte er Kai. »Du ... hast ... meine ... Tochter ... vergewaltigt?!«

Kai brach in Tränen aus. »Nein! Bitte nicht. Das stimmt nicht.«

Saskias Vater stürmte auf ihn zu und schwang seinen Hammer.

Kai wich zurück und stolperte aus der Tür. Dabei fiel er der Länge nach auf den Hof. Metternich setzte nach und schlug auf den Jungen ein. Er traf sein Knie, woraufhin Kai vor Schmerzen brüllte. Ein weiterer Hieb krachte in seinen Unterleib. Dann noch einer auf den Brustkorb. Seine Rippen brachen mit einem entsetzlichen Knacken.

Saskia wollte einschreiten, aber sie stand wie erstarrt da. Ihr Vater würde Kai umbringen, und es gab nichts, was sie dagegen tun konnte. Sie war verdammt, dem grausigen Schauspiel zuzusehen.

Zwei Hofarbeiter liefen auf Metternich zu und warfen sich auf ihn. Einer der beiden entriss dem Angreifer den Hammer, während der andere Metternichs Arm auf den Rücken drehte. Saskias Vater versuchte vergeblich, der Umklammerung zu entkommen. Die Männer schlugen ihn nieder und fesselten ihn. Erst dann begriffen sie, was im Inneren des Gutshauses geschehen war.

Kai lag wimmernd und zusammengekrümmt auf dem Boden. Sein T-Shirt und die Hose hatten sich rot verfärbt. Er war offensichtlich schwer verletzt.

Wie in einem Traum zogen die Ereignisse an Saskia vorbei. Alles war vollkommen aus den Fugen geraten. Und das bedeutete, dass sich ihr Leben gewaltig verändern würde.

62

Donnerstag, 25. Oktober

Berger hatte den Verhörraum im zweiten Stock des Landeskriminalamtes nie gemocht. Die enge Kammer mit Betonwänden und grauem Linoleumboden wirkte einschüchternd und beklemmend, was ihrem Zweck durchaus förderlich war. Ein Spiegel, hinter dem sich der Beobachtungsraum verbarg, zeigte den Verdächtigen das traurige Abbild ihrer selbst in einem unnatürlich fahlen Licht.

Für Berger war es eine Premiere, in diesem Raum auf der falschen Seite des Tisches zu sitzen.

Er konnte kaum die Augen offenhalten. Hartmann hatte ihn die ganze Nacht über befragt und ihm mehrfach das Video vorgespielt, auf dem er den Sexshop betrat. Außerdem hatte er eine Zeugenaussage des Shopbesitzers vorgelesen, nach der Berger – und zwei andere finstere Gestalten – die Einrichtung demoliert hatten. Berger hatte zu den Vorwürfen geschwiegen.

Hartmann reckte sich und nippte an seinem Kaffee. »Gut, du willst nicht reden. Aber das wird dir nicht helfen. Wir fangen immer wieder von vorne an. So lange, bis du mir die Wahrheit erzählst.«

»Es gibt nichts zu berichten. Ich kann meine Aussage gerne wiederholen. Die beiden südländischen Kerle, vermutlich Kroaten, haben mich grundlos angegriffen, woraufhin ich in den Sexshop geflüchtet bin. Dort habe ich mich verteidigt und bin entkommen. Das ist alles. Ich habe bisher weder Anzeige erstattet noch einen Bericht verfasst, weil ich mit meinem eigenen Fall beschäftigt war.«

»Und was sagst du zu den Zeugenaussagen vom Tatort? Mehrere Personen haben jemanden, auf den deine Beschreibung passt, in der Spielhalle gesehen – zusammen mit dem Mordopfer. Wie erklärst du das?«

»Meine Beschreibung passt auf viele Männer.«

»Ich bin gespannt, was die Gegenüberstellung ergeben wird. Es wäre besser für dich, vorher die Wahrheit zu sagen. Du weißt, dass Richter eine aktive Mithilfe der Täter bei der Aufklärung schätzen. Warum gibst du nicht endlich zu, dass du den Dealer erschossen hast? Was nimmst du, Berger? Koks? Heroin?«

Berger schüttelte den Kopf. Hartmann würde nicht lockerlassen. Und bei einer Gegenüberstellung würde ihn vermutlich jemand wiedererkennen.

»Du bekommst bestimmt mildernde Umstände aufgrund des Todes deiner Verlobten«, fuhr Hartmann fort. »Jeder wird verstehen, warum du dich zugedröhnt hast.«

»Ich nehme keine Drogen.« Berger schloss die Augen.

»Die Kollegen von der internen Ermittlung sind schon dabei, einen Drogentest zu veranlassen. Dann werden wir ja sehen.« Hartmann räusperte sich. »Aber zurück zur Spielhalle. Wir wissen, dass du dort warst. Und wir wissen, dass du den Dealer getroffen hast. Wir wissen noch nicht, was dann passiert ist. Wer hat geschossen? Du selbst? Woher hattest du die zweite Waffe? Und wo ist die Tatwaffe jetzt?«

»Ich habe ihn nicht erschossen. Daher weiß ich auch nicht, wo die Waffe ist. Fahndet lieber nach den anderen Typen!«

»Keine Sorge, das überlass mal uns. Seid ihr über den Preis des Stoffes in Streit geraten?«

Berger schwieg. Sollte er Hartmann die Wahrheit erzählen? Von den Psychopharmaka? Und von der kroatischen Mafia? Er saß auf verlorenem Posten, und alles war besser, als eine Mordanzeige am Hals zu haben. Natürlich würde ihn die Aussage seinen Job kosten, aber er könnte in der Privatwirtschaft weiterarbeiten. Vielleicht in einer Sicherheitsfirma.

»Wo ist die Waffe, Berger?«

»Ich habe ihn nicht erschossen.«

»Niemand glaubt dir«, sagte Hartmann. »Selbst Jens hat erkannt, dass du Dreck am Stecken hast. Er wird dich nicht schützen. Und Präsident Gebauer schon gar nicht. Du stehst mutterseelenallein da. Alle Indizien sprechen gegen dich. Es fehlt nur ein I-Tüpfelchen, um dich vor den Richter zu führen.«

Berger wusste, dass Hartmann recht hatte. Die Scheiße reichte ihm bis zum Hals, und er sank immer tiefer. Er musste eine Entscheidung treffen. Eine Entscheidung, die sein Leben verändern würde. Sollte er die Wahrheit sagen?

»Was ist in jener Nacht geschehen?«, fragte Hartmann erneut.

Berger holte Luft. Er war bereit, sich zu öffnen.

Die Tür wurde aufgerissen. Jens Schröder baute sich im Rahmen auf. »Die Befragung ist beendet!«

Sowohl Berger als auch Hartmann blickten ihn ungläubig an.

»Warum das denn?«, fragte Hartmann mit zitternder Stimme.

»Der Täter wurde gefasst. Die Kollegen der Frankfurter Polizei haben einen Tipp bekommen und daraufhin heute Nacht eine Hausdurchsuchung bei einem Kroaten namens Damil Novak durchgeführt. Dabei wurde eine Pistole sichergestellt, die sich nach erster Überprüfung des Labors als Mordwaffe herausgestellt hat. Der Verdächtige befindet sich in Untersuchungshaft.«

»Das heißt noch lange nicht, dass Berger nichts damit zu tun hat«, bohrte Hartmann weiter.

»Es ist aber deutlich unwahrscheinlicher geworden. Daher beende ich den Hexenlauf gegen unseren Kollegen. Berger, Sie sollten etwas schlafen. Sie sehen furchtbar aus.«

Berger wusste nicht, wie ihm geschah. War das gerade wirklich passiert? Er war kurz davor gewesen, die Wahrheit zu sagen und damit seinen Job zu verlieren. Und dann wurden von einer Sekunde zur nächsten die Karten neu gemischt.

Natürlich war er noch lange nicht aus dem Schneider. Hartmann würde weiter graben, und Damil könnte ihn belasten. Dennoch hatte er Zeit gewonnen. Er fragte sich, von wem die Frankfurter Polizei den Tipp bekommen hatte? Von Santos? Hatte ihm der Portugiese doch noch einen Gefallen erwiesen?

Berger stand auf und nickte seinen Kollegen zu. Dann verließ er mit wackeligen Knien den Verhörraum.

63

Caro erwachte von einem lauten Poltern. Sie fuhr aus dem Bett hoch und sah sich irritiert um. Nach einem kurzen Moment begriff sie, dass sie sich im Schlafzimmer ihrer Wiesbadener Wohnung befand. Sie blickte auf die Uhr. Zwanzig vor neun. So spät schon?

Als sie am Vorabend nach Hause gekommen war, hatte Jennifer bereits geschlafen. Innerlich aufgewühlt konnte Caro unmöglich ins Bett gehen und hatte ihre Tochter aufgeweckt, um mit ihr zu reden. Jennifer hatte sich genervt von ihr abgewendet und gemurmelt: »Was willst du? Ich möchte schlafen. Wir können morgen sprechen.«

Caro hatte eingesehen, dass es keinen Sinn machte, das Mädchen zu einer Aussprache zu zwingen.

Auch Berger hatte ihr starke Kopfschmerzen bereitet. Sie hatte mehrfach versucht, ihn telefonisch zu erreichen. Jedes Mal war nur seine Sprachbox angesprungen. Gebauer hatte gesagt, dass er unter Mordverdacht stand. Hatte man ihn etwa verhaftet? Caro hatte im LKA angerufen, bei Jens Schröder, bei Darling, sogar bei Hartmann. Allerdings hatte sie niemanden erreicht.

Obwohl sie hundemüde gewesen war, hatte sie nicht einschlafen können. Ihre Gedanken waren um Berger, um Jennifer und um die aufreibenden Ereignisse in der Kolonie gekreist. Sie hatte sich im Bett hin und her gewälzt und sich die furchtbarsten Szenarien ausgemalt, was mit Berger geschehen sein könnte. Sie hatte die Nacht verflucht – und ihre Ohnmacht, ihm nicht helfen zu können. Außerdem hatte sie sich in eine düstere Zukunft von Jennifer hineingesteigert. Als sie irgendwann doch eingeschlafen war, hatten sie wirre, beängstigende Träume heimgesucht.

Jetzt polterte es erneut. Caro sprang aus dem Bett und ging zur Tür. Im Flur packte Jennifer gerade ihren Rucksack.

Der Teenager blickte auf.

»Musst du sofort los?«, fragte Caro. »Ich möchte mit dir reden.«

»Ich muss in die Schule.« Jennifers Stimme klang monoton und abweisend.

Caro runzelte die Stirn. »Hmm. Und du hast nicht vor, in das Hotel zu gehen?«

»Hör auf, zu nerven! Wenn du es unbedingt wissen willst: Michael ist für den Rest der Woche nicht in der Stadt.«

»Wir müssen uns trotzdem unterhalten. Von mir aus heute Abend«, sagte Caro.

Jennifer verdrehte die Augen. »Wenn es unbedingt sein muss.« Sie griff nach ihrem Rucksack und ging zum Ausgang. Ohne sich zu verabschieden, verließ sie die Wohnung und knallte die Tür hinter sich zu. Caro zuckte zusammen. Jennifer hatte dicke Mauern um sich herum errichtet. Es würde schwer werden, an das Mädchen heranzukommen.

Sie ging zum Telefon, um Berger anzurufen. Bevor sie den Hörer abheben konnte, klingelte es an der Wohnungstür. Sie öffnete. Im Treppenhaus stand Berger mit dunklen Augenringen, ungekämmten Haaren und zerrissenem Hemd. Kurzum, er sah übel aus.

»Mein Gott, Berger, was ist mit dir passiert?« Caro trat zur Seite, damit er hereinkommen konnte.

»Ich hatte eine harte Nacht mit meinem Freund Hartmann«, sagte er.

»Was war denn los? Ging es um den Dealer?«

»Ja. Hartmann hat mich gestern Abend verhaften lassen und stundenlang befragt.« Berger berichtete, was geschehen war.

Caro hörte entsetzt zu, wie Hartmann Berger immer weiter in die Enge getrieben hatte. Sie atmete auf, als er erzählte, wie er vorläufig entlastet worden war.

»So ein Arschloch!«, rief sie empört.

»Na ja, so ganz unrecht hat er ja nicht«, sagte Berger. »Ich hänge halt mit drin.«

»Ich mache dir erst mal einen Kaffee.« Caro ging in die Küche.

Berger folgte ihr. »Danke. Den kann ich gut gebrauchen.« Er setzte sich auf einen Küchenstuhl. »Ich habe gestern Abend alle deine Nachrichten abgehört und hätte fast einen Herzinfarkt erlitten. Nach den ersten Mitteilungen wollte ich dich umbringen, weil du so verdammt leichtsinnig warst. Aber danach hatte ich eine Scheißangst, dass dir etwas passiert sein könnte.«

»Der Tag war schrecklich!« Caro berichtete ihm von ihrem Erlebnis der dritten Art im Hotel Nassauer Hof, dann von dem panischen Anruf Patrizias, gefolgt von den Geschehnissen in Wiesenbergs Hütte, den Erkenntnissen aus dem Tagebuch, bis hin zu ihrer Flucht vor dem Mörder.

Die Falten in Bergers Stirn gruben sich von Minute zu Minute tiefer. »Du hast unglaublich viel Glück gehabt! Wenn du dich noch einmal in eine derartige Gefahr begibst, dann erwürge ich dich persönlich.«

»Ich würde es wieder genauso machen. Patrizia steckte in einer Notlage, und ich habe ihr geholfen. Außerdem wissen wir jetzt mehr über Kai Wiesenberg.«

»Ja, die Indizien häufen sich«, gab Berger ihr recht.

»Ich weiß aber nicht, ob das ausreicht.« Sie erzählte von ihrem Gespräch mit Gebauer.

»Er hat die Bilder nicht als Beweise anerkannt? Und dich von dem Fall abgezogen? So ein Idiot.«

»Dich will er auch kaltstellen«, sagte Caro.

Berger ballte die Fäuste. »Dann müssen wir jetzt schnell sein.«

»Ich habe außerdem herausgefunden, dass Klinger und seine Frau mächtig Dreck am Stecken haben.« Sie berichtete Berger von der Kammer.

»Das ist wirklich unglaublich! Aber ohne Beweise oder eine konkrete Aussage von einem der Patienten nutzt uns das momentan nichts.«

Caro nickte. »Hat Darling etwas über den Mercedes herausgefunden?«

Berger legte erneut die Stirn in Falten. »Ich weiß es nicht. Darling hat mir ebenfalls einige beunruhigende Nachrichten hinterlassen. Er wollte sich mit Saskia Metternich treffen. Danach habe ich kein Lebenszeichen mehr von ihm erhalten. Sein Telefon ist ausgeschaltet. Er war weder in seiner Wohnung noch im LKA.«

»Mist! Glaubst du, ihm ist etwas zugestoßen?«

»Nach dem, was wir wissen, scheint Saskia Metternich genauso gefährlich zu sein wie Kai Wiesenberg. Vielleicht arbeiten sie sogar zusammen.«

»Du glaubst, sie manipuliert Wiesenberg noch immer?«, fragte Caro.

»Das ist durchaus denkbar. Ich habe die Opfer der Überfälle in Frankfurt befragt. Eine der Frauen hat damals einen weißen Mercedes gesehen. Außerdem hat sie mir berichtet, dass sich gestern Vormittag jemand als Polizistin ausgegeben und sie telefonisch ausgequetscht hat. Es könnte sich um Saskia Metternich gehandelt haben.«

»Aber warum sollte sie die Zeugin befragen?«

»Um herauszufinden, was sie weiß«, vermutete Berger.

»Mal angenommen, Saskia und Kai haben den Kontakt nie verloren, sie hat weiter mit ihm gespielt und ihn aufgestachelt, dann müsste es doch inzwischen mehr Opfer geben.«

»Das stimmt.« Berger nickte. »Entweder es gibt diese toten Frauen tatsächlich, und wir haben sie nur nicht gefunden. Oder Kai und Saskia haben sich aus den Augen verloren und erst vor Kurzem wiedergetroffen.«

Caro runzelte die Stirn. »Das Trauma, das Kai Wiesenberg infolge der Ereignisse in seiner Jugend erlitten hat, macht ihn leicht manipulierbar. Vor allem für Saskia, die er möglicherweise noch immer liebt. Aus psychologischer Sicht passt das.«

Bergers Telefon klingelte. Er sah aufs Display und riss die Augen auf. Dann nahm er den Anruf entgegen. »Darling! Was ist passiert?«

Berger hörte kurz zu und schüttelte den Kopf. »Komm besser sofort her. Wir sind in Caros Wohnung. Das musst du uns persönlich erzählen. Und beeil dich!« Er legte auf.

Knapp zehn Minuten später traf Darling ein. Er wirkte zerstört, als hätte er eine ausgedehnte Kneipentour hinter sich.

Ausgelaugt fiel er auf Caros Sofa und berichtete seinen Kollegen, was sich in der vergangenen Nacht und am Morgen zugetragen hatte.

»Du hast einen Drogencocktail getrunken?«, fragte Berger entgeistert.

»Verdammt, ja«, stammelte sein Partner. »Aber ich wusste nicht ... fuck, egal. Viel schlimmer ist, dass ich die Frau, ich meine, ich weiß nicht genau ... also vielleicht habe ich im Drogenrausch auf sie eingestochen.«

Caro blickte Berger entsetzt an.

»Vielleicht aber auch nicht«, sagte der Kommissar. »Du hast unter Drogen gestanden. Also könntest du Halluzinationen gehabt haben.«

»Was soll ich denn jetzt machen?«, fragte Darling mit verzweifelter Stimme.

»Ich schicke Simone Schweitzer zu dem alten Flughafen«, schlug Berger vor. »Natürlich informell. Sie wird schnell herausfinden, was es mit dieser Blutlache auf sich hat.«

»Ja, das hört sich gut an«, sagte Darling schnaufend. Dann fuhr er fort: »Immerhin habe ich etwas über die Morde an den Wiesenbergs herausgefunden.«

»Was genau?«, hakte Caro nach.

Darling berichtete von dem Plan, den Saskia und Kai geschmiedet hatten. Von der angeblichen Schwangerschaft und schließlich von den Gewalttaten.

»Oje!«, stieß Caro aus. »Der arme Junge. Er muss sich die Schuld am Tod seiner Eltern gegeben haben. Dadurch, dass er seine Mutter belogen hat, brachte er den Stein ins Rollen. Seine Eltern wurden ermordet und er selbst schwer verletzt.«

»Das habe ich gar nicht in den Akten gelesen«, sagte Berger verwundert. »Kein Wort davon, dass Kai verwundet wurde.«

»Stimmt«, bekräftigte Darling. »Das wäre mir auch aufgefallen.«

»Vielleicht hat Saskia gelogen«, vermutete Caro.

Berger zuckte mit den Achseln. »Das ist letztlich egal. Entscheidend ist, was für eine Wirkung die damaligen

Umstände auf die Psyche von Kai Wiesenberg entfaltet haben. Und das finden wir nur heraus, wenn wir ihn endlich näher unter die Lupe nehmen können.«

»Wo wir wieder beim Thema Durchsuchungsbefehl wären«, sagte Caro. »Wir sollten die Beweise aus seiner Hütte sichern. Eine tiefergehende Analyse wird zeigen, ob die Bilder tatsächlich nur eine Art Therapie sind oder die Ausgeburt seiner mörderischen Fantasien.«

»Genau«, erwiderte Berger. »Ich werde gleich bei Richter Uhland vorbeifahren und mit ihm reden.«

»Ohne dich mit Jens oder dem Staatsanwalt abzustimmen?«, fragte Darling.

»Ich denke gar nicht daran! Dann landet alles sofort bei Gebauer, der Doktor Klinger auf keinen Fall ans Bein pinkeln will. Und schon ist der Beschluss vom Tisch. Nein! Ich halte meinen Kopf dafür hin.«

»Ich habe etwas über den Mercedes herausgefunden, das dir helfen könnte«, sagte Darling.

»Was denn?«, fragten Caro und Berger wie aus einem Mund.

»Der Wagen taucht kurz nach dem Mord auf einer Verkehrskamera in Frankfurt auf. Das Kennzeichen war zunächst nicht zu erkennen, und der Fahrer auch nicht. Aber die Cybercrime-Kollegen haben aus einer verschwommenen Pixelwolke ein lesbares Nummernschild gezaubert. Beim Fahrer hatten sie allerdings keinen Erfolg.«

»Auf wen ist der Wagen zugelassen?«, erkundigte sich Berger.

»Auf Doktor Jonas Klinger«, antwortete Darling.

Berger pfiff durch die Zähne. »Interessant! Da der Mercedes aber vor Wiesenbergs Haus steht, spricht alles dafür, dass der sich das Auto geschnappt hat.«

»Das glaube ich auch«, sagte Darling.

Berger sah Caro an. »Wie siehst du den Fall?«

Sie räusperte sich. »Aus meiner Sicht spielen die damaligen Ereignisse auf dem Hof eine gewaltige Rolle. Saskia Metternich hat Kai Wiesenberg in der Zeit seiner sexuellen Entdeckung dazu gebracht, Tiere aufzuschneiden, ein Ritual, das sie offenbar aus dem japanischen Glauben an das Energiezentrum im Hara, dem Bauch, abgeleitet hat. Wie auch immer sie zu diesem Fetisch gekommen ist. Nicole Bachmann war zur falschen Zeit am falschen Ort und hat die beiden bei ihrem Ritual aufgeschreckt, woraufhin Kai zur Abschreckung ihren Bauch aufgeschnitten hat. Darum die alte Narbe. Als Saskia mit ihrem Vater den Hof verlassen sollte, hat Kai seinen Eltern erzählt, dass seine Freundin schwanger sei. Der darauffolgende Streit zwischen den Männern ist aus dem Ruder gelaufen – mit dem bekannten, entsetzlichen Ausgang.«

Caro trank einen Schluck Wasser. »Mitte dieses Jahres muss etwas Entscheidendes passiert sein. Ein Trigger, der Kai Wiesenberg dazu gebracht hat, wieder über Frauen herzufallen. Möglicherweise hat er Saskia wiedergetroffen, die ihn erneut manipuliert hat. Nicole Bachmann muss ihm auf die Spur gekommen sein. Vielleicht hat sie Wiesenberg sogar zur Rede gestellt. Das hat ihn aufgeschreckt, und er hat sie getötet. Seitdem lebt er in einem regelrechten Blutrausch. Er braucht den Kick. Deshalb ist er vorgestern nach Frankfurt gefahren und hat sich eine junge Frau gegriffen. Auch mich hat er im Visier, seit ich in der Kolonie aufgetaucht bin.«

»Das klingt plausibel«, sagte Berger. »Aber ohne stichhaltige Beweise ist das nur eine Geschichte. Wir brauchen den Durchsuchungsbefehl.«

64

Das Ticken der Uhr im Vorzimmer des Ermittlungsrichters fraß sich in Bergers Unterbewusstsein. Der Sekundenzeiger klackte unaufhörlich, als wollte er dem Kommissar deutlich machen, dass seine Zeit für die Aufklärung des Falles ablief. Ironischerweise zeigte die Uhr fünf vor zwölf an. Alles hing von der Besprechung mit Richter Karsten Uhland ab, der ihm einen kurzfristigen Termin in seiner Mittagspause gewährt hatte. Berger wusste, dass es nicht einfach werden würde, den Juristen zu überzeugen, vor allem, weil er ohne den Segen seiner Vorgesetzten unterwegs war. Auf der anderen Seite hatte er schon mehrfach mit Uhland zu tun gehabt und sich seinen Respekt erworben. Aber würden die Indizien ausreichen, um einen Durchsuchungsbefehl zu erwirken?

Die Tür öffnete sich, und der Richter trat ins Vorzimmer. Uhland war Anfang vierzig, hatte braune Haare und einen mundumrundenden Bart. Er wirkte stets hektisch. Seine Augen jagten gehetzt durch die Höhlen, was seine Gesprächspartner verwirrte. Außerdem spielte er fortwährend mit seinem Kugelschreiber und klickte die Mine hinein und wieder heraus.

Mit einer ungeduldigen Geste bat er Berger in sein Büro. »Ich habe nicht viel Zeit. Heute ist die Hölle los. Die kroatischen Clans haben der Polizei den Krieg erklärt.«

Berger nickte. »Davon habe ich gehört.«

Uhland setzte sich hinter seinen Schreibtisch und bedeutete Berger, dass er ebenfalls Platz nehmen sollte. »Ich habe Ihren Bericht überflogen. Darf ich fragen, warum Sie mich gebeten haben, ihn als ›persönlich‹ zu behandeln und warum der Staatsanwalt nicht involviert ist?«

»Der Leiter der Kolonie im Taunus, in der sich die Vorfälle ereignet haben, Doktor Klinger, hat offenbar beste Beziehungen. Daher wird unser Ermittlungsspielraum über die Weisungskette des LKA unzumutbar eingeschränkt.«

»Verstehe. Soweit ich weiß, ist Herr Klinger ein guter Bekannter des hessischen Innenministers. Ich habe beide letztes Jahr auf einem Empfang kennengelernt.«

Endlich begriff Berger, warum Klinger die ganze Zeit über die Ermittlungen behindern konnte.

»Und Sie wollen sich wirklich mit Ihren Vorgesetzten und einem hochrangigen Politiker anlegen?«, fuhr der Richter fort.

»Ich weiß, dass ich richtig liege«, erwiderte Berger mit fester Stimme.

Uhland drückte nervös auf dem Kugelschreiber herum. »Ihr Bericht weist einige Schwachstellen auf. Zum einen stellt sich die Frage, ob ein Pflegefall wie Kai Wiesenberg in der Lage ist, in ein Fahrzeug zu steigen, um in einer Großstadt einen Mord auszuüben. Zum anderen ist mir unklar, warum er erst jetzt anfängt zu morden, obwohl die Motive, die Sie ihm unterstellen, bereits zweiundzwanzig Jahre zurückliegen.«

Keine schlechte Leistung, dachte Berger. Der Richter hatte die Knackpunkte des Ermittlungsberichtes sofort erkannt. »Um ehrlich zu sein: Diese Punkte geben uns auch Rätsel auf. Aber ohne Wiesenberg zu befragen oder Beweise sicherzustellen, werden wir den Fall niemals auflösen.«

Uhland kniff die Augen zusammen. Seine Pupillen hüpften. »Also gut, Berger. Ich erteile Ihnen die Erlaubnis für die Hausdurchsuchung. Allerdings sollten Sie sich darüber im Klaren sein, dass so ein Vorgehen Ihrer Karriere empfindlich schaden könnte. Selbst wenn Sie am Ende Erfolg haben, werden Sie für Herrn Gebauer zu einem roten Tuch.«

Berger triumphierte innerlich. »Damit kann ich leben.«

Der Richter nickte, dann ging er an seinen Computer und tippte auf der Tastatur. Anschließend druckte er ein Dokument aus und setzte seine Unterschrift darunter.

»Machen Sie mir keinen Ärger!« Uhland reichte ihm das Papier über den Schreibtisch.

Berger lächelte. *Endlich!* »Ich gebe mir Mühe.«

65

Der Scheibenwischer schaffte es kaum, die Regenmassen von der Windschutzschutzscheibe zu drücken, als Caro, Berger und Darling die einsame Landstraße zur Kolonie hinauffuhren. Der Herbststurm hatte an Stärke zugelegt und wirbelte Laub durch die Luft. Obwohl es erst früher Nachmittag war, sah es aus, als hätte die Dämmerung bereits eingesetzt. Dunkle Regenwolken lagen wie eine bedrohliche Decke über dem Wald. Gleich würde es richtig schütten.

Die Anspannung, die im Wagen hing, war förmlich greifbar. Keiner der Kollegen sprach ein Wort. Alle waren sich bewusst, dass das Eis unter ihren Füßen brüchig war. Wenn die Hausdurchsuchung keine eindeutigen Beweise zutage brachte, dann stünden sie mit dem Rücken zur Wand.

Darling saß bedrückt auf der Rückbank. Er schien in Gedanken versunken zu sein, vermutlich beschäftigten ihn die Ereignisse der vergangenen Nacht. Bisher hatte er noch keine Rückmeldung von Simone Schweitzer erhalten.

Endlich bog Berger auf den Schotterweg ab, der zur Kolonie führte. Sie passierten das rostige Tor und fuhren am Gutshaus vorbei bis zum Waldrand.

»Sollten wir nicht Doktor Klinger über den Durchsuchungsbefehl in Kenntnis setzen?«, fragte Caro. »Er ist Wiesenbergs gesetzlicher Vormund.«

»Wir wollen nur Wiesenbergs Haus durchsuchen«,

brummte Berger. »Dafür brauchen wir Klinger nicht zu informieren.«

»Klinger würde nur wieder versuchen, uns zu behindern«, pflichtete Darling seinem Partner bei.

Caros Herz klopfte. Das Eis wurde noch dünner.

Nachdem Berger den Wagen geparkt hatte, stiegen die Polizisten aus und stemmten sich gegen Regen und Sturm. Sie brauchten knapp zwanzig Minuten, bis sie das windschiefe Tor erreichten, das den Zugang auf Wiesenbergs Grundstück gewährte. Obwohl Caro den Weg kannte, war ihnen die Orientierung schwergefallen, denn die Sicht reichte kaum weiter als ein paar Meter.

Die Fensterläden klapperten im heulenden Sturm, dazu mischte sich das seltsame Glasgeklimper des Mobiles. Die Waldhütte wirkte düster und verlassen. War Wiesenberg wieder nicht zu Hause?

Sie liefen um das Gebäude herum und stiegen die Stufen zum Eingang hinauf.

»Es scheint niemand hier zu sein«, sagte Darling.

»Wir werden sehen.« Berger klopfte gegen die Tür.

Nichts rührte sich.

Der Kommissar zog seine Waffe, sein Partner tat es ihm gleich. Caro blieb hinter den Männern zurück. Dann drückte Berger die Klinke herunter und stieß die Tür auf. Mit einem Satz sprang er ins Haus und sicherte das Wohnzimmer. Darling stürmte hinterher und deckte ihm den Rücken.

»Polizei!«, rief Berger mit fester Stimme. »Herr Wiesenberg. Wir haben einen Durchsuchungsbefehl. Geben Sie sich zu erkennen!«

Keine Reaktion.

Caro folgte ihren Kollegen ins Haus. Der halbdunkle Raum wirkte genauso verlassen wie am Vortag. Es gab kein Anzeichen, dass Wiesenberg dort war.

»Was jetzt?«, flüsterte Darling.

»Wir sichern zunächst das gesamte Haus.« Berger zeigte auf die Küche. »Caro, du bleibst bitte hinter uns zurück.«

Sie nickte.

Berger ging mit der Waffe im Anschlag voran und spähte in den offenen Durchgang. Nichts. Ruckartig blickte er um die Ecke in den Flur. Auch nichts. Darling folgte ihm. Dahinter Caro.

Sie gelangten in das angrenzende Zimmer, in dem die gruseligen Bilder hingen.

»Das ist voll krank«, entfuhr es Berger, als er flüchtig über die Kritzeleien blickte.

Die Polizisten sicherten den Rest des Hauses: Obergeschoss, Keller und Schuppen. Niemand war anwesend. Anschließend kehrten sie in die Küche zurück.

»Wiesenberg ist ausgeflogen«, sagte Berger enttäuscht.

Sie betraten erneut das kleine Zimmer und betrachteten eingehend die obskuren Kunstwerke.

»Jedes Bild stellt die gleiche Szene dar«, schlussfolgerte Berger. »Ein Mann mit einem Messer, der den Bauch von nackten, weiblichen Opfern aufschneidet.«

Das kalte Grauen erfasste Caro. Bei ihrem ersten Besuch war sie viel zu aufgeregt gewesen, um die Bilder genauer zu analysieren. Jetzt sah sie sich jedes Detail an.

Alle Zeichnungen hatten eines gemeinsam. Sie stellten einen in schwarz gemalten, grimmig dreinblickenden Mann mit einem Messer dar. Die Opfer hingegen sahen unterschiedlich aus. Offenbar hatte Wiesenberg mehrere Frauen gezeichnet. Es gab füllige, aber auch dünne Körper, blonde und dunkle Haare und nicht zuletzt das Bild, auf dem Caro sich selbst wiedererkannt hatte. Im Hintergrund erschienen meist Bäume, auf einigen Bildern auch Gebäude. Eine der Zeichnungen zeigte die Waldkapelle. Ein Kreuz über der Tür machte den Zusammenhang deutlich.

»Was sagen dir die Bilder?«, fragte Berger zu Caro gewandt.

»Ich erkenne unterschiedliche Opfer. Die blonde Frau in der Kapelle soll mit Sicherheit Nicole Bachmann darstellen, die Figur mit den dunklen Haaren möglicherweise Zoé und die korpulente Frau Patrizia.«

»Und du bist die Schönheit mit den roten Haaren«, sagte Berger trocken.

Caro nickte. »Wiesenberg hat nicht nur vergangene Morde gemalt, sondern auch zukünftige. Das deutet darauf hin, dass die Bilder seine Fantasien widerspiegeln.«

»Aber fehlt da nicht ein Bild?«, stellte Darling in den Raum.

Caro sah ihn fragend an. »Wie meinst du das?«

»Na ja, auf allen Bildern sind Bäume zu sehen. Also vermute ich, dass der Wald hier gemeint ist. Es fehlt aber der Mord an Sophie Jansen in Frankfurt. Auf dem entsprechenden Bild müssten sich doch Hochhäuser finden, oder nicht?«

Berger nickte. »Das stimmt. Die Frage ist, warum er den Mord ausgespart hat.«

»Vielleicht hatte er nichts damit zu tun«, vermutete Caro.

»Das würde bedeuten, dass wir von zwei Tätern sprechen«, schloss Berger. »Oder wir sind auf der falschen Fährte.«

Caro strich sich die Haare hinter die Ohren. »Das passt alles noch nicht recht zusammen.«

»Das sehe ich genauso«, erwiderte Berger. »Wir durchsuchen jetzt das Haus zu Ende. Hoffentlich finden wir weitere Hinweise, die uns voranbringen.«

Die Polizisten zogen Handschuhe über und schwärmten aus. Berger nahm sich das Obergeschoss vor, Darling die Küche und Caro das Wohnzimmer.

Zunächst durchsuchte sie den Schrank, der lediglich altes Geschirr und Besteck enthielt. Die halbhohe Kommode daneben war schon interessanter. In der obersten Schublade lagen zwei Schnitzmesser und ein Stadtplan von Frankfurt. Weitere Indizien, die einen Haftbefehl rechtfertigen würden.

»Darling!«, rief sie in Richtung Küche. »Ich habe hier was gefunden.«

Sie erhielt keine Antwort.

»Darling?«

Er war doch gerade noch dort gewesen. Misstrauisch ging Caro auf den Durchgang zu und blickte um die Ecke.

Nichts. Die Küche war leer.

»Darling?«, rief sie noch einmal.

Noch immer keine Reaktion.

»Berger?«

»Was ist los?«, hörte sie die Stimme des Kommissars von oben.

»Weißt du, wo Darling steckt?«

»Na, unten bei dir«, antwortete Berger.

»Ist er aber nicht! Komm bitte runter.«

Polternd stieg Berger die steile Treppe hinab. »Verdammt! Wo steckt der denn?«

Caro blickte in den Flur und zeigte auf die Kellertür. »An mir ist er nicht vorbeigekommen. Er muss also dort unten sein.«

»Komm mit«, sagte Berger mit einem besorgten Unterton.

Er zog seine Waffe, öffnete die Kellertür und leuchtete mit der Taschenlampe in das dunkle Loch. »Darling?«

Wieder kam keine Antwort.

»Da ist was faul«, zischte Berger durch die Zähne.

»Er kann doch nicht einfach verschwunden sein«, wunderte sich Caro.

Sie stiegen die Stufen hinab und betraten den Raum mit den Fässern, den Caro bereits am Vortag gesehen hatte. Von Darling war nichts zu sehen.

Berger durchquerte den Keller und öffnete die Tür, hinter der die Außentreppe in den Schuppen hinaufführte.

Caro folgte ihm mit rasendem Puls.

Der Kommissar hielt die Pistole im Anschlag. Sein Gesicht wirkte angespannt. Er sah nach oben. Dann nahm er mehrere Treppenstufen auf einmal und rannte hinauf.

»Ich hab ihn!«, rief er zu Caro herunter. »Er ist verletzt!«

»Was?« Sie stieg hastig die Stufen hinauf. Über ihr hämmerte der Regen auf das Wellblechdach, während der Sturm an dem Holzverschlag zerrte.

Darling lag bewusstlos am Boden. Die Holzdielen unter ihm waren rot eingefärbt.

»Oh, Gott! Ist er etwa ...?«, fragte Caro entgeistert.

Berger fühlte seinen Puls. »Er lebt! Es sieht so aus, als hätte ihm jemand niedergeschlagen.«

»Und das Blut?«

»Das ist trocken«, entgegnete Berger. »Also nicht von ihm.«

Caro sah sich besorgt um. »Wer war das? Wiesenberg?«

»Vielleicht.«

Darling begann, den Kopf zu bewegen. Er schien aufzuwachen. Berger rüttelte sanft an seinem Partner. »Darling!«

Allmählich kam er zu sich. »Was ... wo? Ich muss ... helfen ... Saskia ... Wo ist sie?«

»Du bist in Sicherheit«, sagte der Kommissar. »Wir sind in Wiesenbergs Hütte.«

»Ich bin ... okay. Ich kann das Haus durchsuchen.«

»Du sammelst dich erst mal!«, sagte Berger mit fester Stimme.

»Nein. Ich kann ... Mir geht es gut«, sagte Darling, wobei er sich den Kopf hielt.

Berger half seinem Kollegen, sich aufzusetzen. »Davon bist du weit entfernt. Was ist passiert?«

»Ich weiß nicht. Ich habe ein Geräusch aus dem Keller gehört.«

»Und dann?«, hakte Berger nach.

»Ich habe nachgesehen und bin hier im Schuppen rausgekommen. Danach kann ich mich an nichts erinnern.«

»Jemand hat dich niedergeschlagen.«

»Ich habe niemanden gesehen.«

Plötzlich hörten sie ein polterndes Geräusch hinter dem Schuppen. Berger sprang auf und lief zur Tür. Mit einem Ruck stieß er sie auf und blickte nach draußen. Sofort pfiff eisiger Wind durch den Schuppen.

»Ich knöpfe mir den Kerl vor!«, rief Berger. »Bringt euch in Sicherheit und ruft Verstärkung. Im Wohnzimmer steht ein Telefon!«

Dann stürmte er hinaus in das Unwetter.

66

Berger lief mit der Dienstwaffe im Anschlag hinter den Schuppen. Regen peitschte ihm ins Gesicht. Als er die Rückwand des Verschlags erreichte, bemerkte er einen auseinandergefallenen Holzstapel. Vermutlich hatte jemand darauf gestanden, um sie zu belauschen.

Angestrengt starrte Berger in den nebligen Wald. Der Täter war bestimmt noch in der Nähe. Mit vorgehaltener Pistole ging er ein paar Schritte weiter, blickte hinter die Baumstämme und kämpfte sich durch mehrere Büsche. Niemand war dort.

Nach einigen Metern wurde Berger von einem rostigen Zaun gestoppt, der Wiesenbergs Grundstück eingrenzte. Rechts von ihm klaffte ein breites Loch im Maschendraht. Berger stieg hindurch und suchte das Unterholz weiter ab. Versteckte sich der Kerl irgendwo hinter den Bäumen? Oder war er längst geflohen?

Berger ging noch ein Stück weiter, bis er den Waldsee erreichte. Er wollte gerade umkehren, als ihm eine Holzbaracke ins Auge fiel. Vermutlich war es eine Art Geräteschuppen, zumindest gab es keine Fenster.

Vorsichtig ging er näher heran. Jetzt bemerkte er, dass die Tür schief vor dem Rahmen hing. Offenbar war sie aufgebrochen und aus den Angeln gerissen worden.

Berger schob das Türblatt zur Seite und blickte ins Innere der Hütte. Auf dem Boden lag eine Matratze mit mehreren Decken. Daneben standen ein Metalleimer, eine Gaslampe, eine Wasserflasche und ein Teller mit angebissenen, belegten Broten.

Jemand hatte in der Hütte gewohnt! Und dem Vorhängeschloss vor der Tür zufolge, war derjenige eingesperrt gewesen. Wer hatte hier gehaust?

Berger betrat die Hütte und sah sich weiter um. An einer der Wände waren Zeichen ins Holz eingeritzt worden. Es handelte sich um Strichmännchen, ähnlich den Zeichnungen in Wiesenbergs Haus. Wieder ein Mann mit einem Messer vor einer toten Frau. Die Kritzeleien sprachen dafür, dass es sich um Kai Wiesenberg gehandelt hatte, der hier eingesperrt worden war. Die Frage war nur, zu welchem Zweck.

Hatte ihn der Doktor nach den Morden aus dem Verkehr gezogen, damit er nicht verhört werden konnte? Hatte sich Wiesenberg befreit und danach Darling niedergeschlagen? Aber warum?

Doktor Klinger würde sich einige unbequeme Fragen gefallen lassen müssen.

67

Caro blickte Darling sorgenvoll an. Zwischen seinen Haaren quoll Blut hervor. »Kannst du aufstehen?«

Er nickte. »Mir brummt ganz schön der Schädel.«

»Dein Kopf sieht nicht gut aus. Du brauchst einen Arzt.« Caro half ihrem Kollegen hoch und stützte ihn. Darling zitterte. Offenbar hatte er Kreislaufbeschwerden.

Durch den Keller kehrten sie in Wiesenbergs Haus zurück. Im Wohnzimmer ergriff Caro den Telefonhörer, um einen Krankenwagen und Verstärkung zu rufen, doch die Leitung war tot.

»Mist!«

»Was ist passiert?«, fragte Darling, während er sich am Esstisch festklammerte.

»Jemand hat das Kabel aus der Dose herausgerissen.« Sie hielt das lose, zerfledderte Ende in die Höhe.

Darling sah auf sein Smartphone. »Es gibt auch keinen Handyempfang.«

»So ein Mist!« Caro schlug mit der Faust auf den Tisch. »Du wartest hier. Ich suche Berger.«

»Ich bleibe auf keinen Fall hier!«, protestierte Darling. »Wenn es der Killer war, der mich niedergeschlagen hat, dann rennt er hier noch irgendwo rum.«

»Und was ist, wenn er Berger ebenfalls ausgeschaltet hat?«

»Ich lasse dich nicht allein! Basta!«

»Du kannst dich kaum auf den Beinen halten«, gab Caro zu bedenken.

»Ist mir egal.«

Caro nickte. Vielleicht war es wirklich besser, wenn sie zusammenblieben. Gemeinsam verließen sie Wiesenbergs Haus. Darling schwankte. Caro musste ihn stützen.

»Berger!«, rief Caro in den Sturm. Sie erhielt keine Antwort.

Auch hinter dem Haus fanden sie keine Spur des Kommissars.

»Vermutlich ist er dem Täter in den Wald gefolgt«, sagte Darling.

Sie liefen weiter durch die Bäume. »Berger!«, schrie Caro noch einmal.

Keine Reaktion.

Der Regen prasselte unaufhörlich auf sie herab und durchweichte ihre Kleidung.

»Berger!«

Nichts.

»So ein Mist!«, ärgerte sich Caro. »Wir brauchen dringend Verstärkung. Und du einen Arzt.«

Darling hielt sich den Kopf. »Im Wald finden wir Berger nie und nimmer. Vielleicht ist es besser, zum Hof zurückzulaufen und von dort Hilfe zu rufen.«

Caro wusste nicht, was das Richtige war. Wo steckte Berger? Würde er jeden Moment zurückkehren? Oder benötigte er Hilfe?

»Berger wollte, dass wir Verstärkung rufen«, fügte Darling hinzu.

Er hatte recht. Zumindest ein wenig. Caro nickte.

Knapp zwanzig Minuten später erreichten die beiden Kollegen den Hof. Darlings Zustand hatte sich nicht verbessert. Im Gegenteil. Er hatte sich mehrfach übergeben und litt unter starken Schwindelgefühlen.

Caro klopfte an die Tür des Gutshauses.

Kurz darauf öffnete Evelyn Klinger. »Was machen Sie denn schon wieder hier?«, keifte sie sofort los.

»Wir brauchen ein Telefon«, schrie Caro zurück. »Mein Kollege ist verletzt.«

»Das sehe ich«, erwiderte Evelyn mit versteinertem Gesicht. »Meinetwegen, kommen Sie rein. Was ist denn nun schon wieder passiert?«

Sie trat zur Seite. »Sie wissen ja, wo das Telefon steht. Und Ihren Kollegen bringen Sie besser ins Wohnzimmer!«

Darling musste sich immer wieder an der Wand festhalten. Caro führte ihn durch das Haus und legte ihn auf dem Sofa ab.

Evelyn folgte den Polizisten. »Wollen Sie mir nicht endlich sagen, was passiert ist?«

»Jemand hat ihn in Wiesenbergs Haus niedergeschlagen.«

»Waren Sie etwa schon wieder dort? Sie sind doch von dem Fall abzogen worden!«

»Meine Kollegen haben einen Durchsuchungsbefehl«, antwortete Caro, während sie zum Büro zurücklief, um das Telefon zu benutzen.

Evelyn gab nicht auf. »Mein Mann war nicht darüber informiert! Er ist der gesetzliche Vormund von Kai Wiesenberg.«

»Das wissen wir.« Caro ergriff den Hörer und horchte an der Muschel. Kein Freizeichen.

»Das Telefon ist auch tot.«

Evelyn blickte sie ungläubig an. »Vielleicht hat der Sturm die Leitung gekappt.«

»Das glaube ich kaum«, antwortete Caro. »In Wiesenbergs Haus hat jemand das Kabel mutwillig sabotiert. Hier sicher auch.«

»Aber wer?«

»Eine gute Frage. Wissen Sie, wo sich Kai Wiesenberg versteckt hält?«

»Nein. Und er hat mit den Morden nichts zu tun.«

»Wie können Sie sich da so sicher sein? Wir haben jede Menge Indizien in seinem Haus entdeckt.«

Evelyn schüttelte den Kopf. »Nein, er ist nicht …«

»Wo ist Ihr Mann?«, unterbrach Caro die Frau.

»Das weiß ich nicht. Er ist heute Mittag aus dem Haus gegangen und seitdem nicht zurückgekehrt.«

Hielt der Doktor Kai Wiesenberg versteckt, damit er nicht befragt werden konnte?

»Ich versuche, draußen zu telefonieren«, sagte Caro.

Sie verließ das Haus und kämpfte sich durch den Regen bis unter den Ahornbaum. Das Handy zeigte jedoch keinen Empfang an.

Das darf nicht wahr sein! Bitte, wenigstens einen Balken!

Caro hielt das Telefon in die Höhe und schwenkte es, in der Hoffnung, das Gerät würde ein Netz finden.

Sie wurde enttäuscht. Das Handy stellte sich stur. Ihr Blick fiel auf Bergers Wagen. Damit könnte sie Hilfe holen. Allerdings hatte Berger den Schlüssel bei sich. *Verdammt!*

Caro kehrte angespannt ins Haus zurück. Evelyn erwartete sie in der Diele.

»Gibt es in der Kolonie weitere Telefone?«, fragte Caro. »Oder wissen Sie, wo es einen besseren Handyempfang gibt?«

Die Frau schüttelte den Kopf. »Da kann ich Ihnen nicht helfen.«

Als Caro ins Wohnzimmer zurückkam, war Darling auf dem Sofa eingeschlafen. Zumindest bewegte er sich nicht. Sie fühlte seinen Puls, der langsam, aber regelmäßig schlug.

Was jetzt? Caro war innerlich aufgewühlt. Wie konnte sie ruhig dasitzen und auf Berger warten? Vielleicht war ihm etwas zugestoßen. Auf der anderen Seite machte es auch keinen Sinn, im Wald nach ihm zu suchen.

Evelyn tauchte wieder im Türrahmen auf. »Nur damit das klar ist, ich verbiete Ihnen, hier im Haus herumschzunüffeln!«

Caro blickte sie stumm an. Was für eine blöde Kuh! Sie steckten wahrlich in schwerwiegenderen Problemen.

Evelyn hob arrogant die Nase und verschwand in den Korridor.

Caro atmete tief durch. Hoffentlich kehrte Berger bald zurück.

Sie lief nervös im Wohnzimmer auf und ab. Dann blieb ihr Blick auf dem Bücherregal haften. Es gab psychologische Fachliteratur, Lexika, gesellschaftskritische Bücher, Esoterik und Agrarwissen. Ein schwarzer Band mit japanischen Schriftzeichen fiel ihr ins Auge: ›Die Energie des Hara‹. Darlings Worte kamen ihr in den Sinn. Die Informationen über das Hara, die er von Saskia Metternich erhalten hatte. Caro zog das abgegriffene Buch heraus und betrachtete die Rückseite.

›Hara – Die Quelle des Lebens. Seit Jahrtausenden wird in fernöstlichen Kulturen gelehrt, dass das Zentrum der kosmischen Energie im Hara (japanisch für Bauch) liegt. Mit der notwendigen Achtsamkeit werden Energieströme positiv gelenkt und die Lebenskraft gestärkt. Doch das Hara wird auch Todeszentrum genannt. Wenn das Leben den Körper verlässt, strömt die Energie aus dem Bauch und geht an den Kosmos über.‹

Seltsam! War es Zufall, dass dieses Buch in Klingers Regal zu finden war? Hatte der Doktor etwas mit den Morden zu tun?

Caro stellte den Band zurück und horchte in die Stille

des Hauses. Evelyn schien nicht in der Nähe zu sein, zumindest hörte Caro nichts. Das Buch ließ ihr keine Ruhe. Was hatte es mit dem seltsamen Bauchaufschneiden auf sich? Sie durchsuchte das Regal erneut, fand aber keine weiteren verdächtigen Bücher.

Ihre Neugier war geweckt. Welche Rolle spielte der Doktor?

Sie warf einen Blick auf Darling, der noch immer schlief. Dann schlich sie in den Korridor und spähte in die Küche. Evelyn war nicht in der Nähe. Caro lief weiter, bis sie das Büro des Doktors erreichte.

Sofort fiel ihr der graue Aktenschrank rechts neben dem Fenster ins Auge. Die Patientenakten! Sollte sie es riskieren, den Schrank zu öffnen? Sie hatte die Chance, Erkenntnisse über Wiesenberg und seine Beziehung zu Klinger zu gewinnen. Vielleicht würde sie sogar eine Verbindung zu der Hara-Sache finden. Behutsam zog sie an der obersten Schublade. Abgeschlossen! Für einen kurzen Moment ärgerte sie sich über ihre Naivität. Natürlich ließ der Doktor Patientendaten nicht offen herumliegen.

Trug Klinger den Schlüssel bei sich, oder bewahrte er ihn im Haus auf? Vielleicht sogar hier in seinem Arbeitszimmer? Caro setzte sich an den Schreibtisch und öffnete die erste der beiden Schubladen, in der sich lediglich Büromaterial befand. Kein Schlüssel.

Auch in der zweiten Schublade landete sie keinen Treffer. Sie stieß auf Geschäftsbriefe und Dokumente. Gerade wollte sie die Schublade wieder zuschieben, als ihr der Name Wiesenberg auf dem obersten Schreiben ins Auge fiel. Neugierig zog sie die zusammengehefteten Blätter heraus.

Es handelte sich um eine Korrespondenz mit dem Amtsgericht hinsichtlich der Überprüfung der Vormundschaft Klingers für Kai Wiesenberg. Der Doktor hatte eine handschriftliche Stellungnahme verfasst, in der er die besondere Beziehung zu dem Mann hervorhob.

Als Caro den dritten Absatz erreichte, stockte ihr der Atem. Klinger hatte in seiner Argumentation ausgeführt, dass er Kai Wiesenberg seit seiner Geburt kannte und ein guter Freund seiner Eltern war.

Das änderte alles! Das damalige Drama und die aktuellen Morde hingen zusammen, so viel war sicher. Und plötzlich war Klinger ein weitaus bedeutenderer Teil dieses Puzzles. War er womöglich am Tod der Gutsherren vor zweiundzwanzig Jahren beteiligt gewesen? Hatte er es damals schon auf den Hof abgesehen? Auf der anderen Seite konnte sich Caro kaum vorstellen, dass er kräftig genug war, die Morde zu begehen. Oder doch? Manipulierte er möglicherweise Kai Wiesenberg, damit er unliebsame Gegner aus dem Weg räumte?

Noch immer gab es zu viele Unbekannte in der Gleichung, um sich auf eine Lösung festzulegen. Aber wenn sie mit ihrem flüchtigen Gedanken richtig lag, dass Klinger und Wiesenberg zusammenarbeiteten, dann schwebte Berger in großer Gefahr. Caro spürte, wie sich Schweißperlen auf ihrer Stirn bildeten.

Klinger war von seinem Wesen her dominant, mit einem Hang zum Narzissmus. Er liebte es, im Mittelpunkt zu stehen und die Zügel in der Hand zu halten, wurde jedoch zornig, wenn es nicht nach seinem Willen ging. Außerdem konnte er Menschen hervorragend beeinflussen und manipulieren. Diese Eigenschaften lagen denen eines Psychopathen recht nahe. Mal angenommen, er hatte die Labilität Wiesenbergs ausgenutzt und ihn über die Jahre hinweg zu seinem gehorsamen Werkzeug erzogen. Dann könnte er den blonden Hünen auf Berger hetzen.

Plötzlich vernahm Caro ein lautes Poltern. War Berger zurückgekehrt? Oder der Doktor?

Sie sprang auf, lief zur Tür und sah in die Diele. Niemand war dort. Jetzt herrschte wieder Totenstille im Haus. Wo steckte Evelyn?

Caro ging ein paar Schritte durch den Flur, dann blickte sie in die Küche. Der Raum war leer. Auf einmal hatte sie das Gefühl, beobachtet zu werden. Sie fuhr herum. Nichts.

»Frau Klinger?«, rief Caro unsicher.

Sie erhielt keine Antwort.

Was hatte das Poltern verursacht? Und warum meldete sich Evelyn nicht? Caros Nackenhaare stellten sich auf.

Mit weichen Knien ging sie in Richtung Wohnzimmer. Darling schlief noch immer auf dem Sofa.

Plötzlich spürte sie eine Bewegung hinter sich. Sie fuhr herum, aber es war zu spät. Eine große Pranke griff nach ihren Haaren und schlug ihren Kopf gegen den Türrahmen. Sie fühlte die Schmerzen, merkte noch, wie sie zu Boden sackte. Dann wurde es dunkel.

68

Das Geräusch kam aus einem dunklen Kosmos auf sie zugeflogen. Es störte die friedliche Ruhe, die in ihrem Kopf herrschte. Eine Art Klicken. Es holte sie brutal zurück in die Realität.

Wo war sie? Was war geschehen?

Wieder das Geräusch. Dieses Mal konnte sie es besser zuordnen. Ein Zungenschnalzen.

Schlagartig kehrte die Erinnerung zurück. Sie hatte den furchtbaren Ton schon einmal gehört. In der Scheune, als sie dem Mörder gegenübergetreten war.

Sie riss die Augen auf, sah aber nur Dunkelheit. Als sie den Kopf drehte, bemerkte sie, dass etwas Weiches ihr Gesicht bedeckte. Ein Schal oder ein Tuch.

Wieder hallte das Schnalzen durch den Raum.

Hör endlich auf damit, du Arschloch!

Jetzt spürte Caro, dass ihre Hände über ihr gefesselt waren. Außerdem drückten ihr mehrere harte Spitzen in den Rücken. Die Füße waren fixiert. Sie fühlte keinen Boden unter sich. Kühle, feuchte Luft umhüllte ihren Körper und schien in jede Pore einzudringen.

Oh, mein Gott! Ich bin nackt!

Sie zerrte an den Fesseln und versuchte sich loszureißen. Ohne Erfolg. Nur die Stiche in ihren Rücken drangen tiefer.

Angst stieg in ihr auf und verbreitete sich wie ein bösartiges Geschwür. Sie lähmte ihren Verstand und ließ ihren Körper erzittern. Würde der Killer sie jetzt abschlachten, genau wie er es mit Nicole Bachmann und Sophie Jansen getan hatte?

Ein weiteres Zungenschnalzen ertönte, jetzt direkt neben ihrem linken Ohr. Sie konnte seinen Atem auf ihrem Hals spüren. Panisch zog sie an den Schnüren und schüttelte den Kopf, um ihren Peiniger wegzustoßen.

Eine heiser flüsternde Stimme drang an ihr Ohr. »Ganz schön wild. Ich werde Spaß mit dir haben.«

Etwas Spitzes kratzte über ihren Arm. Eine Klinge.
Bitte nicht!

Wer war der Kerl? Wiesenberg oder Klinger? Sie konnte das Flüstern nicht zuordnen. Nur eines war sicher: dass dieses Monster sie bald aufschlitzen würde. Sie musste es schaffen, Zeit zu gewinnen und Nähe zum Täter aufzubauen.

»Ich möchte Sie sehen.« Caros Stimme zitterte. Obwohl es ihr widerstrebte, das Arschloch mit ›Sie‹ anzusprechen, tat sie es dennoch. Soziopathen und Psychopathen sehnten sich nach Anerkennung und Respekt. Sie wollte ihm diese Aufmerksamkeit erweisen.

»Ach ja?«, zischte der Kerl. »Du willst mich sehen? Dann siehst du aber auch, was dich erwartet.«

»Ja, ich möchte verstehen, warum Sie mich töten wollen.« Caros Panik ließ jetzt etwas nach.

»Es gibt keinen Grund. Ich habe einfach Lust dazu, das ist alles.« Wieder schnalzte er.

»Warum schnalzen Sie ständig mit der Zunge?«

»Das ist ein Tick. Wenn ich erregt bin. Stört es dich?«

»Ja, das Geräusch ist furchtbar«, erwiderte Caro.

»Ist das dein größtes Problem?«

»Im Moment schon. Bitte nehmen Sie mir die Augenbinde ab. Ich möchte sehen, wer mit mir redet.«

»Du bist ziemlich kess«, flüsterte er. »Das mag ich.«

Wieder spürte Caro die Klinge auf ihrer Haut. Die

Messerspitze fuhr sanft ihren Arm hinauf, über die Schulter, bis sie ihren Hals erreichte. Dort harrte sie für einen Moment aus.

»Deine Haut ist so weich, ich könnte stundenlang damit spielen.«

Caro zitterte. »Wenn Sie möchten.«

Er wird mich töten!

Plötzlich kam ihr Jennifer in den Sinn. Ihr wurde bewusst, dass sie ihre Tochter nie wiedersehen würde. Erinnerungen stoben ihr durch den Kopf. Wie sie als glückliche Familie den Zoo besucht hatten. Jennifer war vielleicht vier Jahre alt gewesen, ein wahrhaft goldiges Alter. Sie hatte sich in die Pinguine verliebt und sich vor Lachen gekringelt, als eines der tollpatschigen Tiere ins Wasser gefallen war. Caro erlebte diesen Moment, als würde sie gerade neben ihrer kleinen Tochter stehen. Das fröhliche Lachen des Kindes überflutete sie mit intensiven Glücksgefühlen.

Aber dann kehrte die grausame Erkenntnis zurück, dass diese Erinnerung für immer erlöschen würde. Eine tiefe, innere Verzweiflung überkam sie.

Die Klinge setzte sich wieder in Bewegung und glitt über ihren Hals. Ein jäher Schmerz durchzog sie, genau an der Stelle, wo sie bereits den kleinen Kratzer hatte.

»Arrhh!«

»Tut das weh?«, flüsterte der Mörder in ihr Ohr.

Caro versuchte, sich nichts anmerken zu lassen. Bestimmt erregte ihn ihr Schmerz. Sie blieb stumm.

Jennifer!

»Erinnerst du dich an die Schramme? Ich habe dich markiert.«

Also doch, fuhr es Caro durch den Kopf. Ihr Gefühl hatte sie nicht getäuscht.

»Sie waren in jener Nacht in meiner Hütte?«

»Nicht nur in der einen Nacht. In jeder Nacht!«

Caro erschrak. Das hatte sie nicht erwartet.

Er ist ein Monster!

»Warum zuckst du denn zusammen? Ich habe doch nur mit dir gespielt.«

»Ich möchte Sie endlich sehen!«, versuchte es Caro noch einmal.

»Keine Sorge, du wirst mich schon zu Gesicht bekommen. Sei nicht so ungeduldig!«

Die Messerspitze fuhr über Caros Kehlkopf, dann bis zu ihrer Brustwarze, wo sie sich tiefer eindrückte. Ein stechender Schmerz durchzuckte Caro. Sie schrie auf.

Dann wanderte die Klinge ihren Körper hinab und strich quer über ihren Bauch.

»Ich bewundere deine zarte Haut. Es ist fast zu schade, sie aufzuschneiden.«

Caro witterte eine Chance. »Warum lassen Sie es nicht einfach? Sie haben mehr davon, wenn Sie mit mir spielen.«

»Wer sagt denn, dass ich nicht beides mache?«

Verdammt! Ich komme nicht an ihn heran!

Caro änderte ihre Strategie. »Erklären Sie mir, was es mit dem Hara auf sich hat.«

Für einen Moment herrschte Stille. Hatte sie ihn aus dem Konzept gebracht?

»Du weißt genau, was es bedeutet«, flüsterte er.

»Ich möchte besser verstehen, warum Sie Bäuche aufschneiden.«

»Es ist wie eine Droge.«

»Weil Sie die Energie spüren?«, hakte Caro nach.

Wieder strich die Klinge quer über ihren Unterleib. »Ich brauche die Energie.«

Offenbar glaubte er tatsächlich, was er sagte. Dabei war es vielmehr die sexuelle Erregung, die er fühlte.

»Nehmen Sie mir bitte die Augenbinde ab.«

Er schnalzte mit der Zunge. »Wenn du unbedingt willst.«

Im nächsten Moment zog er an dem Tuch oder was auch immer es war.

Der plötzliche Lichteinfall blendete Caro, und langsam ergaben die Konturen ein Bild.

69

Als Berger nach der Entdeckung der Waldhütte in Wiesenbergs Haus zurückgekehrt war, hatte er vergeblich nach Caro und Darling gesucht. Er hatte sich große Sorgen gemacht und sich die schrecklichsten Szenarien ausgemalt, bis er schließlich das defekte Telefon entdeckt hatte. Schnell war er zu der Erkenntnis gelangt, dass seine Kollegen zum Hof zurückgegangen waren, um von dort aus Hilfe zu rufen.

Berger machte sich auf den Weg durch Regen und Sturm und erreichte in Rekordzeit das Gutshaus. Ohne zu klopfen, stieß er die Tür auf und wurde von einer unheimlichen Stille empfangen. Er spürte sofort, dass etwas nicht stimmte.

»Caro?« Seine Stimme hallte durch die Diele.

Es kam keine Antwort.

»Ist hier jemand?«

Wieder keine Reaktion.

Das Arbeitszimmer war leer. Die Küche ebenfalls. Im Wohnzimmer entdeckte er schließlich Darling, der regungslos auf dem Sofa lag. Was zum Teufel war geschehen?

Berger stürmte auf seinen Partner zu und fühlte dessen Puls. Er lebte. Behutsam rüttelte Berger ihn. »Darling! Wach auf!«

Der Kollege bewegte sich. Mühsam schlug er die Augen auf.

»Was ist passiert?«, fragte Berger hastig. »Wo ist Caro?«

Darling griff sich an den Kopf. »Ich … ich weiß nicht. Sie war gerade noch hier.«

Berger sprang auf. »Caro!«, brüllte er durchs Haus.

Er bekam wieder keine Antwort.

»Caro!«

Plötzlich hörte Berger Schritte auf der Treppe. War es Caro? Er stürmte in die Diele.

Anstelle seiner Kollegin kam eine dunkelhaarige Frau mit einem Nasenring die Stufen herab. Sie trug einen Pyjama. Ihre Handgelenke, Hals und Stirn steckten in weißen Verbänden. Es musste sich um Zoé handeln.

»Sie werden Ihre Kollegin nicht finden«, sagte das Mädchen.

Berger sah sie entsetzt an. »Wie meinen Sie das?«

»Er hat sie mitgenommen.«

»Wer ist ›er‹? Was ist passiert?«

Sie zuckte mit den Schultern. »Ich habe ein lautes Poltern gehört. Und dann schwere Schritte. Jemand hat sie hinausgetragen.«

»Von wo kamen die Geräusche?«, fragte Berger.

»Ich glaube, aus dem Büro des Doktors. Vielleicht auch aus dem Korridor«, antwortete Zoé.

»Wer, verdammt noch mal, ist das gewesen?«, schrie Berger. Die Sorge um Caro brachte ihn fast um den Verstand.

Zoé schüttelte den Kopf. »Ich habe ihn nicht gesehen.«

»Das hilft mir nicht weiter!« Berger lief durch die Diele. Caro schwebte in größter Gefahr. Er musste sie finden, und zwar schnell!

Er betrat Klingers Büro. »Könnte es sich um Kai Wiesenberg oder den Doktor gehandelt haben?«

Das Mädchen schüttelte den Kopf. »Ich weiß es nicht.«

»Das ist ein verdammter Albtraum!« Berger schlug mit der Hand auf den Schreibtisch, sodass Zoé zusammenzuckte.

Im selben Moment bemerkte er, dass eine der Schreibtischschubladen halb offen stand. Er zog sie ganz heraus und holte die oben aufliegenden Papiere des Amtsgerichtes hervor. Hastig überflog er sie.

»Klinger hat die Familie Wiesenberg also gut gekannt«, sagte er zu Zoé. »Wissen Sie etwas darüber?«

»Ja klar. Der Doktor hat häufig über die Geschichte des Hofes gesprochen. Er hat damals in der Nähe gewohnt und war oft hier. Auch die Kinder waren befreundet.«

»Davon hat Wiesenberg in seinem Tagebuch nichts erwähnt. Sie haben es doch auch gelesen, oder?«

»Zumindest teilweise. Aber Sie haben recht, das ist komisch.«

Berger dachte einen Moment nach. »Ich habe eine Ahnung, wer für die Morde verantwortlich ist.«

Zoé blickte ihn fragend an.

70

Caro kniff die Augen zusammen, um sich gegen das Licht zu schützen. Immer deutlicher zeichnete sich ein Gesicht vor ihr ab. Im ersten Moment begriff sie nicht, wen sie sah. Dann wurde ihr mit einem Schlag bewusst, dass sie die ganze Zeit über falsch gelegen hatte. Sie sah in das Gesicht von Marcus, Klingers Sohn.

»Du siehst überrascht aus«, sagte er überheblich und schnalzte mit der Zunge.

»Ich ... ich habe nicht mit Ihnen gerechnet.« Caro blickte sich um. Ihr Herz raste. Sie befand sich in einem Raum mit Backsteinwänden und einer niedrigen Decke. Links und rechts gab es Zahnräder auf hölzernen Achsen. Es roch muffig. Offenbar hatte Marcus sie in die alte Wassermühle verschleppt. Jetzt wurde ihr auch klar, was gegen ihren Rücken drückte. Sie war an ein großes Zahnrad gefesselt, dessen Zacken sich in ihre Wirbelsäule bohrten.

»Die Leute begehen immer wieder den Fehler, mich zu unterschätzen«, sagte er.

Nach und nach begann Caro, die Zusammenhänge zu verstehen. Wenn Klinger schon damals, vor zweiundzwanzig Jahren, auf dem Hof ein- und ausgegangen war, dann auch sein Sohn. Er war das vierte Kind auf dem Hof gewesen und hatte vermutlich mit Nicole, Saskia und Kai abgehangen. Allerdings hatte Wiesenberg in seinen Tagebüchern kein Wort über Marcus verloren. Warum nicht?

»Weshalb haben Sie Nicole Bachmann getötet?«, fragte sie.

»Weil ich Lust dazu hatte.«

»Das glaube ich nicht«, widersprach Caro. »Ist sie Ihnen auf die Schliche gekommen?«

Er schnalzte wieder. »Vielleicht.«

»Warum weichen Sie aus, Marcus? Was hat Nicole entdeckt? Ich weiß, dass sie das Tagebuch gefunden hat.«

»Welches Tagebuch?«, fragte er sichtlich überrascht.

Er wusste nichts von Wiesenbergs Tagebuch? Wie war das möglich? »Wiesenberg hat die damalige Tragödie auf dem Hof niedergeschrieben.«

Er schüttelte den Kopf. »Und wenn schon. Nicole ist gestorben, weil sie herumgeschnüffelt hat. Sie hat mein Versteck gefunden.«

»Den Raum hier?« Caro blickte sich erneut um. Die Zahnradkonstruktion sah anders aus als jene, die sie bereits in der Wassermühle gesehen hatte. Sie musste sich in dem Gebäudeteil auf der anderen Bachseite befinden.

Ihr Blick fiel auf den Betonboden, der mit roten Flecken übersät war. Wie viele Tiere, und vielleicht auch Menschen, hatten in diesem Raum schon ihr Leben gelassen?

»Sie hätte hier nicht eindringen dürfen. Sie hätte nicht die Briefe lesen dürfen.«

»Welche Briefe?«, fragte Caro.

»Saskias Briefe.«

Saskia hat ihm geschrieben? Die Geschichte wurde immer verworrener. In welcher Beziehung standen sie zueinander?

Plötzlich traf Caro die Erkenntnis wie ein Schlag.

»Sie waren damals mit Saskia zusammen.«

»Natürlich! Ist das nicht offensichtlich?« Marcus setzte die Klinge wieder an Caros Brust an. Sie zuckte zusammen.

Mit einer schnellen Bewegung zog er die scharfe Spitze über ihre Haut. Augenblicklich breiteten sich höllische Schmerzen auf ihrem Oberkörper aus. Sie spürte, wie Blut aus dem Schnitt herausquoll.

Caro biss die Zähne zusammen, konnte aber den Schrei nicht vermeiden. Sie hatte Angst. Das Herz sprang ihr beinahe aus der Brust.

»Schade um die weiche Haut.« Marcus wischte mit dem Finger durch die Wunde und strich das Blut auf Caros Stirn.

Jetzt bringt er mich um!

Sie musste ihn weiter beschäftigen, um Zeit zu gewinnen. »Erzählen Sie mir von den Morden an den Wiesenbergs.«

»Warum willst du das unbedingt wissen?«

»Ich möchte es verstehen«, antwortete Caro hastig. »Aus Ihrer Sicht. Was ist damals geschehen?«

Marcus zuckte mit den Achseln. »Von mir aus. Wir haben Zeit. Viel Zeit.«

71

Sommer 1996

Als Marcus das Messer zur Seite legte, hoppelte das Meerschweinchen quiekend unter eines der Zahnräder. Saskia betrachtete ihn mit blassem, fast weißem Gesicht.

»Was ist los?«, fragte er. »Du siehst aus, als könntest du neue Energie gut vertragen.«

Sie sah in ihrem roten Kleid bezaubernd aus. Das Gesicht war wie gemalt. Die langen Haare fielen luftig auf ihre Hüften. Marcus konnte sich kaum an ihr sattsehen. Er war seit ein paar Monaten mit ihr zusammen. Mit seinen fünfzehn Jahren war er für die dreizehnjährige Saskia ein echter Superheld.

»Mir ist übel«, erwiderte sie.
»Hast du schlecht gegessen?«
»Nein, es ist was anderes.«
»Was denn?«
Sie zögerte.
»Sag schon«, drängte er.
Saskia blickte zu Boden. »Ich ... ich bin schwanger.«
»Schwanger? Ich glaub, ich spinne.«
Marcus hatte in den letzten Wochen regelmäßig mit Saskia geschlafen, immer dann, wenn sie gemeinsam ein Tier gequält hatten. Aber er hatte sich nie Gedanken über Verhütung gemacht. Warum auch? Sie war doch erst dreizehn.
»Äh, und jetzt?«
»Das weiß ich nicht«, antwortete sie resigniert. »Wenn ich das meinem Vater erzähle, bringt er mich um. Ganz sicher!«

Marcus wusste, wie brutal und gewalttätig Johannes Metternich war. Eine Woge der Angst überrollte ihn. Er stellte sich vor, wie er vor Saskias Vater stand. Auge um Auge. Wie der stämmige Hofarbeiter sein Beil erhob und von Wut getrieben auf Marcus' Kopf einschlug.

Nein! Es musste eine andere Lösung geben.

»*Man kann doch das Kind abtreiben lassen*«, *schlug er vor.*

»*Vergiss es. Mein Vater würde sofort etwas merken.*« *Sie begann zu zittern.* »*Ich habe solche Angst vor ihm. Er ist ein Monster.*«

Marcus dachte nach. Was für Möglichkeiten gab es noch? Plötzlich hatte er einen Einfall.

»*Was wäre, wenn wir erzählen, dass Kai dich geschwängert hat?*«

»*Kai? Bist du verrückt? Mit dem Spasti würde ich doch nie schlafen.*«

»*Das ist mir klar*«, *sagte Marcus.* »*Aber wir könnten es erzählen.*«

»*Und was soll das bringen? Mein Vater schlägt mich trotzdem krankenhausreif.*«

Das stimmte. Es sei denn ...

»*Es sei denn, du konntest nichts dafür. Er könnte dich verführt oder vergewaltigt haben.*«

Saskia schüttelte den Kopf. »*Das glaubt uns niemand. Kai ist doch immer so unverschämt artig.*«

»*Dann werden wir das ändern. Er ist in dich verliebt und frisst dir aus der Hand. Wir bringen ihm bei, wie man Tiere aufschneidet, und sorgen dafür, dass es jemand sieht.*«

»*Nicole zum Beispiel?*«

Marcus nickte. »*Gute Idee!*«

»*Und dann?*«, *fragte Saskia.*

»*Niemand hält ihn mehr für einen harmlosen Jungen. Danach bringst du ihn dazu, deinem Vater zu beichten, dass er dir ein Kind angehängt hat.*«

»Und du meinst, das macht er?«

»Er ist ein Idiot«, sagte Marcus überzeugt. »Natürlich wird er es machen!«

»Mein Vater schlägt ihn tot. Und anschließend mich.«

»Na ja, wenn er Kai totschlägt, wäre das Pech für beide. Dann wird Johannes nämlich eingebuchtet. Ansonsten hauen wir einfach ab. Hier stinkt's mir sowieso.«

Saskia funkelte ihn an. »Ja. Das könnte funktionieren.«

72

Donnerstag, 25. Oktober

Caro sah Marcus erschüttert an. Sie waren noch halbe Kinder gewesen. Fünfzehn und dreizehn Jahre. Wie konnten sie einen derart teuflischen Plan ausgeheckt haben?

Saskia hatte Kai dazu gebracht, Nicoles Hasen zu töten. Sie hatte außerdem dafür gesorgt, dass Nicole nach dem Ritual in der Kapelle auftauchte. Was für ein mieses Spiel! Aber es war nicht Saskias Spiel gewesen, sondern das von Marcus.

»Der Plan hat nicht so funktioniert, wie Sie es sich vorgestellt haben, oder?«, fragte Caro.

»Nein. Kai, der Idiot, ist durchgedreht und hat Nicole den Bauch viel zu tief aufgeschnitten. Deshalb wurde er hart bestraft und konnte nicht, wie geplant, mit Saskias Vater sprechen.«

»Daraufhin haben Sie die Strategie geändert?«

»Saskia hat dafür gesorgt, dass Kai seiner Mutter von der Schwangerschaft erzählt. Leider ist dann die Situation zwischen den beiden Vätern eskaliert, was auch nicht geplant war.«

»Die Wiesenbergs wurden getötet, aber Kai nicht.«

»Es hätte ihn beinahe auch erwischt.«

»Sie wollten, dass er stirbt?«, fragte Caro.

»Er hat meiner Freundin nachgestellt. Deshalb hatte er den Tod verdient! Wenigstens hat ihn Metternich zum Krüppel geschlagen.«

Offensichtlich fehlte Marcus jegliche Empathie. Es war ihm egal, was die Menschen um ihn herum fühlten oder erlitten.

»Was ist danach geschehen?«, fragte Caro weiter.

»Metternich wurde verhaftet.«

»Und was noch?«

»Der Hof wurde stillgelegt und Saskia in ein Jugendheim südlich von Frankfurt geschickt.«

»Sie wurden also getrennt?«

»Ja«, erwiderte er. »Das hatten wir uns anders vorgestellt.«

»Und das Baby?«

»Das wurde abgetrieben.«

»Haben Sie denn Saskia danach wiedergesehen?«, fragte Caro.

»Nein. Mein Vater hat die Vormundschaft für Kai übernommen. Später sind wir auf den Hof zurückgekehrt. Saskia ist in Frankfurt geblieben.«

»Und Sie haben Patrizia geheiratet.«

»Ja. Aber das war ein Kompromiss.« Marcus spuckte auf den Boden. »Saskia war meine Seelenverwandte. Ich habe gehofft, sie eines Tages wiederzutreffen.«

»Sie haben mit den neuen Morden versucht, sie auf sich aufmerksam zu machen.« Caro sah immer klarer. »Deshalb Ihre, äh, Aktivitäten in Frankfurt?«

Er nickte hastig. »Sie wird sich bald melden. Ich habe sie beeindruckt.«

Vielleicht hatte er damit sogar recht.

»Aber warum erst jetzt? Nach all den Jahren?«, fragte Caro.

»Mein Leben hatte sich in eine andere Richtung entwickelt.«

Vermutlich sprach er von seiner Beziehung zu Patrizia. »Irgendetwas ist passiert, oder?«

»Sie ist in die Kolonie gekommen.«

Caro war überrascht. »Wer? Saskia?«

»Ja.«

»Was wollte sie hier?«

»Das weiß ich nicht«, erwiderte Marcus. »Sie hat mit meinem Vater gesprochen.«

Als Saskia die Kolonie besucht hatte, wurde seine alte Leidenschaft für sie neu entfacht. Und gleichzeitig sein Drang zu morden. Das war also der Trigger.

»Ich habe heute das Buch über das Hara im Büro Ihres Vaters gesehen. Hat es Sie damals inspiriert?«

»Ich musste es lesen, als ich sechs Jahre alt war. Es hat mich fasziniert.«

»Und dann haben Sie angefangen zu experimentieren? Mit welchem Tier haben Sie begonnen?«

»Mit einem Hasen«, entgegnete er.

»Danach haben Sie Saskia Ihre Versuche gezeigt?«

Marcus nickte gedankenverloren. »Sie wollte es unbedingt selbst ausprobieren.«

Plötzlich hielt er das Messer an Caros Bauch. »Wir haben lange genug geredet. Jetzt möchte ich endlich spielen!«

Erneut stieg Panik in Caro auf. Sie zerrte an ihren Fesseln. Sie saßen bombenfest. Ihre einzige Waffe war der Mund. Sie musste es schaffen, ihn länger hinzuhalten.

»Halt! Mich interessiert noch, ob Sie …«

Mit einer gewaltigen Ohrfeige beendete Marcus ihre Bemühungen. Das laute Klatschen des Schlages hallte durch den Raum. Der plötzliche Schmerz ließ sie erstarren. Offensichtlich hatte Marcus beschlossen, dass ihre Redezeit abgelaufen war.

Er nahm das Tuch, das noch vor wenigen Minuten ihre Augen verdeckt hatte, und zog es als Knebel durch ihren Mund. Dann band er den Stoff auf der Rückseite ihres Kopfes fest.

»Du quatschst zu viel!«

Caro wollte antworten, aber durch das Tuch drangen lediglich undefinierbare Grunzlaute. Sie hatte ihre letzte Waffe verloren.

»Ich möchte dir etwas erzählen«, sagte er mit eisiger Stimme. Dabei strich er mit der Hand über ihre Haut, auf der sich eine Gänsehaut ausbreitete.

»Spürst du das Zahnrad, an das ich dich gefesselt habe?«

Caro nickte. Worauf wollte er hinaus?

»Es ist mit der Hauptachse der Mühle verbunden. Wenn ich das Bachwasser durch das Schaufelrad leite, dann beginnt das Zahnrad, sich zu drehen. Mit dir!«

Seine Hand glitt in ihren Schritt. Caro schloss die Augen und versuchte, das furchtbare Gefühl seiner Berührung zu verdrängen.

Bitte, hör auf!

»Und weißt du, was sich unter dem Zahnrad befindet?« Er wartete, als würde er auf eine Antwort warten. Dann fuhr er fort: »Eine Metallspitze. Wenn sich das Rad zu drehen beginnt, wirst du von unten bis oben aufgeschnitten.« Er strich mit dem Finger demonstrativ ihren Körper hinauf. »Erst dein Unterleib, dann dein Bauch, dein Brustkorb, dein Hals und schließlich dein hübsches Gesicht.«

Er ist vollkommen irre!

Marcus trat einen Schritt zur Seite und deutete auf einen Metallhebel. »Hiermit kann ich das Wasser in das Schaufelrad leiten. Und dann...« Er grinste. »Aber bevor es so weit ist, möchte ich noch etwas Spaß mit dir haben. Ich habe schließlich lange genug auf dich gewartet.«

Er näherte sich Caros Gesicht. Sie roch seinen muffigen Atem. Ein starkes Ekelgefühl überkam sie. Gleichzeitig strich er mit der Hand über ihre Brüste. Caro stand kurz davor, sich zu übergeben.

Er will mich vergewaltigen!

Wieder zerrte Caro an ihren Fesseln und versuchte, ihren Widersacher mit dem Kopf zu treffen. Aber er wich geschickt ein paar Zentimeter zurück und ließ Caro ins Leere zappeln. Erschöpft gab sie auf. Sie konnte nichts gegen Marcus unternehmen.

»Dein Widerstand macht mich nur noch geiler.«

Seine Hand glitt tiefer. Tränen stiegen Caro in die Augen.

Plötzlich erschütterte ein gewaltiges Krachen den Raum. Aus dem Augenwinkel sah Caro eine Tür auffliegen.

Marcus fuhr herum. Aus dem Dunkeln tauchte Berger auf, die Waffe im Anschlag.

»Polizei! Auf den Boden! Sofort!«

Marcus stand wie erstarrt vor Caro. Aber in der nächsten Sekunde kehrte Leben in seinen Körper zurück. Blitzartig sprang er hinter seine Geisel, wohlwissend, dass Berger nicht schießen konnte. Gleichzeitig griff er nach dem Eisenhebel, mit dem er das Zahnrad in Bewegung setzen konnte. Berger stürmte voran, stoppte aber mitten im Lauf.

»Stehen bleiben!«, rief Marcus. »Wenn ich an dem Hebel ziehe, wird das rothaarige Mäuschen zweigeteilt.«

Bergers Augen weiteten sich, als er den Mechanismus des Zahnrades zu verstehen begann.

»Ganz richtig.« Marcus grinste überheblich. »Wenn sich das Rad dreht, war's das mit ihr. Na los, Waffe auf den Boden!« Er zog demonstrativ den Hebel ein Stück nach unten. Die Zacken in Caros Rücken begannen zu vibrieren. Sie stieß einen entsetzten Schrei aus.

»Warten Sie!«, rief Berger.

Der Kommissar zögerte einen Moment. Offensichtlich wusste er nicht, was er tun sollte.

»Warten ist nicht.« Marcus rüttelte erneut an dem Hebel.

Berger warf die Pistole auf den Boden. »Schon gut. Hören Sie auf!«

»Die Waffe rüberschieben! Sofort!«, rief der Killer.

Berger fügte sich und kickte mit dem Fuß gegen das Griffstück. Mit einem metallischen Scheppern rutschte die Pistole zu seinem Gegner hinüber. Er bückte sich, ohne Berger aus den Augen zu lassen.

Der Kommissar spannte sämtliche Muskeln an, stand aber mehrere Meter von seinem Rivalen entfernt. Zu weit, um ihn rechtzeitig zu erreichen.

Marcus ergriff die Waffe und zielte auf Berger. »Sieht so aus, als hätte ich das bessere Blatt. Na los! Hinknien und Hände hinter den Kopf!«

Berger ließ sich langsam auf den Boden sinken.

»Sie dürfen gerne zuschauen, wie ich ihr den Bauch aufschneide! Es wird mir ein Vergnügen sein.« Berger kniff die Augen zusammen und setzte zum Sprung an.

»Äh, äh, äh! Vorsicht, Herr Kommissar!« Marcus zielte auf Bergers Kopf. »Sie kommen keinen Meter weit.«

Berger sank zurück.

Marcus zog mit der linken Hand sein Messer aus dem Gürtel, während er gleichzeitig mit der Pistole auf Berger zielte.

»Hören Sie auf, Mann!«, rief Berger. »Es ist vorbei! Sie sind enttarnt. Was glauben Sie, wie weit Sie kommen?«

»Gar nichts wissen Sie!«

»Glauben Sie, ich bin alleine hier?«

»Sie bluffen!« Marcus setzte das Messer auf Caros Bauch an.

Wieder zuckte Berger, doch sein Gegenüber ließ ihn nicht aus den Augen.

Mit einem Ruck zog Marcus das Messer über Caros Bauch. Der plötzliche Schmerz war überwältigend. Blut spritzte.

Im gleichen Moment sprang Berger mit einem Satz nach vorne und rollte sich zur Seite. Ein Schuss peitschte durch den Raum, verfehlte ihn aber. Noch ein Sprung, dann hatte er den Killer erreicht und schlug ihm mit aller Kraft auf die Hand. Die Pistole flog im hohen Bogen durch die Luft. Mit einem Aufwärtshaken rammte Berger die Faust in die Seite seines Kontrahenten. Marcus klappte zusammen.

Berger setzte nach und stieß das Knie gegen Marcus' Kinn. Der Gegner fiel nach hinten und schlug mit dem Kopf auf dem Boden auf. Dann blieb er regungslos liegen.

Caro keuchte. Der Schmerz raubte ihr den Verstand. Es kam ihr vor, als wäre eine Handgranate in ihrem Unterleib explodiert.

»Caro!«, rief Berger voller Furcht. »Halte durch!« Er betrachtete ihre Wunde, riss sich das Hemd vom Leib und band es vor ihren Bauch, um den Blutfluss zu stoppen.

»Es sieht schlimmer aus, als es ist. Der Schnitt ist nicht besonders tief und hat nur die Bauchdecke erwischt. Trotzdem musst du ins Krankenhaus!« Berger löste ihren Knebel und entknotete die Fußfesseln, danach befreite er ihre Hände.

Behutsam nahm er sie in die Arme. Caro vergrub sich in seiner Schulter. Trotz der Schmerzen und ihrer Angst fühlte sie sich für einen kurzen Moment geborgen.

»Danke«, flüsterte sie ihm ins Ohr.

Caro schloss die Augen. Als sie sie wieder öffnete, hielt Berger ihre Jacke in den Händen und hüllte sie ein. Anschließend half er ihr in die Hose und zog ihre Schuhe an.

»Ich bringe dich zum Hof zurück.«

»Was ist mit dem da?« Caro deutete auf Marcus, der sich zu regen begann.

»Er wacht gerade auf.« Berger ergriff die Stricke, mit denen Caro zuvor fixiert war, und band Marcus die Hände hinter den Rücken.

Der Killer ächzte.

»Wie hast du mich überhaupt gefunden?«, fragte Caro.

»Ich habe die offene Schublade in Klingers Büro entdeckt und das Schreiben an das Amtsgericht gelesen. Im ersten Moment hatte ich den Doktor in Verdacht. Aber dann hat mich Zoé auf den entscheidenden Gedanken gebracht. Marcus war früher mit den anderen Kindern befreundet, in Kai Wiesenbergs Tagebuch wurde er jedoch nirgendwo erwähnt. Das hat mich stutzig gemacht.«

Caro atmete schwer. »Ja. Beide Jungs waren in Saskia verliebt, aber Marcus war mit ihr zusammen. Vermutlich hat Kai Marcus deshalb gehasst und ihn im Tagebuch einfach weggelassen.«

Berger nickte. »Genau das habe ich auch vermutet. Zoé hat mir dann erzählt, dass Marcus in der Kolonie als Müller gearbeitet hat und viel Zeit in der Wassermühle verbracht hat. Daher war es naheliegend, das Gebäude zu durchsuchen.«

Caro formte ein stummes ›Danke!‹ auf ihren Lippen.

Berger zeigte auf den Killer. »Was hat er dir erzählt?«

»Er hat zugegeben, Nicole Bachmann ermordet zu

haben, weil sie sein Versteck in der Mühle entdeckt hat. Außerdem hat er gesagt, dass er damals Saskia geschwängert hat.«

Berger riss die Augen auf. »Was? Die Schwangerschaft war also gar nicht vorgetäuscht?«

»Nein. Marcus und Saskia haben einen teuflischen Plan ausgeheckt, der Kai Wiesenberg belasten sollte.« Das Brennen in Caros Bauch nahm weiter zu. Sie schnappte nach Luft.

»Den Rest kannst du mir später erzählen«, sagte Berger. »Ich bringe dich jetzt erst mal zum Hof zurück.«

Er half Caro hoch, was ihre Schmerzen verstärkte. Ihre Knie gaben ihr kaum Halt, als hätte sie schlagartig sämtliche Muskeln verloren.

Marcus hob den Kopf an. »Wollt ihr etwa Patrizia zurücklassen?«

»Wo ist sie, du Arschloch?«, fragte Caro und bereute sogleich ihren Ausbruch. Ein furchtbares Stechen durchzog ihren Bauch.

»Sie ist in meiner Gewalt. Ich kann euch hinführen.«

Berger trat gegen sein Schienbein. »Hör auf, Scheiße zu erzählen!«

»Von mir aus könnt ihr sie gerne verrotten lassen«, sagte Marcus mit gleichgültiger Stimme.

Caro schnaufte vor Schmerzen. »Wir müssen nach Patrizia suchen.«

Berger nickte. »Wo ist die Frau?« Er drückte Marcus seine Waffe in den Rücken.

»Dort drüben, in einem Geheimraum.« Er zeigte auf die andere Seite des Raumes.

»Bring mich dahin!« Berger half dem Mörder auf die Beine. »Caro, du bleibst hier und wartest.«

Marcus führte den Kommissar quer durch den Raum und blieb vor einer Holzkonstruktion stehen, die Teil des

Mühlengetriebes war. Dahinter befand sich eine Holzwand.

Marcus zeigte mit dem Kopf auf die Mechanik. »Ziehen Sie das Zahnrad zurück, dann öffnet sich der Durchgang!«

Berger blickte den Mörder misstrauisch an. Dann folgte er seinen Anweisungen. Tatsächlich fuhr das Holzgebilde einen halben Meter zurück, woraufhin ein Mauerdurchbruch freigelegt wurde.

»Da müssen wir rein«, sagte Marcus.

Berger zögerte einen Moment. Dann sagte er: »Okay. Du gehst voraus!«

Er folgte dem Mörder in das dunkle Loch.

Caro horchte angestrengt. Aus dem Tunnel drangen mehrere Stimmen. Anscheinend hatte Berger die Geisel gefunden.

Doch plötzlich hallte ein lautes Poltern durch die Mühle. Eine Frau schrie.

Caro hörte schnelle Schritte, dann kletterte Patrizia aus der Öffnung hervor. Sie trug ein lila geblümtes Kleid und Gummistiefel.

»Was ist da los?«, fragte Caro entsetzt.

»Marcus ist vollkommen durchgedreht. Wir müssen weg. Er hat mich hier eingesperrt. Ich glaube, er ist der Mörder.«

»Ja, das ist er.« Caro humpelte auf den Geheimgang zu und blickte hinein. Sie hörte dumpfe Schläge und ein lautes Krachen.

»Berger? Bist du okay?«

»Bringt euch in Sicherheit!«, rief der Kommissar aus der Dunkelheit. Dann polterte es wieder.

»Kommen Sie schon!« Patrizia zog an Caros Arm.

»Berger!«, rief Caro noch einmal.

»Weg hier! Sofort!«, keuchte er.

Patrizia ergriff Caros Arm und stützte sie. Dann humpelten beide zum Ausgang. Eine Betontreppe führte aus dem Keller ins Freie. Jede Stufe verursachte Schmerzen in Caros Bauch. Sie musste die Zähne zusammenbeißen, um nicht loszuschreien. Endlich erreichten sie die oberste Stufe. Die Bodenluke, aus der sie stiegen, befand sich auf der Rückseite der Mühle, mitten im Wald.

Sie schleppten sich bis zum nächsten Weg.

»Wir schaffen es nicht bis zum Hof«, sagte Patrizia. »Ich bringe Sie in die Kapelle.«

»Nein! Wir müssen Hilfe holen«, protestierte Caro. Das Stechen nahm zu. Sie musste sich übergeben.

»Vergessen Sie es.«

Caro sah ein, dass der Weg zum Gutshof zu weit war. Sie stützte sich auf Patrizias Schultern und folgte ihren Schritten.

»Ich kann es noch immer nicht glauben, dass mein Mann ein Mörder ist«, sagte Patrizia mit weinerlicher Stimme. »Er hat mich grundlos geschlagen und dann in der Mühle eingesperrt.«

Caro ächzte. »Mich hat er auch überwältigt.«

»Ich glaube, er ist vom Teufel besessen.«

»Berger wird ihn festnehmen.«

Hoffentlich!

Sie erreichten die Kapelle. Patrizia legte Caro auf einer der Bänke ab. Der provisorische Bauchverband war inzwischen blutdurchtränkt.

»Das sieht nicht gut aus«, sagte die Frau besorgt. »Sie brauchen einen Arzt. Ich laufe zum Gutshof und hole Hilfe. Halten Sie durch!«

Caro stöhnte vor Schmerzen. Die Tür der Kapelle fiel krachend ins Schloss.

Stille kehrte ein.

73

Darlings Kopf dröhnte. Ihm war noch immer schwindelig. Vermutlich hatte er eine schwere Gehirnerschütterung davongetragen. Er lag auf dem Sofa in Klingers Wohnzimmer, Zoé saß ihm gegenüber. Sie hatte sich zwischenzeitlich eine Jeans und einen grauen Pullover angezogen.

»Hoffentlich hat Berger Erfolg und findet Caro«, sagte Darling.

»Er ist im Nachteil«, erwiderte Zoé nachdenklich.

»Warum?«

»Weil er sich hier nicht auskennt.«

»Denken Sie, dass Berger recht hat und Klingers Sohn der Mörder ist?«, fragte Darling.

Sie hielt ihren Kopf schief. »Schon möglich. Aber ich verstehe ohnehin nicht, was in euch Kerlen vorgeht.«

»Nicht alle Männer sind Psychopathen.«

»Da bin ich mir nicht so sicher.«

Erinnerungen an die vergangene Nacht schossen Darling durch den Kopf. Wie er die Frau mit dem weißen Kleid erstochen hatte. Hatte Zoé recht, und in jedem Mann steckte ein potenzieller Killer? Er schüttelte den Kopf.

»Was wissen Sie von Marcus?«

»Nicht viel. Er war oft in der Mühle oder im Wald. Ich habe mich von ihm ferngehalten.«

»Warum?«

Zoé zuckte mit den Achseln. »Er hat mich immer so

komisch beobachtet. Als wäre er scharf auf mich. Vermutlich hat er sich ausgemalt, wie er mich aufschlitzt.«

»Er ist doch verheiratet, oder?«, fragte Darling.

»Ja, mit Patrizia. Aber er ignoriert sie. Ich glaube nicht, dass die beiden eine gute Ehe führen. Außerdem steht Marcus unter der Fuchtel seines Vaters.«

Die Haustür wurde aufgerissen. Darlings Kopf zuckte herum. Kam Berger zurück? Oder waren das die Klingers?

Jemand stürmte durch den Korridor. Dann tauchte Patrizia in der Tür auf. Ihre Gummistiefel waren voller Schlamm, das Kleid dreckig und nass.

»Ich brauche Hilfe«, keuchte sie. »Ihre Kollegin ist verletzt. Kommen Sie schnell!«

Darling sprang auf. »Shit! Was ist passiert?«

»Marcus hat ihr den Bauch aufgeschnitten.« Tränen standen in ihren Augen. »Er ist der Mörder, den Sie suchen.«

»Oh, Gott! Wo ist Caro?«, fragte Darling mit zitternder Stimme.

»In der Waldkapelle. Bitte kommen Sie mit.«

»Ich rufe einen Krankenwagen«, sagte Darling. Er nahm sein Handy aus der Tasche, aber es zeigte noch immer keinen Empfang an.

»Verdammt!« Er trat gegen den Wohnzimmertisch. »Okay, wir holen Caro erst mal her.«

»Ich komme mit«, sagte Zoé.

»Auf keinen Fall!«, widersprach Darling, während er seine Waffe überprüfte.

»Doch! Wir brauchen jede helfende Hand.« Patrizia fuchtelte mit den Armen. »Ich weiß nicht, ob sie laufen kann.«

Darling nickte. »Von mir aus.«

Die kleine Gruppe verließ das Haus und erreichte

nach einem zehnminütigen Dauerlauf durch Regen und Sturm die Waldkapelle.

Als Darling die Kirchentür öffnete und seine Kollegin auf der Bank liegend erblickte, erschrak er. Ihr Gesicht war bleich und schmerzverzerrt, ihr Körper verkrampft.

»Caro.« Er stürmte los und beugte sich über sie. »Wo ist Berger?«

»In der Mühle«, stöhnte sie. »Marcus ist der ...«

»Ich weiß«, unterbrach Darling ihre mühevollen Worte.

»Berger sollte längst zurück sein. Ich mache mir Sorgen.«

»Wir müssen dich hier wegbringen.«

Er blickte auf. Wo war Zoé? Sie war doch gerade noch hinter ihm gewesen.

Als er sich zum Altar umdrehte, flog ein großer Gegenstand auf seinen Kopf zu. Es war zu spät, um sich zu schützen. Seine Schläfe explodierte. Dann wurde es dunkel.

74

Caro sah die Kapelle durch einen milchigen Schleier. Die Schmerzen in ihrem Unterleib brachten sie fast um den Verstand. Sie sprach gerade mit Darling, als sie unvermittelt einen dumpfen Schlag hörte. Ihr Kollege fiel zu Boden und knallte mit dem Kopf auf die Steinplatten.

Caro brauchte einen Moment, bis sie begriff, was geschehen war. Dann blickte sie in das versteinerte Gesicht von Patrizia, die einen goldenen Kerzenhalter umklammerte.

Offensichtlich steckte sie mit Marcus unter einer Decke. Ein heftiges Brennen durchzog Caros Bauch. Sie stöhnte vor Schmerzen auf.

»Sie müssen Ihrem Mann nicht helfen«, presste sie mühsam hervor.

Patrizia schüttelte den Kopf. »Was wissen Sie schon?«

»Erklären Sie es mir.«

»In guten wie in schlechten Zeiten, heißt es doch.«

»Ich glaube kaum, dass damit Serienmord gemeint ist«, sagte Caro.

»Marcus braucht seine Spiele, um glücklich zu sein.«

»Und Sie helfen ihm dabei?«

»Nein, ich beschütze ihn.«

Caro begann zu verstehen. »Sie haben die ganze Zeit Marcus' Spuren verwischt und versucht, Kai Wiesenberg als Täter darzustellen. Um Ihren Mann zu decken.«

»Das stimmt. Und Sie sind meiner Fährte brav gefolgt.«

»Dann war das Tagebuch …«

»… gefälscht. Ganz genau. Ich habe es geschrieben, nachdem Nicole gestorben war.«

»Woher wussten Sie alle Details?«

»Von Marcus. Aus seinen Briefen und Aufzeichnungen. Ich kannte die ganze Geschichte von damals. Natürlich habe ich nicht alles aufgeschrieben, sondern nur die Vorkommnisse, die Kai verdächtig erscheinen ließen. Damit habe ich Sie angefüttert.« Das war also der eigentliche Grund, warum Marcus in dem Tagebuch nicht auftauchte.

»Aber wie hat Zoé das Tagebuch in die Hände bekommen?«, fragte Caro.

»Es wäre zu auffällig gewesen, wenn ich Ihnen das Tagebuch einfach überreicht hätte. Also habe ich Zoé instrumentalisiert. Ich habe das Buch in Nicoles Versteck auf dem Boot gelegt. Eigentlich wollte ich ihr einen Hinweis geben, aber sie hat es von selbst gefunden.«

Dank Evelyn, dachte Caro. »Dann waren Sie es auch, die Zoé an jenem Abend das Messer in die Hütte gelegt hat, damit sie sich ritzen konnte.«

»Richtig. Das hat für zusätzliche Ablenkung gesorgt.«

»Haben Sie mich auch in der Mühle eingesperrt?«

»Nein, das war Jonas Klinger. Vermutlich wollte er Sie erschrecken, damit Sie wieder verschwinden.«

»Was Ihren Plan gefährdet hätte«, schloss Caro. »Der Doktor hat Ihnen ständig dazwischengefunkt, oder?«

»Ja. Er hatte Angst, dass er die Vormundschaft für Wiesenberg und damit den Hof verliert. Deshalb hat er alles unternommen, Sie von seinem Schützling fernzuhalten. Aber das hatte ich eingeplant, denn wenn Sie mit Wiesenberg gesprochen hätten, wäre Ihnen vermutlich klar geworden, dass er als Mörder nicht infrage kommt.«

Caros Gedanken kreisten. Wie hatte sie das alles

übersehen können? Patrizia hatte sie die ganze Zeit über gesteuert.

»Erschüttert es Sie nicht, dass Marcus ein Mörder ist?«, fragte Caro.

»Ich habe mich an den Gedanken gewöhnt, dass er besondere Bedürfnisse hat. Ich liebe ihn, und ich möchte mit ihm glücklich werden.«

»Marcus braucht Hilfe, Patrizia! Sie wissen, dass das nicht ewig so weitergehen kann. Er wird nicht aufhören zu morden.« *Und Sie benötigen auch Hilfe*, ergänzte Caro innerlich.

»Nein! Er braucht nur mich! Ich werde das Problem lösen.«

»Das können Sie nicht. Zu viele Leute wissen inzwischen Bescheid.«

»Diese Leute sind alle hier! Marcus hat Ihren Kollegen in der Mühle außer Gefecht gesetzt, und der da wird Ihnen auch nicht mehr helfen.« Sie zeigte auf Darling. »Zoé liegt übrigens bewusstlos im Eingang.«

Caro war entsetzt. »Lassen Sie das Mädchen aus dem Spiel.«

»Zu spät. Sie weiß zu viel.«

Ein spitzer Stich durchfuhr Caros Leib. Schmerzgepeinigt stöhnte sie.

»So eine Bauchverletzung muss schmerzhaft sein«, sagte Patrizia. »Aber keine Sorge. Wenn Marcus zurück ist, wird er es schnell zu Ende bringen.«

»Denken Sie doch mal nach, Patrizia. »Egal, wohin Sie flüchten, man wird Sie beide finden!«

»Vielleicht will ich ja gar nicht flüchten.«

»Wie wollen Sie denn die Morde an drei Polizisten erklären?«

»Ich liefere der Polizei einen Täter. Kai Wiesenberg.«

»Damit kommen Sie nicht durch. Unsere Tatortermittler werden genau rekonstruieren, was geschehen ist. Sehen Sie ein, dass es vorbei ist!«

Caro versuchte, sich aufzurichten. Patrizia trat mit ihrem Gummistiefel auf Caros Bauch und drückte sie auf die Bank zurück.

»Liegenbleiben!«

Caro schrie vor Schmerzen. Es kam ihr vor, als würde eine Klinge in ihrem Bauch stecken.

»Ich suche jetzt Marcus. Er darf dann gerne etwas mit Ihnen spielen. Leider müssen alle in diesem Raum sterben. Auch Ihr Kollege in der Mühle. Danach bringen wir Kai Wiesenberg her, drücken ihm das Messer in die Hand und verpassen ihm eine Kugel aus einer Ihrer Waffen. So einfach ist das.«

»Das wird nicht funktionieren!«, keuchte Caro.

»Doch. Ich bin fest davon überzeugt.« Patrizia ging um die Bank herum.

Caro hörte ein schleifendes Geräusch, dann sah sie, wie Patrizia Zoé neben Darling ablegte. Anschließend verschwand sie hinter dem Altar und kam mit einer Rolle Klebeband zurück. Sie band Zoé und Darling die Hände auf den Rücken und fixierte ihre Fußgelenke.

»Jetzt sind Sie dran, Rotschopf!« Patrizia drehte Caro ruckartig auf die Seite. Wieder stachen die glühenden Messer zu. Patrizia fesselte sie, ohne auf ihre Verletzung Rücksicht zu nehmen. Als sie ihre Arbeit beendet hatte, ging sie auf den Ausgang zu.

»Genießen Sie Ihre letzten Minuten!«

Dann fiel die Tür der Kapelle ins Schloss.

75

Caro zerrte an ihren Fesseln. Doch das Klebeband saß zu fest. Außerdem ließ die Anstrengung ihre Schmerzen anschwellen. Sie hatte keine Chance, sich zu befreien. In wenigen Minuten würde Marcus auftauchen und sein Werk zu Ende bringen. Sie würde in der Kapelle sterben. Genau wie Nicole Bachmann.

Plötzlich nahm Caro eine Bewegung unter der Bank wahr. Offenbar versuchte Zoé ebenfalls, ihre Fesseln zu lösen.

»Sie sind wach?«, flüsterte Caro.

»Ja, schon etwas länger. Ich habe so getan, als wäre ich bewusstlos.«

»Können Sie sich befreien?«, fragte Caro.

Zoé wand sich am Boden. »Nein. Aber ich habe eine Rasierklinge in der Hosentasche. Ich komme nur nicht ran.«

Caro witterte eine Chance. »Ich kann es versuchen. Kommen Sie näher!«

Zoé robbte an die Kirchenbank heran, drehte sich um und stemmte den Hintern hoch, sodass ihre Hosentasche in Caros Reichweite kam.

Caro griff mit der gefesselten Hand in Zoés Tasche. Sie ertastete die Rasierklinge und zog sie vorsichtig heraus.

»Ich schaffe es nicht, das Klebeband an meinen eigenen Händen zu durchtrennen«, sagte Caro. »Halten Sie Ihre Arme hoch.«

Sie musste Zoés Fesseln blind, hinter ihrem Rücken,

zerschneiden. Nachdem sie die Handgelenke des Mädchens ertastet hatte, ritzte sie das Klebeband an. Es gelang. Wenig später war Zoé frei und entfernte Caros Fixierungen.

Caro beugte sich über Darling und fühlte seinen Puls. Er schlug kaum merklich. »Es hat ihn schwer erwischt. Er muss dringend ins Krankenhaus.«

»Wir laufen zum Hof und holen Hilfe.«

»Das müssen Sie allein erledigen«, sagte Caro. »Wenn Sie mich den ganzen Weg stützen, schaffen wir es nie.«

»Und was ist mit Ihnen?«

»Ich suche nach Berger.«

»Das ist Selbstmord«, sagte Zoé.

»Berger ist unsere einzige Chance, solange keine Hilfe anrückt.«

Das Mädchen nickte und ging zur Tür. »Okay. Ich beeile mich.« Sie verschwand nach draußen.

Caro versuchte, Darling wachzurütteln. Er zeigte keine Reaktion. Sie musste ihn wohl oder übel liegen lassen. In ihrem gegenwärtigen Zustand konnte sie ihn keinen Millimeter weit bewegen.

Mit einem letzten Blick auf ihren Kollegen schleppte sich Caro zur Tür. Die glühenden Messer stachen in ihren Bauch. Übelkeit überkam sie. Sie musste sich am Portal der Kapelle festhalten und krümmte sich zusammen. Alles drehte sich.

Halt durch! Es geht um Leben und Tod!

Caro ballte die Fäuste, dann trat sie in den Sturm hinaus. Regentropfen fielen durch das Laubdach und schlugen auf ihre Stirn. Sie verließ den Weg und suchte den Schutz der Bäume. Immer wieder musste sie sich an den Stämmen festhalten, um Kraft zu schöpfen.

Wo waren Patrizia und Marcus? Im Wald? In der Mühle? Oder suchten sie nach Wiesenberg?

Caro schlug sich durch die Büsche. Ihr Körper fühlte sich mit jedem Schritt kraftloser an. Der Boden schwankte. Obwohl der Schnitt in ihrem Bauch nicht tief war, hatte sie viel Blut verloren und würde nicht mehr lange durchhalten. Aber sie musste kämpfen! Bis zum Schluss.

Endlich tauchten die Konturen der Wassermühle auf. Caro taumelte zu der versteckten Bodenluke, aus der sie zuvor herausgekommen war. Wieder hielt sie sich an einem Baum fest. Sie horchte. Kein Hinweis auf das Killerpaar. Nur das Heulen des Windes.

Mit wackeligen Beinen und heftigen Bauchschmerzen humpelte Caro die Stufen hinab. Sie schlich durch den schmalen Gang und erreichte den Getrieberaum der Mühle, in dem sie gefangen gehalten worden war. Die Kerzen flackerten. Der Raum war leer. Der Geheimgang stand noch offen.

Wohin führte der Gang? Lag Berger irgendwo dort drin? Mit Grauen stellte sich Caro vor, wie sie seinen zusammengefallenen Körper finden würde.

Sie versuchte, flacher zu atmen, um möglichst wenig Geräusche zu verursachen. Dann trat sie in die Finsternis des Durchgangs. Es roch muffig. Die Decke hing so tief, dass sie sich bücken musste. Eine erneute Schmerzwelle packte sie. Sie blieb stehen und wartete, bis das Brennen wieder etwas nachließ.

Schritt für Schritt schob sie sich voran. Ein paar Meter voraus bemerkte sie einen Lichtschein. Der Gang öffnete sich zu einem kleinen Raum, in dem ein Schreibtisch stand. Darauf lagen unzählige Briefe. An den Wänden hingen Fotografien von Caro, Zoé und einer unbekannten Frau, vermutlich Saskia Metternich. Wann hatte Marcus die Fotos geschossen? Einige Bilder zeigten Caro im Wald, andere auf dem Hof. Und eines war vor Wiesenbergs Waldhaus aufgenommen worden. Marcus musste sie die ganze Zeit über beobachtet haben.

Von Berger fehlte jede Spur. Caro folgte weiter dem Gang, der nach links abknickte. Ein hohles Rauschen erfüllte den Tunnel. Feuchtigkeit hing in der Luft. Der Weg unterquerte vermutlich den Bach und verband die beiden Gebäudeteile der Mühle miteinander.

Es war jetzt stockdunkel. Sie musste sich vorwärtstasten. Nach einigen Metern stieß sie gegen eine Mauer. Als sie über die Wände strich, fühlte sie etwas Metallisches. Eine Luke.

Sie öffnete die Tür und fand sich auf der anderen Seite der Mühle wieder. In diesem Keller war sie bereits gewesen, in jener Nacht, als Klinger sie eingesperrt hatte. An der Decke hing eine Gaslampe und verbreitete ein gespenstisches Licht.

Plötzlich hörte Caro ein Klappern. Sie erstarrte und hielt die Luft an. War Marcus hier? Oder kam das Geräusch von Berger? Vorsichtig durchquerte sie den Raum und betrat einen weiteren Gang. Auf der linken Seite sah sie ein Gitter, hinter dem sie die sogenannte Kammer vermutete. Etwas bewegte sich in dem engen Verlies.

»Berger?«, flüsterte sie.

»Caro? Verdammt noch mal, warum hast du dich nicht in Sicherheit gebracht?«

»Gott sei Dank, du lebst.« Sie spürte eine große Erleichterung. »Patrizia steckt mit Marcus unter einer Decke. Sie hat mich überwältigt.«

»Was?! Das habe ich nicht erwartet.«

»Wir müssen hier raus, die beiden wollen uns alle umbringen und es Wiesenberg in die Schuhe schieben.«

»Das erklärt, warum mich Marcus nicht sofort erledigt hat«, sagte Berger. »Sie wollen Wiesenberg als Mörder inszenieren.«

Caro zog am Vorhängeschloss, das jedoch aus massivem Stahl bestand. Verzweiflung kam in ihr hoch. Sie rüttelte am Gitter. Das Scheppern dröhnte durch die Mühle.

»Ich bekomme die Tür nicht auf!« Tränen stiegen ihr in die Augen. Sie war dem Ziel so nahe, und jetzt machte ihr das simple Schloss einen Strich durch die Rechnung.

»Such nach einer Eisenstange, mit der wir das Schloss aufbrechen können!«

Eine Schmerzwelle zwang Caro zu Boden.

»Caro, was ist los?«, rief Berger besorgt.

Der Gang verschwamm vor ihren Augen, sie stand kurz vor der Bewusstlosigkeit. »Ich ... ich weiß n... nicht. Alles d... dreht sich.«

»Kämpf dagegen an, Caro! Du darfst jetzt nicht aufgeben. Es geht um alles!« Er rüttelte panisch am Gitter.

Sie wollte sich einfach nur ausruhen, die Schmerzen hinter sich lassen.

»Steh auf!«, rief Berger noch einmal.

Jennifer! Sie braucht dich! Beweg deinen Arsch!

Mit eiserner Willenskraft setzte sich Caro auf die Knie. Dann zog sie sich am Gitter hoch. Ihre Beine zitterten.

»Sehr gut, Caro«, sagte Berger. »Du musst jetzt ein Werkzeug finden.«

Caro hielt sich an der Wand fest, ihr Kreislauf stand kurz vor dem Zusammenbruch. Der weiße Schleier, der den Getrieberaum einhüllte, wurde dichter. Gab es hier ein Werkzeug oder eine Eisenstange?

Beeil dich! Es ist deine letzte Chance.

Ihr Blick hetzte durch den Keller. Doch es gab keine

Hilfsmittel. Vielleicht eine der Zahnradachsen? Sie schienen aus Metall zu bestehen. Caro rüttelte daran.

Plötzlich dröhnte eine tiefe Stimme durch den Raum. »Da ist ja meine Ausreißerin!«

Caro erstarrte.

Marcus!

Der große Kerl kam auf sie zu und packte sie an den Haaren. Sie schrie vor Schmerzen. Dann warf er sie brutal gegen die Wand. Caro ächzte.

»Was ist da drüben los?«, rief Berger. »Marcus? Lass sie in Ruhe, du Monster!«

Marcus lachte höhnisch. »Du kannst gerne dabei zuhören, wie ich mit der rothaarigen Schnecke spiele.«

Er drückte Caros Kehle gegen die Wand, sodass ihr die Luft wegblieb. Dann riss er ihr die Jacke vom Leib. »Jetzt lasse ich mich nicht mehr aufhalten!«

Caro röchelte verzweifelt. Ihr Bauch brannte höllisch.

Gleich ist es vorbei.

Seine Hand fuhr in ihre Hose. Sie spürte den festen Griff in ihrem Schritt.

In diesem Moment tauchte ein zweiter Schatten hinter Caros Peiniger auf. Eine große Gestalt riss Marcus mit einem Ruck von ihr fort und schlug nach ihm.

Caro wusste nicht, wie ihr geschah. Hatte Berger sich befreien können? Doch dann erkannte sie ihren Retter. Es war Kai Wiesenberg, der gegen den Mörder kämpfte. Die beiden kräftigen Männer rollten über den Boden und verpassten sich gegenseitige Fauststöße. Von der anderen Seite näherte sich jetzt eine weitere Person. Zoé.

»Kommen Sie schnell!«, keuchte das Mädchen. »Wir müssen abhauen.«

»Nicht ohne Berger«, presste Caro hervor. Sie zeigte auf die Kammer.

Ein lautes Krachen hallte durch die Mühle, als Marcus auf ein Zahnrad geschleudert wurde. Sein Kopf prallte gegen das Holz. Er rappelte sich auf und rammte Wiesenberg die Faust ins Gesicht.

Zoé zerrte an Caro, um sie auf die Beine zu bekommen.

»Wir brauchen eine Eisenstange, um Berger zu befreien!«, rief Caro.

»Weg hier!«, schrie Zoé sie an.

Marcus fiel polternd zu Boden und rutschte auf Caro zu. Mit letzten Kräften wich sie ihm aus. Der Killer blieb regungslos liegen.

Wiesenberg stand vor ihr und wusste offenbar nicht, was er tun sollte.

Der Schlüssel! Marcus hat den Schlüssel für das Vorhängeschloss!

Caro hatte plötzlich das Gefühl, wieder vollkommen klar im Kopf zu sein. Sie beugte sich über den Mörder und tastete seine Hosentaschen ab. Auf der linken Seite spürte sie etwas Hartes.

Zoé riss an ihrem Arm. »Sind Sie verrückt geworden? Kommen Sie schon!«

Caro ließ sich nicht beirren und griff in Marcus' Hosentasche. Als sie den Schlüssel samt Anhänger herauszog, zuckte Marcus unvermittelt und packte ihre Hand.

Caro erschrak. Der Schlüssel fiel klimpernd zu Boden. Sie versuchte verzweifelt, von Marcus wegzukommen, doch der Killer zog sie an sich heran. »Jetzt bist du fällig.«

Eine Klinge blitzte auf. Mit aller Kraft rollte sich Caro zur Seite. Im gleichen Moment trat Kai Wiesenberg das Messer weg.

Als Marcus aufspringen wollte, stürzte sich der blonde Hüne auf ihn. Caro griff nach dem Schlüssel und robbte aus der Kampfzone.

Ein Lichtblitz zuckte durch den Raum. Gleichzeitig ertönte ein ohrenbetäubender Knall.

Kai Wiesenberg kippte zu Boden. In seiner Brust klaffte ein Einschussloch. Hinter ihm tauchte Patrizia auf, eine Pistole im Anschlag.

»Niemand bewegt sich!« Patrizias Hände zitterten, ihr Gesicht war wutverzerrt. Sie zielte abwechselnd auf Caro und Zoé. Marcus wand sich am Boden, offenbar war er verletzt.

»An die Wand!«, schrie Patrizia mit sich überschlagender Stimme. »Sofort!«

Caro und Zoé wichen zurück.

Sie hat nichts mehr zu verlieren!

»Geben Sie auf, Patrizia!«, keuchte Caro. »Sie machen alles nur schlimmer.«

»Ich denke gar nicht daran. Es wird Zeit, den Plan zu Ende zu bringen.«

Caro blickte auf Kai Wiesenberg, der zusammengekrümmt am Boden lag und sich die Hände auf die Brust drückte. Er lebte noch.

»Unsere Kollegen sind schon auf dem Weg, Patrizia. Und die entlarven Ihre Lügen sofort.«

Die Frau schüttelte störrisch den Kopf. Sie war kurz davor, alle zu erschießen.

»Nehmen Sie die Waffe herunter«, versuchte es Caro noch einmal.

Patrizia verzog den Mund, die Augen waren schmale Schlitze. Ihr Finger zuckte am Abzug.

Caro sah eine blitzschnelle Bewegung am Boden. Kai Wiesenberg trat gegen Patrizias Beine. Sie verlor das Gleichgewicht und stürzte. Zoé reagierte sofort und zog Caro in den Nebengang, der zur Kammer führte.

Sie hasteten auf Bergers Gefängnis zu. Mit zitternden

Händen versuchte Caro, den Schlüssel in das Vorhängeschloss zu stecken.

»Ganz ruhig, Caro!«, flüsterte Berger. »Du schaffst das!«

Endlich gelang es ihr, das Schloss zu öffnen. Die Tür sprang auf.

Erschöpft sank Caro auf die Knie. Sie hatte ihre letzten Energiereserven verbraucht.

Berger kroch aus der engen Öffnung. Als er aufstand, stürmte Patrizia in den Gang, mit der Pistole im Anschlag.

Der Kommissar reagierte blitzschnell. Er sprang auf die Frau zu und schlug ihr die Waffe aus der Hand. Anschließend versetzte er ihr einen groben Stoß. Die Frau prallte gegen die Wand und sank stöhnend zusammen.

Schemenhaft sah Caro, wie Berger näher kam und sich über sie beugte. »Nicht einschlafen, Caro! Bleib wach!«

»Ich ... ich kann ... nicht ... mehr«, stammelte Caro mit zitternder Stimme.

Der Nebel um sie herum wurde dichter und dichter, bis sie kaum noch etwas erkennen konnte. Gleichzeitig wurde es immer kälter.

Es ist vorbei.

Dann spürte Caro nichts mehr.

Drei Tage später ...

76

Sonntag, 28. Oktober

Die Welt fühlte sich an, als wäre sie in Watte gepackt. Flauschig, weich und angenehm. Caro spürte keine Schmerzen und auch keine Kälte. Sie musste sich nicht anstrengen, kein Leid ertragen. Sie konnte die Augen geschlossen halten und sich einfach nur ausruhen.

Doch irgendetwas störte ihren Schwebezustand. Ein Piepsen, das tief in ihr Gehirn zu dringen schien. Erst hatte sie das Geräusch verdrängt, aber es kam näher und wurde immer quälender.

Schließlich öffnete sie die Augen und sah ein weißes Krankenzimmer vor sich. Mühsam drehte sie den Kopf. Ein medizinisches Gerät verursachte das nervige Piepsen.

»Caro, hörst du mich?«

Sie schwenkte ihren Blick auf die andere Seite. Neben dem Bett saß Berger und lächelte sie an.

»Was ... ist ... passiert?« Sie hatte Mühe, die Worte auszusprechen.

Im selben Moment kehrten die Erinnerungen zurück. Die Kolonie, die Wassermühle, Marcus und Patrizia, ihre Bauchwunde. Warum hatte sie keine Schmerzen?

»Du hast drei Tage im künstlichen Koma gelegen, weil du sehr viel Blut verloren hattest. Die Ärzte haben dich wieder zusammengeflickt.«

»Ich spüre nichts.«

»Du bist mit Morphium vollgepumpt. Fühlt sich bestimmt gut an, oder?«

»Als würde ich schweben.«

»Dann genieß den Zustand.«

»Wie geht es Darling?«, fragte Caro.

»Viel besser. Er hat eine Gehirnerschütterung davongetragen, nichts Ernstes. Sie haben ihn gestern aus dem Krankenhaus entlassen.«

»Welcher Tag ist heute?«

»Sonntag.«

Sonntag schon? Sie dachte an Jennifer. »Meine Tochter! Hat sich jemand um sie gekümmert?«

»Keine Sorge, ich war ein paarmal bei ihr, zusammen mit deiner Freundin Katharina. Es geht ihr gut. Sie war bereits mehrfach hier im Krankenhaus und hat an deinem Bett gewacht.«

»Ich möchte sie ... sehen«, brachte Caro mühsam hervor. Nach einer Pause fügte sie hinzu: »Danke, Berger.«

»Kein Problem. Ich schreibe ihr eine Nachricht.« Er nahm sein Handy aus der Tasche und tippte einen kurzen Text.

Caro schloss die Augen. Sie fühlte sich müde.

»Wiesenberg hat auch überlebt«, fuhr Berger fort. »Es stand auf Messers Schneide.«

»Das ist schön. Wir haben ihn die ganze Zeit zu Unrecht verdächtigt.«

»Ja, aber nur, weil der Doktor uns nicht an ihn herangelassen hat. Hätten wir eher mit ihm sprechen können, wären wir dem wahren Täter vermutlich schneller auf die Spur gekommen.«

Caro öffnete wieder die Augen. »Klinger hat unsere Ermittlungen die ganze Zeit über boykottiert.«

»Weil er Angst um seine Vormundschaft für Wiesenberg hatte. Aber letztlich hat seine Blockadehaltung das

Gegenteil bewirkt. Und um ein Haar hätte es noch viel dramatischer geendet.«

»Marcus und Patrizia sind verhaftet?«

»Ja. Nachdem du das Bewusstsein verloren hast, habe ich sie in die Kammer gesperrt, dann haben wir Verstärkung und mehrere Krankenwagen gerufen.«

Caro atmete tief ein. »Das hätte auch anders ausgehen können.«

»Ja. Du hast uns alle gerettet«, sagte Berger.

»Ohne Zoé hätte ich es nicht geschafft.«

Berger nickte. »Wir haben auch die Klingers gefunden. Marcus hatte Evelyn im Gutshaus außer Gefecht gesetzt und in die Speisekammer gesperrt. Den Doktor haben wir bewusstlos in der Nähe des Waldsees entdeckt. Dort, wo er Wiesenberg in eine kleine Hütte eingesperrt hatte. Ich nehme an, Wiesenberg hat sich selbst befreit und danach den Doktor niedergeschlagen.«

»Vermutlich wollte er helfen«, sagte Caro. »Ich bin mir sicher, dass er wusste, was Marcus getrieben hat. Seine gekritzelten Bilder ergeben jetzt einen vollkommen anderen Sinn. Er hat den Killer gemalt, nicht sich selbst.«

»Das sehe ich genauso.«

Beide schwiegen für einen Moment, dann sagte Berger: »Du musst dir unbedingt die Aufzeichnung der Pressekonferenz anschauen.«

Berger ergriff sein Handy und drehte es zu Caro. Sie kniff die Augen zusammen. Der Bildausschnitt zeigte ein Podest mit dem Logo des LKA Hessen, dahinter stand Präsident Gebauer und begann zu sprechen:

»Dem Landeskriminalamt ist es gestern Abend nach intensiver Ermittlungsarbeit gelungen, einen Serienkiller zu stellen. Der Täter hat im Taunus sowie im Rhein-Main-Gebiet Frauen den Bauch aufgeschnitten und sie bestialisch ermordet. Obwohl die Presse unsere Arbeit in den letzten Tagen kri-

tisiert hat, ließ sich das Ermittlerteam von Jens Schröder nicht von der Spur abbringen und war damit höchst erfolgreich. Bei dem Täter handelt es sich um Marcus K., den Sohn des Leiters der Silberbachkolonie, einer Therapieeinrichtung im Taunus. Seine Ehefrau, Patrizia K., hat ihm nachweislich geholfen. Beide werden heute dem Haftrichter vorgeführt. Mein besonderer Dank gilt der Psychologin Carolin Löwenstein, die bei dem Einsatz lebensgefährlich verletzt wurde. Sie hat maßgeblich zum Ermittlungserfolg beigetragen.«

Berger schaltete das Video aus. »Der Rest ist nur noch blabla.«

»Dich hat er gar nicht erwähnt«, sagte Caro.

»Tja, ich bin wohl in Ungnade gefallen. Aber alles, was zählt, ist der Ermittlungserfolg.«

»Da widerspricht nicht mal der Innenminister?«

»Ich wette, der kennt Klinger jetzt nicht mehr«, sagte Berger.

»Was passiert denn mit der Kolonie?«

Er zuckte mit den Schultern. »Keine Ahnung. Die Presse hat sich auf die Geschichte gestürzt. Ich denke, alle Missstände kommen jetzt ans Licht. Vermutlich wird die Einrichtung geschlossen.«

»Für Kai Wiesenberg tut es mir leid«, sagte Caro. »Er verliert erneut seine Heimat.«

»Man wird eine Lösung für ihn finden. Immerhin gehören ihm der Hof und das Land. Vielleicht bleibt er in der Kolonie wohnen und bekommt einen persönlichen Begleiter.«

»Hoffentlich. Ihm wurde übel mitgespielt. Besonders in jenem Sommer vor zweiundzwanzig Jahren. Der teuflische Plan von Marcus und Saskia hat sein gesamtes Leben zerstört. Und alles nur, weil sie schwanger war. Die beiden wollten Kai die Schuld in die Schuhe schieben, aber dann ist der Plan gehörig aus dem Ruder gelaufen.«

»Marcus hat sich bisher zu den Vorwürfen nicht geäußert«, sagte Berger. »Er schweigt hartnäckig. Was ich noch nicht ganz verstehe, ist die Rolle von Nicole Bachmann. War sie nur zur falschen Zeit am falschen Ort?«

Caro schüttelte den Kopf. »Als Marcus wieder angefangen hat zu morden, sind in der Kolonie vermehrt tote Tiere aufgetaucht. Das hat in Nicole grausame Erinnerungen geweckt, und sie hat begonnen, Fragen zu stellen. Dann hat sie in der Wassermühle herumgeschnüffelt und Marcus' Versteck entdeckt. Dabei hat sie auch Saskias Briefe von damals gelesen.«

»Dadurch hat sie alles herausgefunden«, schlussfolgerte Berger. »Die Wahrheit über den Tod der Wiesenbergs und auch Marcus' Rolle.«

»Richtig. Dummerweise hat Marcus sie in der Mühle erwischt und anschließend ermordet.«

Berger kratzte sich am Kopf. »Verstehst du, warum er plötzlich wieder angefangen hat, Tiere zu quälen?«

»Der Auslöser war Saskia. Sie ist vor ein paar Monaten in der Kolonie gewesen, warum auch immer. Das hat irgendeinen Schalter in Marcus umgelegt. Ich glaube sogar, dass er sie zurückgewinnen wollte.«

»Indem er Tiere getötet hat?« Berger kräuselte die Stirn.

»Nicht nur Tiere. Er hat auch die Frauen in Frankfurt angegriffen, um Saskia zu beeindrucken. Aber zu dem Zeitpunkt war er noch nicht so weit, es zu Ende zu bringen.«

»Das hat sich bei Nicole Bachmann geändert.«

»Richtig. Danach gab es für ihn kein Halten mehr. Wenn wir ihn nicht gestoppt hätten, wären viel mehr Frauen ums Leben gekommen. Und das alles hing mit einem seltsamen japanischen Buch über das Hara zusammen, das er als Kind gelesen hat. Er hat offenbar einen Fetisch entwickelt, Bäuche von Tieren und neuerdings Menschen aufzuschneiden, um deren kosmische Energie aufzusaugen.«

»Unglaublich! Und wie erklärst du dir die Rolle von Patrizia?«, fragte Berger. »Ich frage mich, warum sie ihn gedeckt hat.«

»Das ist wirklich schwer nachvollziehbar. Patrizia hat ihn geliebt und hat sich der Illusion hingegeben, dass sie ihn für sich gewinnen könne. Sie wusste, dass er Tiere und auch Frauen ermordet hat, aber sie hat diesen Fakt einfach ausgeblendet.«

»Hmm. Obwohl Marcus sie gar nicht beachtet hat?«, gab Berger zu bedenken.

»Weder er noch seine Familie haben sie wertgeschätzt. Evelyn hat sie sogar regelrecht tyrannisiert. Ich denke, genau das hat Patrizia, quasi aus Verzweiflung, dazu gebracht, Marcus zu helfen. Sie hat gehofft, mit ihrem Mann fernab seiner Familie leben zu können. Deshalb wollte sie dafür sorgen, dass Klinger die Vormundschaft für Wiesenberg verliert und damit auch die Nutzungsrechte für das Land.«

»Und wir hätten sterben sollen«, ergänzte Berger. »Sie wollte es so inszenieren, dass Wiesenberg uns tötet und dabei selbst erschossen wird.«

»Sie muss wirklich tief verzweifelt gewesen sein.« Caro blickte betroffen zu Boden. »Aber auch die Rolle von Saskia Metternich, vor allem im Zusammenhang mit dem Tod der Wiesenbergs, finde ich krass.«

»Ich fürchte, dafür können wir Saskia Metternich nicht mehr zur Rechenschaft ziehen«, sagte Berger. »Aber ich sorge dafür, dass die Frankfurter Polizei sie im Auge behält. Darlings Geschichte belegt, dass sie gefährlich ist.«

»Hat die Spurensicherung etwas auf diesem Flugplatz gefunden?«

»Das Blut, das Darling gesehen hat, war tierischen Ursprungs. Um genau zu sein, von einem Schwein. Darling war verdammt erleichtert.«

»Und was sollte das Ganze?«

»Saskia Metternich hat alles inszeniert, nachdem sie Darling unter Drogen gesetzt hat. Vermutlich, um Informationen von ihm zu erpressen. Und um mit ihm zu spielen.«

»Aber warum?«, fragte Caro. »Sie war doch an den Morden gar nicht beteiligt, oder doch?«

»Nein.« Berger schüttelte den Kopf. »Trotzdem hatte sie ein reges Interesse an den Ermittlungen. Sie hat sogar eines der Frankfurter Opfer angerufen und sich als Polizistin ausgegeben. Zumindest vermute ich, dass sie es war.«

»Merkwürdig. Vielleicht hat sie doch noch irgendeine Verbindung zu Marcus. Immerhin war sie ja schwanger von ihm.«

»Ich habe in keiner Akte gelesen, dass Saskia Metternich ein Kind hatte«, erwiderte Berger.

»Marcus hat mir erzählt, dass das Kind abgetrieben wurde.« Während Caro sprach, überkam sie ein vager Verdacht. Hatte er die Wahrheit gesagt? Tief in ihrem Inneren baute sich eine andere Schlussfolgerung auf.

Sie sah Berger in die Augen. »Und wie geht es dir? Laufen noch immer Untersuchungen gegen dich wegen des toten Dealers?«

»Nein. Hartmann wurde abgezogen, der Fall liegt jetzt bei der Frankfurter Polizei. Sie haben den Mörder erwischt und die Tatwaffe sichergestellt. Einen Tag danach wurde der Kroate in der Untersuchungshaft erstochen. Ich habe mehr Glück als Verstand, denn jetzt kann er mich nicht mehr belasten.«

Caro nickte zufrieden. »Und was machen deine Depressionen?«

»Ich habe beschlossen, mir einen Therapeuten zu suchen.«

Sie ergriff seine Hand. »Das ist eine gute Entscheidung. Von mir bekommst du jede erdenkliche Hilfe.«

Berger beugte sich zu ihr runter.

»Danke, Caro, ich ...«

Es klopfte es an der Tür. Sofort richtete sich Berger wieder auf.

Jennifer betrat das Krankenzimmer. Sie stürmte auf Caro zu und umarmte sie. »Ich bin so froh, dass du wach bist, Mama. Ich habe mir solche Sorgen gemacht.«

Caro standen Tränen in den Augen. »Alles ist wieder gut!«

Das Mädchen vergrub ihr Gesicht in Caros Schulter. In diesem Moment zählten nur sie beide.

Sieben Tage später …

77

Sonntag, 4. November

Betörender Kaffeeduft durchzog die kleine Konditorei im Herzen von Frankfurt. Draußen schien endlich mal wieder die Sonne. Sie brachte den Main zum Glitzern und verlieh den Hochhäusern einen fast magischen Glanz.

Darling trank einen Schluck seines Cappuccinos und betrachtete Zoé, die ihm gegenübersaß. Er hatte es sich nicht nehmen lassen, sie als Dankeschön für ihre Hilfe zum Frühstück einzuladen. Sie hatte sich gewünscht, endlich mal wieder aus dem ›verfickten‹ Wald herauszukommen, und so hatte er sie in die Stadt gefahren. Zoé trug eine schwarze Lederjacke und hatte sich die Augen geschminkt. Die Verbände hatte sie entfernt, und nur noch ein paar rote Striemen auf Hals und Stirn zeugten von ihrem Anfall.

»Wie geht es dir?«, fragte Darling.

Sie zuckte mit den Achseln. »Weiß nicht. Das war alles echt heftig. Ich war mir sicher, dass wir sterben würden.« Ihre Stimme klang eintönig und bedrückt.

»Du hast uns gerettet«, versuchte Darling, sie aufzumuntern.

»Na ja, eigentlich war es Caro«, erwiderte sie.

»Während ich mich auf dem Boden der Kapelle ausgeruht habe.«

»Ich habe mir große Sorgen um dich gemacht«, sagte Zoé.

Darling lächelte. Er mochte das Mädchen. »Wirst du in der Kolonie bleiben?«

»Auf keinen Fall. Ich könnte es keinen Tag länger mit Evelyn aushalten. Außerdem glaube ich nicht, dass es die Einrichtung weiter geben wird.«

»Ich habe ohnehin nicht verstanden, wie ihr es dort ertragen habt. Das war wie eine Sekte.«

»Wenn man keine Alternativen hat, ist es besser als nichts. Das Leben in der Kolonie war auch ganz okay, solange man sich vor den Klingers gebückt hat.«

»Aber das hast du nicht getan, oder?«

»Nein. Deshalb hat mich Evelyn immer wieder in die Kammer gesteckt.«

»Ich habe die Kammer nie gesehen.«

Zoé verzog das Gesicht. »Es war ein winziges Verlies in der Wassermühle, voller Dreck und Ungeziefer. Und es war dort furchtbar kalt. Ich musste mich nackt ausziehen und wurde von Evelyn gefesselt. Dann hat sie mich in dem Loch verrotten lassen, ohne Essen. Manchmal mehrere Tage lang.«

»Das klingt echt gruselig! Die Klingers müssen zur Rechenschaft gezogen werden.«

Sie nickte. »Ich denke, einige der Bewohner werden reden. Die Klingers bekommen ihre Quittung.«

»Das ist gut. Was wirst du jetzt machen?«

»Ich ziehe nach Frankfurt. Ich glaube, das Stadtleben liegt mir mehr.«

»Und wo willst du wohnen?«, erkundigte er sich.

»Ich habe schon eine Bleibe gefunden.«

Er sah sie erstaunt an. »So schnell?«

In diesem Moment blickte Zoé an Darling vorbei und lächelte. Jemand stand hinter ihm. Er drehte sich um, und sein Mund klappte überrascht auf und wieder zu.

Saskia Metternich, alias Cécile, kam auf den Tisch zu.
»Hallo Babybulle.«

Er war sprachlos. Was zum Teufel machte die Frau hier?

»Darf ich vorstellen?«, sagte Zoé. »Meine Mutter.«

Was? In Darlings Gehirn ratterte es. Saskia Metternich war Zoés Mutter? Wie war das möglich?

Doch dann kam die Erkenntnis. Natürlich. Sie war Anfang zwanzig. Das passte.

Saskia setzte sich.

»Ich bin ... überrascht«, sagte er.

»Das ist nicht zu übersehen«, warf Saskia augenzwinkernd ein.

Darling dachte an die obskuren Ereignisse auf dem alten Flugplatz. Und an die Informationen, die Saskia Metternich aus ihm herausgepresst hatte. Eigentlich müsste er stocksauer auf die Frau sein, doch er ertappte sich dabei, dass die Faszination, die von ihr ausging, seinen Ärger verschluckte.

Er wandte sich an Zoé. »Wie lange weißt du schon davon, dass sie deine Mutter ist?«

»Erst seit ein paar Tagen.« Nach einer kurzen Pause fügte sie mit gedämpfter Stimme hinzu: »Genauso lange, wie ich weiß, dass mein Vater ein Serienkiller ist. Toll, was?«

Darling hatte die Informationen noch immer nicht ganz verarbeitet. Sie war wirklich die Tochter von Saskia und Marcus?

»Ich wusste die ganze Zeit über, dass Zoé in der Kolonie gelebt hat«, erklärte Saskia. »Aber ich habe mich nie getraut, sie anzusprechen.«

»Ich bin froh, dass du es endlich getan hast«, entgegnete Zoé.

»Was ist damals passiert?«, fragte Darling.

Saskia räusperte sich. »Ich war von Marcus schwanger. Nachdem die Wiesenbergs gestorben waren und mein Vater verhaftet worden war, hat sich Doktor Klinger um alles gekümmert. Er hat dafür gesorgt, dass ich in einer Pflegefamilie untergekommen bin. Als Zoé geboren wurde, hat er auch ihre Adoption organisiert. Danach hat er Zoé nie aus den Augen verloren und später in die Kolonie geholt. Marcus wusste von alldem nichts. Er dachte, dass ich das Kind abgetrieben hätte.«

»Sie waren vor ein paar Monaten auf dem Gutshof, oder?«, fragte Darling.

»Ja, im Sommer«, entgegnete Saskia. »Ich habe mit Doktor Klinger gesprochen, weil ich Kontakt zu Zoé aufnehmen wollte.«

»Und warum hast du es nicht getan?«, fragte das Mädchen.

»Der Doktor hat mir davon abgeraten. Er war der Meinung, du wärst zu labil.«

»Er ist echt ein arroganter Idiot«, ärgerte sich Zoé.

Darling fragte sich, ob Saskia klar war, dass sie mit ihrem Besuch in der Kolonie alle Ereignisse ausgelöst hatte. Vermutlich nicht. Sie konnte ja nicht ahnen, dass Marcus sie beobachtet hatte und seine alte Leidenschaft neu entfacht wurde. Darling behielt den Gedanken für sich.

»Was sollte der Unsinn auf dem alten Flughafen?«, fragte er.

Saskia lächelte ihn an. »Ich wollte dir auch mal etwas Aufregung gönnen, Babybulle.«

»Ich glaube eher, dass Sie wussten, wer hinter den Morden steckte. Und Sie hatten Angst um Zoé. Deshalb wollten Sie die Informationen über unsere Ermittlungen aus mir herausbekommen.«

Zoé blickte ihre Mutter fragend an.

»Sagen wir, ich hatte eine Ahnung«, erwiderte Saskia. »Und ja. Es stimmt, dass ich wegen Zoé in Sorge war.«

Darling sah Zoé an. »Und du willst wirklich bei ihr wohnen?«

»Ja, ich habe mich entschieden«, sagte das Mädchen bestimmt.

»Du weißt, wo sie schläft, oder? In einem, äh, …«

»Du hast ja immer noch deinen Stock im Arsch«, unterbrach ihn Saskia. »Es wird Zeit, dass du mal etwas lockerer wirst. Vielleicht solltest du auch mal eine Nacht in einem Sarg verbringen.«

Zoé lächelte das erste Mal, seit er sie kennengelernt hatte. »Das möchte ich sehen.«

Darling lächelte auch. Er wusste, dass er Zoé bald wiedersehen würde.